"孤岛"文学期刊研究

On the Literature Periodicals Published During **Gudao**

王鹏飞 著

社会科学文献出版社
SOCIAL SCIENCES ACADEMIC PRESS (CHINA)

本书为教育部人文社会科学研究项目
"'孤岛'文学期刊研究"(项目编号13YJC751056)成果

序

杨 扬

十多年前，与文学期刊和文学出版相关的研究并不多，除了少数几篇论文之外，并没有多少人意识到这一研究的重要价值。十多年后的今天，中国现代文学期刊和文学出版研究已成为中国现代文学研究领域最为活跃的领域，论文、论著增长速度惊人，涉及的材料极为丰富，提出的新问题也很多。通过这些研究者的努力，一些原来文学史研究中遭忽略的人物、事件、现象和问题，被凸显出来。像积极介入现代文学期刊筹办活动和活跃于文学出版界的李小峰、邵洵美、陶亢德、赵景深、周黎庵等文学人物，在文学史上的活动开始受到关注。因为这些人以及与这些人相关的文学活动、文学期刊、文学出版细节的披露，逐渐改变了人们对中国现代文学发展进程的既定理解，开始重绘中国现代文学史的历史图景。人们除了以思想、趣味、社团、流派等参照标准来划分作家作品之外，也尝试以期刊类型和出版机构的选择标准来分类作家作品，形成了商务印书馆作家作品类型和泰东书局作家群体创作等分类。这样的文学史理解，对于我们认识和把握文学史发展进程中出版、传媒等现代因素对作家作品的塑造作用是有帮助的。与此相关的，是原来在文学史研究中被忽略的问题，也受到重视。例如，稿费制度和职业写作等影响现代文学发展的社会制度建构问题，随着文学期刊和文学出版研究的深入，也被提出来了。现代文学与传统文学的分化明显，过去的研究都集中在文学观念上展开，而随着文学期刊和文学出版研究的深入，人们也看到了传统与现代分化除了思想意识之外，还有很多方面，其中之一是现代文化产业的兴起以及与此相呼应的现代文化形式、现代文化需要和现代文化市场的出现对传统的冲击。上述研究的发展，使得中国现代文学研究在新世纪以来，在研究方法、研究范围和研究材料的处理上，都有了某种改变，这种改变，有的人喜欢笼统地以文化研究来概括，其实这种概括是不准确的,至少,这种概括忽略了中国现代文学研究者在这十多年来依靠自身的学术努力给这一学科带来的新气象。

受新世纪以来新的学术研究风气的影响,王鹏飞对于上海"孤岛"时期文学期刊的研究、陈树萍对于北新书局的研究、李相银对于上海沦陷时期文学期刊的研究以及王京芳对邵洵美的出版活动的研究,从文学期刊和文学出版研究方面丰富着人们对中国现代文学的认识和理解。这些研究的对象之间可能有很大的差异,但在研究方法上有一个共同之处,这就是他们对研究对象当年所处的历史状况极为关注。或许正是这种共同的关注,影响到他们的研究首先不是立意在理论方法上要有什么大作为,而是很老实地希望通过历史材料的搜集、整理,来唤起人们对文学历史的某种想象。所以,他们不约而同地在原始材料的搜集、整理和挖掘上做了大量的工作。就我所了解的,他们对一些活着的相关当事人进行过多次采访,有时当事人过世了,他们就走访其后代,从中搜集到大量宝贵的材料。还有,他们充分利用上海图书馆、档案馆在保存现代文学期刊和出版机构原始材料方面的有利条件,查阅了大量第一手资料。这种研究方式原本应该是文学史研究所必须具备的,但近些年来,却显得极为不易。现在已经很少有人愿意花费大量时间泡在图书馆、档案馆查阅资料,然后研究成书。他们的论著都是花费了数年之力,在大量阅读、整理资料的基础上完成的。所以,材料之丰富翔实是可以想见的。

作为出版史研究的成果,在他们之前,对"孤岛"时期的文学期刊、北新书局、时代出版公司和沦陷时期的文学期刊研究,几乎是空白。在这样的条件下要建构出一种属于自己的文学出版史想象,对年轻的研究者来说,是一种挑战。现在,王鹏飞的这部书稿就要出版了,更多的研究者可以分享到这些年轻学子多年努力的成果,这是大家所乐意见到的,也是我最高兴的事。我相信,学术界也一定会对他们的研究给予积极的关注。

是为序。

2013年暑中于沪上

目　录

引　言 …………………………………………………………… 1

第一章　与租界共生：孤岛文学期刊概论 ………………… 13
第一节　孤岛文学期刊的界定与孤岛文学研究综述 ……… 14
第二节　出版环境：文学期刊的外部规约 ………………… 28
第三节　出版策略：文学期刊的内部调适 ………………… 44
第四节　孤岛文学期刊的两个阶段与四种类型 …………… 55

第二章　趋同与互异：孤岛文学期刊的三种价值取向 …… 65
第一节　救亡：文学期刊的政治功用 ……………………… 66
第二节　启蒙：知识分子的道义坚守 ……………………… 83
第三节　消闲：孤岛市民的精神家园 ……………………… 99

第三章　文学活动：期刊与文学新质的生成 ……………… 110
第一节　文艺通讯：文学大众化的一种模式 ……………… 111
第二节　"鲁迅风"："左翼"文人的文学实绩 …………… 120
第三节　西洋杂志文："论语派"的散文革命 ……………… 135

第四章　名刊：孤岛文学生产的枢纽 ……………………… 157
第一节　《文艺阵地》：抗战文艺空间的建构 …………… 157
第二节　《宇宙风乙刊》：论语派的文学活动及其意义 … 175
第三节　《小说月报》：抗战时期上海通俗文学
　　　　　　中心的形成 ………………………………………… 190

附　录 …………………………………………………… 207
　　附录一　孤岛文学报刊目录 ………………………… 207
　　附录二　孤岛文学出版大事记 ……………………… 230

参考文献 ………………………………………………… 245

后　记 …………………………………………………… 250

引　言

一

　　孤岛所代表的时间段，从1937年11月12日到1941年12月8日，有四年零一个月的时间；其所代表的空间范围，指位于上海苏州河以南的英美公共租界和法租界。如果从时间段和空间范围来看，在中国的现代史上，孤岛都只是一个微不足道的时空区域。但短暂的时空域背后，孤岛以其蕴藏的丰富内涵，在中国现代文化史尤其是文学出版史上占据着重要的地位。孤岛重要的文化地位，来自孤岛的独立性。抗战时期的中国版图，因为政治因素的差异，形成了国统区、解放区、沦陷区等互相独立的政治区域，这些区域有各自不同的政治和文化背景，形成了自我独特的文化景观。孤岛无疑也具有同样的独立性要素。孤岛的实际统治者是受命于英、美、法三国的工部局和总董局，并不受日本和汪伪等沦陷区力量的统治；同时也不属于国统区的控制范围，对于留在孤岛的"四行孤军"，国民政府屡次照会英、美、法政府，希望租界当局予以保护，可见国民政府对孤岛也鞭长莫及，遑论解放区的政权。独立的政治元素，决定了孤岛的文学场域有着自足的独立性。掌握着行政机器的租界当局，持着"你是共产党也好，国民党也好，我们外国人就不管你们的事"[①]的态度，为孤岛的文化建设插上自由的旗帜。尽管这种自由的广度值得商榷，但毫无疑问的是，无论是解放区的新民主主义文艺，国统区三民主义和"左翼"文学合成的抗战文艺，抑或沦陷区内所谓的和平文艺，都无法取得对于孤岛文化的绝对控制权。从而在几种力量

---

① 裘重：《追忆〈大陆〉》，《孤岛文学回忆录・上》，中国社会科学出版社，1984，第136页。

的互动中，孤岛的文化版图成为抗战时期与国统区、解放区和沦陷区并列的另一个独立区域。

以往的文学史或出版史叙述中，孤岛往往被放在国统区的范围内进行论述，近年来又有放在沦陷区文学中论述的趋势。这两种论述方式或许是出于论述方便考虑，但对于孤岛文学生产的独立性却都有不小的遮蔽。近乎先入为主的论述视角，使孤岛的文学景观被有意无意地忽视了，在所有的中国现代文学史中，孤岛文学所占据的分量都不足一节。忽视的后果，就是独立性极强的孤岛文化版图，往往被看作当时其他几个不同文化区域的附庸，无论内涵还是外延都成了一个模糊的存在。尤其是承接孤岛而后的上海沦陷时期，在研究视野中更是常常与孤岛纠缠不清，不止一个研究者把上海沦陷时期出现的张爱玲当作孤岛时期的文化现象。固然，张爱玲曾在孤岛时期的《西风》上发表自己的中文处女作，但她真正进入文坛并迅速成名，却是在上海全面沦陷后独特的文化土壤中。张爱玲的现象指示出这样一个信息，就是目前的现代文学出版领域，对孤岛文学生产的研究和关注还不尽完善，而孤岛文学原本具有的独立性也未能凸显。

基于这种现实，笔者对孤岛文学场域产生了兴趣。一段时间的原始资料阅读之后，笔者发现孤岛文学生产的丰富性要超过原有的想象，以文学期刊而言，四年时间就出现了约二百种，这个数字令人吃惊。而数字背后，则是一些被现代文学史忽略掉的文学现象。比如孤岛时期论语派在《西风》《宇宙风乙刊》上的文学活动，以文学实绩实践着论语派的文学观，是论语派在抗战时期的真正延续，却掩盖于林憾庐等人在桂林的《宇宙风》活动，几乎无人提及。还有抗战时期上海全国通俗文学中心的地位，研究界也一直语焉不详。在文学期刊之外，如果再算上第一部《鲁迅全集》等新文学书籍的出版，以及几十种报纸文学副刊的分量，孤岛文学生产的成绩更要博大。因此，孤岛文学的绰约风姿背后，隐藏着一个值得重新审定的文学大背景。这个背景有两点最值得探讨。第一，是否如现有研究所言，"左翼"文艺依然占据孤岛文坛的话语霸权？第二，孤岛文学的空间是否环境险恶，逼仄不堪？如果第一点属实，则证明孤岛文学仍然是国统区文学的一个支流。如果第二点属实，则证明孤岛并无繁盛文学产生的基础，自然也缺乏研究的价值。

广泛接触了孤岛的原始报刊资料之后，笔者发现孤岛文学场域最大的一个特点，就是各种文学力量的均衡。抗战开始以后，孤岛的政治空间与文学空间有了新的变动。国军西撤，战前国民政府在政治上的统治地位荡然无存。围绕着突然空出的政治场域，中共江苏文委、国民党上海党部、日伪势力等各种政治力量，在英美租界当局名义上的统治下，为争夺实际控制权展开了新的角逐。同样，随着新文学群体的西移，"左翼"文学的话语霸权地位也丧失殆尽。也就是说，在战前上海一直存在的国民党控制政治领域、共产党控制文化领域的二元统治格局，开始让位于一种新的制衡结构。政治与文学旧秩序的失去与新秩序的重建，使孤岛的文学空间开始变得阔大。新文学中心地位的失落，同时促使了新的文学格局生成。孤岛之初近乎空白的文学场域中，各种文学力量围绕各自文学空间的重构开始新的博弈，尤其是一向被新文学逼压于文学场域边缘的通俗文学，获得了再次向中心游移的机会。1938年12月，身处国统区桂林的丰子恺在给上海朋友的信中感慨说，"上海言论尚称自由，至可欣慰"①。相对于国统区，孤岛文化环境的"自由"具有两层意思，其一是租界当局的一种宽容，其二是文学内部各种力量的均衡。与之相比，国统区、解放区乃至沦陷区则无疑都呈现出某种文学观念独大的形态。对于文学和文学生产来说，这未必是一种幸事。由此，孤岛尽管身处沦陷区内部，但借助独特的政治环境，孤岛的文学空间反而相较其他区域更大。同时各种文学力量的互动发展，也促进了孤岛文学的繁荣。

面对孤岛文学研究在现代文学学科内部的失语状态，亲历孤岛文坛的柯灵甚为不满，"现代文学史上无视上海'孤岛'时期和沦陷时期的文学活动，只能看作是极大的偏狭和无知"②。为了弥补这种缺憾，一批现代文学史和出版史的学者，对孤岛时期的文学生产进行了不少卓有成效的研究。但不可否认，在既有的成绩之外，目前的孤岛文学研究存在着研究思路、研究人员、研究资料单一化的弊病，这也为继续开拓孤岛文学研究提供了前提。正如柯灵先生所言："研讨'孤岛'文学，当然绝不是为了给'孤岛'文学争地位，马克思主义承认事实客观存在，

---

① 丰子恺：《乱离中的作家书简》，《鲁迅风》1939年第5期。
② 柯灵：《孤岛文学研讨会闭幕词》，载《煮字人语》，上海远东出版社，1996，第279页。

不以人的意志为转移。也不仅仅为了给文学事业怀旧温故,锄云犁雨。"① 同样,本书的写作也只是想知道,当上海的新文学中心地位突然失去之后,孤岛的文学空间到底是什么样子?对于抗战文学乃至整个现代文学的发展提供了哪些因子?是否还有遮蔽在意识形态之后的其他文学生产元素?这些问题构成了本书写作的起点。经过思考之后,笔者选择了文学期刊对孤岛文学场域进行切入。

二

选择文学期刊作为切入点的第一个原因,缘于文学期刊的优势。中国现代文学史上,文学期刊与报纸副刊、新书业出版一起构成了文学场域建构的三种载体。三者之中,文学期刊优势明显。与新书业相比,文学期刊的出版周期更快,更及时。就内容构成来说,文学书籍仅仅是一个作家的独奏,虽然可以最大限度地体现作者的文学意图,但无疑显得单薄。而文学期刊却能容纳多种声音,每一位作家的个体言说通过文学期刊的整合,重新形成一个新的大文本。即如《语丝》这样追求文章风格多样化的期刊,也以其一贯的编辑理念形成了现代文学史上的"语丝派",这是新文学书籍出版无法望其项背的。文学期刊相对于新书业出版的周期性和丰富性优势,与文学副刊的功能有些类似,但正如萧乾所言,"编杂志犹如在大圆桌上摆宴席,编副刊则好比在小托盘上拼凑快餐"②,文学期刊与文学副刊在内容的承载上不可同日而语。曾担任过《大公报·文艺》编辑的萧乾举例说,"《雷雨》发表在《文学季刊》上,立刻轰动全国。但如拿到副刊上每天登个一千八百,所有它的剧力必为空间时间的隔离拆光……为了整个文坛,为了作品本身,也不宜只顾为自己的刊物增加光彩。我曾多次把到手的好稿子转送给编杂志的朋友"③。与文学副刊相比,萧乾的感受表明了文学期刊在容量上和

---

① 柯灵:《孤岛文学研讨会闭幕词》,载《煮字人语》,上海远东出版社,1996,第279页。
② 萧乾:《我当过文学保姆》,《萧乾文集》第七卷,浙江文艺出版社,1998,第232页。
③ 萧乾:《一个副刊编者的自白》,《萧乾文集》第七卷,浙江文艺出版社,1998,第47页。

效力上的优势。其实，与文学副刊相比，文学期刊更大的优势还在于编辑理念的凸显。文学副刊毕竟仅仅是报纸众多版面中的一个，在副刊编辑之上，还存在着报纸的主笔，因此不少副刊的面貌在报纸整个编辑方针的笼罩下，大都显得模糊。而且，现代文学史上个性鲜明的报纸副刊大都很快云散，多与副刊编辑与报纸主笔的编辑理念不符有关。与报纸副刊的双重编辑体制相比，文学期刊的操作要容易得多，虽然也有不少刊物遭到后台老板掣肘，但淹没于其他版面的危险却不存在，因而使编辑秉持的文学理念显得清晰可辨。

同时，现代中国的出版体制，使文学期刊的出版更容易，几个文人少许资金即可创办，而无须像新书业或者文学副刊一样须依靠某一个出版机构或者某种报纸。在现代文学空间的建构中，文学期刊的创办就成为文人最为常用的一种操作模式。文学期刊的优势使其在文学空间建构中长袖善舞。通过集体发声，每一份较大的文学刊物都近似于一个准文学团体，何况不少文学期刊本来就是一种同人刊物。这样，"它就特别地能将作家、编辑、出版商、读者这四方面，紧紧环绕在读书市场的周围，形成一个文学的'场'"①。因此，在促进现代文学发生发展的新式出版机制中，文学期刊的出版占据着最重要的地位。

孤岛同样如此。文学空间的博大使新书业、文学副刊与文学期刊一起构成了孤岛文学的三个阵地，其中，文学期刊的出版占据了核心地位。这种地位来源于两个因素。一方面，文学期刊在很大程度上承接并扩大了文学副刊的功能，如"鲁迅风"杂文与文艺通讯运动，在报纸副刊最初发动之后，都是依靠《鲁迅风》《华美周刊》等文学期刊的参与才最终形成；另一方面，文学期刊又为同期文学书籍的出版提供文学资源，如郑振铎等编辑的《大时代文艺丛书》等，其基本内容，也是来源于文学期刊上的文章。先在文学期刊发表，然后结集成书，可以说已是现代出版史上新书业的惯例。对于杂志的优势，或许林语堂的认识更为到位：

  杂志是一国文化进步的最佳标志。毕竟，杂志的功能是与书

---

① 吴福辉：《作为文学（商品）生产的海派期刊》，《中国现代文学研究丛刊》1994 年第 1 期。

籍截然不同的，作为教育大众的媒介，它评述天下大势，介绍艺术、文学、思想动向，不断地指引思想的潮流，矫正其错误倾向。杂志是专门办给活着的一代人看的，而书籍，尤其是真正的好书，却应具有永久价值。杂志的荣枯，多数和文学史上的运动息息相关①。

因此，选择文学期刊，既可以审视孤岛文学的核心生产力量，又可以同时折射出文学副刊与书籍这两种出版资源的一些动态，也就能在最大意义上看出孤岛文学的整体面貌。

选择文学期刊的另一个原因，缘于对文学史细节的探求。列维·斯特劳斯曾经提出，作为历史学家普遍关注对象的"历史领域"是由众多事件组成的，这一领域在微观上溶解成物理化学的搏动，在宏观上则化为所有文明世界兴衰的涨落节奏②。政治化的现代文学史框架，秉持一种宏大叙事的书写思维，把纷繁复杂的文学原生态大刀阔斧地纳入几条固定的线索，使本来偶然性极强的历史本身，仿佛有了一种必然的兴衰历程。这种思维固然使历史显得明晰可辨，但对于原始文学场景的粗暴干涉却值得商榷。笔者一直相信，对于历史来说，细节的真实就是历史的真实。尤其对于一直处于文学史和出版史边缘的孤岛文学，细节更是让我们进入茫茫历史的一条线索。孤岛"鲁迅风"的论争中，化名孙一洲的孙冶方，在《译报周刊》发表《向上海文艺界呼吁》，指出阿英的观点是要重估鲁迅杂文的价值。可以说，这根本就偏离了阿英文章的主旨，在当时的《鲁迅风》上即已被时人指出。然而几十年后有学者提到这篇文章依然赞叹，"真所谓旁观者清，这位著名的经济学家，对这场论争表现出深刻的洞察力"③。这样的结论，是仅仅看了孙一洲单方对于意气之争的指责，而忽视了他人更大的作为中心论述的先入为主之见。这正是一个历史细节。正是因为对于细节的忽略，在别人文摘式的引用之上作出继续阐释，就越发远离历史的本真面目。

---

① 林语堂：《中国新闻舆论史》，上海人民出版社，2008，第155页。
② 海登·怀特：《历史主义、历史与修辞想象》，载《新历史主义与文学批评》，北京大学出版社，1993，第181页。
③ 戴光中：《巴人之路》，华东师范大学出版社，1996，第68页。

三

以上的考虑构成了笔者的思维平台，也构成了本书写作的一条线索。雅各布森说过，"每一个名副其实的历史不仅含有一定数量的资料和对这些资料含义作出的解释（或阐述），也多少含有如下这一明显信息：读者在面对经过转述的资料和对此作出的正式阐述时所应当持有的态度"①。因此，以什么样的态度和视角对纷繁的原始资料作出阐释，成了进入写作中的第一个问题。

近年来，对于新式大众媒介在现代文学生成过程中的影响和渗透的研究，成为一个热点。现代文学史上众多的文学期刊，也逐一被重新拾起。在选取的支持理论中，哈贝马斯的公共空间理论、布迪厄的文学场概念、葛兰西的文化霸权理论，成为应用最多的诠释工具。一时之间，几乎涉及文学期刊或者文学副刊，都会引申到具有现代性的公共空间探讨中；涉及意识形态较为浓厚的"左翼"文人或者右翼文人的杂志，便会归结为一种文化霸权的争夺。但总体来说，笔者对这种理论思路有着些许的怀疑。即以布迪厄的文学场概念而言，他高声宣扬：

> 文化作品的科学意味着同样必要且与作品理解的社会现实的三个层次必不可分的三个步骤：第一，分析权力场内部的文学场（等）位置及其时间进展；第二，分析文学场（等）的内部结构，文学场就是一个遵循自身的运行和变化规律的空间，内部结构就是个体或集团占据的位置之间的客观关系结构，这些个体或集团处于为合法性而竞争的形势下；最后，分析这些位置的占据者的习性的产生，也就是支配权系统，这些系统是文学场（等）内部的社会轨迹和位置的产物，在这个位置上找到一个多多少少有利于现实化的机会②。

---

① 海登·怀特：《历史主义、历史与修辞想象》，《新历史主义与文学批评》，北京大学出版社，1993，第164页。
② 皮埃尔·布迪厄：《艺术的法则——文学场的生成和结构》，中央编译出版社，2001，第262页。

在这种逻辑之下，布迪厄把社科领域分成了文学、宗教、政治、司法、哲学、科学等诸多的场。不可否认，把文学看作一个自足的场域，并引入政治、经济、权力等文学之外的因素，确实使我们看到了原来单一的社会反映论之下文学研究所未曾见到的东西，也使文学史研究领域变得活泼起来。尤其是布迪厄坚信的"文学（等）竞争的中心焦点是文学合法性的垄断，也就是说，尤其是权威话语权力的垄断"①观点，为我们分析现代文学史上的许多文学论争提供了新的思路。落实到孤岛文学来说，各种文学力量之间的互动，通俗文学期刊上的抗战救亡篇什，纪念鲁迅时"左翼"文人与自由文人的不同侧重点，《文艺阵地》主导的抗战文艺理论建构等文学现象，如果运用布迪厄对于权力与合法化的论述，都能作出较为接近本质的解释。但在阅读纷繁的孤岛文学期刊时，笔者逐渐感到众多文学期刊中，有文学场概念所不能笼罩的现象存在。布迪厄肯定地说，"艺术家和作家的许多行为和表现只有参照权力场才能得到解释"②，但对于周瘦鹃《乐观》、胡山源《红茶》等的创办，笔者却宁愿认同创办者本人自陈的一种自我心灵解脱之道的解释，而不能苟同所有的办刊都是去争夺文学场域的支配权。而公共空间或者文化霸权理论在解读原生态的期刊文本时，也常常使笔者感到有不少枘圆凿方之处。

基于这种困惑，笔者决定放弃以某种理论为先导，而致力于从文学期刊的原始资料中寻找线索。回到原始的场景中去进行思考，而不要过多地把当下的思维带入，笔者认为这是一种稳妥的思路。文学史的意义更应从当时文学原生态的互动中生成，而不应在一种理论视角中生成。而埋藏在诸多文学期刊中的历史细节，在当时的互动之中已足以构成自身的意义，而无须我们从外部强加其上。正如柯克·约翰逊的思路："对任何研究而言，在研究中退后一步，让数据自己说话，从答案中提出问题，在田野调查中发现观点和假设，都是一个十分重要的起点。"③因此，在阅读中，笔者努力探寻每一个新期刊产生时编者的意图，并在

---

① 皮埃尔·布迪厄：《艺术的法则——文学场的生成和结构》，中央编译出版社，2001，第271页。
② 皮埃尔·布迪厄：《艺术的法则——文学场的生成和结构》，中央编译出版社，2001，第263页。
③ 柯克·约翰逊：《电视与乡村社会变迁》，中国人民大学出版社，2005，第10页。

原始文献的基础上，结合其后来的文学走向去阐释每个文学现象的意义。

四

　　研究视角确定以后，研究内容成为另一个需要解决的问题。对于孤岛文学期刊的研究，可以有很多方式，期刊史、文学史、文化史、出版产业研究等都是一种向度。本书的写作，以原始资料之上的孤岛文学期刊考辨为基础，以文学期刊内容的文学史意义阐释为依归，同时融合出版学研究方法的写作思路。逻辑上则按从宏观逐步移向微观的顺序，围绕着文学期刊的生产和其上的"文学"进行论述。

　　整体章节安排如下。

　　第一章为孤岛文学期刊概论。本书是第一次系统地对孤岛文学期刊进行考察，那么就有必要对孤岛文学期刊的概念作出厘定，并对以往的研究作出审视。本章从"孤岛""文学""期刊"三方面的分析指出，孤岛文学期刊是孤岛时期产生于租界，以文学为主，包括政治、经济等其他文化内容，拥有期刊、丛刊、报属周刊等多种形态的文化出版物。它是孤岛特殊环境下的产物，在内容上和形态上都有着特殊的姿态，并承载了孤岛文学的大部分内容。孤岛文学研究则经历了三个阶段，尤其在20世纪90年代以来重写文学史的进程中，取得了较大成绩。孤岛是一个全新的政治区域，"尚称自由"的政治环境，"畸形繁荣"的经济环境，"期刊办人"的文化环境，"孤岛不孤"的流通环境，从各个侧面影响着孤岛文学期刊的生成。在这种背景下，文学期刊形成了独特的生存策略，或以丛刊方式出版，或者寻找"文化护法"，或者假托关注救亡以自存。四年的发展历程，孤岛文学期刊以1939年9月汪伪上海党部正式设立为界，可以分为前后两段。前期是英美、法、日三种公开政治势力的共治，后期则加入了汪伪势力，形成四位一体的态势。外部环境日益恶化也使文学期刊由前期的政治内容为主逐步变为以文学和消闲内容为主，并形成了组织办刊、个人办刊、公司办刊、书局办刊四种类型。

　　第二章研究孤岛文学期刊的三种价值取向。在对孤岛文学期刊进行了整体考辨之后，以价值取向为标准，将众多文学期刊分为救亡、启蒙和消闲三类。以往的研究中,孤岛文学期刊主要有二分法与三分法两种。二分法是指抗战派与爱国派的划分,前者指积极投身抗战救亡的期刊,后者指虽不激进却无卖国行为的期刊。三分法以1939年6月27日《申报·自由谈》上尚卿的评述为代表:

> 现在上海的杂志,似乎可以归纳起来,分成三类:一类是积极的,不畏难,不畏险,竭力推动着抗战运动;一类是消极的,只谈风花雪月,供人酒后茶余的消遣,说不定还含一些麻醉人的毒素在内;另一类则专谈一般的社会问题,各种修养或学问,介绍一些普通的科学知识,如果是文艺的,则登些唯美主义的以及身边琐事的文章,既不触及抗战大事,也不妄登无聊恶札,这就是我所说的中性的杂志①。

尚卿进行分类的依据是政治形态标准,因此具有普遍意义。在这种标准之下,"积极的,不畏难,不畏险,竭力推动着抗战运动"的路向,成为抗战时期孤岛文学期刊最优先和最正确的选择。他以距离抗战救亡的远近,把当时的杂志划分为积极的、中性的、消极的三种,其高下等第也甚为了然。同样,政治标准也使他坚信,之所以有些刊物没有从事救亡的宣传,是因为"限于环境,所以不得不在他们认为妥善的途径上努力"。即以上述的中性杂志而言,尚卿认为对于抗战救亡的选择,"只要你们肯,我相信你们一定能,只要你们能,我保证你们一定会发达"②。尚卿的观点令人疑惑。如果说孤岛上某些期刊没有选择抗战救亡是因为环境不允许的话,那么,我们如何解释,为什么在处于可以自由为抗战言说的国统区,依然会有沈从文、梁实秋等"与抗战无关论"出现?由此就会发现,不少文学期刊之所以在战火硝烟之际依然远离抗战救亡,并非简单的肯不肯或能不能的问题,背后隐藏着自由主义知识分子固有的一种文学立场。这种立场所联系的一整套自由独立的文学观,并不随着外界环境的变化而变化,但政治标准则完全忽视了这些人抱持的文学信念,从而将所有文人都视为可以随着政治环境随时转换跑

---

① 尚卿:《勖中性的杂志》,《申报·自由谈》1939年6月27日。
② 尚卿:《勖中性的杂志》,《申报·自由谈》1939年6月27日。

道的职业革命家。

　　用政治标准对期刊进行种类划分，还有另一个令人疑惑之处。当期刊依据政治标准被分为积极、消极等三类之后，每一种类与另一种类的期刊无论在作者还是编辑理念上，都有着严格的界限区分。似乎一个属于积极抗战阵营的文学杂志与编辑，绝不会同时出现在消极种类的刊物之中。这种结论委实简洁明快，却背离了孤岛文学期刊的原貌。翻阅孤岛文学期刊可以清晰发现，无论是救亡取向，还是启蒙、消闲取向的期刊，都有着政治上所谓积极、中性和消极三类文人的参与，并非某一阶级的专属品。"只谈风花雪月，供人酒后茶余的消遣"的消闲类期刊如《永安月刊》，可以有《折戟》之类的抗战"八股"之作；而中共江苏文委也创办过供人消遣的灰色刊物《万人小说》。孤岛文学期刊之间纷繁的关系，在政治标准的划分之下完全消失了。这使人不能理解，为何有着相同文学面貌的《万人小说》和《小说月报》，却仅仅因为创办人和所谓目标的不同，就前者能进《"孤岛"文学回忆录》进行表彰，而后者只能被断定为"毒素"？如此一来，孤岛文学期刊的丰富性何存？大批"中性"和"消极"杂志的意义何存？那些中性杂志代表孤岛文学水平的文学作品意义何存？

　　正是这几点思考，本书选用价值取向作为分类的标准。以价值取向而非政治倾向为标准，使我们得以解释孤岛不同类型文人的相似追求。同时，这种标准将研究焦点集中于探讨刊物不同的办刊方针，放弃简单的政治评判，对于本书文学史和出版史的研究，应是更为妥当的一种思路。救亡价值取向受孤岛外部环境影响很大，以"左翼"文人为主体，一些自由主义文人乃至民国旧派文人都借文学期刊参与了救亡活动。除了注目于政治救亡，一些文人也关注着文化心灵的救亡。选择救亡取向的文学中，新启蒙运动、新现实主义与表现上海是较为突出的理论支点，也隐含"左翼"文人借助救亡重建文化霸权的企图，"借古证今"则是创作中常用的方法。启蒙取向的选择有两种途径，一是自由文人的主动选择，一是一些选择救亡取向的文人格于环境，重新进入较为温和的启蒙领域。传输知识与启蒙思想、纯文艺与学术研究是其主要内容。如果说救亡与启蒙关注的是外在社会的话，那么消闲取向的价值，就在于对心灵裂隙的弥合。一些文人以此作为自我调适之道，同时在商业化的推动下，也使消闲刊物成为深受生存压力困扰的市民们的精神家园。

第三章关注文学期刊上的文学活动。文学活动是文学期刊参与文学空间建构的主要途径。"征文"作为一种有效的操作模式，是孤岛文学期刊上一个常见现象，其对文学大众化的意义尤其值得关注。"鲁迅风"论争、"鲁迅风"杂文以及《鲁迅风》的创办，是"左翼"文人孤岛最为动人的文学成就。与之对应，论语派依据一贯的文学理念，依托《西风》《西风副刊》在孤岛展开了大规模的西洋杂志文运动，目的在于对中国杂志文风进行一次革命，自然，其中也内含着英美派自由主义文人在20世纪30年代苏俄文学思想逐步成为文坛主流之后，一种自发的反抗与消解。

第四章探讨了孤岛文学期刊中的三大名刊：《文艺阵地》《宇宙风乙刊》《小说月报》。《文艺阵地》是抗战时期仅有的两份"全国性"刊物之一，在楼适夷接编及整体转移到孤岛之后，依然领袖群伦。其上的抗战文艺理论建构以建设性的姿态，发展了战时的文学理论。当然，其中也存在用理论争夺抗战文坛领导权的目标预设。《宇宙风乙刊》则延续了论语派的文学观，自由文人交流平台的提供以及对上海沦陷后文学的影响，体现着孤岛时期论语派的文学活动及其意义。《小说月报》一直为人所忽视。通过推动民国旧派文人的集体复出，新文人的引入与新作家的培养，通过文艺评论推动新旧融合以及对读者阅读视野的引导，《小说月报》对抗战时期上海成为通俗文学中心居功至伟。

结语部分对本书的写作进行了反思。可以说，在抗战时期的几个文学区域中，孤岛的文学空间最为阔大。同时众多的文学期刊并不孤立生存，不但在孤岛内部存在互动，与国内其他地域，以及欧美、苏俄和南洋三大国外领域都有联系，多方位的交流最终影响了孤岛文学空间的生成。

第一章　与租界共生：孤岛文学期刊概论

"孤岛"[①] 是个同时具备地理和时间两方面意义的概念。1937 年 8 月 13 日，日军进攻上海。11 月 12 日，国民党守军全面西撤，上海沦入日军之手。但市中心早已存在的英美公共租界和法租界，因其本国宣布对中日战争保持中立，这两块远在英、美、法三国本土千里之外的"飞地"，日军没有进入。在整个沦陷的汪洋中，这一尚容国人较自由生存的区域，被《大公报》的社论率先称为"孤岛"[②]。由于与现实极为契合的形象化色彩，"孤岛"很快溢出了最初的比拟意义，成为抗战前期上海的一个指称。1941 年 12 月 8 日，"珍珠港事件"爆发，英美对日宣战，日军随即进驻公共租界，并实际控制了法租界，孤岛至此结束，一共持续了四年一个月的时间。

孤岛形成之前，上海作为中国现代出版中心，已经有了近 40 年的历史[③]，作为现代文学的中心，也已经存在了十年。一时之间，十里洋场之上云集了国内最为庞大的作家队伍，最具实力的出版机构，最有影响的文学期刊。但战争的硝烟一起，就以一种异乎寻常的力量使作家离散，杂志停刊，出版机构纷纷倒闭或者内迁。转瞬之间，一个偌大的文学中心名实俱无。一些在战争爆发后最初相持的三个月中产生的期刊，也随着国军的西撤偃旗息鼓。孤岛文学出版建构之前的序幕，就是这样悲壮，充满大厦倾覆后的冷清。

[①] 几十年来，"孤岛"已经成为抗战初期上海的一个指称，具有特定阶段、特定地域的实际含义。因此本书按照约定俗称的规矩，除引用文字及特殊含义之外，本书将直接以孤岛来代替"孤岛"这一最初的比拟称呼。

[②] 参见柯灵《上海时期的文化堡垒》，《往事随想·柯灵》，四川人民出版社，2000。

[③] 1897 年，商务印书馆成立，成为上海现代出版中心形成的标志。

第一节　孤岛文学期刊的界定与孤岛文学研究综述

孤岛文坛初成之时，宛如一张白纸，但孤岛的出版与文学事业却欣欣向荣。在四年一个月的时间里，依靠着书籍出版、报纸副刊、期刊这三大阵地，孤岛的文学生产从无到有，枝叶繁茂。一批中国现代文学史上有名的作家，如郑振铎、李健吾、王统照、师陀、徐訏、苏青、柯灵、包天笑、周瘦鹃、程小青等，都在此时有不俗的表现。一些现代出版史上值得铭记的事件，如《鲁迅全集》的第一次编辑出版，《上海一日》的编纂，《秋海棠》的发行，记述的也是孤岛文学生产的辉煌。自然，这些文学成就与战前作为文学中心的上海文坛相比显得逊色不少。但就同时期几个不同的文学区域进行一种横向比较，孤岛这一局促于沦陷汪洋中的文学地盘，与不知比她大上几千几万倍的国统区、解放区和东北、华北沦陷区相比，在文学成就尤其是出版实绩上并不相形见绌，反而以其特殊的文学风味显得姿态万千，别具一格。

一　孤岛文学期刊的界定

何谓孤岛文学期刊？似乎是不言自明的。但仔细推敲，就会发现其中有不少的疑问点。首先，孤岛这一称谓，其严格的内涵，是指1937年11月12日到1941年12月8日这一时间段，与上海市版图上位于苏州河以南的英美公共租界和法租界这一空间范围的组合。那么，孤岛文学期刊，自然应该指这一时间段和空间范围中产生的文学刊物。时间段的把握好说，在此期间创办的，以及抗战以前已经创办而延入孤岛继续出版的极少数刊物如《西风》等，我们似乎都可视作孤岛文学期刊。但如何保证"空间范围"的准确性？也即如何确定这一时段内出现在上海滩的文学刊物中哪些是在租界产生，哪些产生于"沪西歹土"？第二个问题，是何谓孤岛"文学"期刊？翻阅当时的期刊就会发现，今天所提到的一些孤岛时期文人的名字，他们在孤岛时期所写作和编辑的很多东西，并不是我们通常意义上的"文学"，而是类似于政治经济评论、社科知识讲座、生活风俗介绍之类的文字。那么这些刊物算不算文学刊物？而且20世纪30年代以后，不少文学刊物尤其是上海文学刊物为了追求销量，有一种"综合化"的趋势。这种一份刊物中文学与非文学并存的现象在孤岛也十分突出，那么，一份刊物中文学的分量占据多少才能称得上"文学刊物"？第三个问题，是何谓孤岛文学"期刊"？说起期刊，《中国大百科全书·新闻出版卷》对期刊所下的定义是：有固定刊名，以期、卷、号或年、月为序，定期或不定期连续出版的印刷读物①。孤岛时期，一些宣传抗战的刊物，经常被租界当局迫于日军压力查封。为了正常宣扬自己的理念，这些刊物就改头换面继续出版，或者是变换刊名，或者是以书籍形式出版丛刊。譬如《文艺阵地》，第三卷第五期之后转移到孤岛编辑出版，从第五卷开始，为了争取在孤岛公开发行，"在上海的叫《文阵丛刊》每期标上一个书名，作为书籍发行"②。这样，第五卷的第一、二两期实际上又是两本独立的文学书籍。到了孤岛后期，以书籍的形式出版丛刊，已成为"左翼"文学期刊的一种风气。那么，这类刊名不停变换的丛刊算不算文学期刊？一个看似毫无疑问的孤岛文学期刊概念，细究之下竟有如此多的疑问和歧义，也就要求在接下来的论述开始之前，必须对本书涉及的孤岛文学期刊作一个界定。

对于孤岛时间段的界定，本书以1937年11月12日至1941年12月8日为准，在此期间创刊的文学刊物，都是本书的考察对象，少数几本战前已创刊而延入孤岛的《西风》《杂志》《上海生活》等，本书也列入考察。对于孤岛空间范围问题，柯灵曾有过这样的回忆，"上海的报馆，全部在租界里，包括外国人办的外文报纸和华文报纸，中国人办的华文报纸"③，期刊的出版也是大致如此。因此本书对孤岛的空间限定于两个租界，毕竟上海地域中的孤岛与"沪西歹土"相差甚远。对孤岛文学期刊空间范围的核实，所借助的是租界当局的出版业核准制度。由于这项制度，当时在租界里出版的期刊，大都在版权页上印有"公共租界警务处登记证C字××号"，或者"上海法租界A字××号"等字样，以示合法。有些没有获得登记证的，也多会先印上"法租界中央捕房已申请登记""本刊已向公共租界警务处呈请登记中"等字样，这为核实这些期刊是否属于孤岛带来了极大的便利。当然，也有极少数刊物

---

① 《中国大百科全书·新闻出版卷》，中国大百科全书出版社，1990，第2页。
② 楼适夷：《茅公和〈文艺阵地〉》，《新文学史料》1981年第3期。
③ 柯灵：《上海抗战期间的文化堡垒》，《往事随想·柯灵》，四川人民出版社，2000。

包括刊址在内的出版信息一无所有。这些刊物或为地下党所办，或为某些学生或青年一时兴起之作，他们没有能力获得一张登记证①，或者正在"呈请登记中"刊物就已经夭折了。这些数量极少且时间极短的刊物，在当时的语境下也影响甚微，因此本书存而不论，列入附录。

对于孤岛"文学"刊物的界定，本书依据当时的文学环境，采用一种较为宽大的文学划分方式，即把当时一些文人创办的介绍抗战政治、军事、经济的刊物，以及一些有一半左右文学篇幅的综合期刊都算在孤岛文学期刊之内。抗战全面爆发，对于现代文学史的影响甚巨。在民族危亡的关头，战前文坛上的不少争论转变为作家们之间的小是小非，而在抗战救亡这个大是大非面前失去了继续存在的合法性。因此，他们手中的笔，也在大是大非面前，"集中在以全国统一团结起来御侮，来争取最后胜利这一点之上"，这个要求"不仅成了政治上的主流，军事上的方针……也成为了今后底文学上的主潮"②。也就是说，与政治和军事配合，一切为抗战服务，已成为当时文艺界和出版界的基本认同。如果遵循严格意义上的"文学"定义而遮蔽现代文人创办的刊载政治经济内容的期刊，就不能反映当时大批文人思考和关心的主要问题，从而丧失文学的丰富性和时代特征。同理，如果把那些含有文学篇幅的综合性刊物摒弃在外，也简化了现代文学期刊在孤岛时期的生产模式。

至于孤岛文学"期刊"问题，本书依据"有固定刊名，以期、卷、号或年、月为序，定期或不定期连续出版的印刷读物"的定义，结合孤岛文坛的实际，适当扩大考察的范围。首先，把孤岛后期出现的一批以书代刊的"丛刊"类出版物纳入考察。尽管这些刊物或许有不一样的书名，也有许多未能标上卷期连续出版，但在孤岛后期环境日紧的情况下，孤岛文人正是借助这些偷梁换柱的"丛刊"，代替不能获得登记证而偃旗息鼓的文学期刊延续着文学出版事业。因此，本书将丛刊出版作为孤岛文学期刊特殊时期的生存策略而一体考察。其次，把一些报纸附

---

① 据丁景唐先生的描述，当时刊物的登记证获取十分不易，需要多重证明和担保。1938年丁景唐在孤岛读高中时期创办的《蜜蜂》，所需的登记证就是托一位关系极好的数学老师运作得来。可惜《蜜蜂》也是仅二期即终。来源：2005年9月12日丁景唐与笔者的谈话。

② 宗珏：《抗战中的新文学主潮》，《鲁迅风》1939年第9期。

属创办的"周报"如《华美周报》《译报周刊》《中美周刊》等也纳入考察。这些署名"周报"类的期刊大都附属于某种洋旗报,主要由"左翼"文人创办。在创办宗旨上,与其身后的报纸并无二致,但依靠篇幅的优势,这些"周报"具有了不同于母报的期刊特征,成为孤岛文人集体活动的一个重要阵地,如《华美周报》"上海一日"征文活动及对文艺通讯运动的推动,《译报周刊》上连载徐訏的《风雨雷霆》,《中美周刊》上连载罗洪的《急流》等,理应得到尊重。

用上边的概念内涵来衡量,短短的四年时间,孤岛上创办的文学期刊,令人惊异地达到了二百种之多[①]。而且种类也是繁杂多样。有的是综合类期刊,包含文学;有的直接标明"纯文艺",表明一种不合流俗的姿态;还有些期刊以商业目的来运作,一半游戏于文学,一半为了广告。这些文学期刊在很大程度上主导了孤岛文学空间的构建与生成,使政治和经济意义上的"孤岛",在文学出版上反而显出大陆气象。

二 孤岛文学研究综述

孤岛文学研究,整体上来说,可以分为三个时期。

第一个时期为1949年以前。孤岛文学场域形成的同时,一批有着自觉意识的批评家们就开始对刚刚发生的文坛现象进行点评,也成为第一个时期的重心之作。这个时期的研究主要分为三类。

第一类为对整个文坛进行存档式的素描。比如《大晚报·街头》所创办的《艺坛一周》,由墨枫、于由、丽伶等五人主持,及时对文艺圈进行报道评论;另有《剧场艺术》杂志设立的《孤岛戏剧浪花报道》等,与此相似。虽然所见不甚深,却有一种史料保存的功绩。

第二类为剧评与书评。孤岛时期的戏剧界由于特殊的形势,小剧场戏剧以及电影十分繁荣,对某部电影或戏剧进行读后感式的点评,成为当时报纸副刊极为常见的批评文字。1939年8月21日的《大晚报·剪影》副刊曾以"论于伶《夜上海》"为题邀集天佐、石灵、林珏、林淡秋、洛蚀文、钟望阳、锡金、戴平万等八人一起上阵,各陈己见,可谓盛事。而在《华美晨报·浪花》上,茅盾、王任叔、胡愈之、夏衍等接连四期发表各自的《推荐〈上海一日〉》,为这本报告文学集造势,阵容

---

① 参见附录一孤岛文学报刊目录。

也可说强大。论语派的刊物一向重视书评，此时也不例外。陶亢德等主编的《宇宙风乙刊》与黄嘉德、黄嘉音主编的《西风》，都开辟了书评专栏，对此时出版的一些小说散文集尤其是论语派同人的作品，多有介绍。

第三类则为述评。这类文章对一个时间段的文学场景进行整体的评述，已初具史的意识，也是第一时期孤岛文学研究的重要收获。1938 年 7 月 15 日，宗珏在《文汇报·世纪风》上发表的《血和泪的文学》，对抗战一年来孤岛的文艺活动进行了总结，是笔者所见最早的以年为时间段来审视孤岛文学的文字。此后，随着时间推移，一系列的述评文章涌现出来，也构成了孤岛文学研究的第一个高峰。1939 年 1 月 1 日，《译报周刊》第 12、13 合期上以"一九三八年上海文化界动态"为总标题，分别发表了白屋的《一年来上海文化界的总检讨》、杨真的《一年来的上海出版界》、鲁逸的《一年来的上海新闻界》、应服群的《一年来的上海文艺界》、钱堃的《一年来的戏剧电影》等文章，第一次大规模地从文学到教育对 1938 年的孤岛文化界进行了梳理。他们以是否有利于抗战作为标尺，总结成绩，检点不足，提出要求。1939 年 2 月 1 日出版的《戏剧杂志》（月刊）第二卷第二期上，欧阳予倩的《一年来戏剧运动的展望》、夏衍的《过去一年间的戏剧战线》同期发表，不但对孤岛的戏剧作了精辟的分析，又为戏剧运动指明了道路，确定了此后两年孤岛戏剧的发展方向。1940 年 1 月 25 日出版的《戏剧与文学》创刊号上，同期推出岳昭的《一年来的上海文艺界》、李宗绍的《一年来孤岛剧运的回顾》、锡金的《一年来的诗歌回顾》、黄峰的《一年来的翻译界》、于伶的《一年读剧记》等五篇文章，对 1939 年的孤岛文艺界进行了全面论述。其他如《两年间的文艺运动》（署名西，《文艺新潮》一卷 10 号，1939 年 7 月）、《上海新文学运动现况》（卜克作，《华美晨报·浪花》，1939 年 3 月 3 日）、两年来通俗文艺运动》（邹啸作，《中美日报·堡垒》第 113 期，1940 年 11 月 1 日）、《两年来的上海话剧》（宗一飞作，《中美日报·堡垒》第 114 期，1940 年 11 月 3 日）等篇什，也都是述评类的整体观照之作。

值得指出的是，这一阶段的孤岛文学研究，主要是由孤岛的"左翼"文人来完成的。"左翼"文人在对孤岛文学状况进行梳理的时候，有意识地用一种既定的意识形态标准进行划分。就其本质来看，与其把"左翼"文人对孤岛文学的回顾视为一种文学研究，倒不如说是一种及时总结经验的政治工作。在这些研究背后，他们关注的不是整个孤岛文学如何更好地发展，而是"左翼"文艺如何进一步占据孤岛文坛的领导地位。也就是说，这种研究注重的是"左翼"文人对于孤岛文坛话语霸权的争夺。因此，这些篇什大多是对孤岛"左翼"文化工作的即时反思，真正从文学的意义上对孤岛文坛进行审视的不多。这种目的，在孤岛行将结束的时候，巴人（王任叔）发表的《四年来上海文艺》最能体现。整篇文章中，这位孤岛"左翼"文人的领军人物眼光所视之处，只有《文艺阵地》《文艺新潮》《鲁迅风》《文艺》以及《新中国文艺丛刊》《大时代文艺丛书》等"左翼"阵营自己经营的文学事业。至于孤岛文学的发展，他有如此设想：

> 总之，我认为上海文艺如其要有更大的发展，必须遵循两个方向：其一是展开文艺社会的政治的批评，扫除文艺园地的"青草"并打击那些老爷们的帮闲；其二是必须与苏北江南的抗战军队和人民武装一致团结，展开大时代的血的斗争的真实的描写①。

如果说第二个方向是当时中共文艺工作的指导方针，那么，第一个方向就代表着此时"左翼"文人的文学理念。在王任叔的眼里，孤岛文学发展的前提，正是要消灭孤岛文学的多样性，扫除"左翼"文学之外"文艺园地的'青草'"，并打击与己相对的文学——"老爷们的帮闲"。这种把文学完全视为政治工具的观点，极大地限制了"左翼"文人此时对孤岛文学研究的深度，同时也限制了他们自身文学创作的深度。

孤岛之外，在国统区和解放区乃至华北沦陷区的一些报章杂志上，也有一些文字涉及孤岛文坛。比如，1940年9月4日《新华日报》"书评"栏茅盾的《关于〈新水浒〉——一部利用旧形式的长篇小说》②对谷斯范长篇小说《新水浒》的批评，1938年10月16日《文艺突击》第1期周而复的《孤岛上的文化》对孤岛文化环境的分析，1940年12月1日北平《中国文艺》第3卷第4期林慧文的《现代散文的道路》对孤岛西洋杂志文的论述等，都对单个作家或文学现象进行了观照。或许是因为这些作者远在千里之外，这些篇什大都是一种浮光掠影式的叙

---

① 巴人：《四年来上海文艺》，《上海周报》1941年第四卷第7期。
② 此文亦刊载于《中国文化》1940年第一卷第4期；《十日文萃》1940年第6期。

述，而没有像上述孤岛文人那样，进行一种系统性的扫描和反思。

上海全面沦陷后，孤岛"左翼"文人风流云散，留在上海的"左翼"文人要么沉寂，要么改谈风月，孤岛文学研究也随之式微。以《杂志》为首的具有地下党背景的文学期刊在沦陷时期举办了不少座谈会，然而限于环境，他们也不能对孤岛文学多加置评。同时期的海上刊物《风雨谈》《古今》《紫罗兰》《天地》《小说月报》以及柯灵主编的《万象》，都把目光主要放在了创作上，对刚刚过去的文学场景进行批评和反思的意识相较孤岛时期大大减弱了。这是自由主义文人的个人化与"左翼"文人的组织化之间的区别，也从事实上悬搁了对孤岛文学的讨论。抗战胜利后，大批文人重返上海，对抗战时期的文学活动进行整体反思的政治压迫消失了，但急剧变化的形势，波谲云诡的政治，逼使每个人必须尽快作出人生抉择，而不能从容地沉湎于过去。整个战后时期，除了上海沦陷时陶亢德、周黎庵等在《古今》和《风雨谈》上的几篇回忆文章和陈蝶衣在《万象》上开展的"通俗文学讨论"对孤岛文坛略有涉及之外，这一阶段并没有好的评述孤岛的文章出来。

1949年，新中国成立，孤岛文学研究进入第二个时期。共产党在全国夺取政权，使延安的工农兵文学理念顺势成为占统治地位的合法文学观。以此为基点，现代文学被重新叙述。以鲁迅为旗帜的"左翼"文学运动成为现代文学的主脉，与之相左的作家和文学史实被遮蔽掉了，在地域上被视为国统区文学一部分的孤岛文学自然也在遗忘之列。当时主要的几部文学史中，孤岛文学有的在综述中一带而过，有的根本没有出场。王瑶先生的《中国新文学史稿》，在"一九三七——九四二"一编中，对孤岛的文学运动视而不见。刘绶松先生的《中国新文学史初稿》中也没有孤岛文学的位置。随着中国国内局势越来越"左"，属于小资产阶级的文人动辄得咎，曾在孤岛上活跃过的作家，如师陀、楼适夷、柯灵等操起生硬的笔头，加入了工农兵文学大合唱。而另一些作家如关露、袁殊等人，由于孤岛时期潜伏身份的特殊性，基本对此持一种缄默的态度。就坊间所见的资料，这一时期对孤岛文学研究有所裨益的是一些当事人的回忆，如巴人的《〈鲁迅风〉话旧》[①]、周

---

① 收入巴人著《遵命集》，北京出版社，1957年。

瘦鹃的《笔墨生涯五十年》① 等。令人尴尬的是，这一阶段对孤岛文学有所涉及的文字大多不在公开发行的报纸刊物上，而是出现于"文化大革命"时期一些人的交代材料中。在上海档案馆保存的一些档案里，如柯灵、师陀等人的交代材料倒有一些史料价值，想必处在北京的唐弢、楼适夷等人也是如此。总的来看，这一阶段可以称为孤岛文学研究的沉寂期。而打破这种沉寂，还要等待新时期的到来。

1980年12月，唐弢、严家炎主编的《中国现代文学史》第三卷出版。在大的框架上，整本书仍沿用了旧的思路，把九章中的七章篇幅给了民族解放和工农兵方向的文学，只有两章用来介绍国统区文学。但令人欣喜的是，这部教科书性质的文学史第一次以进步文艺运动命名，较为详细地介绍了孤岛时期的文学，并作出了"上海'孤岛'的进步文艺运动曾经相当活跃"的批语。尽管对于孤岛文学仅仅论述为"进步文艺运动"，而遮蔽了孤岛文学其他的丰富面相，但这种认识毕竟前进了一大步，昭示了自新时期开始，孤岛文学研究春天的来临，也使孤岛文学研究进入了第三个时期。

第三个时期可以分为两段：20世纪80年代以资料整理为主和90年代以文学史研究为主。1986年，以上海社会科学院文学研究所为主，联合上海图书馆等其他单位，以几年之力，推出了一套《上海"孤岛"文学资料丛书》，包括《上海"孤岛"文学回忆录》、《上海"孤岛"文学报刊编目》（以下简称《编目》）、《上海"孤岛"文学作品选》等共三种六册。在最初的设计中，尚有《上海"孤岛"文学论争集》，但因故没有成书；《上海"孤岛"时期文学史料》十辑也还只是内部的一个油印本，未能公开发行。

《上海"孤岛"文学回忆录》分上下两册，收录了孤岛时期"左翼"和进步文人对当时的回忆，以及郑振铎、柳亚子等人的亲属对其在孤岛时期活动的回忆，涉及近百人，为孤岛文学研究提供了第一手资料。《编目》则收录了72种文学期刊、24种报纸副刊的目录，基本涵盖了当时大部分主要文学报刊，内容甚为翔实，代表着孤岛文学资料方面的最高成就。书末应国靖的两篇述评《"孤岛"时期报纸副刊出版概况》和《"孤岛"时期文学刊物出版概况》，以简要的语言，将孤岛时

---

① 连载于1963年4月份的香港《文汇报》，收入周瘦鹃著《紫兰忆语》，古吴轩出版社，1999。

期的重要报刊——勾勒，对报刊的背景、主编、性质都有介绍，是这一时期孤岛文学研究的初步收获。《上海"孤岛"文学作品选》共三册，上册为小说卷，中册为散文、杂文、诗歌卷，下册为报告文学、戏剧、儿童文学卷。来源则是孤岛时期出版的书籍、报纸副刊以及文学期刊等，是迄今为止唯一出版的综合性孤岛文学选集。

20 世纪 80 年代出版的孤岛文学书籍，尚有福州海峡文艺出版社出版的《上海抗战时期文学丛书》，其中收录了唐弢的《鸿爪集》、于伶的《"孤岛"剧作二种》、周木斋的《消长新集》等孤岛时期的作品；上海书店影印出版的《中国现代文学史参考资料》丛书中，收录了关露的《新旧时代》、柯灵的《市楼独唱》、孔另境等的《横眉集》等孤岛时期出版的文集。同时，上海书店影印了一大批中国现代文学史上有影响的文学期刊，其中孤岛时期的《文献》《鲁迅风》《文艺阵地》等因此得以在更大范围内为读者所熟知。

一系列的原始资料、回忆录出版之后的几年，孤岛文学研究似乎陷入了短暂的沉寂，仍是只有少数的回忆篇什陆续问世，有分量的研究论文似乎显得比较萧瑟。但从此后的发展来看，我们可以把这几年的沉寂看作孤岛文学研究黎明前的黑暗。在较为翔实的资料基础上，一些学者全身心地投入了文学史的写作中。1994 年 8 月，杨幼生、陈青生合著的《上海"孤岛"文学》由上海书店出版，成为新时期孤岛文学研究的报春之燕。作为柯灵、范泉主编的《文史探索书系》中的一种，这本八万字的小册子以史家的眼光对孤岛的杂文、小说、散文、诗歌、戏剧、电影、儿童文学等七大类文学作品予以系统梳理。由于占有资料翔实，一些论断虽然大胆却也自圆其说，如"罗洪恐怕是'孤岛'最出色的女性小说作家"①，"在歌词创作方面，'孤岛'最积极的写作者要算袁鹰"② 等，都发前人未发。通篇论述不刻意突出大家。巴金、芦焚等的小说，钱钟书、李健吾等的散文，都能做到言之有据，客观评述。与此同时，对一些未被其他文学史注意过的人物，作者也依据客观史实公正评价。例如，以锡金、朱维基、辛劳等为主体的"行列社"诗人群，对于他们在上海所开展的诗歌朗诵活动，"堪称诗歌朗诵活动在已

---

① 杨幼生、陈青生：《上海"孤岛"文学》，上海书店，1994，第 35 页。
② 杨幼生、陈青生：《上海"孤岛"文学》，上海书店，1994，第 97 页。

经沦陷的半个中国区域内的唯一回响,这不能不说是行列社诗人们的一种特殊的历史功劳"①。丝毫不吝赞美之词,且对关露、白曙等其他社员的文学成就也予以介绍,力争还历史本来面目。尤其是对于电影与儿童文学等没有进入过文学史写作的文学类别,作者给予专章论述的待遇,突出显示了作者为孤岛文学据实写史的眼光。虽然具体成果尚有待商榷之处,但这份尝试之功却意义不小。

1995年陈青生独撰的《抗战时期的上海文学》由上海人民出版社出版。书中对占有抗战时期上海文学一半时段的孤岛文学的介绍用力甚多,在"孤岛篇"中,从第七章到第十二章,用了六章的篇幅详细叙述。第七章为一种总体的介绍,接下来的五章分别论述了孤岛时期的小说、散文、诗歌、戏剧、文学理论等五种文学类型。此书是陈青生在《上海"孤岛"文学》基础上写作的,与上书体例内容多有相似,但眼光更为敏锐,取舍也更为严谨。尤其是新增加的文学理论一章,对当时文坛上的几场争论如"抗战文艺""鲁迅风"等有较为妥切的论述,体现出一种较为宏阔的眼光。可以说,这两本书代表了孤岛文学史研究的最高成就。

1993年,远在大洋彼岸的傅葆石,在斯坦福大学出版了自己的博士论文 *Passivity, Resistance and Collaboration: Intellectual Choices in Occupied Shanghai, 1937 – 1945*。在文中,傅葆石的着力点在于思想史的考察,因此,他对于孤岛文人的研究,重点放在了思想心态和道德抉择上。他以抗日、降日和退隐三种模式作为前提概念,深入探讨了抗战爆发以后,孤岛以及沦陷时期上海文化人的心灵动态②,为孤岛文学研究开了另一条道路。但正如柯灵在给作者的信中所言,"设定这样三种不同情况,便于考察,是可以的,符合实际的;但具体到个别的人,恐怕仍然会遇到不易归类的困难"③,也指出了简单的类型划分对丰富性的掩盖。

1999年6月,王文英主编的《上海现代文学史》由上海人民出版社出版。其中,朱文华负责1937～1949年部分的写作。朱文华以现代文学史上第三个十年中上海的文学活动为整体研究对象,因此,对于孤

---

① 杨幼生、陈青生:《上海"孤岛"文学》,上海书店,1994,第85页。
② My book aims to redress this historiographical imbalance by explicating the moral and political responses of writers to foreign occupation. *Passivity, Resistance and Collaboration: Intellectual Choices in Occupied Shanghai, 1937 – 1945*. 第12页。
③ 柯灵:《给傅葆石的信》,《煮字人语》,上海远东出版社,1996,第267页。

岛文学的论述视角也就更宏阔。孤岛文学在他的叙述中，一直处于与沦陷时期以及20世纪40年代后期文学的联动之中，前后辉映。就具体的文学内容来说，朱文华的研究并没有更多新的史料出现，但其在整体中考察孤岛文学的思路，却在前几部近乎断代史研究的基础上前进了一步。此后，《抗战时期的上海文化》（齐卫平等著，上海人民出版社2001年5月版）、《上海文学通史》（邱明正主编，复旦大学出版社2005年5月版）等均对孤岛文学有所论述，但整体来看，这些研究基本沿袭了前有的研究成果，并没有大的推进，不再赘述。

除了上海出版的一些文学史著作，这一时期出现的关于孤岛文学的研究论文不少，如何为的《从〈前草〉到〈草原〉》（《读书》1983年第12期）、徐开垒的《"孤岛"文学的主要阵地——抗战初期〈文汇报·世纪风〉的回忆》（《人民日报·战地》增刊第1期）和《"孤岛"刊物〈文艺新潮〉》（《出版史料》1991年第2期）、王欣荣的《"孤岛"上海的鲁迅风》（《东岳论丛》1993年第4期）、沈永宝的《关于"鲁迅风"杂文论争的几个问题——兼与卢豫冬先生商榷》、许觉民的《孤岛前后期上海书界散记》（《收获》1999年第6期）、王欣荣和杨琳的《王任叔（巴人）的文化人格》（《东岳论丛》2001年第5期）、方婕的《试论"鲁迅风"的形成与发展》（《扬州职业大学学报》2003年第4期）、钱英才的《上海"孤岛"时期的宁波作家述略》（《杭州师范学院学报》2005年第1期）等。其中值得提出的是，这一时期的两份刊物《新文学史料》和《出版史料》。作为专门收集现代文学史料的刊物，这两份刊物一直没有停止对孤岛文学出版资料的收集。除了收录于《孤岛文学回忆录》中的文字，《回忆先父王统照在孤岛时期的文学生活》、《王任叔在"孤岛"上海》、《从〈鲁迅风〉到〈东南风〉——记苗埒、徐讦和巴人的一场笔战》、《寂寞者和他的血——孤岛诗人辛劳》、《上海"孤岛"文艺运动亲历记》、卢豫冬的《巴人与"鲁迅风"论争》等发表于《新文学史料》的文献，都从史料方面为孤岛文学研究提供了不少素材。与此相似的有《出版史料》，总体来看，孤岛文学研究到了第三阶段，才算得上真正开始了学术探究之路。如果说第一阶段"左翼"文人的自身反思是一种近距离感性总结的话，那么，在第二阶段的沉寂之后，第三阶段的研究就呈现出一种远距离理性探讨的特征，从而进入了现代文学研究之林。

孤岛文学研究中，关于孤岛文学期刊的专项研究几乎没有。1984年

10月，作为《上海"孤岛"文学报刊编目》附录的应国靖的《"孤岛"时期文学期刊出版概况》，可以说是唯一对孤岛时期文学期刊进行整体观照的篇什。文章把孤岛文学纳入国统区文学进行论述，"上海'孤岛'时期的文学运动，是抗日时期国统区文学运动的重要一部分"①，这也是当时的一种普遍认识。在此基点上，应国靖对孤岛时期的几十种文学期刊进行了简述，勾勒出了孤岛文学期刊从《离骚》到《奔流新集》的概貌。此后，应国靖出版了《现代文学期刊漫话》（花城出版社1986年版），对150余种现代文学期刊进行扫描，其中也有孤岛文学刊物《鲁迅风》《红茶》等。但总的来说，前文失之于简，后书失之于散，都不是对孤岛文学期刊系统的梳理与研究。应国靖之外，涉及孤岛文学期刊的篇章大都是一些回忆和单篇论文，如《孤岛青年的良师益友——〈学习〉半月刊》（《出版史料》1991年第1期）、《"孤岛"刊物〈文艺新潮〉》（《出版史料》1991年第2期）、《关于"孤岛"时期出版的〈战声〉》（《出版史料》1992年第4期）以及张厉冰的《关于早期〈万象〉的考察》、王国绶的《〈鲁迅风〉的风骨》（均见《中国现代文学研究丛刊》2005年第3期）等。

　　任何的学术研究都有值得反思之处，孤岛文学研究也是一样。通过对孤岛文学研究历程的述评可以发现，尽管对孤岛文学的研究在新时期云蒸霞蔚，乃至在新世纪依然默默前行，但就整体来看，孤岛文学研究所取得的成果与孤岛文学本身相比还是逊色不少。在笔者看来，目前值得商榷之处主要有以下几个。

　　第一是文学史料整理的不足。当现代文学作为一门学科进入社会科学的殿堂，对它的研究就必须依据严格的学术规范，而史料的收集与考辨无疑是第一步工作。正如上述，在孤岛文学资料的收集工作上，上海社科院文学所20世纪80年代的工作不可埋没。但令人遗憾的是，由于客观原因，他们的工作并没有得到完全呈现。比如对于文学报刊的编目，在第一本出版之后，据陈青生的描述，他们很快又搜集了其他几十种的期刊目录，却由于经济问题未能出版。如果说编辑的资料无法出版是一种客观遗憾的话，那么，在出版的一些孤岛史料中不少的错讹，就带来了不少主观遗憾。

---

① 应国靖：《"孤岛"时期文学期刊出版概况》，《上海"孤岛"文学报刊编目》，上海社会科学院出版社，1986，第560页。

《上海"孤岛"文学报刊编目》中,错讹主要体现为以下几种情况。第一,刊期的错讹与遗漏。比如徐迟主编的《纯文艺》共三期,《编目》仅录一期,并把1938年3月25日出版的第二期当作第一期进行编目;《文学研究》出至1940年5月第二卷第二期,《编目》截至第二卷第一期等。而且,《编目》中期刊标题下边屡屡出现(缺某卷某期)的注释,如《千字文》(缺第一卷第四期)等,现在只能成为遗珠之憾。第二,编目的错讹与遗漏。一是无意的遗漏,如《文学集林》第一辑《山程》,《编目》在一篇《读书杂记四则》旁边专门加注"实际只有三则——编者"①,但翻阅原刊就会发现,第四则《风云会》就在该期第114页。出现这种情况的原因,可能是刊物目录所示第四则杂记的页码与刊登页码并不相符,编者依照目录按图索骥未得,遂加此注。第二则是有意的遗漏,体现在《大陆》《少年读物》等刊物目录的处理上。这类刊物大都是综合性的具有启蒙价值取向的刊物,在文学内容之外,同时刊载不少科学文化知识的文章。《编目》在编选时仅仅摘录了一些文学性的篇目,而把文学之外的其他社科类或自然类文章目录舍去,同时又没有注释说明。这种有意的遮蔽表面看来是突出了文学,事实上却遮蔽了当时文学期刊的真实面相。孤岛时期不少文学期刊选择知识传输的启蒙取向,刊载科学性的文字,正是孤岛文学期刊的一个特征。但随着《编目》有意的舍弃,这种特征烟消云散,孤岛文学应有的个性也就无从寻觅了。第三,目录内容的错讹。例如,邵洵美在《自由谭》上刊载评论时使用的笔名"闲大",在《编目》中,这个在七期的《自由谭》里仅出现过六次的笔名,就有"谭大"(第二期)、"闲大"(第三、六期)、"闲夫"(第一、四、五期)三种,此类错讹《编目》之中甚多。上述三类错讹,虽然瑕不掩瑜,却在一定程度上影响了这本目录汇编的可信度和利用价值。

《上海"孤岛"文学回忆录》的编选,也未能尽美。因为时代的限制,编选者在征集篇目的时候,以当时具有中共党员身份的作家以及"左翼"文人为主②,而对孤岛时期在文坛上影响较大的陶亢德、周黎

---

① 见《上海"孤岛"文学报刊编目》,上海社会科学院出版社,1986,第497页。
② 金性尧和郑逸梅的文章能够入选,乃是他们回忆的对象《鲁迅风》《萧萧》《永安月刊》所致。

庵、苏青、徐讦等自由文人以及包天笑、顾明道等通俗作家未能涉及。就现有的内容来看，也有学者指出，"许多回忆录，文风甚糟，不必要的夸张、形容，显然有意拔高等等，读来使人有泥沙俱下之感。我想，文学的生命是真诚，而以回忆录为最，如果所忆之事为真，而所为之文有浮夸之迹，则可能失去读者之信任。我在翻阅的过程中，时时因看出作者的不诚实而感到趣味索然"①。编选的局限与回忆录真实性的不足，使得这部回忆录的可借鉴价值大打折扣。因为回忆录的性质，很多当事人多是依靠个人记忆成文，而一些研究者以此进行演绎，也就不免以讹传讹了②。

第二个不足就是研究的滞后。所谓滞后，有两个含义，一是研究力量的薄弱，二是研究思路的狭窄。通过上面的叙述可以看到，目前对于孤岛文学有所补益的研究成果，大都来自同一个机构——上海社会科学院文学研究所。自然，由于孤岛的特殊形势，这时的一些文学报刊、书籍很难绕过战火到达后方，上海天然地成为孤岛时期文学第一手资料最多的地方，上海学者成为孤岛文学研究的主角也是应有之义。但作为一块重要的文学版图，如若只有一地学者甚至一个机构的学者关注，则不免使人焦虑。与同属地域文学的"解放区文学研究"近几年获得山西、河南、北京乃至福建等地的呼应相比，孤岛文学研究在学者力量和研究成果上都逊色不少。研究力量的薄弱就自然导致了研究思路的狭窄。以陈青生先生的《抗战时期的上海文学》为例，陈用八年时间占有原始材料，使此书显得资料翔实，颇为厚重。但随着整个现代文学研究的发展，书中所体现出来的文学史观就显得单调。一是书中对于作家的评述过多围绕"抗战"与"非抗战"展开，使他不可避免地倾向于"左翼"文学的论述，对于自由文人、鸳蝴文人、国民党派背景的文人等孤岛其

---

① 孙绍振：《窥视许广平的情感生活》，《泉州晚报》2003年4月23日。另题《许广平的情感生活》，见《解放日报·朝花》2002年5月10日，所引文字略有不同。

② 如《永安月刊》，有学者说发行人开始即为永安老板郭琳爽（实际标明"发行：上海永安有限公司，直到第100期才署名郭琳爽"）；《永安月刊》主要撰稿人为姚鹓雏、程小青、顾明道等"民国旧派文人"，实为周瘦鹃、郑逸梅、秦瘦鸥等作家以及张若谷、温肇桐等人；认为该刊"字里行间，蕴涵着不少爱国的思绪和民族的情怀，是在敌伪势力气势汹汹的'孤岛'岁月里值得称道的刊物之一"等，都与《永安月刊》商业性通俗文学期刊的实际相差甚远。而这些说法，均为郑逸梅的《别树一帜的〈永安月刊〉》中的说辞。参见《中国现代文学研究丛刊》2003年第2期《四十年代文学期刊扫描》一文。

他文学力量则未能展开，其在《上海"孤岛"文学》中对通俗文学的论述也未能在此书中得到回应。二是研究思路基本限制在对作家作品的梳理，而对作品背后的文学生产力量关注不多。也就是"当了人与作品这个传统框架的俘虏"①，或者对本雅明所言的"大事名气的拜物教"俯首称臣了。共通的话语环境和研究资料，使此后产生的几本著作如出一辙，新资料的匮乏和想象力的疲惫已使这个研究群体陷入了故步自封的窘境。可以说，研究的迟滞成了孤岛文学目前的主要缺陷。

总体来说，孤岛文学的研究成果目前仍保持在20世纪80年代的资料收集、90年代研究的水平上。如何用新的研究框架重建新的文学史想象，如何以客观的姿态去对待"左翼"以外的其他流派，如何用新的思路继续挖掘其他材料，都应该是孤岛文学研究目前所应解决的问题。对于孤岛时期论语派的活动，民国旧派作家为主体的通俗文学，以及在海派和"鸳蝴"基础上形成的新的"通俗海派"文学及作家等这些现在看来在现代文学史上占据重要地位的文学现象的研究，都是目前孤岛文学研究中存在的弱点之一。站在前人的肩膀上指出孤岛文学研究值得商榷的地方，并不代表对于此前研究的否定。相反，作为卓有成效的文学史建构，包括柯灵、陈青生等几代人为孤岛文学研究付出的努力理应获得尊重。但在此基础上更进一步，却也是后来者不可回避的问题。

第二节 出版环境：文学期刊的外部规约

丹纳在《艺术哲学》中指出：文化生态环境对于文学艺术的发展具有至关重要的影响，"环境，就是风俗习惯与时代精神，决定艺术品的种类"②。这种观点虽然曾受到过俄国形式主义等学派的质疑，但正如埃斯卡皮所说的，"在他之后，无论是文学史家还是文艺批评家，都再也不敢（当然不能说个个如此）无视外部环境，尤其是社会环境，对文学活动所具有的举足轻重的分量"③。这话说得有理。如果说内向化的形式

---

① 〔法〕埃斯卡皮：《文学社会学》，安徽人民出版社，1987，第32页。
② 〔法〕丹纳：《艺术哲学》，人民文学出版社，1963，第39页。
③ 〔法〕埃斯卡皮：《文学社会学》，安徽人民出版社，1987，第34页。

主义或新批评学派对具体文本的分析尚能独立自足的话，那么，包括了编者、作者、读者三主体以及横跨出版、印刷、发行等环节的文学期刊生产，无论如何也绕不过时代和环境的限制。具体来看，孤岛文学期刊的发展何尝不是如此。从战前远东第一大都市上海，到战时沦入汪洋的孤岛，孤岛的整个环境都有了巨大变化。而与政治、经济和文化等环境的变化紧密相关的文学期刊出版，也相应地改变了自己的整体面貌。

一 政治环境："言论尚称自由"

1937年11月12日，国军西撤，上海的政治环境急剧转变。此前活跃在海上文坛的作家们获得了一种近乎流亡的身份，只能托庇于英美或法国租界当局的统治之下。就像一位时人的感受，"在国军西撤的前后，上海整个社会有个极大的变动，一方面抗日势力——民众团体以及文化刊物——全都销声匿迹的潜伏下来，或者公开的宣告停止工作。……一方面黑暗的恐怖势力，也逐渐抬起头来"①。就此后发生的不少暗杀事件②来看，此言不虚。尽管暗杀大都发生在报人身上，但所反映的孤岛

---

① 白屋：《一年来上海文化界的总检讨》，《译报周刊》1939年第12、13期。
② 1938年1月16日晚，有暴徒向华美晚报社发行科掷入手榴弹一枚，伤两人。1938年2月初，《社会晚报》经理蔡钓徒被"黄道会"杨嘉初等五人在新亚饭店杀害，头颅被悬于法租界总巡捕房对面电线杆上。1938年2月9日，《大美晚报》前经理张似旭以及《文汇报》《华美晚报》《时代报》《上海报》均收到"正义团"的恐吓信，称如有反日情绪，将与蔡钓徒相同命运。13日，《大美晚报》《文汇报》《华美晚报》又接到恐吓信。1938年2月10日，《文汇报》报馆被手榴弹袭击，两职员受伤。《华美晚报》报馆也遭一手榴弹袭击。1938年2月22日，《华美晚报》经理朱作同、《大美晚报》经理张似旭各接到一个方盒，内藏血手臂一只。24晚，《华美晚报》报馆被袭击，伤十人。1939年6月17日，汪伪特工武装袭击《导报》报馆。1939年6月中旬，丁默村、李士群以"中国国民党铲共救国特工总指挥部"名义，向上海各抗日报刊和报人投寄恐吓信，称如再发现有反汪拥共反和平之记载，"决不再作任何警告与通知，即派员执行死刑"。另将柯灵、伍特公、胡仲持、张似旭、瞿绍伊等83人列为通缉对象。1939年7月，阿英主编的《文献》突遭日伪抄查，经理金学成被捕。1939年8月30日，《大美晚报》华文版副刊《夜光》编辑朱惺公被汪伪特务暗杀。1940年7月1日，大光通讯社社长邵虚白被汪伪特务暗杀。1940年7月19日，《大美晚报》发行人张似旭被汪伪特务暗杀。1941年2月3日，《申报》记者金华亭下班回家途中遭暴徒暗杀。1941年4月30日，《华美晚报》总经理朱作同被汪伪特工暗杀。1941年6月23日，《大美晚报》经理李骏英被汪伪特务暗杀。上述材料参见任建树主编《现代上海大事记》（上海辞书出版社，1996），柯灵的《上海抗战期间的文化堡垒》，载《往事随想·柯灵》（四川人民出版社，2000），陶菊隐的《孤岛见闻——抗战时期的上海》（上海人民出版社，1979）。

文坛的政治背景,却是文学期刊尤其是"左翼"抗战文学期刊所同样面对的。所以在面对这一段历史的时候,几乎所有人都用了"魔窟""歹土"来形容孤岛的政治环境,似乎这是一个让人窒息欲死的地域。但在翻阅一手材料的过程中,笔者对此略有疑问,倘若政治环境真是如此,那么如何解释这一小块地域四年时间产生二百余种文学刊物的事实?

随着阅读的深入,笔者越来越感受到提起孤岛就言必称魔窟或歹土,是一个被严重放大了的异域想象。主要原因还是固有的"左翼"文学为中心的研究思维。在这种视角之下,"左翼"的文学活动几乎是孤岛唯一的文学活动,那么,"左翼"文艺运动的遭遇也就成为孤岛文艺的代名词。于是坚持抗战的文人、报人或出版人所遭遇的一切,尤其是那些为了民族独立而付出生命的烈士鲜血,就作为孤岛政治环境的例证极大地刺激着研究者的眼球。但如果抛开政治感情而单纯就文学环境来看的话,就会发现"左翼"文人或报人的遭遇只是当时政治环境的一个部分,而且就笔者掌握的资料来看,甚至是一小部分。如此一来,孤岛的政治环境便豁然开朗了不少,就其真实情况而言,笔者认为丰子恺在孤岛同期的看法似乎更为合理。1938 年 12 月 26 日,在国统区文化中心桂林担任师范教师的丰子恺给上海的朋友写信感慨,"上海言论尚称自由,至可欣慰"①。

"上海言论尚称自由",主要有两层意思。第一,是租界当局对于抗战言论的宽容。孤岛形成一年之后,"左翼"文人曾对其文化态势进行了总结,在他们的眼里,"一年来上海文化发展的特征,是从公开刊物与秘密刊物的相互呼应,相互推进,经过了曲折的道路,而争得了抗战言论的公开性与合法性"②。从不合法到争得了"公开性与合法性",这里边隐含着租界当局不动声色的宽容。

国军西撤后,日军对租界内的抵抗势力虎视眈眈。1937 年 12 月 2 日,英外交大臣艾登公开声明,"英国不承认租界内任何一个国家,有单独解决关于该租界行政问题之权利"③,表示反对日本接收租界。1939 年 2 月 2 日,伪上海新闻检查所致函工部局警务处长杰拉德,要求

---

① 丰子恺:《乱离中的作家书简》,《鲁迅风》1939 年第 5 期。
② 白屋:《一年来上海文化界的总检讨》,《译报周刊》1939 年第 12、13 期。
③ 任建树主编《现代上海大事记》,上海辞书出版社,1996,第 694 页。

租界当局对挂外商招牌的抗日报纸采取压制措施。7日，杰拉德复函称，工部局无权处理在华享有领事裁判权国家的侨民事务，建议检查所直接与有关国家的领事交涉①。租界当局不仅如此说，而且如此做。上海沦陷不久，公共租界工部局"规定所有在上海出版的报章杂志，一律须向工部局登记"②。《大陆》的挂名编辑裘重回忆登记场景说，当时管理刊物登记的都是西捕，照例都要问一下是不是共产党员，"可是那个西捕说，你是共产党也好，国民党也好，我们外国人就不管你们的事"③。也就是说，日军强烈要求的规定，在租界当局执行的时候，仅仅是一种例行公事。从这个小事例可以看出，无论是推行自由资本主义的公共租界，还是实行"中央集权制度同时坚持整体利益原则"④的法租界，都在实际上成为孤岛文学期刊政治上的保护伞。正是这种无形的保护作用，到1939年4月底，一年时间，以"左翼"地下党文人主导的"洋旗报"已有15种，总销量达20万份。而与此同时，从1938年5月到1939年4月，工部局对抗日言论激烈的报刊已发出警告106次⑤，如1939年8月1日，英美驻沪领馆通知各家"洋旗报"，"今起不得刊登过于刺激日人的新闻"。在百余次的警告之下，十余种同类报纸却依次创刊，这实在是个有趣的现象。对于这一段历史，当时身在孤岛的赵家璧回忆说，"那时上海虽成'孤岛'，在新闻出版方面却出现了一个奇迹，原来国际局势的变化，造成占领租界的日军新闻检查当局，对挂英美洋商招牌的华商报刊，一律不加检查，可以放手宣传抗日，也可发表有关新四军八路军的文章图片"⑥。这种奇迹，如果没有租界当局的无形保护，笔者认为是很难出现的。

也由于这种无形保护，这些洋旗报属下的《译报周刊》《华美周刊》等刊物得以出版，而此后继起的《上海周报》等也得以延续到孤

---

① 任建树主编《现代上海大事记》，上海辞书出版社，1996，第703页。
② 伊人：《八一三以来上海报章杂志的统计》，《上海周报》1939年第一卷第5期。
③ 裘重：《追忆〈大陆〉》，《孤岛文学回忆录·上》，中国社会科学出版社，1984，第136页。
④ 〔法〕白吉尔著《上海史——走向现代之路》，上海社会科学院出版社，2005，第3页。
⑤ 任建树主编《现代上海大事记》，上海辞书出版社，1996，第742页。
⑥ 赵家璧：《文坛故旧录》，中华书局，2008，第168页。

岛结束才休刊。尽管孤岛后期随着日方及汪伪的压力日甚，两租界当局也对报刊言论采取了更为严厉的审查管制，但无可否认，国民政府与英美的同盟身份，租界当局出于道义对中国的同情，都惠及孤岛出版界，也是孤岛文学期刊繁盛的一个重要原因。

除了租界当局的宽容，一些外国报纸也为构建自由的言论空间出力不少。国军西撤之后，日军接管了国民党中央宣传部设在公共租界的新闻检查机构，12月13日，又通过工部局宣布各华人报馆必须向上海市政府的新闻检查所送检。为此，《申报》《大公报》以义不受辱的姿态当即停刊。而美方背景的《大美晚报》却发布《责任声明启事》，宣布其中文版和英文版"两报不受任何方面之检查"，"皆服膺报纸言论自由之精义，敢做无畏及切实之评论，及载不参成见纯重事实新闻"①。1939年2月，大美报馆遭到暴徒手榴弹袭击，报纸立即发表《幼稚已极之投掷党徒》，重申"华英两报之编辑方针，悉由美人肩负责任"。尽管两年之间，大美报馆同人被暗杀六人，包括总报贩赵国樑、编辑朱惺公、职员杜炳昌、经理张似旭、编辑程振章、副经理李俊英，但丝毫不能动摇其追求言论自由的精神。与此类似的还有《华美晚报》《华美晨报》《密勒氏评论报》《字林西报》《上海泰晤士报》、法文《上海日报》《俄文日报》等。这些国际友人的举动，让孤岛出版界非常振奋，就像时任《密勒氏评论报》主编的鲍惠尔的回忆，"中国的报人几乎没有一个不忠于他们的政府，不管上海的公共租界已被日本兵整个地包围，他们经常地生活在被暗杀的危险中。另外，对于英美力足控制公共租界，上海的中国新闻从业员，也几乎有一种狂热的信心"②。从这一点来看，孤岛上"洋旗报"之所以迎风飘扬，"左翼"文人之所以义无反顾，这些国外新闻同人的态度也是有影响的，因为有了他们的支持，抗战事业对于"左翼"文人来说，就不是一个人在战斗。

"上海言论尚称自由"的第二层意思，是指孤岛文学内部环境的宽松。除了限于日方压力，租界当局对于过火的抗日救亡言论"发出警告"外，其他内容的文学出版，租界当局都采取近乎放任的姿态。至

---

① 《责任声明启事》，《大美晚报》1937年12月13日。
② 约翰·本杰明·鲍惠尔：《在中国二十五年》，黄山书社，2008，第323页。

1938年9月底，工部局捕房已发放外文出版物登记证52张，中文出版物登记证320张①。也就是说，在孤岛形成十个月之内，已有370余种中外文报刊问世。这里面包含50多种文学期刊，其中除了呐喊的"左翼"抗战救亡期刊，还有不少标榜"纯文艺"的自由文人期刊和提倡消闲的通俗文学期刊。纯文艺类期刊和消闲类通俗期刊如雨后春笋般出现，典型地体现了孤岛言论环境"尚称自由"的意义。这种自由可以用一个例子来彰示。1938年12月1日，梁实秋在主编的《中央日报》副刊《平明》发表《编者的话》，提出"与抗战有关的材料，我们最为欢迎，但是与抗战无关的材料，只要真实流畅，也是好的，不必勉强把抗战截搭上去，至于空洞的'抗战八股'，那是对谁都没有益处的"②。这就是著名的"与抗战无关论"。此论一出，立即引起国统区以及解放区文人的群起反攻，一时间，梁实秋声名狼藉，仿佛是抗战的罪人一般。而到了孤岛，情势就大不一样。1939年3月，陶亢德在《鲁迅风》第7期发表《关于"无关抗战的文学"》，对梁的论点表示认同，但除了《鲁迅风》的同人表示过商榷外，在孤岛其他文人那里并没有得到什么反击。对抗战初期的这场论争，柯灵后来评述说，"写作只能全部与抗战有关，而不容少许与抗战无关，这样死板的规定和强求，却只能把巨大复杂、生机活泼的文化功能缩小简化为单一的宣传鼓动"，"我不止一次皮里阳秋，对'言必抗战，文必杀敌'的主张，投以讥讽"③。柯灵的态度，表明了"与抗战无关论"所具有的文学价值，但格于国统区的形势，几乎所有文人都站在了梁实秋的反对面，表示自己的严正立场。如果像沈从文那样对此略微表示同感，就会陷入大遭挞伐的境地。只有在孤岛之上，才会出现像陶亢德这样公开表示理解或柯灵那样暗暗投以讥讽却免遭讨伐的幸运。

孤岛文学内部环境的宽松，促成了孤岛文学在单一的抗战宣传之外，另有不少其他颜色的美丽花朵，这是同时期其他文学场域所远远不及的。也正因如此，抗战进入相持阶段之后，"不少作家和书店又陆续

---

① 任建树主编《现代上海大事记》，上海辞书出版社，1996，第722页。
② 转自李正西编《梁实秋文坛浮沉录》，黄山书社，1999，第301页。
③ 柯灵：《关于梁实秋的"抗战无关论"之我见》，见李正西编《梁实秋文坛浮沉录》，黄山书社，1999，第372页。

从内地迁回上海……其时茅盾主编的重要刊物《文艺阵地》，也从内地转来上海出版。福州路'文化街'遂又开始有所繁荣。1939年5月，设在'文化街'上的书店有92家"①。这种文学资源的流动，也许与丰子恺带着羡慕的口气说"上海言论尚称自由，至可欣慰"的原因是如出一辙的。

二 经济环境："畸形的繁荣"

"八一三事变"爆发后，战争的硝烟把中国20世纪30年代的经济中心和远东第一大都市上海湮没了，上海的经济也大伤元气②。可以说，战争对上海经济的破坏近乎致命。但孤岛的经济却并没有因此一蹶不振。我们现在见到的诸多回忆孤岛时期经济生活的文章中，"畸形繁荣"一词是最为常见的一个。繁荣是经济上的现实，畸形则是因为繁荣的出现并不是常理上的生产发展导致。在度过战争对经济的创伤期以后，孤岛经济很快得到恢复。到了1939年中期，上海的生产力已经达到或超过了战前的水平，许多企业获得了大量的利润。据工部局的报告，1937年底，租界开工的工厂仅442家，1938年底，设于租界内的工厂已达4200余家，一年之内，猛增8倍③。而到了1940年，上海的民族资本工厂已达到5000余家④。工业的复苏带动了商业和消费的繁荣，战前凋敝的旅馆、舞厅、饭店、游乐场等人满为患⑤。

孤岛经济的繁荣，主要原因是人口的急剧增加，以及随着人口而来的大量资金涌入。有这样一组统计数字（见表1）。

---

① 胡远杰主编《福州路文化街》，文汇出版社，2001。
② 仅以对外贸易额来看，1937年7月，上海占全国的61.4%，到同年11月"淞沪会战"结束，孤岛形成，上海的贸易额比重已剧降至30.1%。而全市的105家丝厂，除租界内同裕、鸿丰及怡和等三家开工外，其余全部停产，失业工人十万以上。此处贸易额及丝厂数据见任建树主编《现代上海大事记》第742页（上海辞书出版社，1996）。
③ 《上海公共租界工部局年报》，1938，第55~56页。
④ 刘惠吾主编《上海近代史》，华东师范大学出版社，1987，第383页。
⑤ 如永安公司从开门到打烊，人流不断，每日营业额高达100万元。而永安公司天韵楼，因为游客如潮，以致老板担心压塌楼房，忍痛决定每天出售门票以12万张为限。参见刘惠吾主编《上海近代史》第385、386页（华东师范大学出版社，1987）。

表1 上海1937年、1942年人口统计及地区分布统计①

单位：人，%

年份	总人数	华界人数及比例	公共租界人数及比例	法租界人数及比例
1937	3851976	2155717；55.9	1218630；31.7	477629；12.4
1942	3919779	1049403；37.8	1585673；40.4	854380；21.8

从表中的数字可以看出，从1937年到1942年3月，上海的总人数区别不大，但人口的分布区域却有了很大变动，有101万人从华界转移到了租界内，租界人口占据上海总人口的比例，也从1937年的44.1%增至1942年的62.2%。当然，这个统计数字只是国民政府以及沦陷后汪伪政府的户籍统计，其中并不包括因为战争而大量流入的外地居民。而另外的统计数字则显示，到1938年下半年，"两租界人口估计四百五十万"②，1940年初，孤岛人口则突破了500万③。

孤岛经济的繁荣和人口的急剧增长，首先为文学期刊发展准备了充足的读者群体。孤岛上创办的报纸和文学期刊，其发行区域主要是上海周边，因此，孤岛读者市场的大小对于文学期刊的发展有着重要意义。以"左翼"文学期刊来说，其侧重于政治经济性的《译报周刊》《上海周报》等，销量高达两万，位列孤岛期刊前茅。正如一位时人所言："充分证明了信息媒介对人民生活血肉相连的关系，特别是处于重大的历史时期。上海沦陷，对三百万市民来说……在政治上完全陷入盲聋状态……抗日报纸的兴起，就使'孤岛'不孤。"④从《华美周刊》主办的《上海一日》征文可以看出，"左翼"文人主要追求的潜在读者群体为身处中下层的市民大众，孤岛经济的"畸形"繁荣，为之准备了充足的读者对象。而且由于日方的新闻限制，上海市民获得抗战信息大多来自"左翼"文人主办的政治性刊物，因此，虽然大多数"左翼"文学期刊的发行并不好，"销路能突破两千份的极少，怕只有十种左右

---

① 此表数据来源为邹依仁《旧上海人口变迁的研究》，上海人民出版社，1980，第90、92页。
② 任建树主编《现代上海大事记》，上海辞书出版社，1996，第732页。
③ 《申报》1940年3月28日。
④ 柯灵：《"孤岛"新闻史号外——洋商报史话》，《煮字人语》，上海远东出版社，1996，第256页。

（现在怕连十种也没有）"①，但依靠着众多的底层大众，"左翼"文学运动还是有着一席之地。

读者群体的增加，同时使阅读市场形成细分趋势。以中产阶级而言，根据顾准在 1939 年 4 月所发布的一份调查报告《上海职员与职员运动》中的统计，上海的职员人数为 20 万~30 万，"许多人在空闲时间所品味的书，只是《三国演义》、《西游记》、《七侠五义》等小说之类"②。也就是说，在具有阅读能力且具有阅读资本的读者群体中，消闲类的文学作品是他们最优先的选择。中产阶级与底层大众的消费口味差异，反映了孤岛读者市场的差异，这也就为孤岛文学期刊的多样化提供了前提，使多种多样的文学期刊都能拥有自己的读者群。

其次，畸形繁荣的经济影响着大众的阅读趣味。战争之初，市民热情高涨，对胜利也都怀有狂热的信心。然而，随着国军西撤带来的压抑与战争陷入持久，孤岛上的市民因为对生活失去了最初的斗志，一种颓废的情调在上海市民中间弥漫。与此同时，日伪势力也不失时机地采取措施，"尽可能地打击上海市民的道德勇气"③。这些措施中最主要的是控制大米。自 1939 年起，日本军队就开始切断上海与内地的物资联系，"居民生活必需的大米因此得不到补给"④。生活用品的紧缺造成上海物价飞涨，底层人民不得不终日为生活奔走，而少有余裕的时间和精力继续关注孤岛文坛的新变动。孤岛初成之际，旅行家瓦尼娅·奥克斯感受着上海人与侵略者决一死战的雄心，可是当她在 1941 年重回上海时，"却感觉到了中国精神的崩溃"，她问中国朋友为何如此消极，他们的回答很简单：大米⑤。而携带大量资金到租界避难的商人，随着战局转入相持，也开始投机倒把，大发横财，一改初期谨小慎微的态度，过起了花天酒地的生活。经济现实的转变造成了读者兴趣的转变，这在当时

---

① 杨真：《一年来的上海出版界》，《译报周刊》1939 年第 12、13 期。
② 参见〔日〕岩间一弘《1940 年前后上海职员阶层的生活》，熊月之等主编《透视老上海》，上海社会科学院出版社，2004，第 296 页。
③ 约翰·本杰明·鲍惠尔：《在中国二十五年》，黄山书社，2008，第 314 页。
④ 〔法〕白吉尔著《上海史——走向现代之路》，上海社会科学院出版社，2005，第 331 页。
⑤ 〔美〕魏斐德著《上海歹土：战时恐怖活动与城市犯罪 1937-1941》，上海古籍出版社，2003，第 60 页。

的一幅漫画中可以鲜明地显现出来。漫画的题目是"一样看新闻，这些调调要够劲得多啦"①，第一幅画有一些报纸的剪影，上边印着"抗战到底""沦陷""继续进犯"等字样，旁边两个读者疾首蹙额；第二幅画里的报纸上印着"贞操检查""男女痛快之至""真假贵妃"等，两个读者喜笑颜开。消闲性的通俗文学能在孤岛上再次复兴，并通过与新文学的相互渗透，产生通俗海派这样的新文体，与孤岛时期畸形繁荣的经济有着莫大的关系。

　　再次，畸形繁荣的经济影响着印刷物资。孤岛初期，众多书局的停办与出版工作的终止，使战前作为中国新文学中心的上海，印刷物资出现了暂时过剩的现象，印刷费用尤其是印刷工人的工资都比战前下降不少②。然而好景不长，随着孤岛经济出现繁荣，物价飞涨，与文学出版相关的费用一路走高。譬如排字工费用，1940年7月由战前"每千字五角涨至一元四角"③，上涨了近两倍，相较于孤岛初期下滑的价格来说，涨幅还要扩大。而给文学期刊出版带来最大阻碍的，还不是工人的工资，而是新闻白报纸的高昂价格。到1940年7月，每令白报纸的价格已由"战前五元涨至三十元"④，致使《华美晨报》《国际日报》等因经费不支而自动停刊。而且，新闻纸每令三十元，还只是当时的官方数字，据当时一份杂志编者的抱怨，早在1940年的5月，"上海报纸售价，五月起飞涨至五十元一令，较四月底市价几增一倍，此后如何，更难逆料"⑤。而据另一份杂志的记载，到1941年底，"就黑市来说……已飞涨二十倍以上"⑥。与此形成鲜明对照的是，孤岛初期的新闻纸价格尚且低于战前的五元一令，直到1938年6月，"那时白报纸三块半钱一令"⑦。两相比较，可见孤岛后期物价飞涨的情况。相应的，因为纸价

---

① 江栋良作《孤岛相》，《永安月刊》1941年第25期。
② 如杨真《一年来的上海出版界》中认为，上海出版界能在孤岛迅速复苏，其中的一个原因就是"由于上海印刷技术的进步和战后印刷界工资的低廉"，《译报周刊》1939年第12、13期。
③ 任建树主编《现代上海大事记》，上海辞书出版社，1996，第780页。
④ 任建树主编《现代上海大事记》，上海辞书出版社，1996，第780页。
⑤ 《本刊紧要启事》，《宇宙风乙刊》1940年第25期。
⑥ 《编者的话》，《上海半月刊》1943年第61期。
⑦ 吴岩：《朝花夕拾——记一个冲破"孤岛"沉寂的文艺刊物》，《上海"孤岛"文学回忆录·上》，中国社会科学出版社，1984，第141页。

飞涨而难以维持的怨言也开始在各文学期刊的编者后记中屡屡出现，"本刊方出四期，欧战爆发，纸价飞涨，成本倍增，致经济上无法维持，迫得至四期止暂行停刊"①。这些话语的背后有着刊物编辑们无奈的神态。汪伪势力深入上海之后，与出版相关的新闻纸被列入战略物资纳入政府监管，一定程度上限制了与抗战救亡过分紧密的文学期刊的发展，同时也逼使编辑们不得不更加考虑期刊销量等市场因素（见表2、表3）。

表2 "八一三"前后上海报章杂志对比

单位：种

年份	报纸登记	杂志登记	报纸停刊	杂志停刊	登记总数	停刊总数
1936～1937.11	23	109	—	—	132	—
1937.11～1938.9	89	258	63	44	347	107
1938.10～1939.9	18	249	9	101	267	110

说明：1. 数据来源：伊人：《八一三以来上海报章杂志的统计》，《上海周报》1939年第一卷第5期。

2. "八一三"前，报刊登记在内政部，孤岛形成后，租界当局要求原来的期刊以及新创办期刊必须到工部局重新登记，故孤岛的报刊第一年数量增加很大，其中含重新登记数。1938～1939年度与1936～1937年度相比，报刊增加了135种。

表3 孤岛四年出版情况对比

年份	印刷价格		沪渝间运费（元）每吨	报刊登记停刊数（种）		四大书局新书（种）
	白报纸（元/令）	排字工（元/千字）		登记	停刊	
1937	5	0.5	40	96	—	443
1938	6	0.55	2500	348	121	254
1939	12	0.6	5000	382	254	286
1940	30	1.4	10000	993	471	416
1941	50	3.0	15000			

说明：1. 数据来源：默公：《四年来的上海出版界》，《上海周报》1941年第四卷第7期。

2. 四大书局为：中华书局、世界书局、大东书局、开明书局。书籍种类包括：哲学、宗教、社会科学、语文、自然科学、应用技术、艺术、文学、史地。

---

① 《〈人世间〉第四期的停刊启事》，《宇宙风乙刊》1939年第15期。

三 文化环境："杂志办人"

1939年1月25日，《鲁迅风》的编者在《编后记》中写道："看近来的上海文化界的情形，确也使我们觉得兴奋与欣慰，蓬勃的气象，艰苦的奋斗，足使孤岛的文坛还不显得怎样的凄凉寂寞。然而却也有一种无法否认的现象，即所谓'杂志办人'者就是。"① 就孤岛的文化环境来说，"杂志办人"可以说是最为确切的一个表达。

此处提及的"杂志办人"，是现代出版史上一个著名的词汇。1929年，《一般》杂志停刊，负责人之一的开明书店编辑夏丏尊感慨："起初是人办杂志，后来是杂志办人。"② 很快，这种知情人言就获得了当时诸多编辑们的共鸣。后来，茅盾还专门写了一篇文章《杂志办人》，来抒发办刊中的种种无奈。所谓杂志办人，是指在创刊之初，办刊者大都有种种美妙的构思与规划，欲借杂志实现自己的理念；而等到杂志创办起来以后，杂志的生存状况就逼使编者们不得不放下原有的种种预设，转变为围绕杂志的销行和生存而进行的种种规划，套用一个经济学的词汇，也即由"编者市场"转变为"读者市场"。

孤岛形成之前，上海作为新文学的中心，有着现代出版史上最优越的文化环境：拥有商务印书馆、中华书局、世界书局等国内最有实力的出版机构；云集了鲁迅、茅盾、沈从文等一流作家；发行着《小说月报》《萌芽》《论语》《现代》《文学》等涵盖左联、论语派、现代派等各种有影响的文学流派的文学期刊；生活着现代中国最为集中的中产市民读者群体。几种因素的结合，形成了20世纪30年代百家争鸣的文坛格局。战争的爆发，使这种春光满园的文化景观荡然无存。商务印书馆、中华书局、世界书局等大出版机构被迫停业内迁，大批新文学作家开始撤离，那些形态各异的文学期刊也关门大吉，一夜之间，上海文坛又回到了枝叶凋零的状态。但瘦死的骆驼比马大，作为长时间形成的文化中心，上海积聚了大量的出版物资，孤岛形成之后，这些物资也大都留存下来了，为孤岛的出版业奠定了雄厚的物质基础。因此环境相对稳定之后，孤岛的出版业也就十分迅速地复苏了。1939年5月，"本市现

---

① 《编后记》，《鲁迅风》1939年第3期。
② 《"人办杂志"与"杂志办人"》，《中国编辑》2003年第3期。

有书店二百四十五家，集中福州路的九十二家"①，这个数量相较于战前并无大的下跌。但与战前不同的是，孤岛时期出版物的数量相较于文化中心时代的上海来说，大幅下降。就以孤岛形成后复业或开设分支机构的几家大书店为例，从1938年10月到1939年9月底的一年中，"商务、中华、世界、大东、开明、正中六家出版机构共出书七百七十三种，较战前一年减少三千一百八十五种。其中一般用书减少九百零四种，教科书减少一百十六种，大部书减少二千一百六十五种"②。造成这种局面的重要原因，是孤岛出版物的发行范围由战前的全国版图缩小到了孤岛周边。在这样一个狭小的阅读市场中争夺读者群，运作涉及诸多经济要素的制约，对任何一个想使其杂志能获得生存的编辑来说，其办刊理念不可避免地要从"人办杂志"转移到"杂志办人"上来。

此外，孤岛时期的"杂志办人"现象，更有另一方面的含义，就是只知有杂志，而不知有人。孤岛时期创办的文学期刊，"有一个特点即同人杂志很多"③。但与战前出现的同人杂志如《新青年》《语丝》《新月》相比，孤岛时期的文学期刊，很少有哪个文学杂志能够形成如"语丝派""新月派"这样的文学作家队伍。一方面的原因是由于环境的关系，某些作家笔名不得不时常变换，使读者难以形成固定的认知，另一方面的原因——也是最重要的因素，则是孤岛作家创作水准的孱弱。对孤岛文人来说，自比"廖化"成为这一时期文坛上最常用的自嘲。"'蜀中无大将'，'廖化'也终于还是要'当'一回'先锋吧'"④，"这也曾使有志之士，大声疾呼的发为'蜀中无大将，廖化当先锋'之唾，颇有灭此朝食之势"⑤，诸如此类的自嘲，都是这一时期的期刊上时常出现的。自嘲的话语虽然苦涩，但折射出孤岛文学期刊"杂志办人"的核心原因——"蜀中无大将"。抗战开始以后，留在孤岛上且坚持活动的成名作家只有郑振铎、李健吾、王统照等寥寥数人，而且随着时局发展，他们也多有隐晦。在大批新文学作家内迁之后，活跃在孤岛文学期刊界的主要力量就是以王任叔、柯灵、金性尧、周黎庵、罗洪、

---

① 任建树主编《现代上海大事记》，上海辞书出版社，1996，第745页。
② 任建树主编《现代上海大事记》，上海辞书出版社，1996，第756页。
③ 杨真：《一年来的上海出版界》，《译报周刊》1939年第12、13期。
④ 《编后记》，《鲁迅风》1939年第1期。
⑤ 《编后记》，《鲁迅风》1939年第3期。

苏青、徐訏等为主体的新生代作家。对他们来说，无论是在文坛的影响力还是个人的文学素养，都已很难达到战前上海作为新文学中心时期的文化水准。正如邵洵美的感叹，"虽然应运而生的新作家不能说没有，但是有的修养不够，难能垫补这个缺漏，有的究竟根基浅，未曾得到读者的信任，说话便短少份量"①。新作家的孱弱与老作家的缺乏，使孤岛"现存的杂志与报章的编辑人莫不叹息着稿荒"②，也导致了孤岛文学期刊只知有杂志而不知有人这种"杂志办人"现象的出现。

值得指出的是，因为"蜀中无大将"而导致的"杂志办人"现象，主要体现在新文学期刊上。战争开始之后，大部分身在上海的新文学作家纷纷内迁，但并未造成上海滩以鸳蝴作家为主体的通俗文学作家队伍的瓦解。除了张恨水外，大部分的通俗文学作家都留在了孤岛或者周边的苏杭地区，也都活跃在孤岛时期的文学期刊上。包天笑、周瘦鹃、顾明道、程小青等20世纪20年代就已成名的通俗文学"大将"依然是孤岛通俗文学的"重镇"。他们这一时期的创作，散布在《小说月报》《万象》《玫瑰》《永安月刊》等多个通俗文学期刊上，构成了40年代通俗文学一个新的繁荣。但就实质来说，这些作家也并没有改变孤岛"杂志办人"的文化环境。一方面，通俗文学期刊的一大特点就是与市场结合紧密，因此市场导向在通俗文学期刊上体现明显；另一方面，这些作家此时的创作，无论在他们自身的创作历程之中，还是现代通俗文学史上，都并非一个高潮期。我们在审视孤岛时期的通俗文学期刊时，依然是见刊不见人。

"杂志办人"构成了孤岛的文化环境，同时也奠定了孤岛的文学意义。大批作家内迁之后，为新生代的年轻人提供了大展身手的舞台，无论是"鲁迅风"作家群，还是"东吴系女作家"，乃至苏青、徐訏等后来文学史上的有名人物，都是借助孤岛文化环境浮出水面的。连孤岛时期一纸风行的通俗小说《秋海棠》，也是一个"廖化"秦瘦鸥的初试啼声之作，而其引起的轰动丝毫不下于张恨水当年发表《啼笑因缘》的风光。同时，孤岛时期的文学期刊，作为一种传播媒介的作用得到了淋漓尽致的发挥。因为没有新文学大家的笼罩，孤岛的不少文学期刊都实

---

① 邵洵美：《编辑谈话》，《自由谭》1938年第1期
② 邵洵美：《编辑谈话》，《自由谭》1938年第1期。

现了提供交流平台的作用。尤其是通俗文学期刊，第一次将旧派鸳蝴文人与新锐作家大规模地集中排放，无形中促成了新都市小说这种通俗海派的诞生，沦陷时期张爱玲这样的明星出现，其源流也正在于此。

四　流通环境："孤岛不孤"

孤岛是战时一个狭小地域，作为一个比喻名词，喻示着这是一块位于战争汪洋之中完全独立的区域。然而现实毕竟不是比喻，虽然被沪西"歹土"和汪伪政府环绕着，但构成孤岛的英美租界与法租界，却不是一个孤立的存在，与周边、其他区域以及国外有着千丝万缕的联系。"孤岛不孤"，可以说是孤岛流通环境的生动写照。

具体到孤岛文学期刊的生产来说，"孤岛不孤"主要有三方面的含义。

首先，是孤岛文学期刊内部的互动。对孤岛文学期刊的办刊特征，金性尧回忆说，"当时编辑和作家之间，界线就不是很分明。今天甲编刊物，约乙写稿，明天乙编刊物，甲又成为作者。'易地则皆然'，因而大家都是主中有客，客中有主"[①]。主中有客、客中有主的编辑特征，使孤岛不同的文学期刊之间，有着紧密的联系，而不是像北大时期的《新青年》那样，壁垒森严。这种联系，一定程度上还穿越了不同价值取向的文学期刊，譬如阿英，既是"左翼"阵营的主力军，也在《宇宙风乙刊》等上面发表大量的学术文章。赵景深，则主要出入于自由主义刊物和通俗文学期刊之间。包天笑，被视为通俗文学中的老英雄，除了在《小说月报》《万象》等表现突出之外，也会在"左翼"人士创办的《万人小说》上露一峥嵘。

另一个推动孤岛文学期刊内部互动的因素，是文摘类刊物的盛行。孤岛时期，出现了一批文摘类的刊物，如《文集》《艺风》等，都以选摘各类文学期刊文章为主业。文摘类刊物自身并无办刊原则，大都是兼容并包，广收博采。本来互不相同的"左翼"文学期刊与通俗文学期刊上的文章，通过这类刊物的媒介，会奇迹般地出现在同一目录之中。虽然此举曾惹得《文艺阵地》等刊物痛斥，但在无形中促进了各派文学之间的交流。

[①] 金性尧：《〈鲁迅风〉掇忆》，《伸脚录》，辽宁教育出版社，1995，第217页。

其次，是孤岛与其他地域的文化交流。交流的内容，主要是文学作品和文学理念。限于地理的不便，孤岛文学期刊的作者队伍主要是孤岛文人自身。但也有一些有着雄厚资本和广泛人脉的杂志，依然约请全国范围内的作家前来捉刀。"左翼"期刊的标杆，是《文艺阵地》。楼适夷接编不久，刊物转入孤岛进行编辑出版，由于前任茅盾的影响力和生活书店的牌子，《文艺阵地》持续保持着"全国性"的特征。此外，《宇宙风乙刊》之上，有深陷北平的周作人的苦雨小品。《小说月报》甫一创刊，远在国统区的张恨水便寄来长篇连载，都是这种交流的代表。

与域外文化的沟通，孤岛文学期刊主要集中在三个地域：苏联、欧美、南洋。《文艺》《自学旬刊》等对苏俄文艺理论的引入，《绿洲》《西洋文学》等对欧美文学的赏识，尤其是《西风》和《西风副刊》对西洋杂志文的大力推介，都已广为人知。在此仅对孤岛与南洋之间的交流略提几笔。抗战甫始，郁达夫、胡愈之等文人漂洋过海，使新加坡成为一个新文人聚集区。对这一区域的文化动态，除了《西风》等刊物的零散介绍之外，1939年4月，《文艺长城》创办后，成为孤岛文学期刊与南洋文化圈交流的一个重镇。出版当月，《文艺新潮》便以"文艺长城：异军突起的华侨文艺杂志"①为题对这份刊物进行隆重介绍。1939年7月，巴人等几十个上海文人联合署名，在《文艺长城》第三期发表《上海文艺界同人给南洋华侨文艺界的一封信》，第七期又刊载《南侨文艺界同人敬复上海文艺界的一封公开信》，两地文人借此展开大规模交流，把孤岛与南洋地域的文化交流推向高潮。

再次，是孤岛与其他地域的交通情况。"孤岛"之所以不孤，归根到底还是有着较为通畅的埠外交通。否则仅靠孤岛内部不同文学期刊之间的交流，"孤岛不孤"的定位，也就成了涸辙之鲋相濡以沫的景象。孤岛与其他地域的交通，在战事西移之后，得到了较好的恢复。国际方面，美国、德国、英国、法国、印度、新加坡、日本、印度尼西亚乃至南美洲的巴西等，都与孤岛有着不菲的贸易额。而国内的交通，虽然限于不同的政治地域区隔，却也是多条大路通重庆。对于这一点，袁燮铭先生在《上海孤岛与大后方的贸易》②中，有着详细的统计：

---

① 《文艺长城：异军突起的华侨文艺杂志》，《文艺新潮》1939年第一卷第7号。
② 袁燮铭：《上海孤岛与大后方的贸易》，《抗日战争研究》1994年第3期。

1. 沪浙线：自上海经温州、丽水、永康或经宁波、百官、诸暨至金华、鹰潭、樟树、吉安、沙市、宜昌、重庆。

2. 沪闽线：自上海经三都澳、宁德、古田或经涵江、莆田、福州至南平、光泽、黎川、宁都、赣州、吉安、沙市、宜昌、重庆。

以上两线自1940年6月，沙市、宜昌失陷，吉安以下改为：宜春、萍乡、衡阳、贵阳、重庆。

3. 沪粤线：自上海、香港经虎门或经九龙至广州、汉口、沙市、宜昌、重庆。

1938年10月，广州、汉口失陷后，此线改为：上海经沙鱼涌、惠阳、老隆、曲江、衡阳、沙市、宜昌至重庆；或由上海经汕头、汕尾、老隆、龙南、赣州、吉安、沙市、宜昌至重庆。

1940年6月，沙市、宜昌失陷后，老隆以下改为：经曲江、衡阳、贵阳至重庆；或经曲江、长沙、常德、泸溪、酉阳至重庆。

沪粤线的另一条线路是自上海经香港、广州湾、赤坎、郁林、桂平、柳州、宜山、贵阳至重庆。

4. 沪越线：自上海经海防、河内、老街、昆明、贵阳至重庆；或由河内经同登、镇南关、柳州、贵阳至重庆；也可经同登、岳墟、靖西、田东、东兰、车河、贵阳至重庆。

5. 沪缅线：自上海经仰光、腊戍、畹町、下关、昆明、贵阳至重庆。

从这份交通线路的统计可以看出，四年之中，孤岛与国统区的联系从未中断。这种流通环境，一方面使孤岛的经济得以在抗战时期继续成为全国的中心；另一方面，也为孤岛的文学生产提供了必要的条件。唯有此，孤岛的文学出版才得以成为有源之水，形成波澜起伏的景观。

第三节　出版策略：文学期刊的内部调适

在政治上和经济上，孤岛文学出版遇到的压力与其他政治区域相较，都有过之而无不及。但四年时间里仅文学期刊孤岛就产生了200多种，其中所蕴含的出版策略值得探讨。说起孤岛时期文学刊物的生存策略，由于每个刊物的创刊背景、内容取向、发行渠道等等的不同，使我们很难再像上文那样一体通论，需要依据创办人的文化身份大致分为"左翼"抗战期刊、自由主义新文学期刊与通俗文学期刊三类分别进行论述。

孤岛形成以后，抗战的声音并没有停止，不少个人也加入了救亡的呐喊之中，但整体来说，具有明显组织倾向的"左翼"文人是其中的主导力量。1937年12月9日，在沪的中共地下党组织创办了《译报》，主要参与者有夏衍、梅益编辑，林淡秋、姜椿芳、胡仲持翻译。《译报》将外文报刊上有利于中国抗战的消息翻译出来，向人们报道抗日战争的进展，宣传持久抗战的主张。但是，《译报》因其抗日锋芒太露，很快引起了日军的不满，至12月20日仅出12期即被取缔。《译报》刚面世就被扑灭这一事件，使宣传抗战的报纸及刊物的生存问题凸显出来。仅仅在行文中把某些敏感字眼或人名用××代替，"把'敌方'改'日方'，藉以避免引起刺激"①等，这样的小贴小补已经无济于事。如何创刊并生存下去成为"左翼"文学报刊的首要问题。1938年1月21日，《译报》改名《每日译报》，挂英商牌子，恽逸群任主笔，发行人为英国人孙特司·斐士和拿门·鲍曼。这是孤岛上著名的"洋旗报"的开端。

"洋旗报"的初步胜利，是租界当局"自由主义"出版政策无形保护的结果。赵家璧曾说，"租界当局还有政治上保持中立地带的一点力量，许多报刊书店，挂上一块美国注册的招牌，照样可以依靠'言论自由'四个字出书印报"②，这种政策空间，为"左翼"文人的办刊带来了新思路。他们围绕这些"洋旗报"创办了一批周刊，如《译报周刊》《华美周刊》等，都由一个外国人来充当主编或者发行人。同时，他们也把这种挂名主编的方法推广开来，并不限于邀请英美或法国人来担当，有时也找一些没有政治背景或者没有名望不易引起注意的文人来充任主编。例如，金性尧主编的《鲁迅风》，署名的编辑人冯梦云和发行人来小雍都是小报文人。

除了在刊物主编或发行人上"左翼"文学刊物经常改头换面之外，

---

① 白屋：《一年来上海文化界的总检讨》，《译报周刊》1939年第12、13期。
② 赵家璧：《文坛故旧录》，中华书局，2008，第79页。

刊物的主要作者也时常更换笔名，甚至略施小计，搞一些障眼法之类的小把戏。《译报周刊》第四期的时候公告读者，将约请王任叔先生撰写一些指导青年读书的文字。但第五期发表声明："前期曾预告王任叔先生将为本刊撰写《读书指导》，但顷据王先生来函，谓最近有事，不能执笔。我们现在设法另约别位先生担任，一俟定夺，再行奉告。"① 第六期回答读者，"读书顾问已请定巴人先生主答，自本期起隔期发表"②。"王任叔"有事，接着"请定巴人先生主答"，"左翼"的文人们就是这样玩着障眼法，来转移掉审查者的目光。这种游戏对于圈内之人是足以令人会心一笑的，但对于普通读者来说，却委实难以看透，有眼花缭乱之感。

到了孤岛后期，租界当局慑于日伪压力，对"左翼"文学期刊的审查极严，一大批洋旗报刊和其他"左翼"文学期刊都遭到了吊销登记证的命运。这时，另一种生存策略应运而生，那就是丛刊出版。根据租界当局的规定，每一个定期刊物的出版，都要到工部局或者警务处申请登记。但书籍的出版是自由的，无须像期刊一样要租界当局的登记证审批。于是，在不能及时获得登记证的情况下，"左翼"文人就以"丛刊"这种以书代刊的形式出版文学期刊，如《奔流文艺丛刊》《新中国文艺丛刊》《文学集林》等。此外，也有一些刊物以相对灰色的消闲类期刊面目出现，如《万人小说》《大陆》等，代表着"左翼"文人的另一种策略。

抗战刊物改头换面以躲避检查的方法，对于自由文人以中性面目出现的期刊如《宇宙风乙刊》《纯文艺》《文心》《文林》《世风》《大地图文旬刊》等等，似乎就显得意义不大了。这类刊物所面临的最主要问题，是办刊的资金来源。当然，"左翼"文学期刊资金问题也同样存在，但相对于其他生存压力以及自身的组织背景，办刊资金问题还是第二位的。但对于自由文人刊物与通俗文学期刊，如何解决办刊资金就成为刊物运营的首要问题。

解决资金问题的第一个办法是扩大销量。这要求刊物的编辑在内容选择、按时出版、增加订户等方面下功夫，孤岛时期论语派的刊物《西

---

① 《读者·作者·编者》，《译报周刊》1938年第5期。
② 《读者·作者·编者》，《译报周刊》1938年第6期。

风》《宇宙风乙刊》等在此方面实为翘楚①。另一个办法,是寻找赞助商和拉广告。对于自由文人刊物用广告来解决办刊资金,时人有形象的评论:

  不料办杂志竟也和开庵堂寺院一样,现在居然需要"护法"起来了。有一个月刊的《编辑谈话》说:帮助我们经济的"文化大护法"在六期内亏了几千块钱,我们当然不能再要他无限止的牺牲。因此,我们险些不能继续出版。我们于是向各处求救。现在已承蒙几位爱护文化的大商家委登广告②。

  拉大商家来充任文学刊物的"文化大护法",这是自由主义刊物尤其是商业化刊物的主要资金来源,到了后期,则出现了《小说月报》《万象》这类"广告刊物"。

  孤岛文坛上,另一个值得审视的出版策略,来自于通俗文学期刊。与同时期的"左翼"文学、自由主义文学期刊相比,通俗文学期刊占孤岛文学期刊数量的1/8左右。虽然通俗文学期刊的数量不多,在孤岛文学市场上的分量却不可小视。这些为数不多的通俗文学期刊,拥有数量广大的读者群体。通俗文学期刊上经常见到这样的文字,"本刊第二期,于七月廿五日提早发行,不料三日之内,又复销售一空,于是立刻再版;同时创刊号亦因存书售罄而添印第四版"③。通俗期刊编者们喜形于色的背后,是这样一些数字:"本刊长年订户既多……四千余定户"④;"近年来的文艺刊物,是很少能够达到四千册以上的……平均本刊的销数,是每期二万册"⑤。与之相比,同期的"左翼"文学期刊就逊色多了。1939年,白鹤对《鲁迅风》《文艺》《文艺新潮》《绿洲》等几种刊物略作评析之后,感叹道:"上述的寥寥几种……销数都难超过三千,这比之战前的情形自不免使人有寥落之感了。"⑥ 由此可见,

---

① 周劭:《三十年代有过一个"杂志年"》,《向晚漫笔》,上海古籍出版社,2000。
② 胡次:《杂志与"护法"》,《鲁迅风》1939年第14期。
③ 蝶衣:《编辑室》,《万象》1941年第3期。
④ 编者:《编辑室谈话》,《小说月报》1942年第24期。
⑤ 蝶衣:《编辑室》,《万象》1941年第5期。
⑥ 白鹤:《上海文坛近态》,《文艺阵地》1939年第二卷第11期。

就出版实务来说，嗓门洪亮的刊物，并不一定能获得有效的受众群体。

处在抗战洪流中的孤岛上，通俗文学期刊的生存并不容易。它遭遇的生存环境，除了政治、经济因素，还有社会、文化、道义等多重困厄。"公司办刊"的出版模式与"广告刊物"的出版类型，为通俗文学期刊的发展扫除了办刊资金的隐忧，这是它们的优势。但在国家面目日非的时候，提倡心灵的悠游；在全民抗战的呼声中，宣扬自我的闲适，都将通俗文学期刊放在了社会道义的不利地位。周瘦鹃曾表达自己的苦闷："知我者谓我心忧，不知我者谓我何求？"① 身为中华民族一分子的道义压力，和社会上"不知我者"的疑惑之声，使大多数的通俗文学作家选择了低调和沉默。孤岛通俗期刊的数量稀少，与此有很大的关系。

固然，每一种文化类型都有自己特定的言说方式与言说对象，通俗文学期刊的世俗姿态，决定了它所关注的对象和话语方式，是与意识形态浓厚的"左翼"文学期刊不同的个体话语或者个人叙事。但在国难当头的非常时刻，去追求个人的高蹈与闲适，不可避免会造成作者心灵上的煎熬，也会使读者产生一种心理逆反。孤岛通俗文学期刊的创办者对这一点有深刻的认识。《永安月刊》上来就说，"方今国家多事，世乱正殷，处乱世而行非治乱之道，从而创办无关治乱之月刊，或将讥为不识时务不切实际者乎？曰：否。创办《永安月刊》，盖别有所见，兹请毕其辞"②。"不识时务不切实际"，是孤岛时期每个通俗作家和通俗文学期刊创办者的夫子自问。因此，如何使办刊目的合理化，也就成为通俗刊物要解决的首要问题。

即如《永安月刊》在接下来的论述中，创办者强调刊物的文字将使读者"宁静其精神，鼓励其振作，辅助其发展，裨益其身心"③。也就是说，一向被视为脱离于社会现实之外的通俗文学，开始像新文学一样，大声地宣告通俗期刊的社会价值。而且在论述对读者的影响之外，《永安月刊》更进一步与当时的外在环境联系起来。从第一期开始，皓郎的小说《折戟》登场连载。就文学元素来说，《折戟》的情节老套，

---

① 周瘦鹃：《发刊词》，《乐观》1941 年第 1 期。
② 编者：《创刊小言》，《永安月刊》1939 年第 1 期。
③ 编者：《创刊小言》，《永安月刊》1939 年第 1 期。

文字生硬干巴，距离一篇合格小说的标准甚远。而且《折戟》名为长篇小说，但 15 期的连载一共只有三万字光景。小说叙述了一位孤岛女职员业余参加一个剧团，但后来发现团长——也是她的导师——竟然利用剧团从事卖国演出，于是振臂一呼，自己带着剧团来到后方为抗战演出。到小说结尾，"折戟"的内涵揭晓，"最后她拔了插旗的一枝木戟，折断为两截说：'我宣誓，我忠于艺术，我要把艺术来符合我们伟大的工作贡献给国家'"①，算是明示了这篇小说的最终意义。作为一份商业集团创办的大众化刊物，《永安月刊》开场就连载一篇质量低劣却寓意明显的"抗战八股"文章，其心思十分明显，即通过对抗战的关注，把自己变为"有关治乱""识时务""切实际"的刊物，从而获得道德上的立足点。

与抗战救亡和社会现实联系起来，是孤岛通俗文学期刊的普遍现象。程小青在《橄榄》创刊号里发表的代发刊词《卖橄榄引言》② 中写道：

> 橄榄有着苦尽甘来的滋味，我们很想把它来做一种象征，借以安慰一般焦虑、悲愤、颓丧、失望的人们。来，来，嚼一个橄榄罢，甘味就在眼前，我们振作些，准备未来的工作罢！

胡山源这样叙述《红茶》的创办动机：

> 自上海变为孤岛以后，几种有价值的杂志，因为不能说和不可说的关系，相继停刊了。一般读者们，感到了相当的苦闷，作者们也觉到了同样的无聊。本社同人有鉴于斯，爰有印行《红茶》杂志的动机③。

《小说月报》同样如此：

---

① 皓郎：《折戟》，《永安月刊》1940 年第 15 期。
② 程小青：《卖橄榄引言》，《橄榄》1938 年第 1 期。
③ 胡山源：《〈红茶〉文艺半月刊征求纪念订户》，《红茶》1938 年第 1 期。

上海自成为"孤岛"以来，文化中心内移，报摊上虽有着不少的东西，但是正当适合胃口的，似乎还嫌不够……在这迫切需要条件下，我们为要提供一种新鲜的食粮，所以出版了这本月刊①。

这些通俗文学期刊的自我说辞，无论是孤岛前期个人办刊的《红茶》《橄榄》，还是孤岛后期公司办刊的《永安月刊》《小说月报》，都在提醒着读者身处的是一个什么样的时代。而且在刊物的编后记中，也不时写到，"上海自从沦为'孤岛'以后，人口骤增，交通阻梗……物价大涨"②，"沧海横流，劫灰遍野，读胡山源先生明季义民别传，寄以无限感慨"③，透出忧国忧民的神色。这样的做法，就脱离了消闲性通俗文学所特有的个体话语，而与整个社会的宏大叙事结合起来，建立起通俗文学期刊的正当理由和合法地位。

为了公开出版，通俗文学期刊对战争和社会投以关注，但并没有像"左翼"期刊那样进行冲锋式的呐喊，而是在装饰门面的说辞之下，依然延续着旧派通俗文学的个人情调。这种矛盾的局面，他们如此解释，"本来特约的某种文章，还有几篇，有的看来环境所不许，只好割爱"④，"写稿实在是一件难事，况在目前的环境，更觉困难"⑤。就孤岛环境来说，他们的表述也算是一种现实。但把刊物的内容完全归结为外界的原因，则显得有些牵强，毕竟同时代的期刊上，还有那么多的怒吼与呼声。相比这种寻找借口式的口吻，通俗文学期刊上一位作家的表述就真诚得多，"在这动荡的大时代中，谈国际、政治、外交、军事未免太迂阔，也太严肃了，谈经济、教育、社会吧，太专门，也太苦索了"⑥。原来，这才是真正的原因。通俗文学期刊希望回到个体话语的欲望，透过对政治、军事、经济等内容的厌倦语气，显露无遗。由此，通俗文学期刊所标榜的对于时代的关注就显得意味深长。与直接为抗战呼喊的"左翼"期刊相比，通俗文学期刊里的时代之音，就像草坪上

---

① 陆守伦、顾冷观：《创刊的话》，《小说月报》1940年第1期。
② 丁君匋：《来日大难》，《永安月刊》1940年第11期。
③ 《编后》，《小说月报》1941年第10期。
④ 胡山源：《编后记》，《红茶》1938年第5期。
⑤ 《编后》，《永安月刊》1939年第5期。
⑥ 寄萍：《往事回想录》，《永安月刊》1940年第20期。

的几朵小花，使这些期刊显出一点亮色。通过这种点缀式的出版策略，通俗文学期刊站稳了在孤岛时期生存的第一步。

除了与时代的脱节，通俗文学被诟病的还有文学思想的落后。五四新文学运动夺得文坛霸权以后，通俗文学一直被视为"旧"派文艺的代表。虽然新文学和"旧"派文学一起，构成了20世纪中国文学的两翼，但被列入"旧"的文艺，这样的划分对于通俗文学并不公平。陈蝶衣在《万象》上也耿耿于怀，"中国的文学，在过去本来只有一种，自古至今，一脉相传，不曾有过分歧。可是自从'五四'时代胡适之先生提倡新文学运动以后，中国文学遂有了新和旧的分别"，"而且这现象直到现在，也还没有消灭"①。新旧文学划分为文坛人为造就了一道屏障，随着新文学地位日渐稳固，旧派通俗文学也开始吸收新文学的创作要素，作为自己发展的动力。通俗文学对新文学的吸纳从20世纪20年代后期即已开始，但第一次集中并且有意识地进行融合努力的，是孤岛的通俗文学期刊。如果说强调与时代的联系，是为了获得社会道义力量，那么，强调对于新文学的吸收，则主要是消解文坛内部带来的压力。

《小说月报》创刊时强调，"我们没有门户之间，新的旧的，各种体裁都是欢迎的"②，表达的是一种大度的姿态。从第五期起，《小说月报》重点增加了几个新文学作家的作品，并在此后的刊物发展中逐步加大了新文学批评的力度。与之类似，《永安月刊》《乐观》《万象》等通俗文学期刊都加大了新文学的分量。与这些期刊相映成趣的是，作为新文学新锐的胡山源，在自己创办的《红茶》上，却作出了"容纳文言"的决定。他的理由也很充分，"文言正不妨当作古董。好的古董也是艺术品，这就中了我的意"③。在胡山源看来，文言早已没有了五四时期浓重的政治和文化意义，作为一种表义的符码，完全可以成为文学中聊备一格的"艺术品"。同样，通俗文学期刊在吸纳新文学的时候，也似乎并没有过多考虑这种异己的文学表达方式所承载的意识形态功能。

但客观的事实毕竟存在。文学分为新旧，看似非常简单，但其背后

---

① 陈蝶衣：《通俗文学运动》，《万象》1942年第4期。
② 陆守伦、顾冷观：《创刊的话》，《小说月报》1940年第1期。
③ 胡山源：《从"弥洒"说起》，《红茶》1938年第2期。

的东西却不容小视。无论是在新文学，还是在新书业的市场上，新文学与旧文学两个对照的词语之后，联系的是完全不同的两种文学体系和文化精神。通俗文学对新文学有意识地吸纳，一方面使通俗文学中透出新文学的质素，可以避免时代落伍者的大帽子；另一方面也获得了一个新的阅读群体，扩大了自己的影响。因此，尽管通俗文学期刊在主动接纳新文学——尽管这种接纳程度有限——的时候，并非早有意识地要创造什么，但如此举动还是带来了新的文学形式的诞生。

吴福辉先生在评价《杂志》月刊时指出："它以通俗读物为旗帜，形成鸳蝴作者同新市民小说作者的合流"①，这样的看法应该说是一种洞见。另一个研究者在引用这句话后，继续指出，"受《杂志》启示，曾经被鸳蝴文人包揽的《小说月报》（顾冷观主编）吸纳了丁谛、予且等通俗海派作家加盟"②，并列举了其他期刊为例，作为对于孤岛以及沦陷时期文学期刊新旧合流的一个解释。这应该说也是对于当时期刊现象的一个认识。但是有两点需要探讨。一是孤岛时期的《杂志》并不是通俗读物，而完全是政治军事文摘，《杂志》的转型是在沦陷以后。当然，这只是一个史料上的小问题。真正值得追问的是，"新市民小说"也好，"通俗海派"也罢，是否是一个天然形成的文学本体，一个与通俗文学中的鸳蝴并列的不证自明的文学现象？而且"新市民小说"何以新？"通俗海派"何以通俗？其实这正是孤岛通俗文学期刊集中吸纳新文学而最终形成的结果。在通俗文学作品中加入新的质素，通俗文学以两性与生活为主的题材用新文学的手法来表达，才造成了市民小说的"新"，海派的"通俗"。当直接把"新市民小说"和"通俗海派"与鸳蝴为代表的通俗文学并列的时候，其实已经犯了一个颠倒因果的错误。通俗文学期刊对于新文学的吸纳，表面上是一个为了生存的策略，却造成了一种文学史上新体裁诞生的事实。可以说是这种策略最为重要的一个收获，也体现着孤岛时期通俗文学期刊的意义。

依照法国思想家利奥塔的理论，宏大叙事有两套合法化的神话：一是以法国为代表的对于自由解放的承诺，二是以黑格尔为代表的对于思辨真理的承诺。前者构成了现代话语的社会—政治层面，后者构成了现

---

① 吴福辉：《都市漩流中的海派小说》，湖南教育出版社，1995，第127页。
② 李楠：《晚清、民国时期上海小报研究》，人民文学出版社，2005，第46页。

代话语的哲学—文化层面。很明显，通俗文学期刊的内容在此二者之外，它所关心的在于日常生活的层面。充斥于通俗文学期刊版面的大多是为新文学精英们所鄙视的男女之情与家长里短。本来，细碎琐屑的尘世生活，正是通俗文学最主要的文学题材。到了孤岛时期，通俗文学期刊在抢夺自己的文学空间中，又加上了另一个特征：杂。也就是说，综合化，成为孤岛时期通俗文学期刊的第三个出版策略。

《小说月报》在谈到它创办的一个原因时，这样说道，"我们又感到这个时候的文艺刊物太空虚了，太杂了，才发行了这本姊妹刊《小说月报》"①。所谓"太杂了"的评语，指的是《小说月报》的姊妹刊《上海生活》。这份孤岛时期的第一份通俗文学期刊，在文学内容之外，还设置了家庭、医药等其他栏目，从前文中的介绍可见一斑。正如顾冷观他们所看到的"这个时候的文艺刊物"一样，综合化的特征实在并非《上海生活》这个姊妹刊的专利，而是当时几乎所有通俗文学期刊的共貌。

1939年1月，由三乐农产社创办的《罗汉菜》问世，刊登了不少小说、诗歌、散文等文艺作品，同时也设立了实业、法味、药圃、宅运、成功人等栏目，早已经溢出了纯文学的范畴。在其后四个月创办的《永安月刊》，也是开宗明义地在第一期的征稿启事中指出："凡属文艺创作、幽默小品、常识、音乐、戏剧、娱乐、家庭、妇女、儿童、体育、工商业检讨及图画摄作等栏，均所欢迎。"②《万象》创办不久，也公开明示：

> 第一……将特别侧重于新科学知识的介绍，以及有时间性的各种记述。第二，我们将竭力使内容趋向广泛化，趣味化，避免单纯和沉闷，例如有价值的电影与戏剧，以及家庭间或宴会间的小规模的游戏方法，我们将陆续的采集材料，推荐或贡献于读者之前。③

总体上来说，除了避免《上海生活》的"杂"而创办的《小说月

---

① 《小说月报举办大中学生文艺奖金》，《小说月报》1940年第2期。
② 《征稿略例》，《永安月刊》1939年第1期。
③ 蝶衣：《编辑室》，《万象》1941年第3期。

报》尚能大致将内容限定在文艺的大范畴之内，其他通俗刊物如《乐观》《黑皮书》《上海经》等，也都和上述所列刊物一样，内容繁杂。因此，与此前的通俗文学刊物相比，孤岛的通俗文学刊物稍稍背离了"文学"的范畴，从而更像是一个综合刊物。

通俗文学期刊的综合化出版策略，背后隐藏的是办刊者的市场考量。由于孤岛上的刊物大都只能在上海及周边发行，因此就逼使刊物的编者为了销量而大为奔忙。譬如《永安月刊》就毫不遮掩，"本刊纯粹为大众化的刊物，一切措施，完全以多数读者为对象。自信宗旨是相当的严正，以往一年如此，今后当然要贯彻始终"①，可以说是销量至上的绝佳体现。孤岛通俗文学期刊的三种出版策略中，综合化策略的作用最大，通俗文学期刊种类虽少，销量却占据孤岛出版市场的半壁江山，主要的功劳应该算在综合化的头上。

"完全以多数读者为对象"的考量，并不是无条件地以读者的需求为鹄的。就以商业气息最为浓厚的《永安月刊》来说，有的读者认为它"没有香艳色情的文字，来配合孤岛人士的胃口"②。香艳色情的文字，在畸形繁荣的孤岛无疑有着一定的市场，但《永安月刊》认为"这是我们所不愿为的"，坚持认为即使通俗和综合化，也应该"有益世道人心"③，并没有吸纳这一部分的读者群体。基于这种认识，《永安月刊》在不少通俗文艺和其他文章之外，常能见到这样的提醒，"不要作舞场孝子；不要因生活贫，把宝贵书籍随地卖；你愈是婉转顺随，委曲求全，愈是对方瞧你不起"④，这些"有益世道人心"的劝告随着刊物的销路扩大在孤岛流传，自有其社会意义。

有人在论述《万象》商业上成功的原因时指出，"究其本源，《万象》兼容并包的编辑方针，以大众为对象，对不同读者群体的兼顾吸纳，是其商业运作成功的根本因素"⑤。如果把这种结论放之于孤岛时期的全体通俗文学期刊，也大致是适合的。从宣告与时代的联系获得合法生存的根据，到吸收新文学的质素增强自身发展因子，再到通过综合

---

① 编者：《一年来的本刊》，《永安月刊》1940 年第 13 期。
② 编者：《新年致语》，《永安月刊》1940 年第 9 期。
③ 编者：《新年致语》，《永安月刊》1940 年第 9 期。
④ 江栋良：《献给上海青年们》，《永安月刊》1941 年第 22 期。
⑤ 张厉冰：《关于前期〈万象〉的考察》，《中国现代文学研究丛刊》2005 年第 3 期。

化办刊的外部运作获取最大多数的读者群体,孤岛通俗文学期刊的三种出版策略相辅相成,从一种内在逻辑上推动了这一时期文学发展的风貌,取得了不可小视的成就。从更大的视野来看,在整个通俗文学史上,这样的出版策略不但延续了通俗文学的血脉,并以新的文学方式诞生,宣告了孤岛通俗文学期刊的出版意义。

第四节　孤岛文学期刊的两个阶段与四种类型

一　两个阶段

"八一三"的战火点燃之后,上海的出版界遭受了空前打击。商务印书馆、中华书局、世界书局这类出版大鳄,"战事一爆发,他们的出版工作就完全陷于停顿。甚至连一份定期刊物都未曾出版"①。在这个烽火连天的空隙中活跃在上海出版市场的是烽火社、生活出版社之类的小出版机构,它们在发行着抗战题材的小册子。"及后,国军西撤,上海环境骤然恶劣,小出版家都被迫偃旗息鼓,大出版家更不用说了,在此后三四个月内,出版界非常荒凉,这是上海出版界从未有过的现象。"②孤岛形成之后,战前上海出版的文学期刊,"如《救亡日报》、《文学》、《烽火》、《七月》、《国民》、《文摘》、《抗战三日刊》,大都登报停止上海刊行,移地出版"③,只有《西风》《上海生活》等三四份刊物在孤岛继续刊行。

1937年12月11日,《集纳》周刊创办,这是孤岛形成之后问世的第一份文学刊物,也成为孤岛文学期刊的起点。1941年12月1日,仅出了一期的《大地》创办,这是孤岛上最后一份问世的文学期刊。之后随着孤岛结束,除了《小说月报》《万象》《乐观》《永安月刊》等三四种通俗文学期刊在沦陷的上海继续出版外,其他文学期刊也全部偃旗息鼓,这也为界定孤岛文学期刊的终点提供了方便。这段时间若以1939年9月为界,孤岛的文学期刊大致可以分为两个阶段。

---

① 杨真:《一年来的上海出版界》,《译报周刊》1939年第一卷第12、13期。
② 杨真:《一年来的上海出版界》,《译报周刊》1939年第一卷第12、13期。
③ 白屋:《一年来上海文化界的总检讨》,《译报周刊》1939年第一卷第12、13期。

1939年8月28日至31日，汪伪国民党第六次全国代表大会在极司菲尔路76号大礼堂举行。出席代表240人，推选汪精卫担任中央执行委员会主席。9月1日，汪精卫就任主席，发出《致海内外诸同志通电》，呼吁国民党军政人员与日本携手，共同反共。自此，汪伪势力在上海的活动从地下正式转为公开。孤岛在经历了日方、英美、法国等三方政治势力的影响之外，又加入了第四种势力——汪伪的影响，标志着孤岛的政治环境开始进入第二阶段，也成为孤岛文学期刊前后分期的分水岭。

当然，文学不同于政治，文学出版的分期也并不能等同于政治环境的变革。本书把1939年9月汪伪势力在孤岛的正式登场作为孤岛文学期刊发展两个阶段的分界线，是基于两个原因。第一，综观孤岛四年里的文学期刊，并没有产生一个类似于《新青年》或者《语丝》这样在文学内部带来鲜明新元素的刊物，而且孤岛文坛内部也没有某一出版事件对文学期刊的发展产生深远的影响，这就使我们很难从文学或出版意义上选择某一刊物或某一出版事件作为孤岛文学期刊的分期标准。第二，与文学不同于政治一样，文学期刊与纯粹的文学创作也不能等同。相对于自足性较强的文学来说，文学期刊对于外部政治、经济以及文化环境的依赖甚大，反应也更为迅速。在外部环境尤其是政治环境发生变化的时候，作为文化产业中"社会性"极强的文学期刊，总会早于文学自身而率先发生新变动，并进而作为一种因素促使文学精神发生改变。就此来看，在对孤岛文学期刊进行审视时，选用政治事件而舍弃文学事件作为分段标志，正是孤岛文学期刊自身发展的一个结果。

因为外部政治环境变化，而使孤岛文学前后两段呈现出明显不同的特征，即在当时，也已被人认识：

> 自国军撤离上海后，三年多来的上海文艺，前二年在表现上的活泼性确是事实，如小型刊物的此起彼伏，犹如后浪推着前浪。然而一及一九四〇年（严格说来是应该从一九三九年的下半年说起的），因着国际局势的激荡，影响到上海的文艺界[①]。

这也为孤岛文学期刊的分界提供了一个客观的证据。

---

① 浪波：《奔流文艺丛刊〈决〉的介绍》，《上海周报》1941年第三卷第5期。

第一章　与租界共生：孤岛文学期刊概论

从 1937 年 12 月到 1939 年 8 月，孤岛文学期刊的第一阶段共有一年九个月的时间。战争爆发以后，民族矛盾一跃而成为中国最主要的矛盾。民族矛盾的激化使文坛各派在"一切为了抗战"的前提下，自动走到了一起。1938 年 3 月 27 日，在武汉成立的中华全国文艺界抗敌协会中，通俗文学大将张恨水列名其中，这成为一个新旧和解的信号。抗战文学大旗的飘扬，使昔日的消闲取向以及为艺术而艺术的文学追求显得不合时宜，也使文坛各派不约而同地呈现出了战斗的姿态，尽管其态度有的坚决，有的犹疑。

这种背景下出现的孤岛文学期刊，便与战前的上海文坛有着不同的风致。孤岛第一阶段的文学期刊，呈现出剑拔弩张的风味。人们的仇恨就如火山爆发一样，几乎所有的注意力都放在了战争上面，而且在心理上普遍抱有一种速胜的幻想。无论从《集纳》《离骚》开始的"左翼"文学期刊，还是由《千字文》《世风》《戏言》等开始的自由文学刊物，抑或从《闲花》《艺花》等开始的通俗文学刊物，都对于抗战有着非同一般的关切。就以最为高蹈的通俗文学期刊为例，1938 年 6 月 1 日，《艺花》半月刊的编者宣示，"关于谈情说爱的创作，现在不需要。我们欢迎的是以轻松流利笔调写来的伟大创作"①。半年之后，通俗文学大将程小青以"卖橄榄者"的名字发表《新岁与预言》②：

> 现在请大家瞧一瞧那广漠的猎场，这些猛兽在咆哮奔突了一回以后，已深深陷入了泥淖而举蹄不得。它们在喘息，在焦灼。可怜呵！前进既不得，后退又不可！等到猎人们的合围一成，它们除了俯首就缚以外，还有什么路走？阴暗的残年已拖着痛苦过去了，光明的春意已跟着新岁而俱来。

可以看出，对于战争和整个时局的乐观，孤岛的文学期刊上有着怎样的反映。然而好景不长。1939 年 5 月汪精卫到达上海以后，沪西的"七十六号"特工总部成为汪的爪牙，加强了对反对声音的打压。并通过日本人的势力对租界进行干扰，孤岛上较为自由的话语环境开始紧缩，

---

① 《编辑者言》，《艺花》1938 年第 5 期。
② 卖橄榄者：《新岁与预言》，《橄榄》1939 年第 3 期。

租界当局对于文学出版也加强了控制的力度。但到了1939年中期，孤岛的经济已经恢复至战前的水平，并在此后持续繁荣起来。

政治环境的恶化与经济上的繁荣，使整个孤岛文学期刊的外部环境以及内容取向都为之一变。1939年9月，论语派刊物《宇宙风乙刊》编者们的夫子自道，细致地描绘了孤岛文学期刊前后两个阶段的不同：

> 本刊在沪出版，瞬已半年，以创刊时上海情势与今日相较，蓬勃消沉，又如隔世。本刊虽以环境之故，仅能寄意微言，稍尽责守，然自问不敢装聋作哑，尤未尝丧心病狂也。区区微忱，谅为贤明读者所共鉴。本刊内容，此后拟侧重学术思想知识修养方面，深望海内作家，不吝惠稿。俾孤岛数百万居民，或可藉本刊稍得精神食粮，丰富精神活力，以为抗战建国之一助①。

上海情势从"蓬勃"转到"消沉"，刊物内容从"寄意微言，稍进责守"转到"此后拟侧重学术思想知识修养方面"，尽管只是《宇宙风乙刊》这样的自由主义刊物的个体选择，却一叶知秋，彰示着孤岛前后期变动对文学期刊的影响。

这一变动反映在"左翼"文人主办的期刊上，就是文学内容的增加。在第一阶段，"左翼"文人重要阵地之一的《译报周刊》上，几乎全都是关于抗战的政治经济文字，对此编者也十分清楚。"编好以后，看了一遍，觉得内容似乎还结实，只是读者一再指出的'太过硬性'这一点，还是没有避免。这主要原因实是由于文艺方面的来稿太少。"②弥补的措施，就是约请徐訏写了一个中篇《风雨雷霆》，其实从名字就可以看出，这并不是一个"软性"的篇什，但即连这样的小说，也在第17期终止。到了第二阶段，继《译报周刊》而起的《上海周报》，则"专门辟出篇幅刊登有关文学艺术方面的文章，在已经出版的102期中，共计有一百余篇"③，为第一阶段的《译报周刊》《华美周刊》《杂

---

① 《编辑后记》，《宇宙风乙刊》1939年第12期。
② 《编后小记》，《译报周刊》1938年第3期。
③ 丁裕：《闪耀在孤岛上的一把火炬——上海周报》，《孤岛文学回忆录·下》，中国社会科学出版社，1985，第76页。

志》等不能比拟。"左翼"文人第二阶段的阵地，以"丛刊"的出版为主，而"丛刊"的篇幅就几乎全是文艺了。最大的几个丛刊《新中国文艺丛刊》《奔流文艺丛刊》《杂文丛刊》《文艺界丛刊》等，都把主要篇幅和精力放在了文艺创作上。换言之，孤岛"左翼"文人文学创作的真正展开，是在第二阶段的文学期刊上。

就通俗文学期刊来说，到了孤岛第二阶段，办刊基调变得明显柔和，前期点缀式的对抗战的关注也已经不复存在，大都默默地远离着政治与现实。《永安月刊》的编者们开始强调，"我们还要重复声明本刊的立场，本刊纯粹为大众化的刊物"①，而对于有读者认为《永安月刊》上"没有激烈的文字，无补于国家民族"的指责，编者"认为是适中要肯的"，但是"限于环境"，觉得如此办刊"已经够满足了"②。这种思想代表了第二阶段通俗期刊的普遍心态。

二 四种类型

孤岛两个阶段的文学期刊，若以刊物主办者的身份来划分，大致可以分为四种类型：组织办刊、个人办刊、公司办刊、书局办刊。

（一）组织办刊

组织办刊，是指刊物的创办者和主持人主要是政党组织或者政府组织。组织办刊在孤岛文学期刊中占有重要地位，从孤岛之初第一份刊物《集纳》，到1941年11月16日孤岛行将结束时出版的《万人小说》，组织办刊类型跨越了整个孤岛的文学进程。在孤岛创办文学期刊的政党或政府组织主要有三个：中共江苏省委、国民党上海市党部、汪伪上海市政府。

战前国民党的三民主义文艺处于文坛边缘状态，战时同样如此。孤岛上留存的国民党势力，主要创办了《正言报》，并聘请柯灵、师陀等编辑文学副刊《草原》。文学期刊的创办则沦于无形。汪伪势力进入上海之后，于1940年9月创办了《上海半月刊》，1941年5月到1941年11月又创办了《上海》月刊。《上海》是汪伪上海市政府的机关杂志，文学性的内容几乎没有。《上海半月刊》的主办发行者为汪伪中国国民

---

① 编者：《一年来的本刊》，《永安月刊》1940年第13期。
② 编者：《新年致语》，《永安月刊》1940年第9期。

党上海特别市党部,这本刊物倒是刊登了不少有关文学的文字,但大多数是浅薄的党派之争,文学意味较强的小说和散文十分少见。毕竟在孤岛依然存在的时候,还没有哪一个作家敢于直接落水,而且这两份刊物都设在沪西"歹土",并不算严谨的孤岛刊物,汪伪文学期刊的繁荣要等到沦陷以后。

与国民党和汪伪势力相比,中共江苏省委的活动要活跃得多,可以说孤岛时期的组织办刊风貌,主要由他们来决定。其实,中共江苏省委只是一种统称,在孤岛上具体负责文学期刊创办的中共组织,分别隶属于中共江苏省委之下的文委和学委两个机构。文委方面的主要人员有孙冶方、王任叔、王元化、于伶、杨帆、梅益等人,他们创办的文学期刊主要有《华美周刊》《译报周刊》《上海周报》等几种。学委方面的主要人员有周一萍、萧岱、吴岩等人,创办的文学刊物有《一般》《文艺》《译报丛刊》《海沫》等。对于他们的工作实绩,杨帆曾回忆说,"《译报》实际上成了'八办'和江苏省委的机关报,清一色的是我们的同志在办报"①,由此衍生出来的《译报周刊》等也同样如此,显示着中共文人的成绩。

组织办刊的一个特点,就是刊物的运作过程带有很大的行政色彩,并不完全依照单纯的出版原则。譬如1941年11月16日《万人小说》的创办,其时正值"皖南事变"之后,江苏文委按照中央指示,把孤岛的工作方针调整为文化宣传大众化,经营管理事业化,开始以"交朋友"的方式来团结各个文学流派。《万人小说》就是文委与通俗文学作家交朋友后的产物。《万人小说》与当时流行的通俗杂志区别不大,如果仅看其登载的篇目,简直就是一套《小说月报》或者《万象》的内容。但《万人小说》的实质,却是"党组织领导下的一个比较隐蔽的文学阵地"②。《万人小说》的稿件由王元化统筹,他当时笔名佐思,是中共上海文委的成员之一。在他的联络之下,包天笑和范烟桥两位通俗小说元老为刊物慷慨捌刀。王元化之所以联系他们出面,主要在于文委

---

① 杨帆:《上海"孤岛"时期的党和文艺界》,《孤岛文学回忆录·上》,中国社会科学出版社,1984,第15页。
② 吴礽:《〈万人小说〉琐谈》,《上海"孤岛"文学回忆录·下》,中国社会科学出版社,1985,第158页。

认为包天笑、范烟桥二人属于礼拜六派中"新"的小说家,值得团结。孤岛沦陷之后,《万人小说》随即终刊,没有像《万象》《小说月报》等刊物一样在沦陷区继续出版,不是办刊资金或者其他问题,而是"形势所逼,以避免更大范围的暴露所致"①,显示着迥然不同的组织特点。组织办刊尤其是中共江苏省委创办的文学期刊,在孤岛影响很大。除此之外,中共江苏省委还通过一些主要作者联络或者控制了一些其他类型的刊物,如《文艺阵地》《文学新潮》《鲁迅风》《杂文丛刊》《新中国文艺丛刊》等,都成为与其声气相通的文学阵地,在孤岛形成了一股强大的风潮。

(二)个人办刊

所谓个人办刊,主要是由文人个人筹集资金创办,个人负责发行。个人办刊的数量在孤岛文学期刊中所占的比例是最大的,但由于资本少,发售渠道不通畅,在整个期刊市场上大都显得势单力孤。除了论语派的刊物外,鲜有其他个人刊物获得很大的销量和影响。对个人办刊来说,经济问题是最主要的问题。1938年7月,一份刊物在宣布停刊时的倾诉,说明了个人办刊的境遇:

> 我们知道除了一部分"小开"阶级,凭着一时的"雅兴"而"发行"几本"刊物"外,大部分的刊物,没有政治背景,特别来源,是不克维持的。当我们初次向公共租界法租界警务处申请登记时,该两租界印就的申请书上也都印有"每月得津贴若干?"的文字……事实上,我们被"经济"所屈服,不是被"环境"所屈服,"环境"屈服不了我们,"经济"才足以致我们的死命②。

由于经济的原因,个人创办的刊物大都不付稿费,邀请亲朋操刀襄助,如程小青和徐碧波创办的《橄榄》,6个月时间里仅出了5期专号,就因蚀本甚多而停刊,而为《橄榄》写稿的多为星社成员,完全是义务写稿,是不取稿酬的。胡山源办《红茶》,"《红茶》的稿子,大半出

---

① 吴礽:《〈万人小说〉琐谈》,《上海"孤岛"文学回忆录·下》,中国社会科学出版社,1985,第158页。
② 《和读者"小别"启事》,《大地图文旬刊》1938年第12期。

于我的手笔，就因为没有稿费，招揽不到多少外稿之故"，"赵兄每期必有所作，全尽义务"①，这是个人办刊的一个写照。孤岛时期办刊的各位文人中，除了邵洵美这样有家庭财力支撑之外，大都属于穷酸一族，很容易因为经济实力不济，而使个人办刊关门大吉。1939年7月15日创办的《玫瑰》半月刊，由通俗文学两位大将顾明道和赵苕狂主编，不能说没有影响力，但仅仅一个半月之后，同年8月31日就宣告终结。其不免夭折的命运，反映出个人办刊的无奈与无力。

但也正因为没有外来资金的掣肘，个人创办的文学期刊，创办者的个性比较鲜明，呈现出各种各样的风貌。个人创办的刊物中，既有宣传救亡的《大众文化》《大时代》《野玫瑰》，也有力图挽救人心的《世风》《天地间》《新文苑》，还有带有浓厚消闲色彩的《艺花》《红茶》《玫瑰》，可以说，正是诸多个人办刊的存在，孤岛文学期刊才显得风姿绰约。在孤岛"杂志办人"的文化背景下，这些刊物虽然年寿不永，却大都维持了"人办杂志"的编辑理念，算是孤岛文学期刊界不期的收获。

（三）公司办刊

公司办刊，是指刊物的主办方为与文化界联系不多的商业企业。公司办刊的目的主要有两个：一是广告公司创办的刊物，为了给自己拉来的广告提供刊登的平台，如联华广告公司创办的《上海生活》与《小说月报》②；二是其他商业公司创办的刊物，则有为公司进行隐性广告宣传的意思，如永安公司主办的《永安月刊》③，九福制药公司出资的《乐观》等。公司办刊是孤岛时期第二阶段通俗文学期刊界的主要力量。

公司办刊最大的优势就是为文学刊物解决了经济来源的问题，但同时也限制了刊物的价值取向。出于商业利益的考虑，公司出资的刊物基本都是在"轻软闲"上下功夫的通俗文学刊物。1937年1月，《上海生

---

① 胡山源：《赵景深》，《文坛管窥》，上海古籍出版社，2000，第11页。
② 这种解释来自丁景唐先生2005年7月18日与笔者的谈话。丁景唐先生曾担任联华广告公司创办的《小说月报》的编辑，对联华公司的情况十分熟悉。特此致谢。
③ 郑留在回忆《永安月刊》创办的情况时，这样叙及："公司方面极力赞成由公司出版……可作公司别开生面之无形广告，即属蚀本亦在所不惜。"郑留：《四年话旧》，《永安月刊》1943年第49期。

活》创办,在孤岛上出现的刊物中,是第一家由商业公司出资创办的通俗文化刊物。出资的联华广告公司是联合广告公司和华成烟草公司联办的一个广告公司。联华广告公司的主要业务是负责《新闻报》的发行和广告。为了扩大《新闻报》的发行,公司负责人陆守伦遂决定创办《上海生活》月刊,免费赠送《新闻报》的全年订户。《上海生活》由吕白华和顾冷观主持,严独鹤担任名誉编辑。由于严独鹤的关系,程小青、张恨水等人都在上边有不少创作。《上海生活》主要设置栏目有特写、掌故、文艺、家庭、医药、书苑、漫画、摄影等。除文学之外,内容极为广博,实质上是一个综合性的期刊。尽最大可能获取读者,是公司办刊天然的追求,而文学期刊应有的文学诉求,已经不是这类刊物创办的缘由了。

（四）书局办刊

在整个现代文学史上,书局所创办的刊物占有重要地位。商务印书馆、中华书局、开明书店、北新书局、文化生活出版社等现代出版史上的知名书局,都与新文学史上一系列影响极大的文学期刊联系在一起。通俗文学中,世界书局、大东书局等也都出版过不少大刊。孤岛时期的文学期刊界里,书局办刊的主要有文华出版社的《天地间》,文化生活出版社的《少年读物》,开明书店的《文学集林》,良友图书公司的《人世间》等。最有名气的代表刊物是生活书店的《文艺阵地》和万象书屋的《万象》。

书局办刊的优势在于书局积累起来的文化资本,无论是印刷物资和发行渠道,还是编辑能力和作家群体,都远非前几种办刊模式可比。《文艺阵地》与《万象》皆如此。《文艺阵地》于1938年4月16日创刊,由茅盾应生活书店的约请,在香港九龙创办。从1939年6月16日第三卷第五期开始,《文艺阵地》改在孤岛出版。《文艺阵地》在孤岛的办刊费用等,"依赖生活书店上海分店（当时对外已改名为'兄弟图书公司'了）负责人许觉民、王太雷、艾寒松同志们的努力"①。即使楼适夷迁到了孤岛,《文艺阵地》依然是当时全国规模最为宏大的一份文学杂志,其作家群体代表了"左翼"文学的最高水准,而且涵盖了国统区、解放区以及孤岛等广大的文学区域。

---

① 楼适夷:《茅公和〈文艺阵地〉》,《新文学史料》1981年第3期。

《万象》于1941年7月创刊,由陈蝶衣编辑,万象书屋出版,中央书店发行。《万象》的资金来源,由发行人平襟亚创办的中央书店提供。《万象》销量极好,竟然达到了每期两万份,算得上是当时期刊界的一个奇迹。平襟亚与通俗文学渊源很深,初期的《万象》也邀请了几乎所有的新老通俗文学作家执笔。孤岛时期《万象》的创作实绩与办刊模式,以及1942年10月和11月推出的两期"通俗文学运动"专号,一定程度上促进了上海沦陷区通俗文学创作的繁荣。而1943年7月开始《万象》改由柯灵编辑,一变而成为新文学的阵地,也说明了书局创办的文学期刊在推动文学发展上的优势。

此外,由陶亢德、徐訏主编,1939年8月5日出版的《人世间》也值得一提。《人世间》的出版商为良友图书公司,也即论语派刊物《人间世》的东家。"有一次我们偶尔谈起《人间世》,碰巧良友公司丁君匋先生有意来经营,并且征得良友公司方面同意,愿意将它让我们来复刊"①,但陶徐认为《人间世》原为林语堂与简又文负责,现今二人都不在,不好赓续,就改名为《人世间》。《人世间》的风味延续着论语派的特色,依然闲适恬淡。对于此时已成为众矢之的的周作人,《人世间》并未嫌弃,第二期上不但刊载周的书信,而且发表了周作人的《谈关公》。《谈关公》一文在孤岛文坛引起了不少争议,也把《人世间》推到了一个不利的处境。所以,仅仅出了四期,随着陶徐二位的隐退,《人世间》就在1939年9月20日停刊了。此后,在丁君匋的主持下,《人世间》又在1940年3月1日复刊,但已是"重起炉灶,另立阵容"②,没有丝毫论语派刊物的面目了。

---

① 亢德、徐訏:《关于本刊》,《人世间》1939年第2期。
② 《复刊致词》,《人世间》1940年第5期。

第二章 趋同与互异：孤岛文学期刊的三种价值取向

1939年8月5日，陶亢德、徐訏主编的《人世间》创刊，以柯灵、浑介、文载道、周黎庵、陶亢德、朱雯等六人的《目前孤岛的刊物内容商谈》（以下简称《商谈》）作为发刊词。《商谈》发表的时候，孤岛文学期刊已经要进入第二阶段，整个文学环境相较孤岛初期有了很大的改变。作为唯一一篇集体探讨孤岛文学期刊内容的文献，《商谈》的发表，记录了文学期刊的编辑们在转型时期对于刊物价值取向的即时思考。参加座谈的六位作家，全部在新文学史上从事过文学期刊的编辑工作，而且除了浑介以外，其他五位又都在孤岛从事文学期刊或文学副刊的编辑，对于孤岛文学期刊应有的价值取向，有着更为真切的体认。从六位作家当时的身份来看，也全部属于自由文人的行列。因此，他们的思考也就在一定程度上代表了孤岛编辑们的文学自觉。

《商谈》讨论的是"刊物内容配置"，核心问题却是文学期刊的价值取向。所谓价值取向，是人们对特定事物采取的价值观，它反映人们的价值选择，体现人们认识、评价客观事物的内在标准，具有导向的作用。具体到孤岛的文学期刊，就是如何认识文学期刊在孤岛时期的作用，选取何种文学编辑理念。六位作家一番争辩之后得出结论，"我们应当用较严肃的态度，采用有益于抗战，有益于文化，有益于社会的文章"，并且全部承认"对于这个问题大家并没有不一致的地方"[①]。这种一致的结论也正是孤岛文学期刊重要的两种价值取向：有益于抗战与有益于文化。一个立足当前的救亡，一个取向长远的启蒙，最终的目标却又都是为了"有益于社会"，这也正是新文人们的立身之本。

有益于社会，是新文学拥有合法性的一个重要因素。五四之后的新

[①] 《目前孤岛的刊物内容商谈》，《人世间》1939年第1期。

文人以此作为文学活动的支点，同时又以此为标准，把鸳蝴文学为代表的消闲文艺摒弃于文坛之外。《商谈》的六位作家在讨论中，同样没有给消闲文学留下应有的位置。但孤岛毕竟有着深厚的消闲主义传统、畸形繁荣的经济、严酷的环境与市民化的空间，使得消闲文化血脉不断。孤岛文化空间的重构，使一直处于文坛边缘的通俗文学期刊得以向中心游移。以其为代表的消闲取向也为战时一部分文人以及孤岛市民提供了心灵家园，从而使消闲与救亡和启蒙一起，构成了相对平和的孤岛环境中文学期刊的三种价值取向。

第一节　救亡：文学期刊的政治功用

自鸦片战争以来，现代中国遭遇了无数的政治风浪，曲折的历史影响着自龚自珍、魏源以来的一代代知识分子，但从来没有哪一个历史事件能如1937年爆发的抗日战争一样，对整个知识分子和作家群体产生如此深远的影响。卢沟桥的枪声过后，"一切书呆子的理想，年轻人对生活、事业的温馨之梦，连同高官巨商聚敛的财富，顷刻间都将失去原有的依据"[①]。这场持续八年的战争不但彻底扭转了新文学的启蒙进程，而且影响着作家和出版家们的文学选择。在中华民族遭遇生存危亡的关头，文人群体尤其是怀着纯真文学之梦的出版家和作家们，也大都把目光转移到了救亡上来。

一　文学期刊的普遍关注

救亡，是中国近代历史上一个延续的命题，因了抗日战争的爆发，第一次成为绝大多数知识分子和文人的共同选择。北平的文人南下，上海的作家内迁，在漫漫的路途中，这些备尝艰辛的作家们心中只有一个念头：救亡。孤岛之所以产生，正是拜战争所赐。战争促成了孤岛的形成，也影响着孤岛文学期刊的价值取向。1937年12月9日，孤岛上第一份报纸《译报》创刊，12月11日，第一份刊物《集纳》问世，二者都指向了救亡。自此，孤岛文学期刊上轰轰烈烈的救亡运动拉开序幕。综观孤岛文学期刊中的救亡取向，呈现以下几个特点。

---

① 凌宇：《沈从文传》，北京十月文艺出版社，1988，第349页。

第二章　趋同与互异：孤岛文学期刊的三种价值取向

第一个特点，"左翼"文人是其中坚力量。1938年4月，一份宣言书在孤岛期刊中出现：

> 文艺家是民族的心灵，民族的眼和民族的呼声，没有一个伟大的文艺家不为着民族事业而奋斗……
>
> 新时代的文艺，尤其是在这大时代的文艺，早已不是个人的名山的事业，而应该是一种群众的战斗的行动。文艺更应该是人民大众的日常生活的一部分，而不是几个专门家以及少数知识分子的私有品……无论阶级、集团、世界观、艺术方法论不同的作家，已必须而必然地要接触到赤血淋漓的生活的现实，只有向这现实中深入进去，才有民族的出路，也是文艺的出路。……所谓"作家式"的生活，已经不该而无法再继续下去了①。

文章语调铿锵，用一种无可商量的语气告诉所有经历着这场战争的文人：从"所谓'作家式'的生活"，转到"一种群众的战斗的行动"，是他们唯一的路途。需要走到这同一条路上的文艺家，包括了"阶级、集团、世界观、艺术方法论不同的作家"，这也就宣告了，没有任何一个作家，在这场民族生死存亡的战斗面前，有理由选择其他的道路。这篇由《华美周刊》的编辑所写的檄文之所以如此理直气壮，其背后的依据正是超越了不同文学理念的中华民族空前危机。

在处于沦陷汪洋中的孤岛上，救亡问题中最重要的就是抗战。而把自己的事业贡献于正在进行的抗战，也已为广大的作家所认知。但长时期有着独立文学理念的自由主义作家，在突然面对赤血淋漓的现实时，他们依然感到了不适应。拿起笔来写些什么？尤其是在已经远离了炮火硝烟的孤岛，这是当时不少作家们的一个疑惑。面对这个问题，"左翼"文人们在文学期刊上给出了坚决的回答："如果这个问题提出来的时候，我的开门见山的方法的答复是：'在热烈抗战的现阶段，我们智识分子，如果拿起笔来，便应该写有关抗战而且一定是有利抗战的文字！'"②"左翼"文人们一反仅在文学领域进行宣传的做法，把自己的

---

① 《现阶段文艺运动》，《华美周刊》1938年第一卷第2期。
② 《拿起笔来写些什么》，《华美周刊》1938年第二卷第11期。

领地扩展到了所有涉及抗战的领域。《译报周刊》《华美周刊》《杂志》《文献》等综合性刊物的创办，是一个典型的例子。在这些刊物上，我们看到的大都是关于抗战的政治、经济、军事分析文字，以及"左翼"作家们对于文坛应有的价值取向的诸多分析与呼吁。把自己的主要精力从文学活动转入并不熟悉的领域，"左翼"文人们并无不适，在他们眼里，"怎样把抗战宣传更普遍更深入到群众中去，这涉及到文艺的大众化（即通俗化）的问题。……这里所指文艺，非单指纯粹的文学作品而言，而是包括一切宣传的方法如标语壁报等，都在其间。这是目前与抗战有关的重要问题之一"①。

对于"左翼"文人办刊上的"不务正业"，有不少读者提出疑问，认为因缺少文艺作品而使《译报周刊》《华美周刊》《上海周报》等刊物显得过硬。为了救亡而造成的文学刊物非文学化现象，这是"左翼"文学期刊的事实。这种现象的出现，有两个原因。一是环境的改变对读者造成的影响。孤岛形成之初，"书商因着读者被突然其来的一个民族抗战的巨浪激越起来的感情，大家纷纷地要求读政治性的小册子，文艺的东西，就被书商奚落了"②。有了读者需求的改变，文学期刊的"非文学化"就有了转变的前提。事实也如此，一些"非文学化"的期刊如《译报周刊》《华美周刊》《上海周报》等，都有着极好的销量。例如，《译报周刊》创办不到两个月便"已成为全上海拥有最广大读者的刊物了"③，《上海周报》的销量也达到了"每期八千到一万份"④。二是编者们的极力推动。对救亡的呼吁，"左翼"文人除了要为所有作家指明道路，最重要的还是要使广大的读者认识到救亡的重要性。1938年7月，仅仅创刊三期的《大时代》宣告终刊，编者颇为沉痛：

> 环境的魔手，扼住了我们的咽喉，强权的桎梏，锁住了我们的双手；使我们不能写，不能喊，因此，我们在这里不愿再多唠叨，我们只有希望读者——全孤岛的青年——不要忘记了现在的时代，

---

① 武汉文化界协会：《文艺大众化问题》，《文集旬刊》1938年第一卷第5期。
② 徐风：《积极推进上海的文艺运动》，《上海周报》1940年第二卷第19期。
③ 《告读者》，《译报周刊》1938年第一卷第7期。
④ 丁裕：《闪耀在孤岛上的一把火炬——〈上海周报〉》，《上海孤岛文学回忆录·下》，中国社会科学出版社，1985，第74页。

> 希望读者紧紧记住：我们是中国人，我们是黄帝的子孙。我们的民族已到了存亡关头，不容许我们安逸享乐，我们应当站在自己的岗位上去工作①。

基于这样的目的，在较为玄远的文学书写与直接明快的时政分析之间，"左翼"文人毫不犹豫地选择了后者，试图用政治军事之类的硬性文字使读者认识民族的危机，获得直接的警醒。

"左翼"文人借文学期刊进行救亡，在操作中注重组织性。格于外部环境和作家匮乏，孤岛救亡主题的文学稿件时常捉襟见肘。由此，孤岛"左翼"文人不时喊出"重振杂文"②"炸碎孤岛剧运的礁石——解决剧本荒问题"③之类的口号，都是为了解决文学期刊阵地中的"弹药"问题。但值得寻味的是，"左翼"文人同时喊出了另一个口号："积极培养干部"。1939年5月4日"左翼"戏剧作家的一次座谈会发表的决议文认定：孤岛有两大现实。第一，孤岛是一个复杂的有六百万人口的集中地；第二，孤岛依然是江南沦陷区的文学中心。依此而决定展开的三点工作中，其中一条即是"我们要训练大量戏剧干部分配到内地去工作"④。用干部制度来解决孤岛戏剧发展中的问题，是立足救亡的孤岛"左翼"文艺界的一个主要操作模式。大力培养干部的工作不但在戏剧界，也散布在其他文学领域，如文艺通讯运动以及其他文学期刊的出版，都有着明显的干部因素。把干部培养作为文学发展运作中的主要环节，是孤岛时期"左翼"文艺所独有的，也是其文学活动组织性的体现。

第二个特点，救亡取向覆盖几乎所有的文学期刊。

第一章中曾经叙及孤岛时期众多通俗文学期刊一反常态经常出现关于救亡抗战的篇什，反映了救亡对于整个孤岛文学期刊的影响。在战争的影响之下，一大批非"左翼"的自由主义文人也加入救亡的大合唱中。1938年4月23日，《文会》周刊创办。这份由王苏迅编辑、鹿仲

---

① 《告别读者》，《大时代》1938年第一卷第3号。
② 巴人：《重振杂文》，《大美报·浅草》1940年1月13日。
③ 《炸碎孤岛剧运的礁石》，《戏剧杂志》1938年第1期。
④ 《剧戏交谊社主催孤岛剧运座谈》，《戏剧与文学》1939年第二卷第5期。

祥发行的刊物，仅仅出了一期，但它却是个人刊物转向救亡的一个代表。《文会》上的文章大部分是转载其他报刊上关于救亡的内容，仅有的几篇创作中，有一篇署名端的《两个世界·舞场·战场》写道①：

> 战场与舞场，虽然同在一个国度里，但事实上可分为两个世界。仿佛是这一个行星里的人和那个行星里的人，彼此都不知对方是怎样生活着。
>
> 有人将舞场比喻为火山，将去跳舞比喻为逛火山。那么，我真希望这一个火山早一些喷出火焰来，早一些烧毁在山下跳舞的人。

文章一反文人们特有的温良恭俭让而对跳舞的人进行诅咒，反映了孤岛文人们一种普遍的激愤情绪。"左翼"文人可以把这种激愤化为一种组织行为，但大部分的文学期刊却是各自为战，默默为救亡进行自己的努力。1938年5月5日，曾哲主编的《大众文化》创刊。刊物的内容中，《日本财政的危机》《中国游击队在山西》《美国外交政策与世界和平》等篇目与"左翼"文人的救亡刊物并无大的不同。但《大众文化》的办刊群体，却是"左翼"文人之外的另一系列。正如编者的郑重告白，"我们的立场是坦纯的，我们并没有任何背景，我们并不作宣传的工作"②。这样的声明只有一个目的，就是把个人自发的宣传与"左翼"文人自觉的宣传区分开来。孤岛刊物普遍涉及救亡取向，这种趋势一直贯穿孤岛始终。1941年6月15日，几名学生创办了《野玫瑰》，开篇即说，"笔是尖的，当然也要'刺'，为着保卫自己的岗位起见，更应该充分发挥'刺'的效能；所以本刊就定名叫它'野玫瑰'"③。孤岛的学生文学刊物是孤岛文学期刊的重要组成部分，如周一萍等创办的《一般》《文艺》，钱今昔等创办的《杂文丛刊》等，都在孤岛文学期刊界有着不小的影响。但这些刊物都有着浓厚的党团背景，从周一萍到钱今昔，都与中共江苏文委有着直接或间接的联系。而《野玫瑰》的编者，只是暨南大学等几个高校的普通学生，因此《野玫瑰》

---

① 端：《两个世界·舞场·战场》，《文会》1938年第1期。
② 《编者·作者·读者》，《大众文化》1938年第一卷第1期。
③ 编者：《卷头语》，《野玫瑰》1941年第1期。

第二章　趋同与互异：孤岛文学期刊的三种价值取向

之类刊物的出现，一方面显示了个人化的学生刊物对于救亡的关注，另一方面也说明，到孤岛末期，救亡依然是文学刊物上一种普泛的价值取向。

救亡取向的文学期刊的第三个特点，是"救亡"内容多样。

对于救亡的关注，孤岛文学刊物大都集中于抗战的宣传上。毕竟，在孤岛时期，抗战是距离文人最近也是最为现实的问题。但同时也有一批禀性不同的知识分子，用另一种目光注视着中华民族历史上前所未有的大灾难。1938年10月10日，民国政府国庆日的双十节，一份名为《红醪》的刊物在孤岛出版。其中的作者温肇桐、朱天梵、王个簃等，都是为艺术而艺术的信徒。在孤岛四面楚歌的环境下，即连这些唯美主义的艺术信徒也承认，"现在不是高唱'为艺术而艺术'的时候了……我们要认清艺术是一切思想的泉源，惟其高于一切，所以和社会有重大的关系"①，为此，编辑者储裔光、顾一之与发行人孙恒伟还把《红醪》的出版选择在"双十节"这样一个政治意味浓厚的时刻。

不过从刊物内容来看，虽然温肇桐们承认艺术和社会有重大的关系，但刊物之上依然很难找到直接为救亡呐喊的声音。翻开杂志，《红醪》的内容仿佛是远古的回响。刊物设立了"论""文""诗""词""曲""研究"等栏目，里边的文章都是关于中国传统艺术的研究与创作。他们创办了《红醪》，沉浸在自己的艺术氛围里。既然宣称要"和社会有重大的关系"，又何以遁入远古？《红醪》的编者有充分的理由：

  现在我们的领土，丧失得也可观了。为什么蒋委员长，和四万万同胞，仍抱着乐观，而不以为意？这因为我们心的领土还没有沦陷②。

保卫"心的领土"的武器就是艺术。《红醪》创办的意图也就是要"希望一般先知先觉的读者，和我们联成一条阵线，来保卫我们心的领土，那是我们十分期望的"③。至此，答案揭晓。当大批文学期刊为国土

---

① 编者：《发刊辞》，《红醪》1938年第1期。
② 编者：《发刊辞》，《红醪》1938年第1期。
③ 编者：《发刊辞》，《红醪》1938年第1期。

沦丧而救亡呼喊的时候，《红醪》所代表的一批文人，把救亡的目光放在了"心的领土"之上。从现实的救亡，到心灵的救亡，虽然目标和领域发生了转移，但孤岛文人为了民族延续的拳拳之心却都彰显无遗。

二 新启蒙运动·新现实主义·表现上海

孤岛文学期刊普遍关注救亡，但少有具体的文学理念提出。即便主事救亡的"左翼"文学期刊，也大都是把一种干瘪的抗战思想生硬地加入文学创作中。因此，尽管关注救亡的文学期刊为数众多，但不少篇什呈现出的却是千人一面的"抗战八股"风貌。平面化的特点存在于创作中，也存在于文艺理论中。或许是环境问题，或许是作者们的艺术思维问题，大多数作家并没有为救亡文学进行理论指导的意识。期刊上出现的一些争论，也总是围绕着眼前的小事进行，未能从一种宏阔背景下来观照。在救亡文学理论平面化的情况下，新启蒙运动、新现实主义与表现上海等三个问题，就成为救亡价值取向中仅有的理论高峰，尽管从艺术标准来看，它们本身距离成熟尚远。

1938年10月5日，王元化用洛蚀文的笔名在《文艺》上发表《论抗战文艺的新启蒙意义》，指出"目前的革命任务反映到思想文化上来就是：新启蒙运动。……我们可以把它的中心内容总括到下面两点：（一）民主的爱国主义（二）反独裁的自由主义"[①]。洛蚀文的眼光是敏锐的，他一针见血地指出，新启蒙运动"在另一个意义上来讲，它又必然的是一个大众化运动"[②]，清晰地把抗战文艺运动与五四文艺运动区分开来，也强调了抗战文艺的意义即在于是一种新的启蒙。

1939年3月16日，胡曲园在《译报周刊》上发表了《抗战中的文化运动》一文，更为翔实地分析了新启蒙运动。胡曲园首先分析了文化运动的意义，然后把笔触转到了民族解放上面。在胡曲园眼里，任何一个阶段的伟大斗争都必定表现为政治的、经济的和理论的三个方面，在抗战救亡即将转入新的阶段之时，通过文化运动推出一种新的理论，使之与政治发展一致，正是抗战救亡中文化运动的主要任务。这个任务，就是"新启蒙运动"。"左翼"文人的工作，是要使一般民众对于抗战

---

① 洛蚀文：《论抗战文艺的新启蒙意义》，《文艺》1938年第二卷第1期。
② 洛蚀文：《论抗战文艺的新启蒙意义》，《文艺》1938年第二卷第1期。

建国从"不自觉"的需要转变为"自觉"的行动,而其手段,即是展开一场新启蒙运动。至此,新启蒙运动与救亡的关系,在一种辩证的关系上被建构起来。那么何谓"新"启蒙运动?胡曲园作了解答:"中国今后的文化运动必然是以启蒙运动为其主要的工作,它将配合着抗战建国的需要,继续不断的向着'扫除愚昧的传统意识','普及新兴的科学思想','拥护健全的民主政治'的方向迈进"①。这种任务与目的,与以往的启蒙运动并无二致。因此,新启蒙运动的"新",不在任务和目的,而在认识基础,即"新启蒙运动之必以辩证法唯物论为其认识基础"。

对于新启蒙运动的推进,胡曲园还建议了不少措施,诸如补习学校、识字运动、戏剧运动、歌咏运动、各种通俗杂志、大小报纸等,都被他视为推进的工具。此后,胡曲园又以一篇《精神动员与启蒙运动》为新启蒙运动继续呐喊。他从"目前迫切需要新启蒙运动""新启蒙运动的政治动员""新启蒙运动的特征"等三方面展开论述。胡曲园认为新启蒙运动与国民政府颁布的《国民精神总动员纲领》有着同构意义,只不过纲领侧重于政治作用,而新启蒙则是立足于新文化的建立。

洛蚀文和胡曲园在孤岛呼吁的新启蒙运动,是20世纪三四十年代中国思想界一场小有影响的思潮。早在1936年9月与1937年春夏之间,在中国共产党的领导下,新启蒙运动就已展开。1936年9~10月,陈伯达先后在《读书生活》与《新世纪》上发表了《新哲学者的自我批判和关于新启蒙运动的建议》与《论新启蒙运动》,揭开新启蒙运动的序幕。之后,一大批思想界的学者如张申府、艾思奇、何干之、胡绳等继续加入讨论。与五四启蒙运动相比,新启蒙运动"更加强调理性与知识,更加强调新文化的建设性,并以历史唯物主义为理论指归,因之也具有了鲜明的政治倾向性与革命色彩"②。其实,仅从胡曲园归结的新启蒙运动的四个特点:"1. 新启蒙运动是思想文化上的爱国主义运动;2. 新启蒙运动是思想文化上的自由主义运动;3. 新启蒙运动是理性运动;4. 新启蒙运动是建立现代中国新文化的运动"③,就可以看出,

---

① 胡曲园:《抗战中的文化运动》,《译报周刊》1939年3月16日。
② 张光芒:《新启蒙运动与五四启蒙运动比较论》,《江西社会科学》2001年第9期。
③ 胡曲园:《精神动员与启蒙运动》,《译报周刊》1939年第一卷第24期。

要求整体划一的"爱国主义运动"与强调个体的"自由主义运动"本身就是一组矛盾。这也意味着，从一开始，新启蒙运动的目标就和强调个体意识的启蒙之间有着天然的悖论，因此也注定了这只能是一场失败的思想启蒙。随着延安文艺思潮开始成为国内文艺界的主流思想，新启蒙运动逐渐消隐。在现代思想史上，洛蚀文等提出的新启蒙运动可以说并不新颖，但在孤岛，却是关于救亡的一次重要讨论。

1941年5月3日，在《上海周报》第三卷第19期上纪念五四运动的栏目中，翼云发表了《从五四启蒙运动到新启蒙运动》①。翼云依照毛泽东在1940年2月发表的《新民主主义论》中的观点，对新启蒙运动作出了新的阐释："所谓旧启蒙运动，便是为市民阶级所领导，为市民理性所限制的反封建文化革命运动，也就是旧范畴的民主主义底文化革命运动；所谓新启蒙运动，便是为雇佣阶级所领导，不为市民观所限制的反封建文化革命运动，也就是新范畴的民主主义文化革命运动。"可以看出，与胡曲园介绍的新启蒙运动相比，翼云所阐释的新启蒙运动已经有了很大的改变，已经从一种"自由主义""理性主义"以及"建设中国现代新文化运动"等特征，变成了共产党领导的无产阶级革命的一部分，也已完成了把新启蒙纳入延安文艺道路的论证。

可以说，新启蒙运动在孤岛的提倡仅仅是一种理论上的介绍，因为先天不足并未在孤岛文坛获得一呼百应的效果，但孤岛文学期刊中出现的新启蒙运动最大的作用，就是把文化运动、启蒙与救亡三者很好地结合起来，从而使只注重思想启蒙的自由主义文人也有了必须从事救亡活动的理论逻辑。并且在孤岛后期当翼云对之作出新阐释的时候，新启蒙运动已经成为延安文艺观在孤岛上的一面旗帜。因此，虽然新启蒙运动要以辩证法、唯物论为思想基础的论点并未成为孤岛文人关注救亡时的共识，但新启蒙运动因救亡而生并反过来支持救亡的辩证观点，以及新启蒙运动已成为新的大众文化运动的论断，却是孤岛文学期刊中救亡取向的一个立足点。

新启蒙运动稍后，与其精神价值有着紧密联系的是新现实主义。从

---

① 翼云之前，万流已在《上海周报》发表《新民主主义的溯源与新启蒙运动的重估》及《论新民主主义文化的性质与任务》二文，也是基于《新民主主义论》的观点对新启蒙运动作出阐释，但不及翼云之清晰，故列目于此。

文学研究会提倡写实主义开始，中国现代文学史上关于现实主义的争论不绝如缕。到了抗战时期，为了更好地服务于当时最大的政治，文学的现实主义又一次成为文人们争论的对象，正如一位孤岛文人的看法，"近年来现实和现实主义甚嚣尘上。关于他们的阐述，鸿文巨制，与日俱增"[1]。与新启蒙运动相比，孤岛上关于现实主义的讨论则要多得多。《文艺阵地》创刊号上，李南桌即发表了《广现实主义》。在他看来，只要是个作家，他就逃不出现实去。因此，"我们无需乎抱着一种什么主义；只要是一个作家，广义的说来，他必定是一个现实主义者……如果我们非要一个'主义'，那么就要最广义的'现实主义'吧"[2]。李南桌后来又在《文艺阵地》第 10 期发表《再广现实主义》，从而使"广现实主义"成为孤岛时期一个非常响亮的口号。李南桌之后，《文艺新潮》在 1939 年底与 1940 年初都有关于现实主义的文章发表，并在 1940 年 3 月 1 日第二卷第 5 期上专门刊登了《关于现实主义讨论特辑》。

李南桌之后，孤岛较早提出"新现实主义"口号的，是应彬之。在《抗战文学的创作方法》中，应彬之指出：

> 抗战文学最正确的创作方法，当然不是"主观主义"的创作方法，也不是"客观主义"的创作方法，换句话说，不是"浪漫主义"的创作方法，也不是"写实主义"的创作方法，而是吸收了二者的精华，比二者更高级更能表现出社会现实中的真实的一种创作方法，就是"新现实主义"（或新现实主义）（按：原文如此，似为新写实主义之误）的创作方法。[3]

就本质而言，与其说应彬之论述的是"新现实主义"与"写实主义"的区别，倒不如说是"现实主义"与"自然主义"的区别。他论述的"新现实主义"特征，诸如"新现实主义的特征之一就是要透过现实的表皮掘发出现实的核心，要表现出现实中的真实就是要通过事物

---

[1] 运平：《现时与现实》，《戏剧与文学》1940 年第一卷第 4 期。
[2] 李南桌：《广现实主义》，《文艺阵地》1938 年第一卷第 1 期。
[3] 应彬之：《抗战文学的创作方法》，《自学旬刊》1938 年第一卷第 4 期。

的现象把握住事物的本质"①,等等,也全无新颖之处,距离真正意义上的"新"现实主义甚远。

对"新现实主义"作出系统论述的,是1940年3月10日方典(王元化)在《戏剧与文学》上发表的《现实主义论》。这篇一万多字的长文是孤岛关于现实主义论述的结题之作。文中,方典对现实主义进行了一次全面的梳理,从学理上对现实主义的特质、现实主义与理想主义的区别作了明确的说明,并从纵向——现实主义的发生发展历史,横向——现实主义的象形论与反映论的区别展开论述。方典用了很大的篇幅对李南桌的"广现实主义"进行了批驳,在他看来,所谓的"广现实主义",实质上就是取消现实主义,而并不是现实主义的扩大。批驳与建构同时进行。在对现实主义的论述基础上,方典逐一展开对歌德、普列汉诺夫等作家,尤其是李南桌的"广现实主义"论的分析批判。同时从文章一开始,就以恩格斯对现实主义的论述作为武器,以高尔基作为新现实主义的标本,展开了"新现实主义"的旗帜:

> 新现实主义的理论,"是在其把艺术的意识看作社会存在之反映这一点上……。在作品的意义之规定上,新现实主义的理论之根本的问题,是所与的艺术家反映着现实的怎样的侧面的问题。规定艺术的现实描写上的艺术的真实的程度。

方典引用恩格斯的话为新现实主义作出的定义,看起来并不清晰。新现实主义与旧现实主义的区别,倒是从文中的一个例子可以看得明白:

> 被新现实主义所复活了的英雄已不再是巴尔扎克、斯丹达尔……作品中个人主义的理想人物了,他们是为着创造人类的新生活而努力的人们,他们不再是个人主义的英雄,而是集体主义的英雄。目前,在中国的抗战中已产生了无数这样的英雄。

从旧现实主义"个人主义的英雄"到新现实主义"集体主义的英

---

① 应彬之:《抗战文学的创作方法》,《自学旬刊》1938年第一卷第4期。

雄",现实主义实现了一次跨越。可以说,"新现实主义"的提出也就是从 19 世纪批判现实主义更新到社会主义现实主义的前奏。方典强调,"新现实主义用辩证唯物论的钥匙打开了'未来现实'的秘密……新现实主义一方面要作一个产生人类新史诗的'产婆',另方面要作一个否定旧社会的掘墓人"①。由此可见,新现实主义无论在立论基础上,还是描写对象上,都与新启蒙运动有异曲同工之妙。

在方典之前,洁孺于 1939 年 8 月在《文艺阵地》上发表了《论民族革命的现实主义》。洁孺在文中提出了"民族革命的现实主义"口号,"使民族革命的现实与现实主义的写作方法相交融,就构成了我们中国文学的系统的方法与完整的形式,创造了我们文学上底民族革命的现实主义"②。洁孺没有涉及新现实主义的提法,但新现实主义的内涵核心,却已在民族革命的现实主义口号中显露无遗。而通过提出民族革命的现实主义,新启蒙运动尤其是在毛泽东《新民主主义论》基础上的新启蒙运动与文坛上新现实主义的关系更加一目了然,即无论从文化上,还是文学上,新启蒙运动与新现实主义都忠于新的民族革命的现实,因之而生并为之服务。《文艺阵地》的编者说,"'民族革命的现实主义',是抗战以后紧接'国防文学'而提出的文艺创作上的新口号"③。因此,与之有着同样内涵的新现实主义,也就是现实主义在抗战阶段的新发展。为什么战时新现实主义会被提出?方典的回答可以让我们对这个讨论告一段落,"担负起正确反映现实的任务,如果依靠渐趋崩溃的旧现实主义已不可能,现在只有否定它的新现实主义才能执行这种神圣的工作。今日的中国,新现实主义已经获得了无数艺术家,青年学徒以及读者大众们的热烈的拥护"④。

新现实主义的提倡者们认为,"今日的中国,新现实主义已经获得了无数艺术家,青年学徒以及读者大众们的热烈的拥护"⑤,这或许是个事实。至少在孤岛文学期刊上,对于现实主义的新发展有着不少讨论。但一个严重的问题,即连新现实主义的提倡者也必须面对的,就是

---

① 方典:《现实主义论》,《戏剧与文学》1940 年第一卷第 2 期。
② 洁孺:《论民族革命的现实主义》,《文艺阵地》1939 年第三卷第 8 期。
③ 《编后记》,《文艺阵地》1939 年第三卷第 8 期。
④ 方典:《现实主义论》,《戏剧与文学》1940 年第一卷第 2 期。
⑤ 方典:《现实主义论》,《戏剧与文学》1940 年第一卷第 2 期。

在创造具有典型环境之中典型性格的新现实主义作品的实践中，"许多新现实主义作家仍旧没有完全达到这样完美境地"①。其实，这还是一种客气的说法，就实际来看，新现实主义的创作实在还处于相当不完美的境地。追究其主要原因，就在于在用新现实主义来描写抗战救亡时，孤岛上不少作家都处于闭门造车的窘境。与内地作家相比，他们没有亲身体验的机会。于是，他们作品中的人物，总闪现着报章上某些新闻的影子。不少新现实主义的救亡小说，不过是一种观念和一些材料的人为结合而已。为了使作品能反映民族战争，孤岛作家大都把眼光投向遥远的内地，而孤岛由于相对的平静，却被有意无意地忽略。"我们今天有许多大大小小的作品，明明包含着伟大的企图然而都不成功。我说的'伟大企图'是指那作品把抗战整个来把握的意思。"分析这些作品失败的原因，就是"作者只把全国的农民，地主，或大资产者作整个把握，却不知道各处的农民，地主，或大资产者在各处特殊的条件之下的具体的真相。因而他们的'整个把握'是扑了空"②。在孤岛文坛，充斥着一些空洞的抗战救亡文艺，却没有关于孤岛自身的描写，"尤其是描划'孤岛'的各种社会生活的出色的长短篇小说，可以说付之阙如，这不能不是一个很大的缺憾"③。

到了孤岛后期，越来越多的孤岛文人认识到了这个问题。1940年，蒋天佐在《戏剧与文学》上打出了"表现上海"的大旗。"表现上海"的提出，不无弥补缺憾的意味。蒋天佐这样解释"表现上海"的含义，"'表现上海'正是针对着生活在上海而不理解上海的事实，向作家们提出的要求。它要求作家正视上海的现实，理解上海的现实。也唯有理解抗战中的上海才能理解抗战中的祖国"，他同时反问："为什么不惜倾注热情于遥远的烽火，而独不关心身旁的血泪？为什么只知道怀念故乡，发掘回忆，却不愿意向周遭投以一瞥？"④

蒋天佐的疑问彰显了孤岛上新现实主义的作品中所谓"抗战八股"的弊病，也使"表现上海"成为拯救的一个药方。作为一种创作范式，

---

① 方典：《现实主义论》，《戏剧与文学》1940年第一卷第2期。
② 天佐：《"表现上海"》，《戏剧与文学》1940年第一卷第3期。
③ 岳昭：《一年来的上海文艺界》，《戏剧与文学》1940年第一卷第1期。
④ 天佐：《"表现上海"》，《戏剧与文学》1940年第一卷第3期。

第二章 趋同与互异：孤岛文学期刊的三种价值取向

新现实主义是现实主义的一种发展，而依靠报章新闻作为创作素材的抗战文艺，在试图实验新现实主义创作理论的时候，却脱离了现实主义的基本要求。这种情况下，把目光投向身边的孤岛上海，从熟悉的生活中探讨新现实主义，无疑是一个极好的路径。因此，直到"表现上海"提出一年以后，依然有人在文学期刊上强调："表现上海！反映上海！从局部的，零碎的，来凑合成整个的，这是上海作者的责任！"①

1939年12月21日，徐渠改编的剧本《生意经》，由于伶领导的上海剧艺社开始在辣斐剧场上演。《生意经》根据王了一翻译的法国米尔波的同名作品改编，反响颇大。这种影响正是"表现上海"在创作上的一个成功实践。正如《上海周报》上的评价：

> 《生意经》只是反映震撼上海每个人生活的那种奸商活动的一小面，但它是第一个抓取这主题的剧本。我们需要这样的剧本，我们周围正有无数这样的题材，我们希望剧作家在这方面有更多的作品产生出来②。

"表现上海"在理论上提出了孤岛文学创作的应有路向，也带来了一些新的作品。战时一直把心灵系念在中原故土的师陀，在这一时期写出了系列散文《上海手札》，对孤岛世相投出冷冷的一瞥。活跃的女作家罗洪，孤岛初期的创作一直描写着战火和救亡。1939年9月23日，她在《中美周刊》开始连载的《急流》，以"八一三"到台儿庄大捷这一时期为背景，"预备写几个在这次民族革命的急流中的人物"③，可以说代表了当时孤岛文人的普遍思路。但到了孤岛后期，罗洪开始思索另一种写作方式，"想通过一个家庭，反映'孤岛'上海的一个侧面"④，这就是后来在《万象》上连载的《晨》，抗战胜利后以《孤岛时代》的名义出版。师陀与罗洪创作上的转变，显示了"表现上海"的潜在影

---

① 应卫民：《"写什么"和"怎样写"》，《天地间》1941年第7期。
② 《生意经》，《上海周报》1940年第三卷第2期。
③ 罗洪：《从〈急流〉到〈孤岛时代〉》，《往事如烟》，上海古籍出版社，1999，第207页。
④ 罗洪：《从〈急流〉到〈孤岛时代〉》，《往事如烟》，上海古籍出版社，1999，第212页。

响。虽然这些创作并不使人完全满意,譬如以戏剧来说,"表现上海"提出一年多以后,依然有人抱怨,"综观近年来孤岛上所产生的剧作,有很少是忠实地表现上海的。除了《夜上海》以外就很难找到。就是有,不是浮面,就是肤浅,对于社会的观察,真实生活的体验都还不够深入"①。但毕竟因了"表现上海"的提出,孤岛文人开始有意识地在文学史和出版史上留下了对于孤岛生活的即时记录。

三 "借古证今"

1937年12月20日《离骚》创刊号上,赵景深发表了一篇《"杨家将"考》。文章开头他提及写作此文的原因,"两月来山西大战,不禁使人联想到宋初抗战的杨家将,因作'杨家将'考证"②。赵景深的解释,代表了"孤岛"文学期刊的另一救亡思路:借古证今。

孤岛初期,由于租界当局的庇护,文学期刊上的救亡文章尚有一定空间。然而随着世界局势的变化,租界当局很快就迫于压力,对一些宣传救亡过于直露的文学刊物进行压制。创刊之时曾经想成为孤岛文坛警钟的《大时代》,三期之后即被勒令停刊。编者哭诉:"本来我们是怀着一颗热望的心来培植这小小的园地的,想使她成为大时代里的警钟,以警醒一般醉生梦死的青年,然而仅仅的只出了三期,所能做到的还不及我们预期的十分之一,竟就在环境的压迫下流产了。还有什么说的?还有什么说的呢?!"③ 悲愤之情溢于言表。1939年9月,汪伪势力正式登陆上海,加之欧洲战场的爆发,租界当局对文学期刊上的救亡篇什审查越来越严格,动辄吊销刊物登记证,试图阻止救亡文章的刊发。

面对这种问题,不少孤岛文人像赵景深一样,选择了借古证今来抒发个人怀抱。《宇宙风》的编辑陶亢德也说,"处在上海环境中刊物内容应如何配置。我以为是用历史故事倒是办法,如胡适之的谈美国独立与周黎庵的读史偶成"④。作家与编辑不约而同地选择用古事来说今理,缘于历史故事在孤岛的环境下有着得天独厚的优势。"假使要写目前中

---

① 夏晔:《正视现实 反映上海》,《大众文艺》1941年第二卷第1期。
② 赵景深:《"杨家将"考》,《离骚》1937年第1期。
③ 《告别读者》,《大时代》1938年第一卷第3号。
④ 《目前孤岛的刊物内容商谈》,《人间世》1939年第1期。

国的民族解放斗争，但又碍于种种客观的条件而不得不假托历史故事反映出来的话，那么这里正有着取之不竭，用之不尽，经纬万端，丰富非常的材料。"① 于是，在孤岛逐渐严酷的环境下，创作历史作品进行救亡诉求，就成为一种明显的特征。

进入历史来描写现实，在孤岛文学期刊上的表现是全方位的，小说、散文、戏剧等各种文学体裁都有涉及。小说创作中最突出的是胡山源。孤岛后期，胡山源在《文艺世界》《小说月报》《万象》发表了一批题为"明季义民别传"的小说。胡山源是弥洒社的中坚，写作和办刊推崇一种"无主张的主张，无宗旨的宗旨"②，在孤岛之上，也以一种独立的姿态呈现。但他所写的历史小说，却态度明确。"我写《明季义民别传》，借古证今，在文字上聊尽一些抗战的绵薄"③，这是他的自陈。在胡山源之外，丁谛的《突围》等也都援引此例。散文中同样如此。孤岛时期，《宇宙风乙刊》是最有影响的一份散文期刊，在这份杂志上面，描写古事的篇什比比皆是。南史的《明季吴江民族英雄吴日生传》《江左少年夏完淳传》等，都是分几期连载的长篇文章。值得重点提出的是周黎庵，《乙刊》创办伊始，周黎庵就开始刊登《明末·南宋·东晋的和战》《清初镇压士气的三大狱》《明末浙东的对外抗争》等一批关于明末史实的随笔。在孤岛之上审视明清之际这个遭到异族入侵的时代，其意义不言自明。这些散文在1939年下半年结集为《清明集》，由宇宙风社出版。《题记》中，周黎庵特地强调，"一点是要郑重声明：我并不承认明末的命运即是现代中国的命运……明末是亡国的命运，而现代中国却是建国的命运"④，这种煞有介事的强调，正可注解孤岛文人如何在历史的风云中去寻找现实的影子。

总体上来看，孤岛时期"借古证今"的创作思路，其最大的成就还在戏剧。由于孤岛环境的关系，电影界率先把目光投向历史，拍摄了一大批古装片，促成了抗战时期孤岛电影的繁荣。在电影界的古装片风行一时的时候，话剧界也开始尝试了历史剧的演出。1939 年，上海剧

---

① 岳秀：《评大明英烈传》，《上海周报》1940 年第二卷第 18 期。
② 胡山源：《从"弥洒"说起》，《红茶》1938 年第 2 期。
③ 胡山源：《赵景深》，《文坛管窥》，上海古籍出版社，2000，第 12 页。
④ 周黎庵：《题记》，《清明集》，辽宁教育出版社，1996，第 152 页。

艺社从8月起在璇宫剧院举行了四个月的长期公演，演出了包括《花溅泪》《赛金花》《武则天》《明末遗恨》等历史剧在内的诸多剧作。其中阿英采摘明末史实编剧的《明末遗恨》最为成功，"以致场场爆满，连演卅天，每一场观众情绪全提到顶点"①。

《明末遗恨》的成功，引起了孤岛文坛的注意。演出还在进行的时候，巴人便以"毁堂"的笔名，在《上海周报》上发表《历史与现实——略论〈明末遗恨〉的演出》，对之进行理论上的分析。巴人毫不掩饰自己的赞扬，"《明末遗恨》的历史古剧，却成为最现实主义的成功的作品。它是具有艺术价值与政治价值最大量的融合与统一的实质"②。同时，"由于《明末遗恨》的演出，引起了对历史剧的新估价"③。孤岛之上对历史剧的估价，沿着两条路线展开。一个观点是强调现实，为了效果，不妨改动史事，来塞入现实，把历史作为外衣来写现实，主要是为对付演出环境。而另一种人则主张历史就应该还它历史，通过作者正确的观点来处理它、批判它。前者是"历史镜子论""外衣论"，用镜子来照现实，用外衣来遮挡现实。后者是"历史水晶球论"，通过水晶体来看历史，而得有助于现实的教益。当时的争论沸沸扬扬，但并没有达成一致。

在此之后，孤岛上的历史剧发展进入了一个高潮。与散文和小说一样，历史剧的关注点，大都选择在了宋末或者明末时期。本来，借古证今的最大原则，就是选择与"今"相似之"古"。在遭到日本入侵的时候，宋末和明末这两段遭受异族入侵的时期，顺理成章地成为首选对象。"以往的历史剧，都是写明末的或宋末的抗战事迹，是关于……一段悲壮的反抗，搏斗与挣扎。……它们所表现的慷慨激昂的斗争，正就是今天的情形。"④但正如周黎庵特意强调的明末与现代中国命运的不同一样，宋末与明末最为不利的地方，就是"总不免使人想到斗争之后的结果"⑤。巴人也曾主动预言过孤岛上"另一种人"的看法："看哪，

---

① 李宗绍：《一年来孤岛剧运的回顾》，《戏剧与文学》1940年第一卷第1期。
② 巴人：《历史与现实——略论〈明末遗恨〉的演出》，《上海周报》1939年第一卷第2期。
③ 李宗绍：《一年来孤岛剧运的回顾》，《戏剧与文学》1940年第一卷第1期。
④ 岳秀：《评大明英烈传》，《上海周报》1940年第二卷第18期。
⑤ 岳秀：《评大明英烈传》，《上海周报》1940年第二卷第18期。

一切激昂慷慨的言词又有什么用呢？明朝还不是覆亡了吗？"① 因此，在一阵热闹的《明末遗恨》之类的戏剧过后，于伶在1940年推出了《大明英烈传》。《大明英烈传》除了三个人名与历史有关系外，整个情节基本为编者的杜撰，属于典型的"历史镜子论"与"外衣论"。与于伶同时的《花溅泪》相比，《大明英烈传》的艺术水准则要稍逊一筹。然而《大明英烈传》的推出，却获得了更大的轰动效应。原因很简单，就是与此前的戏剧相比，"《大明英烈传》确实积极的表现民众怎样起来推翻外人的统治，怎样走上建国的道路"②。这一变动，对于孤岛的民众来说，可谓投其所好。而从《花溅泪》到《大明英烈传》所体现的历史剧题材的转变，也揭示了孤岛期刊的救亡取向之于文学创作的影响。

第二节　启蒙：知识分子的道义坚守

李泽厚在论述中国现代思想史的两条路线时曾说过，"五四之后，除了接受马克思列宁主义参加救亡—革命这条道路之外，另一条继续从事教育、科学、文化等工作的启蒙方面，也应该得到积极的评价"③。李泽厚引用了黄日葵写于1927年的一段评价五四学生运动的文字，"学生方面有两种大的倾向……一种倾向是代表哲学文学一方面，另一种倾向是代表政治社会的问题方面"④。可以明显看出，无论是李泽厚于20世纪80年代的思考，还是黄日葵在20世纪20年代的认识，都指出了五四之后的中国思想界存在着两条道路，一条是从事政治社会或者救亡—革命的道路，另一条就是从事文化科学启蒙的道路。把现代思想史上的新文化一脉分为救亡与启蒙两条路向，说得上是一个最为妥切的分析。当然，有学者认为救亡其实也是一种启蒙，就如前文所述的新启蒙

---

① 巴人：《历史与现实——略论〈明末遗恨〉的演出》，《上海周报》1939年第一卷第2期。
② 岳秀：《评大明英烈传》，《上海周报》1940年第二卷第18期。
③ 李泽厚：《启蒙与救亡的双重变奏》，《中国现代思想史论》，安徽文艺出版社，1999，第857页。
④ 黄日葵：《在中国近代思想史演进中的北大》，转引自《中国现代思想史论》，安徽文艺出版社，1999，第857页。

运动一样，把一种新民主主义革命运动视为一种"新"的启蒙运动。但这种论调还是不能不承认，即使救亡也算是启蒙，那么在救亡这种启蒙方式之外，还是有另一种从事科学文化的启蒙方式。既然如此，硬要把救亡拉入启蒙，视之为启蒙的方式之一，反不如直接将之与强调科学文化路向的启蒙并列来得清爽。

孤岛文学期刊中，也同样存在着救亡与启蒙两种价值取向的分野。但孤岛文学期刊中救亡与启蒙价值取向的参与者，却并不像李泽厚对中国现代思想史的梳理一样，显得泾渭分明。如果说选择救亡取向，是包括代表"政治社会"的"左翼"文人与代表"哲学文学"的自由主义文人共同的参与，那么，孤岛文学期刊中的启蒙价值取向，也在自由主义文学期刊之外，有着一些"左翼"甚至通俗文学期刊的参与。可以说，在救亡与启蒙的选择上，孤岛文人们有着一定的交叉，但是救亡与启蒙两种取向，却有着较为明晰的界限。

孤岛之上，一大批期刊文章把目光放在了知识传输或者学术研究之上。它们既没有像救亡文字那样投身现实，为民族大难呼喊奔走，但也没有像一些通俗文字那样，进入消闲之途。这些立足于开启民智、传输知识、保存国粹的价值取向，就是本节的中心——启蒙。

一 选择的两种方式：自觉与被动

若就孤岛文学期刊的公开宣言来看，选择启蒙作为期刊价值取向的，实在要较救亡取向为多。毕竟，在孤岛这样的环境下，大声宣告自己的救亡意图并不是一件容易的事情。可以说，孤岛文学期刊之上，启蒙取向是占据着最大份额的。选择启蒙作为价值取向的文学期刊，大部分是先期的自觉，也有一些是因为环境的压力而被动选择。

孤岛的出现，对上海的作家震动很大。一个深陷于敌人包围的"自由"区域，再也没有了战前上海文学中心的辉煌与氛围。在内地充满了战火硝烟而使新文人热血沸腾的时候，孤岛却显得过于寂静。这寂静使不少文人感到失落，"孤岛被困，望洋兴叹。我等不才，颇有癞蛤蟆失水之感"①，产生一种无根的惶恐。与严肃的环境相适应的，是不少宣扬低俗色情文化的刊物，"事实告诉我们，大多数相继问世的刊物，都

---

① 编者：《我们的自供状》，《千字文》1938年第1期。

以'消极'的态度干着无聊与颓废的行业"①。这种局面使一部分新文人警惕起来，开始以文学期刊为平台，自觉展开了启蒙工作。

孤岛上第一份公开宣布以启蒙取向为宗旨的刊物，是《千字文》。《千字文》的创办者孙樟、赵车等人对于创刊的原因，说得很随便，"'一粥一饭，当思来处不易'，吃饱喝足之后，继之以睡觉，三饱一倒，也殊非做人之道。油然作稿，油然出版，《千字文》于焉产生"②。但对于刊物的价值定位，编者却有着清醒的认识，"休谈'国'事，莫论'人'罪，我们颇有自知之明，而且颇识时务"③。

不谈国事，不论人罪，自觉地选择一种中间姿态，看似平和自谦，其实里边隐含着一个心理前提，就是对于远离世事的焦虑。抗战方兴的时候，救亡无疑是全国人民的当务之急。在这种时刻选择远离救亡，不少刊物的编辑都有不小的压力，"在这伟大的时代里，我们不去参加神圣的工作，而尽管干着本位的努力……这不但使国家失望，并且替自己惭愧"④。这种心理感受是孤岛时期自由主义文人的普遍写照。新文人的使命感所带来的焦虑，使他们在远离救亡的同时，也拒绝消闲。1940年5月，《文林》创刊，编者自陈：

　　在黑暗迷漫的长夜般的孤岛上，我们的走路是相当的不容易的，然而我们决不为那些可能存在的空间是一片讨厌人的黑暗，我们终愿同时间携着手去追求光明。

　　在这里我们不想有低级趣味的流播，把读者们宝贵的光阴，就让它那样无意思地消磨。我们更不想有穿着糖质的不良的毒素，混入这一条清波，来迷惑读者们纯洁的心灵，在不知不觉中向深坑下堕，我们很知道，如果那样做，那会永远地得不到正义和良心的宽恕而有天大的罪过！

　　我们既不能痛快地进，更不能无耻的退，因此，只有在活泼的情绪当中，充分地含蓄着天真的现实；同时也打算有一些儿教育大

---

① 《致读者》，《世风》1938 年第 1 期。
② 编者：《我们的自供状》，《千字文》1938 年第 1 期。
③ 编者：《我们的自供状》，《千字文》1938 年第 1 期。
④ 编辑室：《展开反文化逆流的战斗》，《文林》1941 年第 2 期。

众的性质，那末我们的努力，在黑夜里能留下一些不灭的足迹①！

从这番言语可以看出，选择启蒙的价值取向，在一部分文人来说，是一个近乎天然的主动行为。"这因为'文人'在乱世时期里，也有着他的岗位"，这个"岗位"就是"为无数民族单位的青年人做些有益于精神的工作"②。因此启蒙准则的坚守，就成为大部分自由主义文人的第一选择。

但也有一部分文人选择启蒙，是对文学期刊的救亡创作进行了深入思考之后的结果：

"国之将亡，必有妖孽"，我们青年文化人凭"热血"，"精神"，作"声嘶力竭"的呼喊，既引起不了读者的同情，（一部分当然不是这样），那么我们没有耳提面命的本领，我们的攻击，也是徒然③。

说这句话的时候，孤岛形成刚刚一年，但热情澎湃的救亡热情，已随着环境的变化在读者中开始降温。一部分呼吁救亡的刊物，没能够及时推出有分量的作品，如果仅"凭'热血'，'精神'，作'声嘶力竭'的呼喊"，自然逐渐受到读者的冷落。这一点从"左翼"刊物就可以明显看出。早期创办的《译报周刊》《华美周刊》等都销量极大，动辄过万，但继之而起的文学期刊如《鲁迅风》《文艺新潮》《文艺》等刊物却相形见绌，仅有一两千的销量。"刊物的生命是'读者'"④，如果一份刊物过于考量某种预设的理念，却不能获得读者，那么还有什么意义和价值呢？基于这样的考虑，"从前那样激发抗战情绪的'政治岗位'"变成了"在目前于实际上并无补益的岗位"⑤ 之后，一部分原本热衷救亡的自由主义文人便主动选择了较为平和的启蒙取向。

在主动的选择之外，还有一部分期刊格于渐渐趋紧的外部环境，也

---

① 编者：《创刊谈》，《文林》1940 年第 1 期。
② 《致读者》，《世风》1938 年第 1 期。
③ 《和读者小别启事》，《大地图文旬刊》1938 年第 12 期。
④ 《和读者小别启事》，《大地图文旬刊》1938 年第 12 期。
⑤ 《致读者》，《世风》1938 年第 1 期。

被动放下了救亡的旗帜,加入启蒙的文学期刊阵地。1940年9月,《大陆》在孤岛创刊。《大陆》如此定位,"本刊以介绍一般知识,提高时尚娱乐为宗旨,内容包罗万象,形式力求精美,每期均请名家撰述,最合社会各级人士求知、消遣之需。与一般同类刊物惟以低级趣味为务者,不可同日而语"①。若从刊物定位、编辑以及内容上看,《大陆》似乎是一份自由文人创办的启蒙刊物,实际却并非如此。裘重自己回忆说,这份"表面几乎不显露政治色彩的文化综合刊物","实际负责编辑的是楼适夷,由我以裘重的笔名向公共租界工部局登记为对外的编辑人"②。楼适夷与刊物的实际负责人王任叔,都是孤岛时期"左翼"阵营的大将,尤其是楼适夷在孤岛编辑的《文艺阵地》,一直是"左翼"文学期刊中的一面旗帜。然而随着孤岛形势的发展,这面旗帜刊物不得不在1940年8月出到第五卷第二期的时候关门大吉。于是,一向致力于救亡的王任叔与楼适夷们,也只好暂时偃旗息鼓,以一种"几乎不显露政治色彩的文化综合刊物"作为新的阵地。从救亡转到启蒙,《大陆》并不是"左翼"文人的特例。早在1938年10月创刊的《文艺新潮》,便已显露了这种特征:

  《文艺新潮》发刊的动机,远在两个月前,那时几个朋友都从各地聚集到孤岛上来。杀贼有心,报国无力,真成了"百无一用"的书生了。自己将就的过下日子去是勉强可以的,而看到孤岛上的青年不仅有知识荒,且被带有麻醉性的刊物所蒙蔽的引诱,走向颓废和堕落的路上去时,心上有一种不忍之感,于是,我们就有了创办《文艺新潮》的决定,使孤岛上的青年,得到精神上至上的食粮,让他们在这个大时代里能够振奋精神,努力前进③!

"杀贼有心,报国无力",于是转入启蒙取向,这类不得已的举措在孤岛文学期刊中屡见不鲜。与主动选择启蒙的期刊不时用眼光打量一

---

① 《〈大陆〉创刊纪念》,《大陆》1940年第一卷第1期。
② 裘柱常:《追忆〈大陆〉》,《"孤岛"文学回忆录·上》,中国社会科学出版社,1984,第135页。
③ 《编后记》,《文艺新潮》1938年第一卷第1号。

下抗战形势一样,不得已而选择启蒙取向的文学期刊中,也不时透露出救亡的影子。即如号称"传输一般知识,提高时尚娱乐"的《大陆》,在"古人新论"之《宋江论》的结尾,还是用"左翼"文人的口吻反驳宋代周密等人认为宋江一伙是对抗异族力量的观点:"对抗异族是'民族的立场',水浒传的一伙是'大众立场'。把这一伙的力量,在某些时候,来用之于对抗异族,是应该的。但目的应该放得远大一点:从解除异族压迫中一并解除了人民大众的苦痛。"① 这哪里是供人娱乐者甚至一般启蒙者的思想呢?可以说,立足于启蒙,同时关注救亡和抨击低俗,是启蒙类文学期刊的共有特征,但一开始就主动选择和救亡不成而不得已的选择,却是不能混为一谈的。

一些文人在选择救亡但环境不许可的时候,转向启蒙阵地,这是孤岛期刊界的一个事实。但这种转变却不是说救亡的意义在启蒙之上,也不能说明救亡取向应该是孤岛文人第一位的选择。正如一些选择启蒙取向的期刊编辑们思考的那样,若不顾及环境与读者的需求而一味进行救亡的呐喊,也不能产生良好的效果,意义何在?过后来看,孤岛文学期刊对于日后文学史和出版史的影响,救亡取向之外的其他刊物并不逊色,甚至可以说有所过之。如果说救亡致力于国家社会存亡的当前世界,那么启蒙取向则是致力于文化科学延续的长远世界。阵地虽有不同,但为了民族延续的终极目标则一。当李泽厚认为应该对现代思想史上的启蒙思潮进行客观评价的时候,对于孤岛上持启蒙取向的文学期刊,亦应作如是观。

二 传输知识与启蒙思想

以启蒙为价值取向的孤岛文学期刊,其内容主要沿着两个路向展开,一是知识的传输,一是思想的启蒙。两者之中,知识的传输占据着大部分的篇幅。1938 年 11 月,孤岛行将一年的时候,《文心》月刊创刊。发刊词中,编者写道:

> 生长在现社会中,每一个人感到生活上的紧张与刺戟,我们将怎样生活下去?我们应该做些什么事?我们应该读些什么书?在每

---

① 剡川野客:《宋江论》,《大陆》1940 年第一卷第 3 期。

第二章　趋同与互异：孤岛文学期刊的三种价值取向

一集合的场所中，常可以听到青年们的发问。

本刊唯一的旨趣，想于青年们攻读之余，提供一些人生道上一切知识。宗旨力求严正，态度则力避严肃。尤其注意的是修养方面……

社会上现象包涵万有，个人的见闻极其有限，在指导人生问题以外，我们想同时注意到各种现象的解释，并提供一些科学上的必备常识①。

《文心》的目标很明确，要给青年们一些知识上的启蒙，一是"提供一些人生道上一切知识"，二是"在指导人生问题以外，我们想同时注意到各种现象的解释，并提供一些科学上的必备常识"。就这两点来说，历时三年，凡第 33 期的《文心》标示了孤岛启蒙刊物的核心元素。一是启蒙对象上，作为"人类活力所寄托"②的"青年们"，成为孤岛文学刊物启蒙的首要选择；二是刊物内容上，人生知识与科学文化知识成为知识传输的两个方面。

在近现代上海的发展史上，孤岛突然改变的环境，对孤岛青年的震动很大。在一些颓废堕落刊物的影响下，一部分孤岛青年"受着精神的蹂躏"，"受了猛烈的引诱"，逐渐忘却了所处的严酷环境与民族生死存亡的现实，而走上了一条颓废与麻醉的道路。新的形势下如何帮助青年们走出泥淖，是每一个启蒙文学刊物首先要做的事情。"由此，文化应该扩展他的力量，给他们以正确的认识，使落伍在荒野里的'时代落伍者'能够听到归队的号声，而赶程追上。"③ 这种力量，就是人生知识的传播。

首先，对孤岛上疯狂迷乱的现象给予及时揭露。"回顾这孤岛上成天是溜冰、游泳、跳舞的许许多多沉迷在灯红酒绿之下的人们，我们不觉替他们叹一口气；这种麻醉了的家伙，蕞然地丝毫不顾所谓民族和国家，我们真替他们可怜。"④ 怒其不争的心情溢于言表。但对于青年们

---

① 《发刊词》，《文心》1938 年第一卷第 1 期。
② 《致读者》，《世风》1938 年第 1 期。
③ 《致读者》，《世风》1938 年第 1 期。
④ 霞：《迎接八·一三》，《世风》1938 年第 7 期。

的迷醉，启蒙文学期刊并没有过多的指责。在他们看来，一个青年人的堕落，其最大的罪过还在于宣扬颓废色情低劣文化的期刊。"最痛恨的那般无耻的低级趣味的'投机文学'，把人们最宝贵的时间，就那么毫无意思地消磨，他们既没有一丝教育大众的意味，且迷惑了读者们纯洁的思想和活跃的心灵。受了这毒质的迷蒙，在不知不觉中向渊坑中堕落。"[①] 为此，启蒙者们还结成了统一的阵线，大力展开对宣扬低级趣味的文学期刊的讨伐。1938年7月17日，孤岛上的一部分自由主义刊物联合召开了"青年文化人座谈会"，这次会议的决议提出，攻击"豆腐刊物""颓废刊物"，攻击"分散有利抗战力量的刊物"，正是孤岛之上启蒙取向的刊物一次集体性的战斗宣言。

其次，则是为青年们指明道路。1938年7月，面对孤岛日益严峻的环境，《世风》向青年们发出了离开孤岛的呼吁："谁不知道上海不过是租界，是一种变相的殖民地，上海不是真正的中国……上海租界四面受恶魔的包围，而且包围还不够，样样都在威胁中，根本就连生命也没有一丝一毫的保障"；"总而言之，上海不是有希望的中国青年所应该留恋的地方，上海不是有朝气、有勇气、有神气的中国青年可以生活的环境，上海也不是好学青年可以休养的场所"。面对这种局面，作者大声疾呼："有希望的中国青年到内地去！为什么留恋在这魔岛上？"[②] 这种呐喊可以说是启蒙者的最强音，但大多数的启蒙者们并没有如此极端。《大众文化》的编者说，"我们发行这本刊物的目的是：一，希望一般的人，都能有对世界不时变动的种种现象的最低限度的认识。二，希望一般的人，对目前的生活环境有相当的了解，以及如何去为生活而生活"[③]。他们只是用包括文学作品在内的各种方式来指出正确的道路，具体的选择由青年们自己作出。而在青年人作出选择的时候，还细心地提出忠告，"我们认为最重要的就是锻炼自己的身体和意志"[④]，"只有高尚的理想，是不够的，还该脚踏实地，从下面切实的做起"[⑤]。对于孤岛上的青年，身处内地的作家们也在关注，1940年8月，艾青为

---

① 编者：《我们的话》，《文林》1941年第5期。
② 绿君：《有希望的中国青年到内地去》，《世风》1938年第5期。
③ 《编者·作者·读者》，《大众文化》1938年第一卷第1期。
④ 白云：《给彷徨的青年们》，《大众文化》1938年第一卷第2期。
⑤ 克刚：《理想要高，生活要低》，《少年读物》1938年第1期。

《天地间》的读者们慷慨赋诗《献给天地间的读者》①：

> 没有道路比理想所铺的更平坦，
> 没有脚步比信仰所驱策的更坚定；
> 不怀疑历史给予我们的昭示，
> 我们从黑暗走向光明！
> 把握住自己的日子——
> 不犹豫，不畏缩，不逃避。
> 拔起我们年轻壮健的双腿，
> 向新的时代奔驰前进！

艾青在诗歌中深情的期望，是人生知识传播的一个典型。与这种人生导师类的教导并列的，是科学文化知识的传播。1938年9月1日，巴金主持的文化生活出版社出版了《少年读物》，主编陆蠡在《发刊词》②中强调：

> 我们编辑这本小刊物，是专给初中学生和同等程度的读者看的。高中学生和同等程度的也可以读。这里面没有艰深的学理，没有佶屈的术语，也没有呆板的说教。文字浅易明显，大家都看得懂。但是题材都是新颖的，观念都是明确的，思想也是前进的。
> 所以内容方面侧重于自然科学社会科学及文艺，但我们也没有忽略少年们苦恼的种种问题。

陆蠡是中国现代文学史上有名的散文家，文化生活出版社也是新文学出版的一个重镇。但孤岛上的《少年读物》却一反常态地开始了科学文化知识的普及工作，原因何在？

事情还需要从头说起。1937年8月13日，淞沪会战爆发，一大批沪上的文化界、教育界人士内迁，包括复旦大学在内的多所大学也迁往内地或者停办。教育力量的空缺，使留在上海的学生尤其是中学生，

---

① 艾青：《献给天地间的读者》，《天地间》1940年第2期。
② 陆蠡：《发刊词》，《少年读物》1938年第1期。

"自国军西移之后,简直就不曾有过供人满意的表示。他们不但是和救亡工作宣告了脱离关系,而且日益走上消沉、颓废的路上去。舞场,茶室剧院成了他们活动的场所"①。由此,1938年4月3日《大晚报》发表《告青年学生》,第二日又发表呼吁文章《救救小主人吧》;1938年4月11日,文汇报发表社论《救救中学生》;1938年5月1日出版的《世风》刊登社谈《怎样救上海学生》。这一系列的文章或社谈,都把孤岛青年的教育工作提到了急需解决的地位。在如此背景下,在学校以及教育工作者暂时空缺的情况下,一部分文人开始借助文学期刊自觉承担起具体的传输科学文化知识的责任。《少年读物》《学生时代》《求知文丛》等,都是出版界"办教育"的例子。《少年读物》上的内容,除了巴金、芦焚、陆蠡等少数作家的创作之外,大部分是关于自然科学与文化的具体知识,诸如《地下之富源》《叶绿素在医学上的应用》等,颇类似于承担函授教师的责任。

科学知识传输的对象,除了学生,还有社会青年。1938年8月20日,《自学旬刊》出版。从刊名就可以看出,《自学旬刊》的读者群,定位在学生之外。在第一期上,编辑来复以一篇《读书与救国》的社谈充当发刊词。《自学旬刊》的编辑来复与石灵都是"左翼"文人,他们对于知识传输的考虑,自然离不开救国。社谈开头写道:

> 人类为了要学习生产技能,接受生活知识,丰富作事经验,就必须读书,因为书籍是生活状况的记录。人类为了要保障生活的安宁,维持生命的安全,保持种族的延续,就必须救国,因为国家是人民生活的保姆。读书与救国虽然是两件事,其实是相因而相成的。救国必须读书,读书也必须救国②。

如此,读书与救国的关系,就顺势导出。但石灵和来复却并未止于此,除了救国,还直接考虑了抗战胜利后的"建国"。他们问道:"假使这个时候的青年人只有空喊救国,不去读救国建国有关的书,将来只

---

① 忠恕:《由纪念"五四"想到目前的上海学生》,《大众文化》1938年第一卷第1期。
② 来复:《读书与救国》,《自学旬刊》1938年第1期。

有一些'救国专家',谁又来担负建国的重任!"① 因此,建国更要读书。基于这样的逻辑,《自学旬刊》一方面连载关于抗战文学的文学讲座,从事着救亡取向的宣传;另一方面,用更大的篇幅刊登《商品经济的一般特征》《古代的法律》《怎样自习数学》《地理学之本质与其定义》《历史科教学的报告》等涵盖哲学、经济学、法律、历史、自然科学等各学科的基础知识。

对科学文化的传播,还有一条通过通俗类杂志来进行的途径。譬如《大陆》,专门设立了"修养讲话"和"趣味科学"两个栏目,前者侧重于人生解惑,后者则传播科学知识。前者不常有,后者则每期不断。在一般人眼里神圣严肃的科学被文人们用幽默风趣的笔触写出,显得和蔼可亲。比如《大陆》第二期刊登了一篇《蟹的科学》,分11个小节详细讲解了蟹的各方面知识,科学的趣味性从小节标题就可看出,"唯武器论者的信徒"谈蟹的攻击与保护方式,"脱皮换骨"谈蟹的成长,"持螯赏菊"谈蟹文化,"美丽的'人面蟹'""寄居蟹——'东邻'的象征"两节谈特色蟹类,"无肠公子"谈蟹的生理构造等,都把科学的知识传输寓于趣味与闲谈之中。此外,如《永安月刊》《万象》等,也有诸如此类的篇什。一时之间,通过科学知识的传输,不少孤岛文学刊物有了教育期刊的色彩。

知识传输之外,启蒙取向的文学期刊的另一内容是思想启蒙。1938年9月1日,供职于《大美报》的项美丽担任挂名主编,邵洵美实际负责的《自由谭》创刊。《自由谭》的内容很繁杂,涉及抗战救亡、国际时事、文艺创作、学术随笔等。从内容上看,很难说这是一个救亡取向或者启蒙取向的刊物,但正如《自由谭》的命名一样,贯穿整本杂志的原则只有一个——自由。编者言道,"自由是美利坚的代表神。……那么,为一个美国人而在中国办一个中文的刊物,自由是一件最好的贯通两方文化的钥匙了"②。就刊物实际来看,"自由"已不仅仅是贯通中美文化的钥匙,而是宣传普世价值的一把钥匙。在自由的名义下,《自由谭》进行着与"左翼"文人类似的救亡工作:宣传抗战,痛斥汉

---

① 来复:《读书与救国》,《自学旬刊》1938年第1期。
② 《本刊的命名》,《自由谭》1938年第1期。

奸——说"汪精卫用口来卖淫"①，预言日军必败，探讨文化的大众化；也在自由的名义下，《自由谭》又对"左翼"文人进行嘲讽——一个擅长体育的富家子弟在爱上"爱读革命小说与左倾文艺刊物的小姐"②后，转变为打牌跳舞与游泳都颇有鲁迅风——来讽刺"鲁迅风"的杂文作家；即使对于"论语派"的刊物《宇宙风》，也化名攻击他们"在抗战中获利"③，大发国难财。这种不分营垒，不平则鸣的气度，恐怕只有依"自由"之名，方能行之无碍。

除了《自由谭》宣扬自由，还有刊物抨击传统。《大陆》创刊号上，《疾奴庵笔记》中的首篇《因"名字"而想起》，文中谈到《高祖还乡》里刘邦与汉高祖的名字互换时，说"虽是嘲笑流氓皇帝，实在还是维护封建思想……与平民思想是无涉的"，着意强调封建道德的局限。

知识的传输与思想的启蒙，是启蒙取向的文学期刊中最重要的内容。通过对大众的知识启蒙，新文人在孤岛时期延续着文化的根脉，同时通过苦口婆心的思想说教，也着实改变了不少青年的人生。孤岛末期，丁谛写了散文《殖荒者》，来歌颂这些孜孜不倦的传灯者，"不仅垦熟了许多荒凉的土地，且亦在荒凉的心坎上下了种了。他们撒下一粒粒种子，耘去有害的草苗。带给那些在自然中生长的弟兄们一份礼物，智慧的，温情的礼物。给伏处的鸟儿添插上一对自由之翼。他们得从此知道跳出樊笼，追求光明和青天"④。把孤岛时期进行知识传输与思想启蒙的文人比为"殖荒者"，怕是最合适不过了。

三　纯文艺与学术研究

战争的爆发，使孤岛的文学和出版有了新的动向。"因战争而兴起的文学，有两种是我们最容易接触到的。一是国内报章杂志上的宣传文字，目的在鼓励民众的情感；一是用外国文字来著译的宣传文字，目的在提醒国际的注意与引起他们的同情。"⑤ 这两类文字的作用都在于宣

---

① 《汪精卫用口来卖淫》，《自由谭》1939年第7期。
② 史大刚：《文学家的脸孔》，《自由谭》1939年第7期。
③ 曾迭：《谈关于抗战与无关抗战的文字》，《自由谭》1939年第7期。
④ 丁谛：《殖荒者》，《文学集林》1941年第5辑。
⑤ 忙蜂：《战争文学》，《自由谭》1938年第1期。

传，在孤岛的文学期刊上也是时常见到的。对于战时群情激奋的民心来说，宣传的文字无疑作用巨大，但对于纯粹的文学来说，宣传的文字则并无益处。毕竟，文学可以用来宣传，但宣传却不能成为文学，尤其是被视为文学灵魂的纯文学。"我们知道在战争中，第一个受到灾难的每会是所谓'纯粹文学'……纯粹文学是诉于更深一层的心理要求的。在这种环境中，当然会被忽略。但是在将来，那么，文学线索之延续却会完全是他们的功劳。"① 为了完成"文学线索之延续"，一部分文学期刊选择了"纯粹文学"，来作为实现启蒙价值的立足点。

孤岛文学期刊中标榜自己纯文艺性质的刊物不少，如《文艺新潮》《文艺阵地》《文艺世界》等等，都曾打过此类招牌。但确实目不旁骛，仅仅坚持一种"纯粹文学"观念的刊物却并不多，徐迟主编的《纯文艺》说得上是最突出的一种。从刊名就可以看出，在孤岛的环境下，高调推出"纯文艺"的招牌，隐含着对于文学发展的一种自觉和自信。编者说，"当一切文艺刊物都停顿；我们的刊物的出版自然是含有若干苦心的"②。这并非空穴来风，因为上文中坚信文学线索的延续完全是纯粹文学的功劳的"忙蜂"，正是《纯文艺》负责人之一的邵洵美。对纯粹文学与战争宣传文字作出精细区分之后，创办一份名为《纯文艺》的刊物，正体现了试图延续文学线索的苦心。尽管编者认识到，"在目前的情况里，我们出这一个'纯'文艺刊物，自然是该打耳光（这个惩罪还不够足）"，但同时又觉得"冬天虽不是花卉盛开的季候，春天总会来到，所以冬天里不能不播下一些种子"③。这份播下文学种子的自觉与文学春天总会来到的自信，成为战时孤岛纯文艺期刊生存的最有力论据。

《纯文艺》的主要作者是徐迟、邵洵美、戴望舒等人，刊物的内容则大半是从西方文学中挑选一些"纯文艺"作品翻译而来。何谓纯文艺？邵洵美借劳伦司的话把读者分为两类，"一类是广大的群众，他们只为了片刻的娱乐而读书；一类是少数的人士，他们要读本身有价值的

---

① 忙蜂：《战争文学》，《自由谭》1938 年第 1 期。
② 《编后谈》，《纯文艺》1938 年第一卷第 2 期。
③ 《编后谈》，《纯文艺》1938 年第一卷第 2 期。

书籍,那种给他们新经验,再继续给他们更新的经验的书籍"①。在邵洵美看来,这类少数人士所读的"给他们新经验,再继续给他们更新的经验的书籍"正是纯文艺的最好写照。他还专门造了一个名词"严重小说"(serious novel),自然,"严重小说"只是一个代称,《纯文艺》刊登的文艺在小说之外,还有"严重散文"与"严重诗歌"。这些"严重"的文学有一个特点,就是与西方尤其是英法的文学联系紧密,而与中国文学距离较远。比如,创作作品有袁望云的《约翰日》、徐迟的《超现实派的失业》、柯可的《谈英美近代诗》,翻译作品有戴望舒翻译的法国纪德的《奥斯特洛夫斯基》,邵洵美翻译的英国劳伦斯的《逃走的雄鸡》等,都是来自于西方的文学资源,或许在这一点上,《纯文艺》的选择,与"新启蒙运动"的思想来源相比,更能显出不同。

与邵洵美所提出的"严重小说"观念不同,在《文艺世界》《文艺新潮》等期刊看来,纯文艺还有另一种理解。他们并不以为纯文艺只是给人新经验、继续给人带来更新经验的东西,纯文艺同样能与现实社会联系,同样能在抗战宣传文字之外,产生关于抗战的纯文艺作品。《文艺世界》的创办,源于这样一个事实,"孤岛上真正的纯文艺刊物,可说没有"②。对于刊物要致力的"纯文艺",编者如此认识:

> 我们不敢唱什么高调,说我们要负起什么使命,达到什么目的,然而我们却也不敢唱低调,说文艺只是给人在茶余饭后消遣消遣的,因此就妄自菲薄起来。我们所认识的是:文艺自有它的永久价值,我们必须使我们所发表的,的确都是文艺作品,或关于文艺的作品;同时,我们也决不忘记时代,我们正在抗建(战)中的时代,因此,我们要在文艺范围之内,略尽一些文艺反映时代并促进时代的责任③。

《文艺世界》强调"必须使我们所发表的,的确都是文艺作品,或关于文艺的作品",针对的同样是孤岛初期泛滥的宣传文字。对于"自

---

① 邵洵美:《通俗小说与严重小说》,《纯文艺》1938年第一卷第2期。
② 杨晋豪:《创刊致语》,《文艺世界》1940年第1期。
③ 杨晋豪:《创刊致语》,《文艺世界》1940年第1期。

有永久价值的"文艺来说，宣传文字的泛滥可以是特殊时代的权宜之计，但毕竟不是文艺发展的正途。因此，《文艺世界》《文艺新潮》等致力于宣传文字之外的"战争文学"的建构，试图用纯文艺的口号，摒弃把文学期刊变为综合宣传阵地的行为。在这种编辑思想下，《文艺世界》与《文艺新潮》上没有了政治经济的文字，创作也大都尽着"一些文艺反映时代并促进时代的责任"。《文艺新潮》从第二卷开始，设立了一些特辑，如"语文特辑""诗歌特辑""小说特辑""戏剧特辑""关于现实主义讨论特辑"等，对抗战文艺发展进行集中讨论与实验。但在这些特辑之间，偶尔也安插一些"米价和生活特辑"等与孤岛社会生活密切相关的篇幅，显示着与邵洵美的纯文艺之间些许的不同。自然，也是他们实验着与现实结合的纯文艺发展方向的一种努力。

《纯文艺》与《文艺新潮》《文艺世界》之外，无论是创作类文学期刊，还是翻译类文学期刊，还有不少以纯文艺为主旨的刊物，如林徽音主编的《南风》、林憾庐主编的《西洋文学》、傅立鱼发行的《新文苑》、王玉编辑的《文笔》等，都只在"纯文艺"的创作翻译上下功夫。

如果说纯文艺的实验是作家们的长项，那么学者们长袖善舞的就是学术研究。1939年10月，《文学研究》月刊创办。这份以"提倡纯文艺严守文艺之岗位为宗旨"的刊物，把篇幅分给了四类文字："1. 在文学上有研究价值之理论及报告；2. 语言文字问题讨论；3. 青年文艺习作；4. 各国文学思潮不分畛域之介绍。"① 除了"青年文艺习作"是刊物给青年们提供的练笔园地外，其他均为一种个人性的学术研究。《文学研究》的主要作者有杨鸿烈、吴烈、傅彦长、东方兰等。杨鸿烈从第一期开始连载论著《关于司马迁的种种问题》，从司马迁的身世到《史记》，着力考辨；吴烈研究的是宋词，《宋代闺秀词人李易安》《词的起源及令词的发展》《慢词的发展及豪放婉约的词派的流衍》等，有很深的学术功底；东方兰把目光放在了莎士比亚身上，《论莎士比亚的奥忒罗》《莎士比亚的冬的故事》《论莎士比亚的马克柏斯》等，是学术兼赏析的杂糅；傅彦长是创作的能手，《背景》《皮蛋上的天堂》《碰与睡》等小说、诗歌，闪现着孤岛文坛上右翼文人的吉光片羽。

---

① 《文学研究月刊社征稿简章》，《文学研究》1939年第一卷第1期。

1939年9月,《宇宙风乙刊》提出,"本刊此后拟侧重学术思想知识修养方面"①,《宇宙风乙刊》的转变源于上海情势从蓬勃转入消沉。因环境之故而把心思转入学术之上,是孤岛后期不少文人的选择。譬如挑起"鲁迅风"论战的阿英,后期屡屡以魏如晦的笔名在《宇宙风乙刊》等刊物上刊载《〈占花魁弹词〉钩沉》《关于〈杨娥传〉》《何绍基与太平天国》等学术随笔,或许正如他的笔名一样,体现一种风雨如晦、鸡鸣不已的文人责任。孤岛文学期刊中,另一个学术研究的大将是赵景深。就期刊所见的学术研究随笔而言,赵景深堪称数量之冠。无论是"左翼"文人的《鲁迅风》《文艺新潮》,还是自由文人的《宇宙风乙刊》《红茶》,抑或通俗文学期刊《小说月报》《万象》,都有赵景深用本名或者"邹啸"的笔名写的学术文字。赵景深的学术篇什以戏曲考辨为主,这是他的主业,如《沈璟的十孝记》《商辂三元记》《读曲小记》《蜀锦袍》等,都是对于古戏曲的评述,至今有着不可忽视的学术积累意义。此外,赵景深也关注小说史,如《小说琐话》系列、《论中国小说》等,扩展着学术的视野。尤为值得注意的是赵景深的"嘤鸣小记"系列。在这个系列中,赵景深为不少同时代文人进行素描,冰心、穆木天、夏丏尊、钟敬文、陆侃如、冯沅君夫妇、陈望道、谢冰莹、倪贻德等一大批现代文坛上有数的人物,都在他的笔端留下了身影。

　　个人学术研究之外,一些文人还注重学术上的启蒙工作。《文艺世界》曾拟定了孤岛时期的《文艺工作计划草》,认为"以文艺形式为手段,以知识内容为目的的作品,在提高民众文化程度上说,是急需要的。像房龙的史地作品,伊林的科学故事,以及列国志三国演义,都是学术文艺化的一种普及工作"②。把严肃的学术文艺化,让学者充当教育家,这已经是近乎知识传输的方法了。

　　选择启蒙取向的文学期刊把岗位摆在纯文艺或者学术的园地里,这是一个事实。但通过上述分析可以看出,这些人并不是消极面对。对于民族的存亡他们同样有着自己的作为,只是与救亡或直接的知识传输相比,方式不同罢了。1941年1月《文艺世界》的新年号上,刊登了美

---

① 《编辑后记》,《宇宙风乙刊》1939年第12期。
② 柳台:《文艺工作计划草》,《文艺世界》1940年第2期。

术家倪贻德的《画家吴渔山的故事》，编者评述："这里还有个故事，提到吴渔山，这个明末时代的艺术家，在现在，我们要批判他底思想形态；他有难言之痛，但在生活的表现上只备具消极……倪贻德先生在文末指出，吴渔山有背于时代的话，很获吾心。"① 对吴渔山只是消极的做法进行批判，认为有悖于时代，这样的话正是选择学术研究的文人们的心理写照，如晦风雨之下，鸡鸣不已，是启蒙取向的文学期刊之于孤岛出版界的意义。

对上述文人的选择，虽然我们可以作出同情之理解，但在当时投身救亡活动的"左翼"文人看来，即使没有堕入低俗境地，但躲入个人化的环境，依然是不可原谅的。巴人用毁堂的笔名在《上海周报》发表《我的杂感》，对《文学研究》的出现进行了炮火猛烈的批驳：

> 我们的文化，已穿上了甲胄，骑上了战马，长枪大戟，出入于危林之间，荒漠之野；……然而，我们的"文士"，既有人于虎皮之下，去谈"司马迁"与"中国文字"等，又有所谓"埋头工作者"，在所谓"兴建"的园地中，去"兴建""中国文字形体的演进"了。是则软骨虫一条，连蛀书的资格也没有的②。

巴人的怒火反映出不同价值取向的文学期刊与文人之间的隔阂，但带有意气地把从事学术研究的文人视为"软骨虫"，讽刺"连蛀书的资格也没有"，却是过于狭隘了。毕竟，当历史的硝烟散尽，"左翼"文人的活动只能归于抗战救亡的社会活动中时，我们会发现，正是这些选择启蒙取向的文学期刊和文人们的劳作，显示着孤岛的文学实绩。虽然对"左翼"先辈们略显残酷，却也是必须正视的历史。

第三节 消闲：孤岛市民的精神家园

救亡与启蒙之外，消闲取向是孤岛文学期刊的第三种选择。在救亡者或者启蒙者的眼里，如果一份文学期刊仅仅供人消闲，那这种选择就

---

① 《编后》，《文艺世界》1941年第6期。
② 毁堂：《我的杂感·二》，《上海周报》1939年第8期。

没有价值。但在消闲取向的文学期刊眼里，消闲类期刊之所以有存在的理由，最大的原因就是在宣传救亡与思想启蒙之外，还能供人消闲。从出版学的维度来看，一份文学期刊是选择救亡或启蒙，还是选择消闲，表面上是一种价值取向选择，其实暗含着一种编读关系的转移。1932年5月1日，施蛰存受现代书局的邀请，创办了一个"完全是起于商业观点"① 的杂志《现代》，在第一期的《编辑座谈》中，施蛰存批评了新文学期刊的一个弊病，即把编者与读者的关系"从伴侣升到师傅……于是他们的读者便只是他们的学生了"②。施蛰存的看法说出了现代期刊史上的一个通病。即使在孤岛文学期刊中，无论是选择救亡取向引导读者投入抗战，还是选择启蒙取向引导读者正确生活，编者与作者在文学期刊上的姿态，无疑都充当着读者的"师傅"。编者的自陈中，也经常以导师自比，"文化人是教育大众的领导者"③，"文化工作本来是用以启迪民智的一种教育工具"④，诸如此类，屡见刊端。因此，当施蛰存提出要把《现代》办成"一个供给大多数文学嗜好的朋友阅读的杂志"时，他其实是提出了一种朋友式的新型编读关系。

放弃救亡与启蒙的引领，降为读者的朋友，编读关系的转换也使新文学期刊放下了浓厚的拯救色彩，开始进入自我逍遥。刘小枫以"拯救"与"逍遥"概括了中西文人精神的不同，他也点出了新文学形成中的两种精神资源。有着浓厚西方印记的五四文学，使一大批新文人在苦难面前选择了悲壮的"拯救"之途；而中国传统文化中适性自怡的精神意向，又为孤岛文人在逼仄困苦的生存环境中，提供了"逍遥"之道。因此，尽管看似无为的消闲取向从五四新文化运动开始，就遭到以改造社会为己任的新文人们的讨伐，但这种有着浓厚传统文化色彩的价值取向，却在新文人努力调适面临的社会困境的同时，逐步凸显出担当调适个人心灵困境的责任。也因为新型的编读关系，以及对于孤岛市民精神裂隙的弥合，消闲价值取向获得了不少读者的认可，从而成为孤岛上第三种主要的办刊思潮。

---

① 施蛰存：《〈现代〉杂忆·一》，《北山散文集》，华东师范大学出版社，2001，第247页。
② 施蛰存：《编辑座谈》，《现代》1932年第1期。
③ 编者：《我们的话》，《文林月刊》1941年第6期。
④ 《致读者》，《世风》1938年第1期。

第二章　趋同与互异：孤岛文学期刊的三种价值取向

一　文人们的自我调适

孤岛文学期刊消闲取向的形成，首先源于一些文人的自我调适需要。1944年4月，傅雷用笔名迅雨写了一篇《论张爱玲的小说》，发表在同年的《万象》第五期上。对于当时的文化环境，傅雷第一句话就说，"在一个低气压的时代，水土特别不相宜的地方，谁也不存什么幻象，期待文艺园地里有奇花异卉探出头来"①。"一个低气压的时代，水土特别不相宜的地方"，傅雷形容的是全面沦陷后的上海，但如果把它用在两三年前的孤岛，同样十分契合。孤岛的不少文人们有一种进退失据的惶惑。周瘦鹃曾如此表达：

> 要说人必有派的话，那么我是一个唯美派，是美的信徒。可是宇宙间虽充满着天然的美和人为的美，巨耐不幸得很，偏偏生在这万分丑恶的时代，一阵阵的血雨腥风，一重重的愁云惨雾，把那一切美景美感全都破坏了。于是这唯美派的我，美的信徒的我，似乎打落在悲观的深渊中，兀自忧伤憔悴，度着百无聊赖的岁月②。

周瘦鹃的苦闷是一种个人感觉，但他说出的却是一批文人的集体心声。在孤岛的新环境面前，周瘦鹃们没有选择积极的救亡或者启蒙来应对，而是"兀自忧伤憔悴，度着百无聊赖的岁月"，选择了较为个人化的消解之道。自我退隐的选择，无疑也正是对于个人自由的一种追寻。西美尔曾说，"这种暗含着厌恶情绪的自我退隐作为一种较普遍的都会精神现象的形式与外农会依次出现：它给予人们一种和一些个人自由，不管如何，在别的情况下并没有和这种个人自由相似或可类比的东西"③。但是话说回来，自我退隐尽管能获得一点心理上的安慰，却不能真正走出"悲观的深渊"，"悲观者终于悲观，无论人家怎样劝慰，总觉得跼天蹐地，无从乐观起来"④。在这种情况下，消闲取向文学期

---

① 傅雷：《论张爱玲的小说》，《张爱玲与苏青》，安徽文艺出版社，1994，第162页。
② 周瘦鹃：《发刊词》，《乐观》1941年第1期。
③ 齐奥尔格·西美尔：《大都会与精神生活》，《时尚的哲学》，文化艺术出版社，2001，第192页。
④ 周瘦鹃：《发刊词》，《乐观》1941年第1期。

刊的创办，以及消闲文字的写作，却使他们闲里有忙，成为他们从"悲观的深渊"乐观起来的途径。

1938年5月，《红茶》创刊。说起创刊的动机，胡山源毫不隐讳，"在这孤岛之上，我辈文人假使绝无发泄之处，实在耐不下"①。《红茶》也正是供胡山源们"发泄"的所在。作为一个新文人，胡山源当年在弥洒社的活动受到过鲁迅的注意。但在孤岛，他创办供以消闲的《红茶》，原因就如周瘦鹃强调自己是"美的信徒"一样，胡山源也以纯粹的艺术爱好者自居。孤岛时期，虽然胡山源没有像周瘦鹃一样选择自我退隐，一度还主编过《申报·自由谈》，写过《明季义民别传》，但若只是外向化地转为对时事的鼓与呼，对于胡山源的文艺心灵来说，自是无法得到满足的。正是基于如此考虑，胡山源创办了《红茶》作为艺术乐园。在他看来，"在这个时代，我们当然没有什么可以快乐的事情。我们的作品，多一些苦难的描写，乃是事实上所不能避免的。不过我们却不想发抒我们的悲感，而引起别人的悲感"②，进行救亡呐喊的背后，胡山源在《红茶》里卸下了所有沉重的担子，"不想发抒我们的悲感"，也不想"引起别人的悲感"。胡山源用多个笔名在《红茶》上写作，展现着不同的文字风格。他提出"容纳文言"，是为了把文言看成古董进行赏玩；同时又发出邀请，"容纳俏皮文字"③，也是要用一种快乐简单的文字，来按摩过于负重的心灵。

周瘦鹃，自称被孤岛的血雨腥风与愁云惨雾打落在悲观深渊中，也以消闲期刊作为自济之舟。周瘦鹃于1941年5月创刊《乐观》，他在《乐观》上公开呼吁，"把这乐观两字，当做座右铭般，时时挂在我的眼底心头，时时挂在每一个读者的眼底心头，愿大家排除悲观，走向乐观之路，抱着乐观，相信乐观光明之来临"④。无论是胡山源的不要悲感，还是周瘦鹃的相信乐观，都在呼唤一种不负担过多责任的消闲文字。与胡山源创办《红茶》相似，周瘦鹃坦陈创办的目的之一"是聊以自娱"⑤。从逼仄的环境中追求心灵的缓释，从绝望中通过消闲取向

---

① 胡山源：《〈红茶〉的由来》，《红茶》1938年第1期。
② 《编者的话》，《红茶》1939年第16期。
③ 胡山源：《从"弥洒"说起》，《红茶》1938年第2期。
④ 周瘦鹃：《发刊词》，《乐观》1941年第1期。
⑤ 周瘦鹃：《发刊词》，《乐观》1941年第1期。

第二章　趋同与互异：孤岛文学期刊的三种价值取向

让生活开出希望之花，是周瘦鹃一贯的解脱方式。孤岛开始不久的1939年5月，《永安月刊》创办，周瘦鹃就开始从消闲文字中自我救赎。《卖花女子张红蘋》《说部隽品》《紫兰花片》《紫兰巷》《嚼蕊吹香录》等，都在哀婉的文字中抒发自我。从1940年第18期开始，周瘦鹃又开始连载《清闲集》。《清闲集》并不是周瘦鹃的个人创作，"录前人杂句怡性情者"[1]，在古诗文中沉潜，试图用古色古香的前尘往事来洗涤自己。

周瘦鹃是一个具有深厚传统意味的文人，他的思想资源中，传统文化中适性自怡与穷则独善其身的观念深入内心。可以看出，尽管胡山源与周瘦鹃的文学身份有所谓的新旧之别，但在消闲价值取向的选择上却并无二致，也彰显出消闲价值取向在孤岛文人中的普遍性。《永安月刊》《乐观》《红茶》《小说月报》等期刊上，周瘦鹃和与他相类的郑逸梅、程小青、孙了红、包天笑以及胡山源等文人，从消闲文字里寻求自我心灵上的解脱，形成一股引人注目的文学风潮。孤岛上自我调适的消闲文字，不少采用较为文雅的语言，尤其是一些遗老们，沉浸在古文诗词中，互相酬唱，自得其乐。《小说月报》创刊第二期，设立了《今人诗文录》栏，由吕剑吾主持，收录了当时文坛遗老们的诗作。从这一点来说，当文人们选择了消闲取向自我调适之时，他们笔下的文字大多并不通俗，反而显得雅化。只有到他们把目光投向读者大众时，消闲文学期刊才显出通俗化的风味。

文学期刊天然体现着一种编读关系，胡山源与周瘦鹃同样没有忘记编者的朋友——读者。本来，胡山源在创办《红茶》的动机中就提到，"一般读者假使没有略可快心的读物，也有些过不来，我们总必得要有一种适应双方面的刊物"[2]，而周瘦鹃也把《乐观》的首要任务定为"一方面原要取悦于读者"[3]。由此可见，即使陷入悲观深渊的文人们在自我调适的时候，也一直顾念着抚慰读者。

抚慰读者，周瘦鹃们自是好心，但在深陷重围的孤岛上，当"左翼"文人冒着生命危险在大声疾呼之时，如果总带着读者围炉说旧

---

[1] 周瘦鹃：《清闲集》，《永安月刊》1940年第19期。
[2] 胡山源：《〈红茶〉的由来》，《红茶》1938年第1期。
[3] 周瘦鹃：《发刊词》，《乐观》1941年第1期。

事，把酒话桑麻，无疑会使这些文人产生道义上的歉疚。因此，消闲取向的刊物的首要之事，便是为其获得合法性依据。《永安月刊》说得好：

> 黎明在望，大地昏黑，时代之波洪动荡不定，一般人士每感焦躁不安。若夫不安则精神与行动均将交蒙其弊。扩而充之，足以影响百业前进之精神及社会秩序，进而至于动摇国本，为害之烈，盖可想见。求安之道，衣食与娱乐仅得其表耳，未得其里也。欲求表里俱安，沉着镇静，则必有赖于文字。盖借文字之力，将宁静其精神，鼓励其振作，辅助其发展，裨益其身心。则《永安月刊》之创，标的在是矣①。

通过一番慷慨陈词，《永安月刊》彻底抛弃了新文人给予消闲取向没有价值的断语。自然，选择救亡与启蒙价值取向的期刊，所从事的是利于国家的工作，但消闲文字通过"宁静其精神，鼓励其振作，辅助其发展，裨益其身心"，何尝不是在为国家服务？消闲文人认为消闲文字将通过对读者的抚慰，同样达到巩固国本的时候，他们已经从理论逻辑和道德信义上为消闲刊物的发展作好了论证。更进一步，即使对于救亡和启蒙的志士们，在消闲文人的眼里，消闲文字同样有用，"在他们建功立业，万几之暇，居然不以为讨厌，还肯赏光，付之一笑，至少限度，他们能够借此得到一些不害健康的消遣"②。一张一弛，文武之道，消闲文字之于救亡篇什，大概就是互为表里的文武之道，缺一不可。至少在胡山源们的眼里，确实如此。

正名之后的消闲文学期刊，从两个方面着手为读者服务。

首先是用文字减少读者的精神痛苦。"我们坚信文化事业对于社会人心有很大的裨益，愈是在复杂严酷的社会来求生活，愈感到精神的需要安慰，我们不必诅咒社会，更不必厌恶现状，我们要促进社会，应向减少大众精神上的痛苦来着手。"③ 解决的途径即用消闲的文字来冲淡

---

① 编者：《创刊小言》，《永安月刊》1939 年第 1 期。
② 胡山源：《〈红茶〉的由来》，《红茶》1938 年第 1 期。
③ 编者：《两年来本刊的回顾与前瞻》，《永安月刊》1941 年第 25 期。

时代的低气压阴影，一时之间，有趣成为不少消闲刊物追求的标准。"什么都好谈，但要说得幽默精警；凡关于电影、跳舞、游泳、溜冰等一切流行的玩意及讽刺，滑稽的对话随笔，用轻松笔调描写，都要；社会上的畸形黑幕，加以一种有趣的暴露。"① 在有趣的标准下，一切都可以谈，从宋氏三女杰说到吴佩孚、东条英机，从如何种植花卉说到恋爱讲座，从兵器的起源说到杨乃武的冤狱，宛如围炉夜话，夏夜闲谈。消闲文字的最大特点就是个人化，每位作者随意拉扯，并无统一的目的预设。这种特点同时带来了文字的生活化，消闲文字的作者们大都注视着孤岛市民的日常行为，使文学期刊彻底成为市民日常生活的一部分。

其次，在消闲文字之外，消闲文学期刊为读者提供直接娱乐的方法。孤岛时期，猜谜是消闲期刊上最为流行的一种消闲方式。《红茶》第8期载，"因为要增加读者的兴趣起见……提议增加'文虎征射'"②，即是消闲期刊直接娱乐读者的例子。1938年8月29日，《黑皮书》半月刊创办，出版16期。文学创作之外，颇多涉猎，为此又名《猜谜周刊》。刊物广告也毫不掩饰，"孤岛恩物，消闲隽品，射猎乐园，赠品宝库"，俨然以娱乐场所的老板自居了。

二 孤岛市民的精神家园

一些文人的自娱和娱人之外，孤岛消闲期刊的另一个背景，是孤岛商业化的推动。淞沪会战之后，由于大量江浙富商的涌入，孤岛经济出现了一次大爆发，也就是众所周知的"畸形繁荣"。所谓畸形，是指孤岛经济的井喷，并没有扎实的基础，而是一种极端条件下特殊的外力使然。而且经济繁荣之时，也造就了不少新的城市贫民，加之大量涌入的流亡人口，贫富差距成为孤岛社会最鲜明的特征。对此，即连消闲文学期刊也多有讽刺。《永安月刊》上刊登的漫画《虞洽卿路交响曲》，一帧是国联大戏院门前拥挤购票，一帧是戏院隔壁"慕尔堂"，难民们拥挤抢购平售白饭；另一漫画《大家一起流血汗》，一帧是难民们如骡马拉着货车满头大汗，另一帧则是舞场里一对摩登青年男女连跳几场满头

---

① 《征稿公约》，《上海经》1938年第一卷第1期。
② 肮脏生：《为文虎告读者的话》，《红茶》1938年第8期。

大汗①。这些漫画一方面画出了令人痛恨的贫富差距,另一方面也显示着孤岛上浓厚的商业气息。正如某些文人的感慨:"'孤岛'上海,一切浪费的事业已超出正常事业的繁荣了。"②

　　孤岛经济的繁荣与畸形,为消闲文学期刊的发展提供了商业环境,也使之成为广大市民躲避生活困境的精神伊甸园。1938年初,消闲取向的《艺花》创刊。抗战开始不到半年的时候,便在救亡浪潮之中创办如此刊物,何以自陈?编者言道:

　　　　在本刊出版之先,预备出一本纯文艺刊物,因为那时文化街上冷落得可以,各种报纸,定期刊物都跟着国军的后撤而迁移……而且,孤岛之所以成为孤岛,便在于精神食粮的缺乏!但是,这个计划无形被打消了,大家以为一本杂志必须要适合潮流才对,于是本刊就以这样的姿态出现于孤岛之上了。问世以后,许多人批评我们这本东西是消闲颓废的刊物,许多人不齿我们的所为;也有许多读者来函,崇扬我们这本《艺花》为时代的鲜花③。

　　情况也正是如此,《艺花》的编者明白消闲很容易与颓废连在一起,但之所以坚持把刊物从纯文艺转为消闲,就是因为"要适合潮流"。他们自我比喻说,"我们做编辑的恰像一只舵,大众爱看什么,我们就编什么,一只舵当然要当舵的人使它转向,它就可以尽如人意的"。在《艺花》这里,读者已经彻底不再是一种需要启蒙和引领的对象,反而变成了刊物价值取向的风向标。"大众爱看什么,我们就编什么",消闲价值取向在这里发展到了一种极致。在这种编辑方针的基础上,不少消闲期刊适时推出与现实娱乐相关的栏目。《艺花》根据孤岛跳舞风行的情况,第一期开始即设立了《舞台》栏目,"献给爱读诸君"④。1938年10月的《上海经》也公开宣布,"凡关于电影、跳舞、游泳、溜冰等一切流行的玩意及讽刺,滑稽的对话随笔,用轻松笔调描

---

① 《漫画月辑》、乐草央的《虞洽卿路交响曲》、何基的《大家一起流血汗》,《永安月刊》1940年第19期。
② 丁君匋:《来日大难》,《永安月刊》1940年第11期。
③ 《编者言》,《艺花》1938年第4期。
④ 《和尚谈话》,《艺花》1938年第4期。

写，都要；社会上的畸形黑幕，加以一种有趣的暴露"①。当编者放弃编辑主张，把刊物的价值取向定位在大众与流行时，就完全是商业化的因素了。

但也有部分刊物选择消闲取向，是一种近乎"启蒙"的举动。1939年11月15日，一份名为《小说月刊》的文学刊物面世，《发行人弁言》中，编者毫不掩饰，"《小说月刊》的另一重大目的，是要使一般人们把它当作消遣品"②。编者说得很轻易，似乎作为消遣品本就是《小说月刊》的一个初衷。但在同期创刊号上的《发刊词》以及《编辑人言》中，又可以清晰地看到这样的文字，"我们编这册《小说月刊》的时候，无时不把社会放在心头，作为工作的对象"③，似乎又是一个现实主义者的宣言。这种既想娱乐又要兼顾社会责任的折中思路，在孤岛后期越来越普遍。主要的原因，就是孤岛当时商业消闲市场的发达，已经把大量的读者从阅读市场拉开，"许多的人们自己不能寻求娱乐而须借助于外力，因而堕入烟酒嫖赌以及其他无益消遣的陷阱之内"④。这是一个必须正视的问题。既然传统的启蒙或者救亡已经无法吸引这些读者的眼神，那么索性就用较为高雅的消闲行为——读书来代替低俗的消闲行为——烟酒嫖赌，从而达到改造社会的目的。从这点来看，这些文人在选择消闲取向时可谓用心良苦，一方面无力抵御孤岛文化和经济环境中商业化的压力，一方面又不愿彻底放弃文人们的道义担当。两者融合之下，只好以佛入地狱的心态涉水消闲期刊，《小说月刊》编者的无奈，也反证了商业化的环境对消闲文学期刊的一种推动。

商业化对于文学期刊消闲化的影响，还体现在经济压力上。"目前出版界最难应付的，是原料不断地飞涨，无论纸张制版印刷等以及各项开支，都有扶摇直上之势，所以许多定期刊物，因为受不了这些压逼，只得忍痛停刊。"⑤ 为了获得继续出版的机会，消闲类的刊物一方面是寻找赞助，或是拉拢广告，另一方面就是千方百计促进刊物的销售。而要获得最大比例的读者，就要把刊物的定位范围放大，也在一定程度上

---

① 《征稿公约》，《上海经》1938年第一卷第1期。
② 林鹤钦：《发行人弁言》，《小说月刊》1939年第1期。
③ 刘龙光、俞亢詠：《发刊词》，《小说月刊》1939年第1期。
④ 刘龙光、俞亢詠：《发刊词》，《小说月刊》1939年第1期。
⑤ 编者：《两年来本刊的回顾与前瞻》，《永安月刊》1941年第25期。

促使商业化对于消闲刊物的渗透。此种原因在第一章已有论述，此处不赘。

商业化的渗透，不可避免会造成消闲刊物泥沙俱下的沉沦。一时间，"色情文艺""脱裤文学""豆腐刊物""颓废刊物"等种种帽子，均戴在了消闲文学刊物的头上。对于此，消闲刊物有着自己的无奈："我们自己知道的，所谓'消沉'，所谓'鲜花'，都无非谈谈跳舞，讲讲恋爱的缘故。我们何曾不知道这个展开在我们眼前的时代是伟大的，我们也何曾不知道青年是须要前进的。我们更何曾不知道刊物有启示引导青年的责任！"① 但在孤岛强大的商业市场化面前，他们不得不选择消闲。尽管有一些刊物为了满足某些读者的欲望，完全陷入了低俗，但总体来说，孤岛上消闲价值取向的文学刊物，还是保持着应有的文学水准。尤其是以通俗文学期刊为主的消闲文学阵地，在面向大众的时候及时推进了雅俗文学的互动，促成了"通俗海派"的诞生，都是必须要大书一笔的功绩。毕竟，那些完全的"色情文艺"与"脱裤文学"，虽然也有着供人消闲的招牌，却终究不能算入文学，也是在本书的视野之外的。

由于价值取向的不同，消闲文学受到了救亡与启蒙文学期刊的讨伐。然而形势比人强，孤岛末期一位"左翼"文人描述当时的期刊界：

> 对于市民有最广大的影响力的，是第二种类的通俗文艺，他们所依附的是市侩的势力，而其所表现的特征，是对现实的麻木；这对于但求苟安偷活的庸俗小市民心理，正是最适合的慰物。因此，这一种文艺气运，不仅恢复了民元以后最兴盛的状态，也吸引一部分从新文艺战线上落伍者投入于他们的怀抱，毫无羞耻的广播着一种空幻的玄想，一种琐屑的细节，企图使读者忘却残酷的现实，而钻进醉生梦死的窝巢②。

所谓恢复民元以后最兴盛的状态，以及吸引一部分新文艺战线落伍者的加入，说的是消闲文学期刊之上旧派通俗文学作家的集体复出，以

---

① 《编者言》，《艺花》1938年第4期。
② 海客：《文艺的十月》，《上海周报》1941年第四卷第17期。

及新海派文人兴盛的景象。新旧两派在消闲文学期刊上的互动,为上海全面沦陷后张爱玲等作家的出现奠定了基础。价值取向的不同,造成不同类型文学期刊之间的争吵,过分在意是没有意义的。但孤岛结束前两个月,这一段出于"左翼"文人之口的话,还是从一个侧面佐证了消闲文学期刊的客观景象,值得我们注意。

第三章　文学活动：期刊与
　　　　文学新质的生成

　　1941年9月，在华北沦陷区文学中心北京，一位文人说道，"'文艺界'这一名词的造成，不外从事文艺的人和文艺的产品。更详细地说：人物，出版物和活动是构成理想中文艺界的基础"①。因此，对于一个时期文学现状的研究，就必须要考察人物、出版物以及文学活动这三个要素。孤岛出版的二百种文学期刊，不但是孤岛出版物的重要组成部分，也构成了文学人物进行文学活动的重要阵地。在论述了文学期刊的三种价值取向之后，把目光转到文学期刊的文学活动上来，自有一种内在的逻辑要求。

　　孤岛文人通过文学期刊举行的文学活动繁多，大至绵延几年的"文艺大众化"运动、文艺通讯运动，小至一次同人间的座谈、一次小规模的文学征文，抑或十几个杂志联合发表对于上海电影界的意见，几十个作家联合发表对于"鲁迅风"论争的意见等，都或多或少地影响了孤岛文学场域的形成。甚至文人们在诸多文学期刊上征募战士棉衣，联合发表对于宪政问题的见解等似乎溢出文学范围之外的活动，也在一定程度上反映着抗战时期文坛特有的一些活动。上述这些文学活动中，有不少是其他地域的文学活动在孤岛文坛激起的余波。但也有一些文学活动，或者是孤岛文坛自己独特的风景，或者是因受了外来影响而起，却在孤岛表现得最为突出。这样的文学活动，也促成了孤岛文学新质的生成，体现着孤岛文学期刊的文学史意义。

---

　　① 史荪：《目前华北文艺界批判》，《国民杂志》1941年第一卷第9期。

第三章 文学活动：期刊与文学新质的生成

第一节 文艺通讯：文学大众化的一种模式

一 普遍开展的征文活动

新文学史上，征文这种由个人或某一团体发起，透过报刊媒介向大众征求文稿的举措，屡见不鲜。1919年，《新青年》为了推动妇女解放问题的讨论，打破不收外稿的传统，刊登了"关于妇女问题"的征稿启事。沈雁冰改版的《小说月报》1921年第5期上，刊登"小说月报第一次特别征文"，为冰心的小说《超人》等作品征求评论。此后，随着新文学的枝繁叶茂，征文日益普遍。举办征文的报刊之中，既有《大公报》《新青年》《论语》等报刊界名流，也有《艺风》《天地间》《文林月刊》等名不见经传的小刊。就流派来说，则京派、海派、鸳鸯蝴蝶派，或者说"左翼"、右翼和自由主义文人集体登场，可以说，自傅兰雅1895年在《申报》开展"小说竞赛"①以来，借助文学征文来提倡一种新的文学观，已成为新文学各派通用的模式之一。

孤岛同样如此，短短四年时间里，文学刊物上进行的征文活动就有数十次之多。例如：1938年6月15日，《大时代》创刊号刊登"青年文艺创作奖金启事"活动；1938年8月10日，《世风》第7期举办"孤岛青年创作选"征稿活动；1938年9月16日，《西风副刊》创刊即刊登"西风社征文启事"；1940年6月，《戏剧杂志》第四卷第6期刊登"上海剧艺社剧本奖金"；1940年7月1日，《天地间》第1期开始刊登"天地间月刊创刊纪念普遍征文"；1940年9月，《大陆》第一卷第1期举办"我怎样在上海过活"征文活动；1940年10月16日，《宇宙风乙刊》第31期举办"本刊征文"活动；1940年11月，《小说月报》第二期刊登"大中学生文艺奖金"；1941年3月，《学习》"为提高读者研究与读者兴趣起见"，于第四卷第1期进行征文；1941年7月1日，《万象》创刊即刊登"学生文艺奖金"；1941年7月1日，《大众文艺》第二卷第1期刊登"特举办第一次征文"；1941年11月25日，

---

① 参见韩南《新小说前的新小说——傅兰雅的小说竞赛》，《中国近代小说的兴起》，上海教育出版社，2004。

《文林月刊》第 6 期刊登"文艺征文",这些都是孤岛上小有影响的征文活动。此外,还有一些刊物如《艺风》第 9 期"为选拔青年作者起见,新开一个'青年园地'",《世风》半月刊创办即设的《中学生园地》,《红茶》半月刊的《中学生园地》等专为青年而设的栏目,虽然没有奖金之类的悬赏,但其内涵却与征文并无二致。

孤岛文学期刊的征文大致可以分为两类。第一类没有明确议题,仅在"为鼓励青年写作,增高青年对于文学之兴趣"① 等宏大的目标下开展。应征的对象多为大中学生或者文艺青年,应征的体裁则"以文艺为主(包括小说、散文、诗歌、随笔、译文、戏剧等),文言白话不拘"②,甚至"体裁不拘,字数不计"③,只要是合乎刊物要求而且能够言说的,尽可以信马由缰自我表现,给予应征者以最大的自由。而另一类征文则往往有不少的限制,如《宇宙风乙刊》第 31 期的征文启事④:

  题目:我是大学毕业生

  字数:二三千字

  酬报:选登者每篇概酬国币二十元

  缘起:……本刊有鉴于此,特以此题征文,应征者须大学毕业后至少已二三年者,就其入学初衷,在学所得,学成所为,其抱怀,其经历:学医科者,如何荣任公路局长,攻法律者,如何忽成宗教牧师,其中曲折变迁,有非局外人所可知者,均足为描声绘影之资料,据实写下,间加感想批评建议。应征者下笔应慎重,立言勿偏倚。……此启。

对题目、字数以及"应征者须大学毕业后至少已二三年者"的身份要求,"应征者下笔应慎重,立言勿偏倚"的文风,《宇宙风乙刊》的编者都有明确的规定,留给应征者自由发挥的余地不多。

孤岛时期众多的文学征文活动,分布于各个流派,无论是议题明确

---

① 《青年文艺创作奖金启事》,《大时代》1938 年第 1 期。
② 《文林月刊文艺征文简章》,《文林月刊》1941 年第 6 期。
③ 《本刊征文启事》,《大众文艺》1941 年第二卷第 1 期。
④ 《本刊征文》,《宇宙风乙刊》1940 年第 31 期。

第三章 文学活动：期刊与文学新质的生成

还是稍有限制，都是文学期刊常用的操作手段。众所周知，中国现代文学史上的文学期刊，大都是一种同人刊物，稿件来源也多以约稿为主。虽然有学者认为，"30 年代杂志和'五四'时期的杂志的一个重要区别是，'五四'时期的杂志多是同人性质，而 30 年代杂志则倾向于商业性，尤其是上海的杂志带有明显的商业目的"①。然而就孤岛来说，商业性与同人性并不冲突。即使一些纯粹商业化的刊物如《永安月刊》《小说月报》等，其作者群体也呈现出浓厚的同人特点。即在当时，就有人这样评价孤岛时期创办的文学期刊，"有一个特点即同人杂志很多"②。文学刊物的同人性质，一定程度上限制了刊物内容的广度。而征文活动的举办，使得文学杂志或者社团呈现出一种开放性特征。借助征文吸引一些新的文学青年进入刊物，无形中为文学刊物在同人之外添加了新的元素，即使是编者设置议题的征文，我们也不难看出当选文章中散发出的与刊物原有风味不同的新特点。这些新特点固然在某种程度上影响了刊物的同人特质，却使同人刊物封闭的弱点得到了弥补。于是，通过征文活动，读者得以参与文学期刊的建设，通过与编者进行有效的互动，共同从事着文学期刊的生产。

不过，对于孤岛文学期刊众多的征文活动来说，吸引读者参与文学生产，从而推动文学期刊的发展，似乎并不是许多编者匠心远虑的规划。对他们来说，征文活动的第一个作用，是为刊物带来稿源。孤岛"廖化为先锋"的作家队伍，使诸多刊物在稿件来源上捉襟见肘，即使拉来几篇，也往往内容质量并不见佳，无法获得读者的关注。刊登征文则无此烦恼，当读者看到自己的作品能够荣获刊登，除了兴奋，是不大会过分苛求期刊其他文章质量的。而一些刊物将征文活动中发现的优秀文学青年直接拉成刊物的固定作者，也是出于稿源的考虑。征文活动的另一个作用，则是刊物销量的提升。孤岛时期的不少征文活动，如《文林月刊》《万象》《小说月报》《大陆》等，都列有这样的应征手续：应征文稿，须贴"文艺奖金投稿印花"于稿末。而投稿印花，则印在每一期的刊物中。这样，每一个应征者如想投稿，至少需要购买一本文

---

① 旷新年：《1928 年的文学生产》，《大众媒介与中国现当代文学》，人民文学出版社，2005，第 139 页。
② 杨真：《一年来的上海出版界》，《译报周刊》1939 年第 12、13 期。

学期刊，不失为一种推销之道。这两点，是征文活动的直接效果，但其最主要的意义，还在于对文学大众化的推动。

二 文艺通讯运动——孤岛的文学大众化实践

自新文化运动以来，如何把文学从王公贵族手里转换为"平民文学"，一直是20世纪的新型知识分子致力于解决的问题。新文化运动的领袖陈独秀在《文学革命论》中，所列出的文学革命军三大主义的第一条，即为"推倒雕琢的阿谀的贵族文学，建设平易的抒情的国民文学"[①]，可以说，"国民文学"的倡导，实为文学大众化的先声。但随着文学革命的进行，"作为中国新文学运动的开端的'五四'文学革命运动，由于当时主客观条件的限制……始终停留在少数名流学者的圈子里，没有向大众的队伍扩展"[②]。一场伟大的启蒙运动，当经过了十年以后，各种新的思想和文学依然只能属于某一特定的文人阶层，这不能不说是启蒙运动最大的失败。因此，1928年兴起的革命文学运动，一开始就展现出对五四文学运动的反思姿态，同时站在普罗大众的立场上，声音响亮地喊出了"文学大众化"的口号。此后的两三年间，包括鲁迅、瞿秋白等在内的一大批新文学家，围绕着文学大众化以及如何大众化的问题，展开了不少讨论，形成了文学大众化运动的第一个高潮。但几年下来，论战的各方并未能得出一种妥当可行的结论。文学大众化以及如何大众化，依然是一个悬而未决的问题。

抗战的爆发，使文学大众化再次成为文坛焦点，并且成为各派文人少有的一致认同。正如茅盾所言，"文艺要大众化，没有人反对。尤其在此抗战时期，从前反对任何大众化的，现在也不再反对"[③]。抗战初期再次爆发的文学大众化讨论，有新的特点。一位参加讨论的孤岛文人这样认为，"当前的文学大众化运动，比之过去的文学大众化运动，内容更为广泛，意义更为重大，那是没有问题的。理由不仅是为着抗战，也为着文学本身。更具体地说，它不仅为着要策动、激励大众努力抗战，争取抗战的最后胜利，而且为着要彻底解决中国新文学运动应该解

---

① 陈独秀：《文学革命论》，《新青年》1917年第二卷第6期。
② 应彬之：《抗战文学与大众化问题》，《自学旬刊》1938年第一卷第5期。
③ 茅盾：《大众化与利用旧形式》，《文艺阵地》1938年第一卷第4期。

决而未曾解决的问题"①。

通过对文学大众化运动的简略梳理可以看出，文学大众化的提出，是一部分新文人对于以往文学运动反思的结果。但从陈独秀的"国民文学"论调到抗战时期的讨论热潮，20多年间，关于文学大众化的讨论终究还是文人内部的活动，并未溢出知识阶层，只是讨论主体从所谓的小资产阶级知识分子转移到无产阶级知识分子而已。这种局限，也见于孤岛时期的文学期刊。《文艺》《文艺阵地》《文艺新潮》《自学旬刊》等刊登的关于文学大众化的讨论或论文，仍是文人自身一种单向度的思考与操作，大都强调抗战时期文学作家应该如何运用旧的形式，如何使用大众化的语言，如何"利用某一有利抗战的旧伦理来克服另一种有害抗战的旧伦理"②等，并未有意识地考虑如何使"大众"参与到文学大众化运动中来。这对于五四一代的启蒙者，以及深受五四影响的抗战时期的新启蒙者来说，似乎是一种近乎天然的盲点。倒是主要从事社会工作的周扬看得明白，他在1932年指出："文学大众化不仅要创造为大众所理解所爱好的作品，而且，最要紧的，是要在大众中发展新的作家。关于这个，工农通信运动是当前的迫切的任务。"③

周扬在第一次讨论热潮中提出的纠正措施——"在大众中发展新的作家"，使大众直接参与到文学大众化运动中来的观点，并没有获得文人们的广泛共识。他所提出的具体措施——"工农通信运动"，在20世纪30年代的海上文坛，也没有掀起多少波澜。只有抗战的爆发，才为这种设想提供了足够的土壤。具体到孤岛文坛来说，便是影响甚大的文艺通讯运动。

1938年7月23日，《华美周刊》④在"八一三"事变一周年之际，刊登了"华美周报为出版《上海一日》征稿启事"：

> 《华美周报》为纪念"八·一三"起见，拟出《上海一日》一书。……（一）本书定名为《上海一日》，各界人士如在此一年来

---

① 应彬之：《抗战文学与大众化问题》，《自学旬刊》1938年第一卷第5期。
② 应彬之：《抗战文学与大众化问题·下》，《自学旬刊》1938年第一卷第6期。
③ 周起应：《关于文学大众化》，《北斗》1932年第二卷第3、4期。
④ 《华美周刊》是华美报社出版的一份周刊，每周六出版，当时自称"华美周报"，但过后多以刊物视之，称为华美周刊，与此类似的还有《上海》周报。

任择一日，将自身对于是日之回忆或印象等，构成任何文艺形式（包括报告文学，速写，通讯，日记，书信或木刻漫画等）投寄来者，皆所欢迎。……①

征稿启事十分简单，没有用文学要素对应征者提出过多要求，这里隐藏着征文主办方对应征群体的潜在期待。主办《上海一日》征文的《华美周刊》，1938年4月23日创刊，每逢周六出版，主编梅益，也即《上海一日》的主编。《华美周刊》并非一个纯文学刊物，除了刘西渭《建设孤岛的戏剧》等一些文艺论文外，文艺创作甚少，编者也承认"有二位读者来信说本报登载文学作品太少"②。这其实不难理解，因为作为主编的梅益，并不是一个纯粹的文人，他更重要的身份是中共江苏文委的一个成员。《华美周刊》作为江苏文委在孤岛上开展斗争的一个基地，也主要是用来宣传党的抗战政策和抗战知识。这样的背景决定了以文艺形式开展的《上海一日》征文活动，所承载的主要是一种意识形态性的文学为政治服务的功能。本来，"左翼"文学从一开始就不以纯文学性为主要追求，"两个口号"的论争，无论哪一个强调的都是文学为现实服务的要义。但此前"左翼"文人进行的出版活动，都是"左翼"文人内部的举措，没有外部因素的介入。《上海一日》征文把征求的对象定位在"各界人士"，宣布了这次征文的大众化诉求。为此，《上海一日》的编辑原则"重内容而轻文字"，目的就是要"用集体的力量把这复杂多样的现实描成一幅有血有肉的画卷"，使人们"由此认识'八一三'抗战的真面目"③。

《华美周刊》举办的《上海一日》征文活动，历时三个月，共收到稿件约两千篇，近四百万字，作者群体涉及各个阶层，"来稿大部分都不很通顺，有许多作者都是初次写稿，他们看到征稿启事上编委会负责修改的诺言后才鼓起投稿的勇气"④。而且征文抛弃了狭隘的党派之见，一些右翼知识分子如黄震遐的《怀我壮士阎海文》之类篇章也获入选，

---

① 《华美周报为出版'上海一日'征稿启事》，《华美周刊》1938年第一卷第14期。
② 《编后记》，《华美周刊》1938年第一卷第15期。
③ 梅益：《本书编辑经过》，《上海一日》，华美出版公司，1938。
④ 梅益：《本书编辑经过》，《上海一日》，华美出版公司，1938。

第三章 文学活动：期刊与文学新质的生成

成为战时文艺统一战线的示范。1938年8月20日，征文开始尚不足一月，《华美周刊》即在第一卷第18期上刊登了"上海一日特辑"，欣喜之情溢于言表。《上海一日》全书于1938年12月由华美出版公司出版，发行了一万册，因为作者群体的复杂性，在"孤岛"引起了巨大反响。

《华美周刊》主办的《上海一日》征文，拉开了孤岛上文艺通讯运动的序幕。1938年11月30日，征文尚在进行期间，《上海一日》的编辑者之一戴平万以岳昭的笔名在《自学旬刊》上发表了《抗战文学与文艺通讯运动》，为文艺通讯运动在孤岛的开展进行舆论准备。戴平万发现，抗战开始以后，简短轻便的文学形式如"速写、报告、通讯等作品一跃而成为文艺作品的主导地位了"，这是一个新的变动。面对这种新的文学形式，"要充实其内容，我们固然要'手触生活'，但惟有组织起来，才能更深刻更正确地表现出各种社会生活的姿态。因此，文艺通讯运动，在今日已是抗战文学运动的中心问题之一了"①。这便是孤岛文艺通讯运动的由来。

戴平万提出文艺通讯运动，主要基于两点考虑。第一，他引用茅盾的话说，"我常常这样感觉得：自抗战以来，我们有抗战文艺作品，然而没有抗战文艺运动！所谓'抗战文艺运动'……是就现实中看清了何者是中心问题，问题的实际怎样，然后由此而决定文艺工作的方案"②。在戴平万眼里，速写、报告、通讯已经成为抗战文学主潮的时候，文艺通讯运动就顺理成章地成了"抗战文学运动的中心问题之一"。第二，是他编辑《上海一日》过程中的体会，"《上海一日》的投稿者，是一队有生气的尚未组织的文艺通讯员，我希望编辑《上海一日》的负责人，想出一种有效的方法，和他们保留一种友谊的联系，使他们继续有学习写作和发表作品的机会"，"《上海一日》的编辑，虽然没有组织的发动，但可说是一个雏形，如果能把几百个或几千个投稿者组织起来，对于文艺通讯运动，已略有端倪了"③。也就是说，《华美周刊》举办的《上海一日》征文活动，使戴平万发现了孤岛开展文艺通讯运动的作者基础。

---

① 岳昭：《抗战文学与文艺通讯运动》，《自学旬刊》1938年第一卷第11期。
② 岳昭：《抗战文学与文艺通讯运动》，《自学旬刊》1938年第一卷第11期。
③ 岳昭：《抗战文学与文艺通讯运动》，《自学旬刊》1938年第一卷第11期。

戴平万没有为文艺通讯作出定义。他的朋友蒋锡金则认为，"文艺通讯，是一种文艺的通讯，是一种通讯的文艺；是把两种拼合起来成为一种东西，它是通讯，也是文艺。……主要的特征，它是报道事实的，比到一般文艺，它尤其注重真实……它和一般的文艺不同的所在，即在它是一种通讯的文艺"①。尽管这个定义曾被认为过于简单和机械化，却说出了文艺通讯的主要特点。而发动每个角落里的文艺群众来从事创作，无疑契合了抗战时期文艺急需大众化的要求。"因为，在这伟大的铁和血的时代中，在这长期抗战的主题下，文艺使命的内容，是包括了不论主体及对象是敌、客、主，范围是国内外，关系是间直接。只要是'现实'底材料，我们都应该把它尽可能的发动、争取的。这内容决定了形式，所以'文艺通讯运动'就成了对这使命最具体、最活跃的文艺活动了。"②

鉴于此，中共江苏文委决定以《华美周刊》举办的《上海一日》征文活动为契机，在孤岛开展一场文艺通讯运动。1939年1月18日，《每日译报·大家谈》发表唐韦的《文艺通讯运动》一文，指出文艺通讯运动乃是一场抗战文艺的大众化运动。这个结论规定了文艺通讯运动的性质，也使之正式与大众化的抗战文艺空间建构联系起来。1939年2月24、25、26日，洛蚀文（王元化）的《关于文艺通讯运动》在《华美晨报·浪花》连载三期，论述了"文艺通讯运动的意义""怎样做一个文艺通讯员""怎样写文艺通讯"等问题，为文艺通讯运动的开展进行学理上的准备。1939年4月上旬，中共江苏文委正式成立文艺通讯委员会，组建了文艺通讯组织（文通组织）。同时在《每日译报》《大美晚报》《文汇报》《文艺新潮》《自学旬刊》《公论丛书》等报刊开辟栏目，刊载文艺通讯。"左翼"文人在这些刊物上写了大量的关于文艺通讯运动的理论文章，此后又出版了《野火》等文学刊物专刊文艺通讯。

"左翼"文人提倡的文艺通讯，并不是一个崭新的东西，这在孤岛当时也已被众多"左翼"文人承认。他们这样追溯它的源头，"在本世纪的初年，列宁主持时的《火花报》上，就已有国内各地关于革命现

---

① 锡金：《文艺通讯是什么》，《文艺新潮》1939年第一卷第9号。
② 曜宾：《论文艺通讯》，《文艺新潮》1939年第一卷第11号。

第三章 文学活动：期刊与文学新质的生成

状的通讯登载。到民十年（一九二零年前后）高尔基所主编的报章杂志，更有组织地经常由各地工厂各集体农场的通讯刊布了"①。即在中国，1932年周扬提出的"工农通信运动"，以及1935年9月茅盾主编、生活书店出版的《中国的一日》都可认作文艺通讯运动的早期产物。与孤岛同时期的其他文学地域，也开展了文艺通讯运动。在国统区，"文艺通讯员通讯运动，广东文学会（全国文艺家抗敌协会广东分会）曾经努力干过"②，"而且成绩很不错"③，广州沦陷后长沙也曾继续了一段时间；在解放区，1939年孙犁为晋察冀通讯社编印过《文艺通讯》。但总的来看，与孤岛文艺通讯运动相比，这些运动在其文学地域中的地位要低得多，取得的成绩和影响也要小得多。文艺通讯运动在抗战时期的顶峰，是在孤岛。

孤岛上的文艺通讯运动，以《华美周刊》举办的《上海一日》征文活动拉开序幕，以专载文艺通讯的刊物《野火》被吊销登记证后逐渐结束，持续了大约两年的时间。从文学影响与文学实践上看，这次活动都是成功的。即以《上海一日》征文活动而言，主办者颇为满意，认为《上海一日》是"中国抗战史上的血泪记录、中国文学史上空前杰构；报告文学范本、集体创作丰碑"④。成功更在于文学大众化的意义上，"我们觉得很骄傲的，寄稿的人普遍于各阶层……无疑《上海一日》将是中华民族抗战史中一部最有声色最多方面的插曲"⑤。"左翼"文人借《上海一日》征文活动的开展，把文学范围扩大到了文坛以外的大众。而随之展开的文艺通讯运动，发展了六百余名通讯员，成功地实践了文学大众化的设想。正如一位孤岛文人所言，"我们所要解决的文艺大众化问题，在这里也可有了一个较能满意的答覆了"⑥。

《华美周刊》举办的《上海一日》征文，在"孤岛"成功地掀起了历时两年的文艺通讯运动。一方面，配合了全国性的抗战文艺，推动了文学大众化；另一方面，在孤岛拓展了"左翼"的文学空间。更重要

---

① 曜宾：《论文艺通讯》，《文艺新潮》1939年第一卷第11号。
② 茅盾：《文阵广播·编者注》，《文艺阵地》1939年第二卷第6期。
③ 岳昭：《抗战文学与文艺通讯运动》，《自学旬刊》1938年第一卷第11期。
④ 《上海一日》广告，《华美周刊》1938年第一卷第23期。
⑤ 编者：《写在特辑之前》，《华美周刊》1938年第一卷第18期。
⑥ 列车：《报告文学和文艺通讯》，《鲁迅风》1939年第15期。

的是，作为一个个案，将众多孤岛文学期刊上征文活动的终极意义表现得淋漓尽致，从而为我们提供了文学大众化的另一种操作模式。

第二节 "鲁迅风"："左翼"文人的文学实绩

一 "鲁迅风"论争

1939年1月11日，一份名为《鲁迅风》的文学刊物在孤岛问世。编者在《发刊词》中开门见山地说："好久以前，我们就想办个同人刊物，一苦于没有机会，二苦于想不到好名字，这回出版《鲁迅风》，也不过'就近取便'，别无其他用意。"① 这篇由巴人执笔的《发刊词》特意强调"别无其他用意"，颇有此地无银的意味。因为"鲁迅风"这个好名字，1939年1月这个出版时机，都与此前孤岛上刚刚结束的"鲁迅风"论争有关。

孤岛形成之初，报纸的副刊成为孤岛文学复苏的报春之燕。一批打着洋商招牌创办的报纸以及战后复刊的《文汇报》《申报》等老牌大报，都设立了文学副刊。其中尤以柯灵主编的《文汇报·世纪风》（1938年2月11日~1939年5月18日），巴人、阿英、于伶先后主编的《译报·大家谈》（1938年7月1日~1939年5月18日）、《华美日报·镀金城》（1938年7月8日~1939年1月31日），王任叔、胡山源、黄嘉音先后主编的《申报·自由谈》（1938年10月10日~1941年12月6日）等最为知名。孤岛初期的文学副刊，除了1938年10月10日与《自由谈》一起复刊的《申报·春秋》外，大部分都是新文学的园地。副刊刊登的文学种类繁多，小说、散文、戏剧、诗歌样样俱全，包括郑振铎、王统照、陈望道在内的文坛前辈与芦焚、巴人、唐弢等文坛新人，都在副刊上书写着孤岛初期的文学事业。以至几十年后，表现卓异的《文汇报·世纪风》依然被视为"'孤岛'文学的主要阵地"②。

---

① 《发刊词》，《鲁迅风》1939年第1期。
② 徐开垒：《"孤岛"文学的主要阵地——抗战初期〈文汇报·世纪风〉的回忆》，《上海"孤岛"文学回忆录·上》，中国社会科学出版社，1984，第104页。

第三章　文学活动：期刊与文学新质的生成

孤岛初期副刊上的文学创作中，最为耀眼的是杂文。"国军撤离上海后不久，曾有过一个时候，——这个时候正是上海人愤恨与悲痛交结的时候，'杂文'如长夜中的一把火炬，烧耀在上海的文艺界，鼓起了人们的勇气，把憎恨投向荒淫与无耻之辈去，使那些荒淫无耻之辈在杂文的扫荡下，露出狼狈的神态来。我们虽然没有鲁迅先生笔底下的杂文的峻严，然而杂文的武器性，又一次留给人们一个深刻的印象，是无疑义的。"① 能够成为"一把火炬"，是由杂文的特点决定的。由鲁迅手里产生并且成熟的杂文，最大的特点就是短小而尖锐，所谓的像匕首像刺刀。杂文在孤岛的环境下可谓正逢其时，其篇幅的精练与报纸副刊的容量天然相合，相得益彰。鲁迅创造了杂文，并创造了杂文的最高峰，同时他也成了杂文发展史上一个绕不过去的巨大背影。孤岛形成，距离鲁迅去世不过一年多的时间，而孤岛杂文的主要作家唐弢、孔另境、文载道等，都与鲁迅有过联系并深受其影响。因此，尽管"就事实上说，目前'孤岛'上的杂文作家，只要看作风，就很难找得一个和鲁迅相似"②，但另一个不可否认的事实，就是"他们却多少曾接受了鲁迅先生的影响"③。潜移默化的影响使得"鲁迅风"的几位大将唐弢、巴人、周木斋、文载道、周黎庵、孔另境、柯灵等在创作的杂文里都或多或少地闪现着鲁迅博大多样的杂文风采，尽管只是其中的某一方面。

唐弢等人风格明显的杂文创作在孤岛文坛风光一时，也引起了一些作家的注意和思考。1938年10月19日，已经接替王任叔担任《译报·大家谈》主编的阿英，用鹰隼的笔名在《译报·大家谈》"纪念鲁迅先生逝世二周年特辑"里发表了《守成与发展》一文。文章对孤岛风行的鲁迅式杂感提出质疑，"然而现在，我们的后继者，是只会守成，不求发展，只知模仿，忘却创造"④。阿英思考的是，在时代已经更移的孤岛，在鲁迅已经去世两年后，杂文的创作是不是还要像鲁迅晚年那样吞吐和曲折。

---

① 亦搏：《重整起来的杂文》，《上海周报》1941年第三卷第24期。
② 宗珏：《文学的战术论》，《鲁迅风》1939年第3期。
③ 宗珏：《文学的战术论·下》，《鲁迅风》1939年第4期。
④ 鹰隼：《守成与发展》，《译报·大家谈》1938年10月19日。以下所引报刊均于文中标明发表日期，不再加注。

阿英的文章拉开了孤岛上关于"鲁迅风"论争的序幕。作为曾与鲁迅有过直接冲突的作家，阿英的质疑立即遭到了同处"左翼"阵营的"鲁迅风"主将巴人的回击。1938年10月20日，巴人在主编的《申报·自由谈》上发表《"有人"在这里》，对阿英进行反驳，他认为阿英的攻击完全是"出于他私人的嫌隙"。仅仅一天之后，阿英便在10月21日的《译报·大家谈》发表了《题外的文章——答巴人先生》一文。阿英在文中提议抛却意气之争，并明确问题的中心为："1. 目前文坛上模仿鲁迅风气是不是甚盛？2. 这样倾向的增长对发展前途是不是有害？3. 如果有害，我们是不是应该表示抗议？以及更基本的，4. 如果鲁迅还在，是不是依旧写这样的杂文？"从这几点提议来看，对于一种新文体的发展，阿英还是有着深刻思索的，并不是一种唐突的质疑，但阿英的提问并没有获得相应的应答。10月22日，巴人在《申报·自由谈》发表《题内话》，连题目都针锋相对，坚持认为阿英为个人意气之争。之后，阿英没有再回答，两人的争论结束。

阿英和巴人的争论结束了，然而关于"鲁迅风"的争论并没有结束。一个月后，1938年11月21日、25日，一位局外人庞朴的随感《风雨杂奏》之四《论"鲁迅"风》分上、下两篇刊载于《华美晨报·镀金城》。庞朴离开了"鲁迅风"问题的局部讨论，直接对整个孤岛"左翼"杂文作家提出批评，认为他们"结成帮口，霸持'走了样'的今日的'孤岛文坛'，发扬'鲁迅'风"。11月22日，杨晋豪又在《译报·大家谈》发表《写给谁看？》，批评"鲁迅风"的一些作家，在写给大众看的文章中，故作高深，大众看不懂，知识分子看了味同嚼蜡。庞、杨的文章重启了已经沉寂的孤岛"鲁迅风"论争，并且把论争的范围扩展到了"左翼"阵营之外。

此后数日，众多作家加入论战。11月23日，巴人的《再加上一个"呜乎"吧》刊于《文汇报·世纪风》，认为庞朴根本不懂"鲁迅风"。11月24日，《文汇报》用显眼的篇幅刊登巴人（屈轶）、唐弢、周木斋等人的《边鼓集》广告，高度评价这些"鲁迅风"式的杂文"充满着战斗的精神，在文艺价值和社会价值上，都有着最高的成就"。11月26日，文载道于《文汇报·世纪风》发表《窗下谈文》，认为"鲁迅风"迂回曲折实为孤岛环境所致。11月27日，巴人又在《文汇报·世纪风》发表《片面之见》，驳斥杨晋豪的看法为片面之见。同日同版另刊登列车的文章《也需要写给小众看》，列车认为杨晋豪、庞朴的指责或许出于善意，却失之鲁莽。11月27日，另有圣人作《论"鲁迅式"》载于《大美报·早茶》，指出仍旧需要鲁迅式的文章和鲁迅式的人。11月28日，《文汇报·世纪风》刊载巴人的《"工作"与"批评"》、马前卒的《帮手和帮口》、辨微的《赋得内煎》、枳敬的《关于鲁迅风》等文章，对庞、杨进行集中反驳。11月28日，巨川、莫思等四人作《关于"鲁迅风"》刊于《大晚报·剪影》，认为这场争论婆婆妈妈，对抗战简直是可耻的浪费。

12月1日，杨晋豪的《论批评家的眼睛并答各家》载于《文汇报·世纪风》，希望同论争对手面谈，勿在报上作意气之争；馥臻的《"鸣呼"不够——需要爽辣的战术》载于《大美报·早茶》，希望"要攻刺的，要剥露的都要勇敢一些"。12月3日，马非的《愿致力于不浪费的工作》载于《华美晨报·镀金城》，支持庞朴的观点，批评巴人的态度，希望"鲁迅风"作家能自我批评。12月4日，巨川、莫思等四人的《谈婆婆妈妈》载于《大晚报·剪影》，批评"鲁迅风"作家连"鲁迅风"的定义都让读者找不着头绪，关起门来不让批评；同日的《华美晨报·镀金城》刊载王彪的《信仰与偶像》与林新石的《一点点的皮毛》，认为"鲁迅风"作家不重精神，模仿外表章法，正似落魄的僵石偶像；林文则认为当时的"鲁迅风"作家大都"不在刺人，而在舞弄"。12月4~18日，庞朴在《华美晨报·镀金城》连载《围剿的总答复》，分六期对巴人、辨微、马前卒、枳敬、列车等分别进行答复，逐一批驳。

从前面走马灯式的各派人士的言论可以看出，"鲁迅风"第二阶段的争论明显杂乱。如果说第一阶段的讨论是同一阵营内部两个文人商榷的话，第二阶段的讨论就明显是"左翼"文人在应对其他文人对于"鲁迅风"以及杂文的围攻。这些讨论非但没有把阿英提出的问题阐释清楚，反而导致了新文学阵线内部的混乱，使所谓"鲁迅风"的问题更加复杂化，也为一些别有用心的文人趁机大加挞伐提供了机会。徒劳无益的内耗引起了中共江苏文委的注意，发出了停止论争的要求。1938年12月4日，《译报》主笔钱纳水邀集"孤岛"文艺工作者郑振铎、巴人、阿英、梅益、王元化、孔另境等四五十位文人在福州路开明书店召开座谈会，讨论关于"鲁迅风"的论争。12月8日，郑振铎、阿英、王任叔等37人签署《我们对于"鲁迅风"杂文问题的意见》（以下简称《意见》），载于《译报·大家谈》，呼吁立刻停止争论，希望上海文艺界联合起来，负起文艺战线上的作战任务。《意见》此后分别转载于《译报周刊》《文汇报》《大英夜报》《导报》《华美晨报》等报刊。

随着《意见》的发表，孤岛上"鲁迅风"论争尘埃落定。但论争产生的一个后果一直存在，那就是从对"鲁迅风"杂文的质疑而导致的对于鲁迅的质疑。"我们不能否认这次反'鲁迅风'的论争，至少在客观上是带有抹煞或低估鲁迅先生杂文的意义的。"① 因"鲁迅风"而使鲁迅受到攻击，委实让几位年轻的杂文家们气恼。"就在这种气氛前后，大概也是文载道的提议吧，索性来出一个《鲁迅风》的刊物。刊物之定名为《鲁迅风》无非表现了知识分子的牛脾气：你讨厌它，我偏让它活着给你瞧。这样，《鲁迅风》就在1939年1月11日出版了。"② 《鲁迅风》的产生，正是"鲁迅风"论争的结果。

二 《鲁迅风》与杂文阵地的转移

孤岛上关于"鲁迅风"的论争充满意气，在当时已多被诟病。正如一位时人所言，"在上海文艺界方面关于'鲁迅风'问题的论争已经延长了一个半月之久。关于这论争的文章已经发表有数十篇之多。作家们费了无限精力，占了各报副刊不少宝贵的篇幅，可是这论争给予一般读者的印象恐怕只是意气用事和私人攻讦而已。大多数参加论争的作家似乎把论争过程中提出来的理论原则问题的检讨搁置一边，根本不曾企图来解答它"③。诸多论争当事人参与署名的《意见》也直言，"因为这争论从一开始就伏下了许多流弊的根基，这争论发展到后来，参加论争者离开了理论原则，忘记了共同的立场，变成个人的'意气用事'了"④。

"意气用事"的争吵带来了两个后果。第一，"鲁迅风"杂文阵地的丢失。孤岛初期的杂文，其阵地主要是报纸文学副刊，尤其以柯灵主

---

① 《读者·作者·编者》，《译报周刊》1938年第一卷第10期。
② 巴人：《〈鲁迅风〉话旧》，《巴人杂文选》，人民文学出版社，1985，第565页。
③ 孙一洲：《向上海文艺界呼吁》，《译报周刊》1938年第一卷第9期。
④ 《我们对于〈鲁迅风〉杂文问题的意见》，《译报周刊》1939年第一卷第12、13期。

编的《文汇报·世纪风》，王任叔、阿英先后主编的《译报·大家谈》，巴人主编的《申报·自由谈》为主。随着论争逐步进入个人攻讦，这些副刊开始被报纸停办。最先撤换的是巴人主编的《申报·自由谈》。巴人回忆说，当他看到阿英的文章以后，"就利用《自由谈》主编的权力，写文章在那里答辩起来了。一场论争。《申报》老板这回有话说了。争论不是《申报》的传统，而我居然论争了，侵犯了传统，'可恶之至，应当何罪！'乃托人讽示我辞职。"① 很快，巴人在 1938 年 11 月底就离开了接手不到两个月的《自由谈》，由胡山源接编。阿英的编辑工作也在论争过后交给了于伶。但遗憾的是，即使换了主编，《大家谈》还是没能逃过噩运，在 1939 年 5 月 18 日与柯灵主编的《文汇报·世纪风》一起停刊了。三大副刊的撤换，使孤岛初期繁盛的杂文创作失去了主要的阵地。无论是胡山源接编的《自由谈》，还是杨晋豪、曾迭等主持的《镀金城》，都不再是杂文的天下。于是，直到《鲁迅风》的创刊，孤岛上"鲁迅风"杂文的创作才从文学副刊转移到文学期刊上来。

第二个后果，就是这场展开的关于文学问题的争论，并没有产生有分量的理论思考。"'鲁迅风'的论争，除了数十人联名的意见以及孙一洲先生的文章以外，自始至终就不曾有过理论底建设的论文。"② 现在看来，持续了两个月的"鲁迅风"论争，真正有价值的文章只有三篇：发表于《译报周刊》《译报·大家谈》等诸多报刊的《意见》，发表于《译报周刊》第一卷第 12、13 合期的孙一洲的《向上海文艺界呼吁》，另外一篇就是宗珏发表于《鲁迅风》1939 年第 3 期、第 4 期上的《文学的战术论》。这是一个有趣的现象，"鲁迅风"的论争主要在报纸副刊，但"鲁迅风"的理论成果却是在论争结束之后的文学期刊上。成果不但指一份名为《鲁迅风》的刊物的创办，还有在文学期刊上出现的论争中仅有的三篇"理论底建设"文章中的两篇半（倘若同时发表于期刊和报纸的《意见》算是文学期刊半篇的话）。

三篇文章中，37 位作家署名的《意见》是纲领性的文件，篇幅不长，用"一个主张""关于'鲁迅风'的杂文""自我批判是必要的""我们的希望"等四个小节，为这场论争下了一个组织性的结论：应该

---

① 巴人：《〈鲁迅风〉话旧》，《巴人杂文选》，人民文学出版社，1985，第 564 页。
② 宗珏：《文学的战术论·上》，《鲁迅风》1939 年第 3 期。

立即停止论争，"鲁迅风"与"非鲁迅风"的杂文都有存在的价值，上海的文艺界应该在自我批判的前提下携起手来，组成统一的战线。孙一洲（孙冶方）的《向上海文艺界呼吁》发表的时候，正值"鲁迅风"论争的第二阶段，是较早的反思之作。孙一洲看到了论争中理论探讨的缺失，但遗憾的是，他认为"显然，鹰隼先生在这里提出的问题就是我们的最伟大的革命文学家的文学遗产中重要部分之一——杂文——的重新估价问题"①，并说这个问题就是别人都没有抓住的中心问题。孙一洲的口气十分坚决，但显然属于"牵强附会的意见"②，与真正的中心问题相距甚远。因此，宗珏发表在《鲁迅风》上的文章就成了"鲁迅风"论争中最美的收获。

宗珏的《文学的战术论》上、下两篇，分别发表在《鲁迅风》1939年1月25日的第3期和1939年2月1日的第4期。上篇题为《从"孤岛"杂文所看到的"鲁迅风"》，宗珏首先叙述了孤岛的文坛面貌。他认为由于环境的关系，孤岛大多数的文学都倾向于尖刻的暴露和讽刺，而"在这一年中，在'孤岛'上出现得最多的，却是这一类的杂文"，也就是"我主要指的是目前被名之为'鲁迅风'的杂文"。接下来，宗珏开始分析"孤岛文坛之所以形成目前这种被称为'鲁迅风'的杂文的趋势"的原因。在宗珏看来，这是有着"客观的存在的根据和发展的渊源的"，"而这根据，这渊源主要的也就是'孤岛现存的客观环境'和内地——我们的后方——的迥异"。在后方，大家可以为了抗战尽情歌唱，但在孤岛，周围始终有着鬼魅般的压力，这样的情况下，如何还能质疑"鲁迅风"杂文的迂回曲折？同时，宗珏也不同意孤岛杂文界有明显的"鲁迅风"与"非鲁迅风"的分野。"不论在形式上，在本质上我们根本就很难分辨那种是'鲁迅风'和那种非'鲁迅风'"，因此，在当时的孤岛文坛上，也就不可能有所谓"派系上底'鲁迅风'"的存在。到了这里，宗珏的论述明显超出了仅仅围绕着"鲁迅风"打转的意气之争，他的眼光注视的是"鲁迅风"背后整个孤岛文坛的杂文风暴。"因为只有基于这样的观察，我们才能了解鲁迅先生的伟大，也只有这样，我们才能够避免从

---

① 孙一洲：《向上海文艺界呼吁》，《译报周刊》1938年第一卷第9期。
② 宗珏：《文学的战术论·下》，《鲁迅风》1939年第4期。

宗派主义的观点之上，来解释'鲁迅风'。"①

《文学战术论》的下篇是《从"鲁迅风"所看到的"孤岛"杂文》。依据上篇的分析，宗珏首先断定："鲁迅风"是代表着一种进步的倾向，回答了阿英所提出的"这种倾向的增长对发展前途是否要害"的质问。他也不同意孙一洲对于中心问题的错误认定，重申阿英问题的重心"是在于论述'鲁迅风'的倾向"。在宗珏看来，时代对于杂文的影响，首先应该关注的是杂文的内容，"不论是被采择的题材或者对象"，而不应该是"杂文的样式（明快或者曲折迂回）"。当仅从杂文的样式上来看时，孤岛的杂文大都是"鲁迅风"的，因为环境的关系使几乎所有的杂文作家选择了迂回曲折的战术，尽管因人而异有着不小的差别。但从杂文的内容来看时，孤岛的杂文则并不是阿英等人所谓的"鲁迅风"所能涵盖了。"这么一来，我们要考察孤岛的杂文，就必然得把'鲁迅风'来看作广义的存在，否则无论从行文或战术来看，都没有一篇杂文，能合乎'鲁迅风'的'标准'。"依据这样的分析，宗珏在接下来的篇幅里，分析了孤岛杂文呈现的多样风采，尤其是所谓的"鲁迅风"六作家巴人、风子、文载道、周黎庵、柯灵、周木斋之间的差异。比如说最像鲁迅的风子（唐弢），"与其说是'鲁迅风'毋宁说是'巴金风'等"，都有意在言外之旨。

之所以如此不厌其烦地引述宗珏的观点，并不是这篇论文已经无懈可击，至为完满。唯一的理由，就是由宗珏这位早期的京派文人撰写的文字，实在要比大批"左翼"文人的争论文字来得深刻，来得冷静。从这个意义上，《文学战术论》可说是孤岛"鲁迅风"论争中仅有的理论探讨收获，也是《鲁迅风》刊物对于"鲁迅风"的一个贡献。

自然，《鲁迅风》的意义不仅是留下了一篇时人的理论文章。"《鲁迅风》出版后，不再为杂文要不要展开争论，除登了一篇《文学战术论》略算一下旧帐以外，各色各样的文章都有，真是杂的客观。"② 在"鲁迅风"论争平息之后，《鲁迅风》的主要任务，就是刊登"各色各样的文章"，承载孤岛杂文阵地的转移。

---

① 宗珏：《文学的战术论·上》，《鲁迅风》1939 年第 3 期。本段以上引文均出此，不注。

② 巴人：《〈鲁迅风〉话旧》，《巴人杂文选》，人民文学出版社，1985，第 565 页。

杂文是战斗的武器，《鲁迅风》上的杂文尤其如此。《鲁迅风》创办不久，孤岛上关于"抗战无关论"的论争便在《鲁迅风》上展开。1939年3月1日，陶亢德在《鲁迅风》第7期上发表了《关于"无关抗战的文字"》。陶亢德并没有看过梁实秋的文章，他仅仅是对吉力在文章中引征人权论，拉扯白壁德来抨击梁实秋看不过眼，遂有感而发。他推想梁实秋的意思不外有二：第一，不让大家写有关抗战的文字，那么"各方反攻不亦宜乎"；第二，若是认为"希望不会写抗战文字的去写他们会写的文字，就是无关抗战的文字"，那么"则我以为应予赞成，毋庸异议"①。一种自由主义文人的理念，使陶亢德与梁实秋的结论极为相似。这自然是"左翼"作家不能同意的。

因此，仅仅一周之后，《鲁迅风》第8期上便刊出了巴人的文章《一个反响——关于〈关于"无关抗战的文字"〉》。文章一开始，巴人断定陶亢德发表此文，"那正是亢德先生上了梁实秋的大当，虽不'糊涂透顶'，也有点'那个'"②。在巴人看来，陶亢德把文章分为与抗战"有关"与"无关"，过于机械与狭隘。首先，抗战即是救国，因此所有关于中国现代的学术思想文字，都可以说与抗战有关。其次，研究莎士比亚固然可以，但进行抗战并不是为了自己一代，而是为了子孙万代，因此在特殊的时期有必要放下研究来帮下手。再次，在这个时代，伟大的作家都应围绕抗战，方能成其伟大，若如冬烘先生一样钻入古籍则是永远不需要的。巴人认为："抗战是一种生活实践，吃饭恋爱，哪一样与抗战无关？"③这种情况下，梁实秋却发表"与抗战无关论"，那肯定是为了"立异以为高"，则亢德也是上当了。

其实，梁实秋的观点也好，陶亢德的意见也好，都不过是一种与"左翼"文人不同的文艺观而已。正如柯灵后来所言，"如果撇开这些政治、历史和心理因素……无论怎么推敲，也不能说它有什么原则性错误。把这段文字中的一句话孤立起来，演绎为'抗战无关论'或'要求无关抗战的文字'，要不是只眼见事，不免有曲解的嫌疑"④。柯灵的看法无

---

① 亢德：《关于"无关抗战的文字"》，《鲁迅风》1939年第7期。
② 巴人：《一个反响》，《鲁迅风》1939年第8期。
③ 巴人：《一个反响》，《鲁迅风》1939年第8期。
④ 柯灵：《关于梁实秋的"抗战无关论"之我见》，《梁实秋文坛浮沉录》，黄山书社，1999，第372页。

疑要客观得多,但在当时,"左翼"文人的气氛却是剑拔弩张的。

在反对"与抗战无关论"的同时,诸多作家对铺天盖地的"文必抗战,言必杀敌"的抗战八股文章,也甚为反感。《鲁迅风》第12期的时候,苗埒加入论战,开始引入对"抗战八股"的讨伐。苗埒首先批驳了梁实秋"与抗战无关"的观点,并断定"亢德先生和梁实秋教授犯了同一的错误",这是"左翼"文人的老生常谈。但周楞伽毕竟不是"左翼"文人,他进一步指出,"对于巴人先生的意见,也有一点要补充,并希望于文化界同人的,就是希望于'抗战八股'以外,能够注意到更深入与提高,换一句话说,就是艺术的加工"①。

"抗战八股"是抗战时期文坛上一个突出的现象,但被周楞伽这样直白地指出,却为"左翼"文人所不喜。对于苗埒的疑问,巴人承认"与抗战有关"的文章有着严重的雷同现象,但他认为这是一个千篇一律的问题。"说'千篇一律',不说'抗战八股',因为'抗战八股'是贬义词,废除它,不用。而我之所以反'反抗战八股'者,打开天窗说亮话,是在打击那想借此消灭抗战之论客。"② 当巴人把"反抗战八股者"定义为"消灭抗战之论客"的时候,我们就会发现,如"鲁迅风"的论争一样,这场论争又陷入了帽子纷飞的意气之争漩涡。巴人对苗埒的疑问动机提出了质疑,认为他和徐訏在《鲁迅风》上发表的文章,都是立异的表现。巴人感慨,"其实以苗埒与徐訏两位先生而论,文章本来是可以做得通的,一则一意想提高,以'洋八股'为标准;一则一意想炫奇,以趣味为归的;但'洋八股'需要融化,趣味须有涵养,而归结一句,则在'做人工夫'大可不必勉强。貌似学者,貌似哲人,但不过貌似而已"③。不该有的人身攻击语言非但于这次论争无补,反而造成了不必要的麻烦。这就是前文曾言及的巴人被告密事件。"两三个月以来,我为了'不必补充',惹得一位'作家'龙颜大怒,始之以'巨磅的炸弹',继之以不断的告密,将我临时暂用的笔名一古脑儿公开出来"④,逼使巴人不得不东躲西藏,作出离沪的声明。

---

① 苗埒:《从"无关抗战的文字"说起》,《鲁迅风》1939年第12期。
② 巴人:《不必补充》,《鲁迅风》1939年第13期。
③ 巴人:《不必补充》,《鲁迅风》1939年第13期。
④ 巴人:《风头杂记》,《巴人杂文选》,人民文学出版社,1985,第336页。

这本是题外话，但因了一些不必要的意气，而使孤岛上的诸多论争没有结果的现象，实在是巴人等孤岛杂文作家一个突出的问题。

《鲁迅风》上其他一些论争也大抵如此。诸如因东方曦认为战士适当时候应以生命为重不应无谓牺牲而引起的"智勇辨""泰山鸿毛辨"，因吉力的《立异与持同》而引起的异同之辩等，都杀气腾腾。但过后来看，这些文字除了说些狠话之外，论辩的双方都缺乏一种高屋建瓴式的论证，大多数文字都是出于意气甚至导致人身攻击，可以说了无意义。直到几十年后，徐訏依然觉得，"《鲁迅风》是一个消极性的刊物，也即是说态度是在破坏方面，即讽刺批评攻击，很少有建设的主张"[①]。徐訏的批评有些苛刻，却指出了《鲁迅风》的一个弱点。

不过抛开吵闹的论辩文字，《鲁迅风》其他杂文颇值一读。辨微的《游击战的杂感》、文载道的《岁寒漫笔》、东方曦的《才和实》、桂芳的《表》、柯灵的《关于鲁迅日记》等，都记载着"鲁迅风"杂文作家的理性和平实。杂文之外，《鲁迅风》也对其他文类加以关注，最突出的就是文艺论文。孤岛时期，被视为文坛前辈的郑振铎树大招风，在孤岛上提笔很少，但从第5期开始，按期连载《民族文话》，为孤岛文学期刊难得的大作。此外，宗珏的《抗战中的新文学主潮》、唐弢的《鲁迅的杂感》、景宋的《从女性的立场说到新女性》等，都可圈可点。

《鲁迅风》从第14期，也即1939年5月20日开始，从周刊变为半月刊。并从第17期，改由石灵主编。石灵是暨南大学文学院的讲师，与暨南大学文学院的联姻，让《鲁迅风》获得了强大的作家资源。在孤岛时期，郑振铎领导下的暨南大学文学院的地位，颇为类似五四运动时期的北京大学文科。改为半月刊以后，出版周期的延长带来了刊物容量的增大，《鲁迅风》开始由一个杂文阵地逐渐变为综合类的文学刊物。作为周刊出版，《鲁迅风》每期的文章在10篇左右，但到了半月刊的第14期，便增加为21篇。同时文类明显变得繁多。杂文之外，诗歌、散文、书评、小说、长篇连载等都开始出现。作家群体也逐渐庞大，诸如李健吾、沈尹默、魏金枝、何家槐、萧军、萧红、李辉英、赵景深等成名作家都在上边有文章发表。半月刊时期的《鲁迅风》，杂文的篇幅已经不再占有主要地位，取而代之的是一种平实的具有较高学术

[①] 徐訏：《从"金性尧的席上"说起》，《徐訏代表作》，华夏出版社，1999，第315页。

第三章 文学活动：期刊与文学新质的生成

价值的文艺论文以及学术随笔。东方曦的《谈"孤岛文艺"的发展》、萧军的《鲁迅杂文中的典型人物》、列车的《报告文学和文艺通讯》、魏京伯的《海派与京派产生的背景》、邹啸的《蜀锦袍》、锡金的《诗琐论》等，为刊物增添了不少厚重。

杂文的减少使《鲁迅风》这份继承"鲁迅风"的刊物少了不少锋芒，但令人欣慰的是，火气的减少反而提高了孤岛杂文的质量。唐弢回忆说，"石灵同志负责的这几期正是这个刊物最有光彩，最受读者欢迎的几期"①，实为确评。1939年5月18日，《文汇报·世纪风》与已经不是杂文阵地的《译报·大家谈》双双停刊，《鲁迅风》在两天之后便进行改版，扩大篇幅，成为孤岛杂文界的新旗帜。对于这个变动，编者有着明晰的认识，"《鲁迅风》虽然是个同人刊物，但稿子却完全是公开的。尤其是上海几家较好的报纸，都被迫停刊了，弄文艺的很少（有）他们发表作品的地方，因之也更需把我们的门打开得大一点"②。这是外部环境的诱因。就内部因素来看，金性尧曾说，"在出周刊时，有的同志也感到，由于周刊的篇幅关系（每期约二万字），字数稍多的短篇、报告、论文就没法刊登……所以也有改出半月刊的建议。经过和巴人商量后，便决定从第十四期改出半月刊"③。金性尧与巴人都是"鲁迅风"杂文的中坚，巴人甚至可以说是"鲁迅风"杂文的灵魂人物，当他们开始认识到在杂文之外，《鲁迅风》尚需其他有价值的短篇与论文并有意识地进行推动的时候，《鲁迅风》开始在杂文与其他文学类型的融合中，逐步走向博大。

《鲁迅风》的改版是刊物自身的一个转折，也是孤岛杂文的一个转折。然而令人遗憾的是，改版过后仅仅出版了6期，还不到四个月，《鲁迅风》就接到了吊销登记证的通知。虽然编者故作轻松之语，"这话怎么说呢？并不全是因为登记证吊销，即使不，编者适在此时因故须他往，也不知什么时候才能和读者再见的"④，但还是不能掩饰《鲁迅风》终刊带来的遗憾。《鲁迅风》出版的同时，周楞伽负责的《东南

---

① 唐弢：《同志的友谊——悼石灵》，《回忆·书简·散记》，上海文艺出版社，1979，第164页。
② 《编后记》，《鲁迅风》1939年第17期。
③ 金性尧：《〈鲁迅风〉掇忆》，《伸脚录》，中国社会科学出版社，1984，第129页。
④ 《编后记》，《鲁迅风》1939年第19期。

风》也是刊载杂文的杂志,但仅有四期,历时两个月,便在 1939 年 9 月 10 日宣布告终。

三 "重振杂文":新作家群体的产生

《鲁迅风》《东南风》的终刊,使得承接文学副刊而起的杂文阵地再次萎缩。在阵地逐渐失去之后,孤岛杂文也随着孤岛文学环境的变化,消沉下去了。"这消沉下去的原因,不客气的说,是主观的警惕性的松弛,当然这里不否认客观环境迫害,如报纸副刊禁登比较锋芒的杂文;还有一点,杂文在初期往往为了一点不必要的意气,就在战友间闹了起来,这样,'杂文'消沉下去了。"① 这两点原因也正是孤岛杂文的两大要害。客观的环境使杂文失去了繁荣的条件,不必要的意气之争影响着杂文的质量,二者综合的结果,就是孤岛初期影响巨大的杂文创作,从 1939 年下半年开始陷入了低迷状态。

1939 年 12 月 1 日,柯灵开始主编《大美报》的副刊《浅草》,到 1940 年 4 月 26 日结束,半年时间里发表了不少杂文,一定程度上引起了后期杂文创作的热潮。此后柯灵主编的《正言报·草原》也有不少杂文发表。但正如柯灵在 1940 年 9 月 20 日开编《草原》时说的,包括杂文在内的文坛"再没有比今日更冷落的了"②,从《鲁迅风》终刊开始,孤岛杂文是一直低迷的。孤岛杂文沉寂了半年之后,1940 年 1 月 13 日,巴人率先在柯灵主编的《大美报·浅草》上发表《重振杂文》,揭示了杂文萎缩的现状并提出了期望。三天以后,游青又在同版发表《杂文再建的商榷》,进行了细节上的分析与探讨。对孤岛杂文的发展来说,报纸副刊无疑是先行者,无论是初期杂文的兴盛,还是后期杂文的重振,都是从报纸的副刊开始。第一阶段杂文的兴盛,是从副刊向期刊阵地的转移,重振时期的杂文,同样如此。

使孤岛杂文呈现出重振气象的,是《鲁迅风》终刊一年半之后问世的《杂文丛刊》与《朝华丛刊》。两份丛刊创办的时候,"重振杂文"的口号已经提出很久了,但效果并不乐观。一个时人质疑:"'重振杂文'这口号,已经不止一次的被提出来了;然而杂文仍然表现着意外的

---

① 《重整起来的杂文》,《上海周报》1941 年第三卷第 24 期。
② 《我们的声诉——代发刊词》,《正言报·草原》1940 年 9 月 20 日。

消沉，这是什么道理呢？"① 其实很简单，最大的原因就在于当"重振杂文"口号提出以后，却未能出现如《鲁迅风》一样的杂文期刊作为阵地，承接在《浅草》副刊上重新出现的杂文火种。直到《杂文丛刊》的创办，"重振杂文"才有媒介空间，显出一些实绩来。

1941年4月15日，《杂文丛刊》第一辑《鱼藏》出版。这个时候，孤岛已近尾声，出版环境也变得更为严苛。因此，《杂文丛刊》没有采用通常的文学期刊形式，而是选择了不用申请登记证的"丛刊"来出版。《杂文丛刊》一共出了九期，前六期均以《杂文丛刊》的名义，每期用一种古代的宝剑命名，分别是《鱼藏》《干将》《莫邪》《湛卢》《纯钧》《巨阙》。《巨阙》出版于1941年9月23日，为了不被敌伪势力注意，到第六期《巨阙》的时候，《杂文丛刊》决定停刊。编者如此解释，"战斗总是应该保持高度的机动性的，负隅顽抗，总不是好战术，我们要转移阵地了"②。转移后的阵地就是《棘林蔓草》。《棘林蔓草》同样采用丛刊的形式，不过每期的名字不再是古代的名剑，而是换成了一种生命力强韧的植物，第一册《紫荆》，第二册《菖蒲》，第三册《水莽》。《水莽》出版于1941年11月16日，20天后孤岛沦陷，《棘林蔓草》也在三期之后无疾而终。

算上改名后的《棘林蔓草》，《杂文丛刊》一共出了九期，历时七个月。《杂文丛刊》是在"重振杂文"的环境下产生的，但与孤岛前期的"鲁迅风"杂文有着很大的区别。一是作家队伍不同。"鲁迅风"时期杂文的作家队伍主要是巴人、柯灵、周黎庵、金性尧、孔另境、唐弢，另外还有周木斋、周楞伽、武桂芳等，这些作家大多来自浙东，与鲁迅有着乡土之谊，诸如"浙东六骏"之类的封号就因此而来。到了《杂文丛刊》时期，在杂文创作上呼风唤雨的已经不是巴人、柯灵等人，有了新的"廖化"。在这些新作家面前，巴人们已经成为杂文界的前辈了。巴人、唐弢等也在《杂文丛刊》上写文章，如唐弢（风子）的《奇闻七则之一》、巴人（一士）的《再真实些》、柯灵（丁一之）的《"人身攻击"异议》、金性尧（秦坑生）的《夏夜钩沉录之一》等，但都是起一个点缀作用，表示文坛前辈们的关注而已。其间周木斋

---

① 穆子沁：《重提"杂文的重振"》，《上海周报》1941年第三卷第18期。
② 《后记》，《杂文丛刊》1941年第六期《巨阙》。

先生病逝，也是被作为杂文界的前辈在《杂文丛刊》上被纪念的。《杂文丛刊》真正的主力军是当时暨南大学的学生钱今昔、吴弘远、李澍恩、吴绍彦等，他们的成长得益于郑振铎的培植。作为五四元老，郑振铎不但通过吸收王统照、周予同、方光焘等名家壮大暨南大学文学院的声势，同时注重对文艺青年的培养。《杂文丛刊》作家队伍之外，团结在《文艺》周围的周一萍、舒岱、吴岩等，也都是暨南大学的子弟，受过郑振铎的照顾。在孤岛进入最后一年的时候，钱今昔、吴弘远等这些大学生，独立撑起一份杂文刊物，实属不易。

另一不同则是在内容上，《杂文丛刊》对于杂文理论的探究。《鲁迅风》上也有不少理论性的文章，但要么是与别人的论战，要么是对文坛的思考，少有针对杂文自身的理论建设。而《杂文丛刊》之上，这却是一个重点。以穆子沁为主要笔名的李澍恩，在《杂文丛刊》上先后写了《杂文的本质及其他——再与列车先生论杂文》《论杂文的语言》《写在杂文重振声中》《鲁迅先生关于杂文的两三句话》等文章，试图从理论上对杂文进行文体研究，这是《鲁迅风》的杂文家们所不曾过多注意的。

1941年4月26日，《杂文丛刊》第一辑《鱼藏》出版十天之后，《杂文丛刊》的理论家穆子沁在《上海周报》上发表《重提"杂文的重振"》，对杂文如何重振提出两点看法。第一，"作为杂文作者的首要的工作，乃是在斑驳陆离的社会现象里，找出一个'分明的是非'来，然后把自己的'热烈的爱憎'分别向它们投射过去。并且使自己的'爱憎'，在读者之间引起共鸣"，"因此要想重振杂文，我们必须要求杂文的作者……自觉地成为一个辩证唯物论者，以加深自己的认识能力——要知道鲁迅就是这样成功的"。第二，在穆子沁看来，"我想用三个字来概括它。那三个字就是大众化"，"这大众化包含两重的意义，他一方面要求杂文的作者的大众化……另一方面他又要求杂文本身的大众化，因此杂文作者应该用大众听得懂的语言来写作"①。用辩证唯物论的眼光来观察，用大众化的立场来写作，是穆子沁为杂文重振定下的两条必走之路，也在《杂文丛刊》中得到了鲜明体现。《杂文丛刊》不再为一些小事情展开论争，而是依据社会新闻来创作，如《幸运的门口》《飞机援华四愿》《统制思想歌》等，显得及时真切，拉近了与大

---

① 穆子沁：《重提"杂文的重振"》，《上海周报》1941年第三卷第18期。

众的距离。《杂文丛刊》的文章同时舍弃了过多的文言词语，大都用浅近白话出之，改正了杂文使"读者费了很大的力气，或者轻飘飘的看过去了没有一点印象，或者是很吃力的咿唔了一通而捉不住头脑"① 的弊病。

《杂文丛刊》以辩证唯物论自为地发展了"鲁迅风"，无奈由于作者文学素养的薄弱，导致九册小书的文章清浅有余、深厚不足。然而在荒芜了近两年的孤岛杂文园地里，《杂文丛刊》以及与之同时但更显含蓄的《朝华丛刊》的出现，毕竟是不可多得的新芽。因此，在《杂文丛刊》第一辑《鱼藏》以及《朝华丛刊》第一辑《炼》甫一出版，即有人兴奋地认为这是"重整起来的杂文"②。这种兴奋，固然是对《杂文丛刊》重振杂文的一种期望，但又何尝不是对名动一时的"鲁迅风"风华不再的一声叹息？

第三节　西洋杂志文："论语派"的散文革命

1940年12月，林慧文在北平出版的《中国文艺》上发表了《现代散文的道路》一文，文中指出：

> "七七"以后，中国文艺界受了战事的影响，各地有各地的发展，而呈现出相异的形态。就散文说也是一样的：在内地流行着的是具有战斗性质的报告和通信；在上海，则西洋杂志文最占势力；而北方，散文却整个笼罩在随笔和小品文两种形式之下③。

林慧文对战时全国文坛的扫描，注意的是现代散文的战时发展状态。他没有掺杂抗战与否的评价标准，因此，众多孤岛"左翼"文人有意忽略④的西洋杂志文，在一个北平文人眼里，正是孤岛"最占势

---

① 穆子沁：《重提"杂文的重振"》，《上海周报》1941年第三卷第18期。
② 《重整起来的杂文》，《上海周报》1941年第三卷第24期。
③ 林慧文：《现代散文的道路》，《中国文艺》1940年第三卷第4期。
④ 如徐风的《积极推进上海的文艺运动》中说，"三年来的上海文艺，除了'杂文'外，表现得最活跃的，是无数青年学生以及爱好文艺的职业青年……发表了无量数篇的文艺通讯以及速写报告等"。见《上海周报》1940年第二卷第19期。

力"的散文种类。或许有人会说,若说不少"左翼"文人的综述文章对西洋杂志文视而不见是有所成见的话,那林慧文对西洋杂志文的推崇,是否也是有着同气相求的偏好?对这个问题,要用时人的证据来回答。

西洋杂志文由《西风》杂志推广。二者在孤岛的巨大影响,在当时已被公认。孤岛杂文热潮方兴未艾的时候,《艺花》的创办人这样描述:"在本刊出版之先,预备出一本纯文艺刊物,因为那时文化街上冷落得可以。各种报纸、定期刊物,都跟着国军的后撤而迁移,可以看看的,只有《宇宙风》、《西风》。"① 与"左翼"文人联系紧密的柯灵,抗战胜利后与唐弢创办了《周报》,回忆起因,他说:"原来我有个不自量力的设想,是企图填补因抗战造成的文化真空:以《周报》顶替《生活》,《文艺复兴》顶替《文学》,《活时代》顶替《西风》。这三种战前的杂志,前两种具有极大的权威性和影响力,后者拥有大量读者。"② 楼适夷回忆王任叔找他办《大陆》的时候,"当时上海最流行的是黄嘉德等编辑的《西风》"③。而对于《西风》在期刊界的地位,《鲁迅风》的编辑金性尧十分羡慕,"当时一般刊物的发行,必须通过商人办的书报社(即是'经纪人'),销路大的如《西风》等则自设发行网"④。与《西风》自办发行相映成趣的,是《鲁迅风》因为每期印数不到两千频遭书报社的冷眼。

《西风》被柯灵与《生活》和《文学》并列,被楼适夷、金性尧投以深情眼光,主要原因是柯灵所言的"拥有大量读者"。《西风》的销量基本维持在每期两万份左右,占据着孤岛文学期刊的鳌头。这样的影响使"左翼"文人在总结当时的文学场景时也不能完全忽视,虽然他们只是淡淡地说过一句,"他如《宇宙风》、《人世间》和《西风》等刊物也有各自的读众"⑤。

---

① 《编者言》,《艺花》1938年第一卷第4期。
② 柯灵:《〈周报〉沧桑录》,《往事随想·柯灵》,四川人民出版社,2000,第78页。
③ 楼适夷:《我谈我自己》,《新闻学史料》1994年第1期。
④ 金性尧:《〈鲁迅风〉掇忆》,《伸脚录》,辽宁教育出版社,1995,第215页。
⑤ 捣峰:《一年来的上海文艺界》,《上海周报》1940年第一卷第10期。

第三章 文学活动：期刊与文学新质的生成

一 西洋杂志文

所谓西洋杂志文，是林语堂相对于20世纪30年代的中国杂志现状而提出的一个概念。对于历经"文学革命"和"革命文学"之后的30年代中国文坛，林语堂并不满意，在他的眼里，中国的杂志文字"轻者过轻，重者过重，内容有益便无味，有味便无益"[①]，对于国内的创作群体，林语堂也感到失望和愤恨，"一愤吾国文人与书本太接近，与人生太疏远"，"二愤文人之架子十足，学者之气味冲天"，"三愤文字成为读书阶级之专技"[②]。而反观西洋杂志，则具有三大特点："意见比中国自由"，文字比中国通俗，"作者比中国普遍"。对比之下，"可见中国杂志是死的，西洋杂志是活的。西洋杂志是反映社会，批评社会，推进人生，改良人生的，读了必然增加知识，增加生趣。中国杂志是文人在亭子间制造出来的玩意，是读书人互相慰藉无聊的消遣品而已"[③]。由此，借鉴含义宽宏的西洋杂志文，就成为"论语派"改造中国杂志文风的一条途径，也是其后期文学理念推广的重点。

林语堂对西洋杂志文的鼓吹，最早是在1934年创办提倡小品文的《人间世》上。他为了替西洋杂志文打开一条路，采取了两种办法。第一种办法，"提倡'特写'。特写是西洋杂志所谓features。特写之特征是材料须直接由现实社会去调查搜寻，然后组织成篇，或加以批评意见"[④]。"特写"的提倡有两个好处，首先可以纠正"中国杂志是文人在亭子间制造出来的玩意，是读书人互相慰藉无聊的消遣品"这个弊病，而且特写还可以把杂志的创作群体推广到大众，改变"文字成为读书阶级之专技"的缺点。第二种办法，就是辟《西洋杂志文》一栏。从1934年11月5日第15期起，《人间世》上取消了《译丛》，增添了《西洋杂志文》一栏，每期有四五千字光景。按照林语堂的设想，开设此栏的宗旨是："（A）叫许多不懂洋文的人也可看到西洋杂志文；（B）叫人看西洋杂志文之体裁笔调及材料是怎样个样式。我们不管文学不文

---

① 林语堂：《关于本刊》，《人间世》1934年第14期。
② 林语堂：《发刊词》，《西风》1936年第1期。
③ 林语堂：《关于本刊》，《人间世》1934年第14期。
④ 林语堂：《关于本刊》，《人间世》1934年第14期。

学，此栏并不要介绍西洋文学，只是叫人见识见识西洋杂志是怎样有益而且有味与社会人生有关之文字。"①

《人间世》对于西洋杂志文的推动不遗余力，后来还专门为此出了专号。但栏目的狭小格局与编辑理念遭到掣肘，使林语堂颇感不能施展。他觉得"非另办杂志，专译西洋杂志文字，不足以见中西杂志文字与内容相差之巨，而为将来中国杂志开一路径"②。1935年12月20日《人间世》至42期终刊以后，林语堂即与黄嘉德兄弟创办了《西风》，集中展开对西洋杂志文的翻译，并将"译述西洋杂志精华，介绍欧美人生社会"作为杂志的标语。

《西风》月刊创办于1936年9月1日，黄嘉德、黄嘉音兄弟与林语堂三人各出资二百元为启动金。至1949年5月上海解放而终刊，历时13年，共118期。《西风》出满12期后，正值"八一三"事变后的战争状态，《西风》因此停刊两月，与《宇宙风》及《逸经》联合出版了七期《联合旬刊》。从1937年11月中旬出版第13期开始进入孤岛时期，至1942年1月出至第65期暂时终刊，在孤岛期间共出版52期。1938年9月16日，西风社又创办了《西风副刊》月刊，仍以"译述西洋杂志精华，介绍欧美人生社会"为标语，至1942年1月上海全面沦陷后终刊，共44期。"《副刊》每月十六日出版一次，与《月刊》前后呼应，可说是月刊的一部分，也可以说是脱胎于月刊的新产儿"③，两份宗旨相同的刊物交错出版，使《西风》成为实际上的半月刊（为了叙述的方便，下文以《西风》统称西风社两刊，具体出处以注释标之）。《西风》创办以后，再无资方掣肘之烦恼，从而立足于上海的中产市民阶层，专心致志地做推动西洋杂志文的事业。具体来说，《西风》对西洋杂志文的推动沿着三个方向展开：提供样板——全面的翻译，本土范例——有力的创作，新人培养——持续的征文。

二　提供样板——全面的翻译

1937年11月，"孤岛"形成，《西风》第13期周年纪念号也顺势

---

① 林语堂：《关于本刊》，《人间世》1934年第14期。
② 林语堂：《西风发刊词》，《西风》1936年第1期。
③ 编者：《西风副刊发刊词》，《西风副刊》1938年第1期。

登场，老舍为此专门写了《西风周岁纪念》一文予以祝贺，他在文中说得明白："西风的好处是，据我看，杂而新。它上自世界大事，下至猫狗的寿数……故杂，杂乃有趣。""杂"，也即全面的翻译，是《西风》的第一个特点。

20世纪30年代的翻译杂志大多只关注某些特定专业领域，或者文学艺术，或者政治经济，或者生理卫生等等。而《西风》则不同，它所设立的栏目近30个，包括冷眼旁观、妇女家庭、传记人物、军备战争、社会暴露、国际智慧、科学·自然、健康·卫生、心理·教育、交际·处世、思想·文化、医学·生理、欧风美雨、动物猎奇、游记探险、风土人情、西洋幽默等等，几乎将所有门类一网打尽，这在当时的杂志界是很少见的。当时即被视为中国的《读者文摘》。

《西风》一反《论语》《人间世》等论语派前期刊物专注一面的作风，万花筒式地设计刊物的栏目。首先是继承了《人间世》上《西洋杂志文》的栏目精神。在《人间世》上开辟《西洋杂志文》栏目时，林语堂就明确指出，开设此栏的宗旨是"（A）叫许多不懂洋文的人也可看到西洋杂志文；（B）叫人看西洋杂志文之体裁笔调及材料是怎样个样式"[①]。但限于格局狭小，让国人见识西洋杂志文的设想并未如愿。《西风》的问世，使此前的各种限制条件一扫而空，林语堂也得以大展身手，恨不得把各种类型的文章都翻译一二以使国内读者一饱眼福。其次，《西风》也有为中国杂志提供范例的设想。林语堂审视中国杂志的眼光并不仅限于文学，他对中国文风的不满，是关乎所有的白话文杂志的。在《人间世》开设《西洋杂志文》栏目时，林语堂就直言"我们不管文学不文学，此栏并不要介绍西洋文学"，因此，跳出文学圈子而翻译各种各样的西洋杂志文，《西风》为中国杂志自身提供文风范例的意思也就不言自明了。

对西洋杂志文的全面翻译，《西风》秉持着一个准则：有益与有趣。对此，《西风》的编辑说得清楚：

> 我们觉得文章要做得好，应该价值和趣味两者并重，使读者能够"开卷有益，掩卷有味"，有价值而无趣味的文章使读者兴致索

[①] 林语堂：《关于本刊》，《人间世》1934年第14期。

然，未终卷而辍读，无法得到益处；有趣味而无价值的文章读后了无所获，充其量也仅是消闲品而已。《西风月刊》和《西风副刊》提倡的，是价值与趣味并重的杂志文①。

在这里，我们可以看出"论语派"在办刊事务上的老到之处。对于西洋杂志文来说，尽管其读者群体是处于现代之都上海的中产市民，但也并没有多少人见识过这种文体，因此先通过有益与有趣的西洋杂志文来吸引读者眼光，就是《西风》要做的第一件事情。

有益，是指《西风》的翻译，十分看重文章的价值。《西风》的编者着重强调："我们认定杂志除了是一种教育工具兼消遣品之外，还有领导读者的责任，所以无论在何种情形之下，我们决不以低级趣味的东西去迎合一部分读者的心理。"② 因此，《西风》上刊登出来的文章，无论属于何种科类，都以力求能对读者产生良好导向为前提。例如，1939年1月1日出版的《西风》第29期上，编者推出了一期《婚姻教育特辑》，选辑的几篇文章分别从恋爱、结婚以及婚后生活等方面作了不少讨论。作者在引言中表述了编发这个特辑的缘由：

现代生活的复杂，世事的纷纭，往往叫年轻识浅的青年，陷入于特殊势力的支配之下。于是苦闷呀，痛苦呀，诅咒呀，在泪浪滚滚中过日子啊。这样，这样以终其一生。

我们承认传统努力的不可轻视，我们承认要青年能够自由，必须将社会上的恶势力加以摧毁。可是我们认为说空话是无补于实际的，青年自身的觉悟，比什么都重要③。

这便是《西风》翻译的价值标准所呈现的社会承担。20世纪30年代论语派现身文坛提倡幽默的时候，与一直切入社会现实的"左翼"文学相比，似乎是卸下了新文人的道义关怀，因而遭到了包括鲁迅在内的诸多"左翼"文人的批评。但从整体上来看，论语派尽管有一种世

---

① 编者：《西风副刊发刊词》，《西风副刊》1938年第1期。
② 编者：《今后的西风》，《西风》1937年第7期。
③ 编者：《婚姻教育特辑》引言，《西风》1939年第29期。

第三章 文学活动：期刊与文学新质的生成

俗化的倾向，但毕竟是五四文人，他们对于市民读者侧身迎合的同时，始终没有忘记自己启蒙者的身份，也一直在对读者进行着规训与提升。《西风》出到半年以后，编者对《西风》以后的发展有一个思考，"总而言之，今后的《西风》，还是照日常选译各国杂志最精采与杰出的文章，供献读者以宇宙间最新的必要知识。内容注重实际生活，力求接近人生；以作者的经验，拿来与读者研究做人的道理"①。这种体认，体现着论语派同人对于自我启蒙者身份的认同。

有味，是指《西风》强调翻译文章价值的同时，也非常注重趣味性。他们认为，如果一篇"有价值而无趣味的文章使读者兴致索然，未终卷而辍读，无法得到益处"，等于直接否定了新文人办刊的初衷。《西风》的趣味原则，鲜明地体现在时政类的文章上。

作为一个贴近人生的翻译刊物，《西风》距离现实社会并不遥远，对于时局变动时表关心。当《西风》在孤岛续办之时，编者就言明："关于《西风》的内容，除了大部保持原来的格调之外，我们今后将特别注重世界大势的探讨以及国际局面的解剖。"② 这是与当时汹涌的救亡思潮一致的。但与孤岛时期同类期刊不太相同的地方，就是《西风》的文章要活泼得多。《西风副刊》创办之后，编者有意让副刊侧重于国际时政介绍，"尤其是在阴霾密布，二次大战随时有爆发可能的今日，国际时局扑朔迷离，瞬息万变，我们对世界大势，更不可不有深切的认识。副刊的目的就是想扩大读者的视野，使大家一方面能够理解西洋人的生活，社会和思想。另一方面也能够看清国际的现势"③。这与当时汹涌的救亡思潮是一致的，但对于铺天盖地的时事文章，编者同时又提出了批评：

> 一般读者看到有许多冠冕堂皇，长篇大论的国际时事文章，往往觉得头痛，只好敬而远之，考"动向""剖析"一类论文之不受欢迎，原因不在内容之不充实或材料之无价值，而在态度之过于严肃，和笔调之生硬晦涩，不能引动读者的兴趣。国际时事文章如果

---

① 编者：《今后的西风》，《西风》1937 年第 7 期。
② 《编者的话》，《西风》1937 年第 13 期。
③ 编者：《西风副刊发刊词》，《西风副刊》1938 年第 1 期。

以西洋杂志文亲切活泼的笔调写出来，依然是可以成为趣味浓厚的读物的①。

在这种编辑方针的指导下，《西风》上经常有这样的文章出现：《大战中的新武器》《联军统帅魏刚将军》《列强战士的气质》《德意日实力有限》《欧战的过去与未来》等等，仅从题目上来看，就已经让人心旌荡漾，必欲读之而后快了。从这一方面来说，尽管抗战时期《西风》并不以对国际时政的介绍为职志，但其所起的宣传作用，却并不比专门对此进行宣传的某些激进刊物要小。

有益加有趣的方针之外，《西风》全面翻译的另一个标准，是切近生活。《西风》编者自陈："《西风》所发表的文章，虽然大多是间接由西洋杂志转译出来的，可是所提出的问题，对于我国人生社会，也往往有特殊的联系与重要性。"② 也就是说，《西风》在选择文章的时候，一直是以切近读者生活为前提的。《西风》第62期上发表了一篇翻译文章《外国二房东》，在文章中，作者描绘了一个号称他的房子非高尚人士不租的二房东，如何形象邋遢，并与其太太一起检查每个住户，打听每个人的私生活，天天以和住户冲突为业。对于这篇半年前发表于 Magazine Digest 上的小文章，编者专门解释了选译的原因，"中日战争爆发以来，都市居民拥挤，居住成为绝大问题，在上海，这种现象尤其明显，房东房客间纠纷时起，很难相安。本期《外国二房东》一文叙述西洋的居住情形，对照起来是很有趣的"③。《西风》就是以"对照"的想法选择着与国人生活切近的篇什。

为了让贴近生活的篇什更能引起注意，《西风》有意识地推出了一些特辑，讨论一些认为于读者生活有关并有所裨益的问题。1938年1月，《西风》第17期上推出了第一个特辑——《心理·教育特辑》。第一个特辑选择心理、教育，是《西风》一个长久思考的结果，"《西风》出版以来，对于心理、教育、人生、社会诸方面，素来是很注重的"④。

---

① 编者：《西风副刊发刊词》，《西风副刊》1938年第1期。
② 编者：《自由论坛缘起》，《西风》1938年第18期。
③ 《编者的话》，《西风》1941年第62期。
④ 编者：《西风信箱缘起》，《西风》1937年第14期。

而心理这个西洋人所谓的"精神卫生"学科,在当时的中国"普通一般杂志刊物,加以介绍的可说是绝无仅有"①。特辑的推出是一个实验,但没有想到的是读者反应出奇的好,纷纷对这种做法表示赞同。《西风》编者也甚感鼓舞,在此之后又推出了不少特辑。例如:第19期《社会问题特辑》,第24期《生活修养特辑》,第25期二周年纪念《海外生活特辑》,第29期《婚姻教育特辑》,第49期《海外印象特辑》,第61期《我所见的中国人纪念特辑》,第65期《"男女之间"特辑》等;在《西风副刊》上推出的有第4期《动荡中的欧洲特辑》,第8期《健康卫生特辑》,第13期《"读书与写作"特辑》,第16期《欧战风云特辑》,第25期《西风特写特辑》,第37期《时代人物特辑》等。

与涵盖广泛内容的诸多栏目相比,《西风》所推出的"特辑"内容大都紧扣社会人生。正如编者在《社会问题特辑》的缘起中强调的,"《西风》从开头起,就注目于'人生社会',我们觉得人生固然脱离不了社会,而社会问题也可说就是等于人生问题。所以人生与社会事实上是分不开的"②。贴近社会,贴近生活,这是论语派后期文学思想的一个重点,无疑也是《西风》全面翻译计划中的一个重点。可以说,《西风》对西洋杂志文的推广之所以在很短时间即卓有成效,这种以读者为中心的办刊思路功不可没。

至此,《西风》的翻译方针水落石出。《西风》的翻译是全面的,透过全面介绍,国内读者和各种杂志都有机会感受到西洋杂志文有益并且有趣的风采,从而为他们提供借鉴;同时,《西风》又以贴近生活的特辑集中引领读者,把论语派借《宇宙风》提倡的贴近生活的文学观无声渗透。这样,《西风》不但推出了西洋杂志文这种新的文体,又推动了论语派后期的文学观,一举两得。

三 本土范例——有力的创作

《西风》对西洋杂志文的全面翻译虽然有益有趣且贴近人生,但这毕竟是西洋的玩意儿,若只为让读者开开眼是可以的,但要使之成为中国散文的一部分并对中国杂志文风进行纠正,那还必须对之进行本土化

---

① 《心理教育特辑引言》,《西风》1938年第17期。
② 编者:《"社会问题特辑"引言》,《西风》1938年第19期。

的改造。对此《西风》是有所考虑的，从刊物"译述西洋杂志精华"的标题词中即可看出，翻译与著述，本来就是《西风》的立足之本。从第1期开始，《西风》就设立了一个栏目"专篇"，用来刊登特约的名家创作，创刊号上即刊载老舍的《英国人》、黄嘉德等人的"冷眼旁观"小短章。《西风》创办初期约请名家创作，不排除吸引读者的考虑，但随着刊物的发展，《西风》开始有意识地把创作纳入西洋杂志文的推广环节。

1938年3月的第19期上，编者说，"我们最近已经特约各国文友撰著通讯稿件，自下期起，我们预料每期至少可以有一篇特稿发表"①。这个小计划宣告了《西风》通过有力的创作，来提供西洋杂志文本土化的范例正式开始。此后，《西风》容纳特约创作的栏目仍为"专篇"，但与前一阶段不同的是，这个时候"专篇"里的作者，身份出现了变化。此前"专篇"的作者无论老舍、林语堂，或者周作人、徐訏，乃至毕树棠、谢冰莹，都已经是国内文坛的成名作家，在读者中拥有较高的知名度。但第19期之后，这些名家开始逐渐淡出，取而代之的是大部分身在欧美的留学、工作人士。《西风》聘请这些大多并不从事文学的"各国文友"，一方面是借助他们的西洋身份来延续其"西风"刊名的本意，另一方面，则是对中国杂志文"文人之架子十足，学者之气味冲天"弊病的一种纠正，也实践着西洋杂志"作者比中国普遍"的优点。"各国文友"之中有不少是其他学科的专家，但在国内读者中却没有什么名气，因此《西风》"专篇"中的文章之前，大都有一个"编者按"来对作者进行介绍：如1938年4月第20期上刊登戴文赛的《剑桥的四种人》，编者加注道："本文作者毕业于北平燕京大学研究院，历任岭南、南开、燕京诸大学助教，去年考取庚款留学考试，成绩优异，被派赴英留学，现在剑桥大学专攻天文、物理、数学等科。"1941年11月第63期上《斯密士学院》的介绍："《斯密士学院》系许亚芬女士写给《西风》的第一篇通讯，许女士在美留学多年，对西洋社会及生活研究有素。……许女士曾在该校肄业，描写母校，尤觉亲切。"也因为这些作者大多身在国外，所以《西风》有时也把专栏的名字改为《专篇·通讯》，彰示着《西风》创作板块的新变动。

---

① 《编者的话》，《西风》1938年第19期。

第三章 文学活动:期刊与文学新质的生成

《西风》的"专篇"每期有三到四篇稿子,内容集中在异域风土人情的描述,异国他乡的种种在国人看来,自然充满了新奇。文章内容均为作者亲历,写起来也就生动有趣、真挚自然,丝毫没有闭门造车的干涩。《西风》以介绍西洋杂志精华为己任,邀约的创作也大都来自欧美两地,尤其以美国、英国和法国为多。诸如《英国人赶集——留英追忆》《美国的大学生活》《柯城的夏天》《法国的中国人》《夏威夷的见闻》等等,都有一种游记的性质。欧美之外,《西风》"专篇"的另一个关注点是南洋。作为华语区的重要组成部分,抗战前期南洋还保持着独立,直到太平洋战争爆发以后才陷入战火。而且,抗战时期的南洋也是一个重要的新文学基地,积聚着包括郁达夫在内的不少新文学作家,也有不小的读者群体。加强与南洋地区读者的联系,是包括《文艺长城》等在内的诸多"孤岛"文学期刊的一项工作,《西风》也同样如此。1940 年 3 月,西风社刊出一个启事:"本社现拟征求南洋各埠及欧美各国之通讯稿件……合格者当由本社聘为特约撰稿人。"① 从此,《西风》中《专篇·通讯》开始形成欧、美、南洋三足鼎立之势,有不少关于南洋的通讯出现,如《中菲商业——马尼拉通讯》《腊睕行脚——缅甸通讯》《摆夷族的风土人情》《我所见到的星加坡》《乐天的马来人》《南洋的头家娘》等。

《专篇·通讯》的文章很多,作者也很多,显示出《西风》在作者群体中的优势。诸多的"老友记"作者中,值得提出的主要有徐訏、沈有乾、余新恩以及林氏子弟。1938 年 4 月第 20 期的《西风》上,徐訏发表了《给西洋朋友的信——对研究中国文化的西洋人谈中国民族性》,这是徐訏孤岛时期在《西风》上发表的第一篇文章。作者特加编者按:"徐訏先生为前《人间世》及《天地人》两杂志编辑,最近自欧洲留学回国,承他答应为本刊撰稿,本文是回国后的第一篇。"② 在此之前还在法国留学的时候,徐訏即在《西风》第 6 期和第 8 期上分别刊载过《鲁文之秋》及《威尼斯之月》。此后,徐訏又以"海外的情调"为总题,发表了一二十篇描写海外风情的文章。其中有小品文《论中西的线条美》《论中西的风景观》《军事利器——德国的情调之一》《我在

---

① 《西风社启事》,《西风》1940 年第 43 期。
② 《〈给西洋朋友的信〉编者注》,《西风》1938 年第 20 期。

美国时的房东——美国的情调》等，有小说《吉布赛的诱惑——法国的情调》《英伦的雾上——海外的情调》《精神病患者的悲歌——海外的情调》等。这些小说，是《专篇·通讯》中的不意收获。

1938年8月，沈有乾开始在《西风》连载他的长篇回忆录《西游记》。编者介绍说，"沈有乾先生的散文格调清新，笔致细腻，已达炉火纯青之境，在我国文坛上独树一帜，无庸编者多作介绍，本期特为《西风》撰《西游记》一文。系留美生活的回忆录"①。从1938年8月《西风》第24期开始，到1941年2月《西风》第54期"沈有乾先生的《西游记》登到本期暂告一段落"，一年半的时间里，沈有乾共发表了11篇《西游记》。沈有乾追述了自己负笈大洋彼岸的经历，深情回忆间穿插着许多风土人情的描写，以及在另一种思想境遇里的思考。与沈有乾的回忆录不同，余新恩在《西风》以及《西风副刊》上推出的是他的"留欧印象"系列。从伦敦到日内瓦，从捷克首都到德国柏林，从伦敦的扶轮社到瑞士的工业博览会，余新恩在《专篇·通讯》栏里发表的近30篇文章，为《西风》的读者带来了一个全面的欧洲介绍。

《专篇·通讯》栏的作者中，另外值得关注的是"林氏子弟"。所谓林氏子弟，主要是指林语堂的两个女儿林如斯、林无双以及林语堂的侄子林疑今。林家的子弟深受家庭影响，个个文采斐然，加之当时都在美国，对于《西风》也是近水楼台，所以写了不少海外通讯。正如《西风》第22期的介绍，"本刊顾问编辑林语堂先生，最近全家由美赴欧，道经意大利，曾作世界闻名之维苏威火山之游，是篇系其次女无双女士游记之一页"②。林无双的《游英记》《冬季游雪记》，林如斯的《赛珍珠传》《弗洛兰斯游记——游欧通讯》，林疑今的《加拿大记游》《美京印象——华盛顿通讯》等，都清新洗练，卓然可观。

《专篇·通讯》之外，《西风》还有一个推动创作的栏目：《特载》，有时也题作特写或特稿。最初的时候，特载并不是一个常设栏目，只是刊登一些《西风》认为有必要在刊物上重点介绍的文章，如第26期《西风副刊发刊词》、第42期《西书精华发刊词》以及林语堂的一些稿件。但随着西洋杂志文推广的深入，《特载》逐渐演变成了与《专篇·

---

① 《编者的话》，《西风》1938年第24期。
② 《探火山口编者注》，《西风》1938年第22期。

第三章 文学活动：期刊与文学新质的生成

通讯》相同性质的栏目。与《专篇·通讯》比较来看，《特载》有三个不同之处：《特载》不是每期必有；《特载》的作者大都身处国内；《专篇·通讯》所刊载的多是游记或小品散文，而《特载》则侧重于心理健康或其他有关社会人生的文章。可以说，与全面翻译中的"特辑"一样，《特载》也有着"以作者的经验，拿来与读者研究做人的道理"的一贯考虑。譬如编者对身在北平的心理分析专家丁瓒的《自卑与傲慢》所写的编者介绍，"以一种很普遍的矛盾心理现象为题材，根据心理学的新知识及个人工作心得经验，加以发挥……确是一篇力作"[1]，几乎与某些"特辑"的引言如出一辙。在《西风》第61期五周年纪念号推出的《我所见的中国人纪念特辑》中，编者加了一段长长的按语：

> 在这特辑中，我们得到福开森、罗培德、罗道纳、巴尔、安翰能、海深德、奥波尔等七位上海著名外侨替《西风》撰稿，真是荣幸的事情。他们或为文化界和教会的领袖，或为教授，或为医师，或为报章杂志的编辑，在社会上都有相当的地位。……无论所讲的是美点或缺点，这些冷眼旁观的评论，的确给我们一种自省的机会。我们应该用感激的心情，平心静气的把他们坦白的意见考虑一下；对于他们所指的缺点，我们更应抱着"有则改之，无则加勉"的态度[2]。

就此来看，《特载》似乎就是全面翻译思路中"特辑"的汉化版，但如果仅仅为了帮助读者研究做人的道理，《西风》多推出些相关的翻译"特辑"就足够了，又何必劳动国内学者做同样的工作呢？至此就会发现，《特载》的设立，与《专篇·通讯》一样，都是《西风》推广西洋杂志文的第二个步骤：通过创作来确立西洋杂志文的本土范例。从作者队伍也可以明显看出，《西风》上发表创作的作者，无论是身处异域的"各国文友"，还是写作特稿的国内精英，身上都有着浓厚的中国风味，使这些具有中国风味的作者写出具有中国特色的西洋杂志文，并使之得到国内读者的认同，这也正是《西风》从创刊之初即大力提倡

---

[1] 《编者的话》，《西风》1941年第62期。
[2] 《编者的话》，《西风》1941年第61期。

创作的最主要原因。

推动西洋杂志文创作的同时,《西风》还有意介绍一些西洋杂志的知识,为西洋杂志文的推广进行一种学理上的铺垫。1939年5月,《西风》第33期上刊登了《英美通俗杂志漫谈》①一文,文中谈到:

> 我国创办杂志,已经有四十余年的历史,近二十年来,进展尤速,主义、运动、批评、研究等事,都藉杂志以发表或宣传,力量委实不小。我曾在《清华政治学报》和《独立评论》上约略谈论过。但是直到现在,还没有几种高尚的通俗(popular)杂志,供给日常生活上所需要的时新常识,人格修养,趣味调和等等,使读者感到生活之为物,不仅是过去的够回味,未来的耐追求,而且现存的也得有清楚的了解,尽量的充实,和合理的享受。这在今日民主国家的公民生活上几乎是不可缺少的一种调剂物,在外国久已盛行。《宇宙风》和《西风》似乎走的是这一条路,惜乎这种杂志不多,有些"风"竟变态的杂入了些无聊的名士味儿,所以还极需要康健的发展。不过时逢非常,事处困难,这也是没有办法的。

对于这篇为刊物的文学目的鸣锣开道的文章,《西风》给予高度评价:"编者这篇文章用批评的眼光把现代西洋的重要杂志作一番有系统的叙论,无疑的是研究西洋杂志文者和《西风》爱护读者的有价值的参考资料"②,其中隐藏的心思实在无须辞费。

四 新人培养——持续的征文

谈及西洋杂志文的推广,《西风》编者毫不掩饰自己的雄心,坦然指出最终目标就是"不但人人爱读西洋杂志文,并且人人爱写西洋杂志文"。而无论是全面的翻译,还是有力的创作,读者都处于被动接受的地位,这也正是林语堂愤恨的中国文坛一大弊病:"文字成为读书阶级之专技。"因此,从读者中培养出新的作者,不但是西洋杂志文的自身优点之一,也是"论语派"西洋杂志文推广的最终目的。具体到《西

---

① 毕树棠:《英美通俗杂志漫谈》,《西风》1939年第33期。
② 《编者的话》,《西风》1933年第33期。

第三章 文学活动：期刊与文学新质的生成

风》来说，针对新人培养而展开的措施，就是持续不断的征文活动。在刊登"征求南洋以及欧美各国通讯启事"的《西风》第 19 期上，西风社用更大的篇幅刊登了《西风征文启事》①：

> 西风出版到现在，已经一年半了，在过去十八期中，我们前后刊载西洋杂志文约三百篇。现在我们为实践提倡西洋杂志文体起见，特别定了下面几个题目，希望读者不吝踊跃赐稿。
> 一、疯人的故事（注重心理病态及原因的描写）；
> 二、私生子自述（暴露社会的无情与残酷）；
> 三、我的家庭问题（大小的冲突、幸福及痛苦）；
> 四、我所见之低能儿（遗传、环境、现状、处置）。
> 以上各题，可以自定一种方式，根据事实随意发挥。每篇字数不得超过三千。此次征文，定六月底截止收稿。

这是《西风》征文活动的开始，此后便一直持续。1942 年 1 月，因太平洋战争爆发而停刊的第 65 期上，《西风》还在"征文"；1944 年 7 月，《西风》第 66 期在重庆复刊，也当即宣布"我们为提倡西洋杂志文体起见，决定把征文继续下去"②，直到 1948 年第 102 期为止，长达十年有余。对《西风》长达十年有余的征文活动，本书仅对《西风》最为繁盛的"孤岛"阶段进行一些梳理，以窥斑见豹。

"孤岛"时期《西风》的征文可以分为三个阶段。第一阶段的征文共有三次。第一次征义即如上述，从 1938 年 3 月第 19 期开始，到 1938 年 6 月第 22 期截止。1938 年 7 月第 23 期上，《西风》重新刊登了《西风征文启事》，启事内容完全相同，只是增加了一个题目："我的忏悔"，规定"此次征文，九月底截止收稿"，这是第二次征文。1938 年 9 月，《西风副刊》创办，创刊号上即刊登了"西风社征文启事"③：

> 我们以为每个人至少都有一篇好文章可写，所以为实践提倡西

---

① 《西风征文启事》，《西风》1938 年第 19 期。
② 《西风继续征文》，《西风》1944 年第 66 期。
③ 《西风社征文启事》，《西风副刊》1938 年第 1 期。

洋杂志文体起见，除出版《西风》月刊及《西风副刊》，译载西洋杂志文外，特复定征文办法，以《西风》月刊及《西风副刊》为中国西洋杂志文体的实验场，希望读者人人都写文章。

这次征文在《西风》和《西风副刊》上同时展开，实际上延续了《西风》月刊同月截止的第二次征文。或许是为了避免重复刊登启事的烦琐，《西风副刊》的编者直接告知"此次征文暂无期限"，使得第三次征文活动得以名正言顺地持续下去。第一阶段的征文从1938年6月《西风》第22期开始刊登，到1940年5月16日《西风副刊》第21期止，《西风》两刊一共刊登了"征文当选"61篇，蔚为大观。

1939年9月1日，是《西风》月刊创刊三周年的纪念日，在战火硝烟的笼罩下，顺利出刊三周年36期，实在不容易。为了庆祝这个阶段性的胜利，西风社特在《西风》第37期上刊载了《西风月刊三周纪念悬赏征文》：

现在乘《西风》三周纪念之际，为贯彻我们提倡写杂志文底主张起见，特再发起现金百元悬赏征文。
题目：我的……

西风社的三周年纪念征文是其"孤岛"时期征文的第二阶段。与第一阶段征文活动不同的是，第二阶段征文仅仅进行了一次，到1940年1月15日截止，并且设立了百元奖金，是"有奖征文"。尽管这次纪念征文时间不长，却是《西风》征文中影响最大的，四个月内，"本社收到之纪念征文，计有六百八十五篇"①。1941年第4月，《西风》和《西风副刊》上同时刊登了获奖名单。在当选的十人之外，编者痛感好文章太多，实在难以抉择，"于是另外定出三个名誉奖，以增加读者的兴趣，同时减少我们的歉憾"②，获得名誉奖第三名的，就是初次用中文投稿的张爱玲。后来应读者的要求，又在《西风》第48期与《西风副刊》第24期上刊登了"征文当选"第二批和第三批名单。

---

① 编者：《西风三周纪念征文揭晓前言》，《西风》1940年第44期。
② 编者：《西风三周纪念征文揭晓前言》，《西风》1940年第44期。

第三章　文学活动：期刊与文学新质的生成

《西风》三周年纪念征文尚未刊登完毕的时候，1940年12月，西风社在当月的《西风》第52期与《西风副刊》第28期上，同时刊登了"好，再来一个！《西风》继续征文启事"：

> 我们为提倡西洋杂志文起见，除了发起普通征文之外，并于去年三周纪念的时候，发起现金百元悬赏征文，承各位读者热烈参加，结果可说相当美满。还有一位热心读者希望我们能继续进行，鉴于此，我们为了读者学习写作西洋杂志文起见，决定继续征文。

"好，再来一个"的继续征文，是孤岛时期《西风》征文的第三阶段。西风社为此次"继续征文"设置了三个题目：一是我的职业生活，二是对教育制度的抗议，三是我的……。把"我的职业生活"作为征文的第一个题目，这是《西风》征文的一个新变动。从前两阶段的征文当选作者构成可以看出，青年学生是征文的主流，因此，从职员中培养西洋杂志文作者，就是《西风》有意在学生之外发掘新作者群体的一种考虑，也是第三阶段征文的一个特点。

《西风》的征文活动连绵不绝，而应征文稿刊载之后，《西风》也并不消歇，通过另外两种方式来延续和巩固征文的成果。第一种方式是把应征文稿结集以壮声势。最为轰动的"三周纪念征文"，首批十三篇文章编为"三周纪念得奖文集"，以张爱玲的征文《天才梦》命名，出版后大受欢迎，一月之内就已再版，编者也甚为得意，"十三篇佳作，篇篇精彩，各有特点，为西洋杂志文体试验之最大收获"[①]，此后依次结集的有《樊笼》《供状》《默祷》《创痕》等。第二种方式，就是把征文投稿者努力变为《西风》的常任作者，最能说明这种努力的要算"鲁美音事件"。鲁美音是中国航空公司的一名空姐，在"西风三周纪念征文"中，以《淘气的小妮子》一文获得了第六名，很快，她开始应《西风》编辑的邀请为《西风》撰稿，1940年10月《西风》第50期，发表了她的"西风特写"《空游》。但不幸的是，鲁美音在当月的一次空难中香消玉殒，这个消息让《西风》的同人感到十分震惊：

[①] 《天才梦》广告，《西风副刊》1940年第27期。

以《淘气的小妮子》一文，获本社三周纪念征文第六奖之鲁美音女士，不幸于十月二十九日因中国航空公司重庆号客机于渝昆途中被击坠地，遇难殉职。噩耗传来，识与不识，莫不震悼。《西风》失一文友，尤可痛惜。现本社决将鲁女士于遇难一星期前寄来之最后遗作《仰光的金塔》刊于《西风月刊》五十三期新年号中，聊表哀悼之意①。

在次年的第53期新年号中，"除刊登鲁女士之最后遗作《仰光的金塔》及遗像外，又发表两篇纪念文字，一为编者所撰，一为鲁女士之同事好友杨懇女士所撰"②。《西风》编者在《纪念鲁美音女士》一文中表达着无尽的悲痛，其背后隐藏的正是《西风》为了推动西洋杂志文而在大众中培养新作者的苦心孤诣。

《西风》的征文活动十年如一日，孜孜以求，其效果也是明显的。其收获不仅在于成功地在读者中间激起了创作西洋杂志文的兴趣，还在于一些新作家的推出，如第一阶段中的季镇淮，第二阶段中的张爱玲，第三阶段中的冯和仪（苏青）等，就像一颗颗明星点缀着当时文坛的苍穹，代表着《西风》通过征文培养西洋杂志文新作者的实绩。

五 终极指向：散文革命

以《西风》两刊为主体的西洋杂志文运动，在当时获得了《宇宙风乙刊》《西洋文学》《人世间》等论语派同期刊物的支持，形成了很大的声势。就林语堂对西洋杂志文推广的原始设计来说，从一开始，就不仅是一种散文文体的实验，也远远超出了前期提出的"幽默""性灵"等写作理念，而成为一种涉及所有杂志内容的散文革命。

第一，更新写作理念。论语派提倡西洋杂志文的目的，是试图在市民阶级已然形成的中国，努力造成一种新的言说方式。市民阶级对于现代文学的影响已多有显露，然而相比之下，尽管"我国创办杂志，已经有四十余年的历史"，也经过了所谓"杂志年"之类的出版热潮，但专门为新兴的市民阶层量身打造的"高尚的通俗（popular）杂志，供给

---

① 《编者的话》，《西风》1940年第52期。
② 《编者的话》，《西风》1941年第53期。

日常生活上所需要的时新常识，人格修养，趣味调和等等"，依然没有。而"这在今日民主国家的公民生活上几乎是不可缺少的一种调剂物，在外国久已盛行"。林语堂在20世纪三四十年代的文坛，高扬西洋杂志文的大旗，在晚明小品之外寻找外来资源，首要之义便在于此。可以说，在五四一代的文人之中，林语堂是少有的具有明确公民意识的作家。一方面他秉持着五四文人启蒙的担当意识，但同时，他又在争取着广大民众的舆论空间，这与一味对普罗大众进行启蒙教导的五四文人形成了鲜明对比。林语堂认识到，"随着能阅读的公众越来越多，以前那种少数学者把持一切的局面不复存在，杂志迟早得采用通俗易懂的写法"，"我希望能开创平易近人的报刊写作风格，这是我持之以恒的目标"①。这个目标具体到文学实践之中，就是西洋杂志文的推广。在精英文人与劳苦大众之外，为能够阅读的市民阶级打造自己的言说空间，使高尚与通俗在一份杂志上融合，林语堂自认"在我自己的编辑生涯里，曾为此尽过绵薄之力"②。这份成果，也得到了学界的认可，毕树棠说，"《宇宙风》和《西风》似乎走的是这一条路"③，可谓是旁观者清的公允之论。

第二，写作主体的下移。自五四开始的现代散文，经过近20年的发展，基本形成"清淡的飘逸的抒情文"和"生辣的深刻的批评文"④两大类型，已成为一种共识。而散文作者几乎是清一色的文人与知识分子，也不容否认。即使如"左翼"推动的文艺大众化运动，也只是文人内部就写作内容与写作方式等的思考，创作主体的大众化则很少虑及。林语堂说，"尽管1917发生过一次文学革命，耍笔杆子这个行当仍然高深莫测，除了作家本人，社会上莫不敬畏之、尊重之"，但在西方国家，"人人皆有勇气执笔写文章、出书，只要他觉得有故事要讲或者有创作灵感"。因此，《西风》高调提出人人都来写西洋杂志文，并以连绵的征文进行推动，正是要打破"文字成为读书阶级之专技"⑤ 的壁

---

① 林语堂：《中国新闻舆论史》，上海人民出版社，2008，第164页。
② 林语堂：《中国新闻舆论史》，上海人民出版社，2008，第164页。
③ 毕树棠：《英美通俗杂志漫谈》，《西风》1939年第33期。本段所引，除标注外，皆出于此。
④ 陈子展：《最近三十年中国文学史》，上海古籍出版社，2000，第328页。
⑤ 林语堂：《发刊词》，《西风》1936年第1期。

垒，推行一种本体论意义上的文艺大众化。就其效果来看，尽管并没有喊出文艺大众化的口号，但与"左翼"文人的实绩相比，可以说并不逊色。

第三，是写作方式的转变。五四退潮之后的中国杂志内容，在林语堂眼里，是一种"死"了的文字。所谓"死"，除了作者群体只有一小撮文人之外，更重要的是文字内容要么高头讲章空话连篇；要么顾影自怜酸腐满纸，言之无物。对此，林语堂颇为愤恨，他意有所指地说：

> 时下杂志里的稿子，往往来自住在环境十分恶劣的上海里弄亭子间里的穷作家，他们擅长化简为繁，大言不惭讨论抽象的理论问题，要么就从古今中外的名人名言或书本里找材料。这大有把杂志同处于演变中的社会真实生活隔离开来之势，这是十分有害的。我以为，杂志如果不能反映社会的不断进步和其中的生活，那就失去了它的功用①。

换言之，这样的文字不过"是文人在亭子间制造出来的玩意，是读书人互相慰藉无聊的消遣品而已"②。为校正这个弊端，《西风》极力推崇"特写"，也即"材料须直接由现实社会去调查搜寻，然后组织成篇，或加以批评意见"的写作方式。《西风》借《专篇》《特载》等栏目大力推动的西洋杂志文创作，便是这种思路的延伸。从这个意义上来看，"论语派"对西洋杂志文的推动，是试图在写作方式上，将新闻记者的调查研究之风融入新文人的创作之中，从写作主体上来校正20世纪30年代大量杂志文字的空疏之病。在现代散文史上是前所未有的，而其内涵也因此与战时"左翼"的文艺通讯大相径庭。

第四，话语权的争夺。一向与文坛各派打成一团的论语派，之所以大张旗鼓提倡西洋杂志文，不无争夺话语权的考量。西洋杂志文所联系的外来精神资源，是英美的自由主义思潮，这与抗战前后红极一时的苏俄文艺观之间多有悖谬。譬如抗战，在论语派看来，最主要的问题并不是关注与否，而是如何关注。他们并不反对"左翼"文人的关注对象，

---

① 林语堂：《中国新闻舆论史》，上海人民出版社，2008，第164页。
② 林语堂：《关于本刊》，《人间世》1934年第14期。

但不能认可"左翼"文人强横的关注方式,不能认可"左翼"文人试图以此一统文坛的做法。《西风》上的翻译可谓全面,但几乎不从苏俄杂志寻找资源,于此可见一斑。对于战时流行的杂文和通讯来说,《西风》提倡的西洋杂志文,无疑是一种反驳。如果说林语堂《今文八弊》的写作还只是对"左翼"批评的口头回应的话,那么,声势宏大的西洋杂志文运动,则可以完全视为论语派在实际上的总反击。谈到这个问题,林语堂也少有地剑拔弩张:

> 当代文学领域的成就,乏善可陈。文学已成为政治的婢女,根据政治纲领的不同,分裂成共产主义和国民党两个派别。造成这种分裂的,是今日中国面临的迫在眉睫的政治威胁。这也是在政治上你争我吵的文章所由产生的根源。文学的通明与博大因此丧失了。卷入政争的文学,只能向党的纪律和党派政治低头,个人不再是个人,而是政党和派系宣传的卖力的帮办,所想所言唯其马首是瞻。既无脾气,政见便缺少锋芒;又无胸怀,自不能具备周全的眼光;怀着廉价而自欺的爱国精神急于救国,却要把救国之责居为一人一党所有,不容他人染指。当今的作家热衷于夸夸其谈,既没有自知之明,也没有同情的理解,更不能温和而明达地行事。阅读今天的杂志,给人的感觉就像听到有人在行将沉没的、一片混乱的轮船上呼喊,而我这种沉涵于幽默、不属于任何派别的人,时常觉得自己就像是一个在茫茫黑夜里吹着口哨的人①。

这段写于 1936 年的文字,鲜明体现了林氏对于文坛争斗的厌恶。虽然批的是两个派别,但大段文字所指,皆为文坛"左翼"。而前文所引的林语堂认为当时不死不活的杂志文字"往往来自住在环境十分恶劣的上海里弄亭子间里的穷作家",其矛头所向也就不言自明了。

《西风》两刊大力推广的西洋杂志文,既是论语派现代散文革命的开始,也是论语派文学观最终形成的标志。论语派前期"幽默""性灵""切近人生"的散文观,加上写作主体下移、写作方式更替、写作内容扩大、写作话语争夺以及出版外部模式等新的散文理念,构成了西

---

① 林语堂:《中国新闻舆论史》,上海人民出版社,2008,第 172 页。

洋杂志文完整的理论结构，论语派的散文理念最终成形。西洋杂志文的提出，不但主动回应了"左翼"文人对论语派文学观的质疑，也与同样"言志"的周作人一脉彻底拉开了距离，构成了战时散文三分天下的局面。以此言之，称其为现代散文革命，毫不为过。遗憾的是，随着战后延安文艺方向迅速占据全国话语主流，有着浓厚欧风美雨气息的西洋杂志文很快就在新中国成立前夕寿终正寝，并未能在新中国的散文史上得到延续。然而西洋杂志文对论语派的意义，以及在现代散文史上的地位，却不容就此忽视。

第四章　名刊：孤岛文学生产的枢纽

总的来说，孤岛文学期刊的发展，呈现出一种区域化与平面化特征。区域化，是指孤岛上的文学期刊，大都只能在上海周围发行，无法像战前上海的期刊一样，成为全国性的文艺阵地；平面化，则是指孤岛上众多的文学期刊，尽管有着各种文学流派的区分，却大都面目模糊，很难有像《新月》《语丝》《论语》这样一份刊物就是一个文学流派的景象。对孤岛文学期刊两阶段的划分，不以某一文学期刊或文学事件为界，也正是因为平面化特征的缘故。区域化与平面化的特征，使孤岛的众多文学期刊中，值得进行个案研究的并不多。如果说二百余种文学期刊是孤岛文学出版苍穹的繁星，那么，本章所要重点论述的《文艺阵地》《宇宙风乙刊》《小说月报》，就是这些繁星之中的北斗。与其他文学期刊相比，这三者的出版期数更多，产生的影响更大，在文学史和出版史上的意义也更为明显。

第一节 《文艺阵地》：抗战文艺空间的建构

一　楼适夷与《文艺阵地》

在楼适夷的编辑生涯中，孤岛是一个重要的阶段。这不仅是指在孤岛上楼适夷主编过《大陆》，与蒋锡金、满涛一起主持了《奔流文艺丛刊》，出版了孤岛最后一种文学期刊《奔流新集》，更重要的是他在孤岛上编辑了《文艺阵地》。

《文艺阵地》的创刊，是在1938年4月16日。但楼适夷与《文艺阵地》的关系，却在此前两个月已经开始。据楼适夷的回忆，1938年2月初，茅盾由长沙来到当时的文艺中心武汉，在与楼适夷见面时，茅盾提到应生活书店的约请，打算编辑一个全国性的文艺刊物，来武汉正是为了刊物的事情与各方面取得联系。楼适夷说,"他知道我是打算在武汉留到最后的,而且在报社工作,同各方面联系比较广泛。就委托我在武汉为刊物作组稿和联系的工作,我当然是欣然地接受了这个嘱托"①。1938年9月,随着形势的发展,楼适夷到达广州,顺道跑到香港去看望茅盾,面对茅盾"叫我住到香港去,帮助他编《文艺阵地》"②的邀请,他却拒绝了。这时候的楼适夷,正做着独立编辑一份文学杂志《大地》的梦。然而好景不长,随着广州的陷落,楼适夷要创办《大地》的设想随之烟消云散。

1938年11月初,楼适夷离开了已经沦陷的广州,再次来到香港。"到香港之初,茅盾即叫我协助他编辑《文艺阵地》"③,同时楼适夷看到茅盾一人支撑刊物的艰辛,觉得"有责任为他分劳,同时又不大愿意回到四周被敌人包围的上海的租界地去,就在香港留下来了"④。从此以后,楼适夷正式参与《文艺阵地》的编辑工作。此时,在茅盾的手里,《文艺阵地》已经出版到第二卷第二期,即第14期。茅盾与楼适夷共同编辑《文艺阵地》的时间仅仅维持了一个多月,1938年12月下旬,编辑完1939年1月1日出版的第二卷第6期之后,茅盾远赴乌鲁木齐去担任新疆学院文学院院长。从1939年1月16日的第二卷第7期开始,《文艺阵地》进入了楼适夷单独主编的新时期。

《文艺阵地》创办之初,稿件由茅盾在香港编辑,发付广州排印,无奈广州的印刷条件实在太糟,"印刷厂的校样拿来,他发现几乎满篇错字"⑤。于是,经过与生活书店商量,"改为把编好的稿子秘密送到已成为所谓'孤岛'的上海去付印,请留在上海的孔另境同志帮助排校"⑥。印成之后,重新通过走私运到香港,由香港分发内地销售。楼适夷接编以后,这种方式没有改变。作为一份半月刊,《文艺阵地》每一期,都是作者从内地寄稿到香港,编辑再发稿到上海,印刷完成原路

---

① 楼适夷:《茅公和〈文艺阵地〉》,《新文学史料》1981年第3期。
② 楼适夷:《我谈我自己》,《楼适夷纪念集》,人民文学出版社,2005,第29页。
③ 楼适夷:《我谈我自己》,《楼适夷纪念集》,人民文学出版社,2005,第29页。
④ 楼适夷:《茅公和〈文艺阵地〉》,《新文学史料》1981年第3期。
⑤ 孔海珠:《楼适夷编辑生涯的重要台阶》,《楼适夷纪念集》,人民文学出版社,2005,第241页。
⑥ 楼适夷:《茅公和〈文艺阵地〉》,《新文学史料》1981年第3期。

返回，由香港发售内地，每半月都要在香港与上海之间往返两次，然而《文艺阵地》的出版却从未脱期。这种出版经历，在现在看来，正如楼适夷自己所说，"简直是令人不能相信的奇迹"①。这个奇迹维持到1939年的6月。由于《文艺阵地》对抗战文艺的突出作用，楼适夷开始成为日本的眼中钉，香港当局政治部慑于压力，也开始偷偷寻找刊物幕后的主编。于是，在1939年6月的时候，楼适夷独身一人回到了孤岛，也正式把《文艺阵地》的编辑工作放在了孤岛。从此以后，《文艺阵地》开始名副其实地成为孤岛文学期刊界的一颗星斗。

《文艺阵地》在孤岛又延续了一年有余，出满第四卷后，在孤岛已经没有继续出版的环境，1940年7月出版的第五卷第一期，在孤岛只能以《文阵丛刊》的名义发行，第一辑名为《水火之间》，第二辑名为《论鲁迅》。这两期在内地的发行则依照老例，照旧署上"第五卷一期""第五卷二期"的字样。两期丛刊出版以后，《文艺阵地》彻底打烊，结束了两年四个月的生涯。孤岛既不能再续，生活书店决定在内地争取重新出版，经过努力，1941年1月10日，《文艺阵地》以"第六卷一期"的序号在重庆复刊，出至1942年11月20日第七卷第四期终刊。重庆出版的复刊号，由以群、孔罗荪先后负责编辑，欧阳山、曹靖华、章泯、宋之的、沙汀、艾青、以群等七人组成编委会。楼适夷由于困守孤岛，已与此时的《文艺阵地》无涉了。

自1939年1月16日第二卷第七期开始，到1940年8月1日第五卷第二期结束，楼适夷主编的《文艺阵地》历时一年六个月，共出版了32期，占据《文艺阵地》第一阶段总50期中的大半。其中，在孤岛出版的共有22期，又占据了楼适夷主编《文艺阵地》总32期中的大半。对于接手编辑《文艺阵地》，楼适夷自己说，"茅公把一切基础都奠定好了，我就是萧规曹随，坐享其成"②，应该说，这是接近客观事实的。在楼适夷接手之后，《文艺阵地》的办刊理念基本按照茅盾创刊时的设想延续，而没有出现大的变动。也因为如此，《文艺阵地》在茅盾早早离去之后，依然将之署为唯一的编辑人。直到第五卷第二期，编辑人才更改为：茅盾·适夷。楼适夷对于茅盾办刊理念的承接，使《文艺阵

---

① 楼适夷：《茅公和〈文艺阵地〉》，《新文学史料》1981年第3期。
② 楼适夷：《茅公和〈文艺阵地〉》，《新文学史料》1981年第3期。

地》"楼记"色彩甚为薄弱,这对于楼适夷个人来说,或许有些遗憾,但对于《文艺阵地》乃至抗战文艺的发展来说,却无疑是一件幸事。楼适夷选择延续而不是另立新章,改换自己的编辑方针,是出于两个方面的考虑。其一,作为一个"左翼"同人,在刊物的价值取向上,楼适夷与茅盾没有什么分歧,《文艺阵地》的办刊方针,其实也是楼适夷未创刊的《大地》的取向。其二,则是对于茅盾精深办刊理念的服膺。作为新文学运动的老将,从改版《小说月报》为文学研究会的阵地开始,茅盾就有着一套清晰的办刊理念。对于抗战时期的文艺发展构想,茅盾试图以《文艺阵地》的创办来集中展现。加之生活书店的强大出版实力,承载着茅盾抗战文艺构想的《文艺阵地》,很快成为了全国抗战文艺的核心期刊与一面旗帜。对此,楼适夷心怀崇敬。到第三卷开编,楼适夷坦承,"新的一卷又开始了,因为还没有接到茅盾先生的直接的指示……我们除了把这一期特别增加一点篇幅以外,并没有编制上的更动"①。编辑方针的延续也维持了《文艺阵地》的地位。在楼适夷接编以后,尽管遭遇了重重困难,转移了编辑阵地,但"在大后方,在各战区,在抗日民主根据地,仍被作为一个全国性的重要的文艺刊物而受到重视",并且在发展过程中,"尽量在无名的投稿者中间,探觅新人"②,为抗战文艺培养出新的力量。这份守成之功,实在不比茅盾的开创之功要小。而楼适夷和《文艺阵地》的意义,也正在这里。

二 《文阵广播》:《文艺阵地》的"全国性"③

中国新文学史上,一份文学刊物具有全国性的影响,并不稀见。从早期的《新青年》《新潮》,到 20 世纪二三十年代的《语丝》《现代》《论语》,再到抗战后期的《文艺复兴》等,都是影响遍布宇内的刊物。

---

① 《编后记》,《文艺阵地》1939 年第三卷第 1 期。
② 楼适夷:《茅公和〈文艺阵地〉》,《新文学史料》1981 年第 3 期。
③ "全国性"是抗战时期杂志界通行的用语。比如,刘白羽在给《文艺阵地》的信中曾说他们拟出版《文艺战线》一刊,并与已创办的《文艺突击》作了对比,"它同《文突》的性质是不同的。《文突》短小,是便于工作者和战士们读的,所以我们把它销行在边区内及华北各个战地。《文战》则是全国性的"。参见《文阵广播》,《文艺阵地》1939 年第二卷第 8 期。而"全国性"也成为此后论及《文艺阵地》时经常提到的词语,如在茅盾、楼适夷、以群等关于《文艺阵地》的描述中频频出现。

然而，抗战时期政治地域的划分，使文学期刊本应具有的全国性特点开始逐渐消失，取而代之的是地域性。国统区、解放区、沦陷区、孤岛，每一个政治区域的文学刊物大都仅以本地域的读者与作者为主。如果说抗战时期尚有一两份刊物能够产生全国性影响的话，那么《文艺阵地》无疑是其中突出的一个。

把《文艺阵地》办成一份全国性的刊物，是茅盾抗战开始不久即已规划好的设想。1937年10月5日，茅盾即离开上海，11月12日国军西撤前一日返沪，到1937年12月底茅盾再次离沪，之前之后的一两个月之间，茅盾从上海到广州，再到长沙、武汉，一直随着内迁的人群奔波，也看到了各个地域的文艺战斗。《文艺阵地》的发刊词里，茅盾开宗明义，"朋友们都有这样的意见：我们现阶段的文艺运动，一方面须要在各地多多建立战斗的单位，另一方面也需要一个比较集中的研究理论，讨论问题，切磋，观摩——而同时也是战斗的刊物。《文艺阵地》便是企图来适应这需要的"①。茅盾所说的"朋友们"，主要就是《文艺阵地》的后台老板——生活书店负责人邹韬奋。在邹韬奋看来，"《文艺阵地》应该是一面战斗的旗帜，能起到团结进步的文艺力量，巩固统一战线的作用"②，因此，把《文艺阵地》创办成全国文人一个比较集中的研究阵地，一个团结进步力量、巩固统一战线的核心，就成为茅盾与生活书店共同的构想。

当然，他们也有这样的实力。作为五四新文学运动的大将，茅盾在文学界有着极高的声誉，一呼百应；而生活书店在全国各地遍布分支机构，对于稿件的传输和刊物的发行十分有利。因此，在茅盾"到香港不久，投到《文艺阵地》的稿件就源源从广州生活书店转来"③，这些稿件中，有四川的叶圣陶和周文，武汉的老舍，广州的草明，临汾的刘白羽和萧红，日本作家鹿地亘，长沙的丰子恺，上海的郑振铎，刚从苏联回国的戈宝权，津浦前线滇军中的张天虚……。茅盾对此甚为满意，

---

① 《发刊辞》，《文艺阵地》1938年第1期。
② 茅盾：《在香港编〈文艺阵地〉》，《我走过的道路·下》，人民文学出版社，1997，第180页。
③ 茅盾：《在香港编〈文艺阵地〉》，《我走过的道路·下》，人民文学出版社，1997，第180页。

"总之，朋友们都大力支持我办这个刊物"①，同时也怀着感激，"首先要感谢的，是各方友人（认识的和不认识的）肯在百忙之中写稿，在极困难的交通条件下把稿寄了来"②。

《文艺阵地》作为全国抗战文艺中心刊物的地位，楼适夷也有清醒的认识。从第二卷第七期开始，楼适夷担任主编，但在此后的一年多时间里，一直到第四卷终结，《文艺阵地》的编辑署名仍然只有茅盾一人。这一方面是楼适夷的谦逊，作为茅盾的晚辈，在茅盾离港赴新期间，楼适夷只答应代为编辑，拒不接受茅盾让出主编的劝说；另一方面也是生活书店的意见，"他们对于由楼适夷接编《文艺阵地》表示欢迎，但也不希望立即改变主编的署名"③，不想改变的原因，很重要的一点，就是继续借重茅盾的声望维持《文艺阵地》的中心地位。因此，在接编的第一期，楼适夷就发出了呼吁，"跟随抗战新阶段的开展，文艺出版的条件也愈益艰苦，以全国为对象的文艺刊物，几乎已只有《文阵》与重庆的《抗战文艺》了，我们希望能够得到更多的助力，与更密的联系，来巩固我们的阵地"④。《抗战文艺》是"文协"的会刊，有一个半官方的机构在支撑，操作起来要相对容易。相反，仅有一个书店背景的《文艺阵地》则要困难得多，从楼适夷初一接编的陈词里，即可以看出一二。但"萧规曹随"的楼适夷仍勉力维持，到第二卷结束，楼适夷说，"下一年的《文阵》，仍不准备有任何的更变。我们在编辑方面想努力做到的，依然是集中全国优秀作家的最新劳作。多多介绍新的文艺战士。探讨抗战文艺运动中一切问题，建立新的现实主义文学的理论基础。以及尽量反映全国各地文艺运动作家的活动的状态"⑤。正是因了这份执著，《文艺阵地》的全国性地位得以继续，并内化为《文艺阵地》的办刊理念。

为了实践《文艺阵地》的"全国性"，茅盾与楼适夷采用了多样化

---

① 茅盾：《在香港编〈文艺阵地〉》，《我走过的道路·下》，人民文学出版社，1997，第180页。
② 《编后记》，《文艺阵地》1938年第一卷第1期。
③ 茅盾：《在香港编〈文艺阵地〉》，《我走过的道路·下》，人民文学出版社，1997，第215页。
④ 适夷：《编后记》，《文艺阵地》1938年第一卷第7期。
⑤ 《编后记》，《文艺阵地》1939年第二卷第12期。

的操作方式。外在方面，利用茅盾与生活书店的影响，获得全国作家的支持，并通过生活书店的发售渠道使《文艺阵地》摆在全国各地文艺青年面前；而内在方面，则是有意识地站在全国文坛中心的位置来处理栏目的编排。与同时大多数的纯文学刊物不同，茅盾没有把刊物内容仅仅限定在文学的范围之内。《文艺阵地》第一期，茅盾亲手开出《文艺阵地征稿简约》[①]，在论文、短评、作品等三项创作之后，茅盾把第四类稿约定为"国内文艺动态"，即"各地方文艺的活动——刊物，单行本，作家们的活动（参加实际救亡工作等等），文艺团体的组织，文艺教育工作，座谈会，被提出而讨论着的问题"等等，接下来的第五类与第六类，分别为"国际文艺动态：系统地介绍国际文坛之理论的及作品的活动"，"海外通讯：中国抗战在世界各国文坛上之反映"，若再加上普遍介绍全国以及南洋文艺的"书报评论：刊物，单行本，纯文艺与非纯文艺"的第七类稿约，可以说，介绍国内以及世界各地文坛动态的通讯内容，几乎占据了刊物一半的篇幅。把文学期刊变为一个文坛的瞭望口，是茅盾在《小说月报》上即开始的尝试，当初《小说月报》获得新文学初期的中心地位，这些通讯述评功不可没。可以说，这份征稿简约中如此关注各地的文艺动态，是茅盾的办刊思路在《文艺阵地》上的一个延续，也充分展示了他"全国性"的办刊理念。

《文艺阵地》上介绍各地文艺动态的栏目有三：《通讯》《书报述评》和《文阵广播》。三者之中，《文阵广播》所占篇幅最小，却最能体现《文艺阵地》的全国性特色。

《文阵广播》从第一期开始出现，基本贯穿了《文艺阵地》的始终。顾名思义，《文阵广播》主要就是播报文坛上的一些动向。内容主要分为两类，一是截取各地作家写给《文艺阵地》编辑的信件，以"某某来信……"的固定格式，传达作家个人的活动以及作家对本地文化活动的介绍；另一部分则是编者自己写作的报道性文字，如"全国文艺界抗敌协会总会从武汉移入重庆后，仍有老舍蓬子等主持会务，积极进行，《抗战文艺》周刊照常出版，用土纸印刷，又创办通俗文学讲座，培养文学干部"[②] 等。《文阵广播》的开设，基于这样一个事实，

---

① 茅盾：《文艺阵地征稿简约》，《文艺阵地》1938 年第一卷第 1 期。本段引用同此。
② 《文阵广播》，《文艺阵地》1939 年第二卷第 7 期。

抗战时期的作家们"因战事关系，今天上东，明天上西，简直没法通信"①。因此，及时准确地向读者以及文学同人传达作家们的行踪，通报各政治区域内的文化活动，在抗战时期的文学期刊上就显得很是必要。《文艺阵地》之外，也有其他文学期刊与文学副刊设立了类似的栏目，《大公报》抗战时期的文艺副刊《文艺》和《战线》，在《文阵广播》开设四个月后，也分别设立了《战地书简》与《作家行踪》栏目，对文坛动态进行关注。但总体来说，这些类似的栏目在报道的广度上以及深度上，都尚且无法与持续了两年多的《文阵广播》媲美。

对战时全国作家行踪的关注，《文阵广播》有着相当明确的意识。1938年10月22日，广州沦陷，聚集在广州的作家行踪成为文坛关注的焦点。"所有在那边的文艺工作者，大概已随大军安全退出。惟欧阳山与草明行踪未明，而诗人蒲风则传闻已在增城前线殉难了"②，这种不确定的传闻四面风传，到底如何？在第二卷第五期上，茅盾有意识地在《文阵广播》中作了集中介绍，"广州失陷后，在广州的作家们的行踪，截至现在（11月15日）为止，约可报告如左"③，报告了随军工作团欧阳山、草明、于逢、夏衍与留在广州的《救亡日报》同人、巴金、适夷、锡金、征军等人的近况，顺便又另起一段报告了武汉沦陷后萧红、端木蕻良、艾青、欧阳凡海、穆木天夫妇、黎烈文等人的行止，这些报道以确切的证据，澄清了一些传闻，也通报了战时文坛的最新状况。尤其是对于盛传牺牲的蒲风和失踪的欧阳山草明，《文阵广播》给以持续关注，并及时在第二卷第十期和第十二期上刊登蒲风发自从化和草明发自重庆的信件，向读者通报安然无恙的信息。

作家行踪之外，《文阵广播》的另一关注点，也可以说是最重要的关注对象，是各地的文化活动。与单个作家的行踪相比，文化活动呈现出群体性特征，更能显示某一地域的文坛动向。因此即便是作家的信件，也大多会在个人情况的陈述之外，浓墨重彩介绍各自区域的文化活动。

---

① 《文阵广播》，《文艺阵地》1939年第二卷第9期。
② 《编后记》，《文艺阵地》1938年第二卷第5期。
③ 《文阵广播》，《文艺阵地》1938年第二卷第5期。

蓬子来信说："文协各地分会总算陆续成立。尤其成都分会是经过了千难万难才产生出来的。理事会决定在香港设办事处，我已请平陵直接来信。抗战文艺预备出战地特刊。每月一次，出八开小张。唯印数拟三万份，想在本月底就把创刊号弄出来。在重庆的一群诗人一定要出诗刊，我已为他们在上海杂志公司接洽好了。同时现在正忙着计划一种类似年鉴的册子想赶在改选的时候印他出来。国际宣传也想做起来，最近理事会决定成立一国际宣传委员会，由王礼锡兄负责。"①

类似于这种文坛综述性质的信件，在《文阵广播》中比比皆是。通过《文艺阵地》的集中报道，文坛的状况一目了然。

播报作家行踪与文坛动向，《文阵广播》并不是冷眼旁观式地叙述与引用，而是融入了编者的深厚感情。《文艺阵地》第一期上刊登了十则作家来信，分别来自长沙、贵阳、重庆、武汉、潢川、西安、滇军军营等地。其中刘白羽的一封是在两个月前的二月初从潼关寄出的，信的结尾，茅盾特加编者按："他的目的地是临汾，但临汾于二月二十五日失守，白羽究竟到了没有，没有人知道；他此刻何在，也没有人知道。真令人心忧啊。"② 这份关切，使《文艺阵地》已经脱离了一份单纯文学刊物的意义，而成为战时流离作家们的心灵家园。

《文阵广播》与《文艺阵地》的创办一起登场，是茅盾办刊理念的一个体现。但最初似乎仅仅是一种单向度的操作，即茅盾自我截取作家的信函，来展现作家的生活和其他文学区域的活动。楼适夷接编刊物之后，《文阵广播》开始主动约请一些作家对本区域的文化活动作介绍。作为"文协"的实际负责人，老舍是《文阵广播》的主要嘉宾。第二卷第十期，老舍先生来信说，"在去年年底到今年一月二十号，我出去旅行了三十多天。在行旅中，自然很难写。东至万县，北至成都，沿路都走马观花的看了一看。看的不详细，材料自然获得的不多。可报告给你的，只有……"③。老舍的歉意，是对《文艺阵地》约稿的答复。与

---

① 《文阵广播》，《文艺阵地》1939 年第二卷第 10 期。
② 《文阵广播》，《文艺阵地》1938 年第一卷第 1 期。
③ 《文阵广播》，《文艺阵地》1939 年第二卷第 10 期。

此同时，一些作家则有意识地向《文阵广播》通报自己的境况，希望代为广播。1939年夏天，萧乾接受了伦敦东方学院的邀请，打算赴英担任中文教师，他专门写信告诉楼适夷，"九月一日拟搭意轮赴英，为期至少两年"，并把自己在英国的地址附上，"可能盼兄于九月份内之《文阵》代为发表，以便与朋友们保持联络也"①。通过编者的约请与作家们的主动报告，《文阵广播》开始成为抗战时期文坛编读互动的信息中心。

《文阵广播》的范围并不限于国内，"萧三从莫斯科来信"②，"郁达夫来信告在星洲近状"③等信函，显示着《文艺阵地》在海外的影响以及覆盖能力。《文艺阵地》上持续始终的《文阵广播》，为抗战时期的文学史和出版史保存了不少第一手资料。抗战时期国统区的文艺通讯运动，一般只知道在广州有不小的声势，而第二卷第六期刊登的"王西彦自长沙十月十二日来信"，详细地报告了长沙的文艺通讯运动，弥足珍贵。同时这些信件也为研究战时作家们的内心活动，提供了直接的证据。《文阵广播》更大的意义，还在于促成了《文艺阵地》的全国性地位。汇集来自四面八方文坛和作家的信息，小小的《文阵广播》使《文艺阵地》成为文坛信息中心。抗战时期各地的读者也对《文艺阵地》抱着热望，"齐同来信云：短评千万支持下去，虽然很苦，却至需要。创作以《差半车麦秸》最为生动，可谓抗战以来仅见之作"④。诸如此类的建议体现出各地作家自觉围绕在《文艺阵地》周围的苦心。

第四卷结束的时候，"《文艺阵地》创刊至今，已满二年，在民族苦战时期，实为唯一始终屹立的文艺刊物"⑤，其抗战文艺的中心地位于此凸显。探究形成的原因，正如茅盾所言，"《文艺阵地》虽然几经周折，它的声望却并未降低，后来还被誉为抗战初期有较大影响的文艺刊物。究其原因，最根本的是得到了广大作家的支持"⑥。获得支持的诸多因素中，《文阵广播》无疑是不可忽视的一环。

---

① 《文阵广播》，《文艺阵地》1939年第三卷第8期。
② 《文阵广播》，《文艺阵地》1939年第二卷第11期。
③ 《文阵广播》，《文艺阵地》1939年第四卷第3期。
④ 《文阵广播》，《文艺阵地》1938年第二卷第3期。
⑤ 《文艺阵地第三年新计划》，《文艺阵地》1940年第四卷第12期。
⑥ 茅盾：《在香港编〈文艺阵地〉》，《我走过的道路·下》，人民文学出版社，1997，第196页。

因了《文艺阵地》的全国性特征，即使从第三卷第五期编辑和印刷工作全部转入孤岛之后，孤岛文人依然未敢将之简单视为孤岛的文学刊物，"至于上海所能看到的有较长历史的《文艺阵地》……已离上海较远，不属本文的范围，故也只好从略了"①。这是孤岛当时一篇文坛综述文章中的话，虽不无为《文艺阵地》打掩护的意味，但也从另一面反证了《文艺阵地》的全国性地位。不可否认，编印工作全部转入孤岛之后，孤岛作家在《文艺阵地》上的文章份额逐渐增多，其他地域的作家数量开始减少，这是一个事实。曾经负责《文艺阵地》在重庆复刊的以群，在《〈文艺阵地〉杂忆》中曾认为，"《文阵》从三卷后半卷起，作者的范围就明显地日渐狭窄，香港和孤岛上海两地的进步作家几乎成了作者队伍的主力。因而，反映的面就不能不比前期缩小得多"②。但认为"反映的面就不能不比前期缩小得多"，却不免夸大。即以《文阵广播》而言，在第三卷第五期之后，来自解放区、国统区的信件依然不绝如缕。"第×战区文化抗敌协会晋西北文化站在山西兴县水泉湾成立，兹得其十一月十七日来信"③，"SY 从成都来信，告该地剧运近况"④，等等，都说明在编务工作迁到孤岛之后，楼适夷依然保持着《文艺阵地》全国性刊物的定位。

三 抗战文艺理论的建设

新文学的生成与确立过程中，文艺理论的建设起到了很大的作用。正如一位学者指出的："理论在中国现代文学中被赋予的那种明显夸张的力量，只能在新文学由以产生的文化危机语境中，根据中国知识分子所进行的文学借鉴的特定类型来加以理解。"⑤ 这种明显夸张的力量，便是在确立新文学合法性的战斗中，理论所具有的重要意义。"我们或许可以充分地说，正是由于他们齐心协力地倡导理论，五四作家才能够

---

① 岳昭：《一年来的上海文艺界》，《戏剧与文学》1940 年第一卷第 1 期。
② 以群：《〈文艺阵地〉杂忆》，《中国现代文艺资料丛刊》第 1 辑，上海文艺出版社，1962。
③ 《文阵广播》，《文艺阵地》1939 年第四卷第 4 期。
④ 《文阵广播》，《文艺阵地》1939 年第四卷第 3 期。
⑤ 安敏成：《现实主义的局限》，转自刘禾《跨语际实践》，三联书店，2002，第 329 页。

压倒鸳鸯蝴蝶派这样的竞争对手。"① 由此可见，理论建设已经成了新文学流派占据文坛中心地位的法宝。在新文学确立的时候如此，在新文学确立之后依然如此，只不过对文坛中心地位的竞争从新文学与旧文学之间转移到了新文学的内部。

　　作为新文学批评的重要角色，茅盾对抗战文艺的关注，首先着眼于抗战文艺理论的建设。总的来看，尽管"左翼"文人在抗战时期参与现实热情高涨，但"左翼"文艺批评给予当时文坛的一般感觉，就是"态度是在破坏方面，即讽刺批评攻击，很少有建设的主张"②。在"文学革命"向"革命文学"的转化中，与鲁迅一起遭到了"左翼"文学青年围剿的茅盾，对于"左翼"文学这个弱点体会甚深。因此，把抗战文艺理论的建设工作放在对于文艺、文化批判之前，是茅盾对于抗战文艺工作的一个主要设想，也是《文艺阵地》一个鲜明的特点。他回忆《文艺阵地》创办的初衷时说，"创办《文艺阵地》是鉴于当时的抗战文艺虽也轰轰烈烈、热热闹闹，但总觉得缺乏深度，既没有在理论上对各种新问题作认真的探讨，也没有在创作上对现实生活作严肃深刻的发掘"③。出于这种考虑，第一期的征稿公约中，茅盾第一条开列的就是"论文"。与战时"左翼"文艺普遍的批判倾向不同，《文艺阵地》的"论文"注重于"提出问题，发表积极的建设性的主张，提供直接间接与抗战有关联的文艺上的研究"。"建设性的主张"之后的第二条，才是"短评、批判"，"剔文艺工作，文化工作，乃至一般社会现象之缺陷"④，而文学创作则只好屈居二者之后，成为第三条的内容。这种编辑思想之下，《文艺阵地》一问世便呈现出"议论文多于作品"⑤的特征，但茅盾毫不为意，"编者很想每期都能保持这一个性。似乎现在还没有对于文艺上百般问题多发表意见的刊物，本刊试想在这里开一冷门"⑥。

---

① 刘禾：《〈中国新文学大系〉的制作》，《跨语际实践》，三联书店，2002，第329页。
② 徐訏：《从"金性尧的席上"说起》，《徐訏代表作》，华夏出版社，1999，第315页。
③ 茅盾：《在香港编〈文艺阵地〉》，《我走过的道路·下》，人民文学出版社，1997，第180页。
④ 《文艺阵地征稿简约》，《文艺阵地》1938年第一卷第1期。
⑤ 《编后记》，《文艺阵地》1938年第一卷第1期。
⑥ 《编后记》，《文艺阵地》1938年第一卷第1期。

第四章　名刊：孤岛文学生产的枢纽

《文艺阵地》的发刊词中，茅盾开宗明义："这阵地上，立一面大旗，大书'拥护抗战到底，巩固抗战的统一战线！'"[①] 为《文艺阵地》的理论建设指明了方向。《文艺阵地》上的抗战文艺理论建设，主要集中在两个方面，一是现实主义，一是文艺大众化。

先说现实主义。在茅盾看来，"'五四'以来新文艺的传统，是写实主义"，而"'五四'以来写实文学的真精神就在它有一定的政治思想为基础，有一定的政治目标为指针"[②]。对于抗战文艺来说，"写实文学的真精神"与之有着天然的契合，也顺理成章地成为抗战文艺理论的首要探讨对象。《文艺阵地》第一期刊登的李南桌的《广现实主义》，是《文艺阵地》上现实主义讨论的发轫之作。李南桌是茅盾战时发掘的文艺新人之一，在茅盾眼里，"他的眼光要比许多老人来得敏锐的多"[③]。李南桌的《广现实主义》与此后第一卷第十期上的《再广现实主义》两篇文章，是对于当时抗战文艺现象的一个总概括。抗战爆发以后，作家用自己的笔墨去描摹战时的生活，无疑是现实主义的广阔天地。因此，对于文坛上的"自由主义""浪漫主义""现代主义"等其他表现方式，在掌握抗战文艺话语权的"左翼"文人眼里，自然要大力批判，也造成了不少论争。对一部分"左翼"文人自以为文学判官的神态，李南桌很不以为然，在他看来，"我们无须乎抱着一种什么主义；只要是一个作家，广义的说来，他必定是一个现实主义者，不管他自己如何不愿意，别人如何不愿意"。李南桌的根据，来自"现实包括一切"，"而所有的主义可以说是一个东西"，因此，李南桌提出了"广现实主义"的口号，建议大家跨越所谓的主义门槛，不要再作无谓的争论，"把自己与当前的中心现实——'抗战'——间的最短距离线找出来吧"！

李南桌对现实主义的定义自然遭到了"左翼"人士的批驳，除了前一章叙及的王元化在孤岛上的回应，即在《文艺阵地》自身，第五期上周行发表的《再论抗战文艺创作活动》，也对其提出了批评。周行认为李南桌"无意中做了自由主义的俘虏了，单作一般的概念的把握，

---

① 《发刊辞》，《文艺阵地》1938年第一卷第1期。
② 玄珠：《浪漫的与写实的》，《文艺阵地》1938年第一卷第1期。
③ 《编后记》，《文艺阵地》1938年第一卷第1期。

以此代替了具体的阶级的分析，在文艺科学上无疑是一种最危险的倾向"①。其实，暂且不论内容正确与否，单看两篇文章的口气，李南桌所提出的"广现实主义"的建设意义已经不言自明。在文艺论战中，"左翼"文人最大的特长就是帽子乱飞，即如李南桌，一篇文章就使之获得了"自由主义的俘虏""一种最危险的倾向"等各种断语。这种情况下，李南桌"广现实主义"的意义，与其说是提出了一种新的理论，还不如说是提供了一种建设性的理论姿态。对这种姿态，茅盾戚戚于心。就在周行对李南桌提出批评的第五期上，茅盾依然在《编后记》里对李南桌的文艺批评大加推介，"南桌的《评曹禺的〈原野〉》是一篇切实的真正有内容的批评论文"②，而对周行的理论文章则未置一词，而按照惯例，理论文章是例行首要推荐的。由此可见，对理论文章中建设与否的态度，茅盾的褒贬之态一目了然。

李南桌之外，祝秀侠的《现实主义的抗战文学论》是一篇大文章。这篇15000余字的长文全方位论述了现实主义抗战文学的创作方法。他首先指出抗战文艺中存在的一个偏差，"现在抗战文学的内容，题材却隘窄得可怜。他们简直把'抗战文学'缩小为'战争文学'"③，从而使现实主义的广阔性大打折扣。其次，从社会背景、历史因素、主观感情与客观认识的统一、题材的积极性等方面，祝秀侠论述了现实主义抗战文学的特征。最后，祝秀侠用三分之一的篇幅重点强调："抗战文学，该不要忘记'文学'这两个字"，因为"检讨一下我们的抗战作品，却多半是标语口号似的东西。"④

抗战作品"多半是标语口号似的东西"，并不是祝秀侠自己的看法，实乃时人的公认。抗战文艺的现实主义作品甚多，但能给人深刻印象的人物形象却不多。"抗战八股""差不多""公式主义"等等词语，尽管令人不悦，却都是这个问题的形象说法。"像这种毫无艺术性的标语，宣言，政论式的作品，自然离'现实主义'很远。简直可以说离'文学'也很远！"⑤ "标语口号"作品的解决之道，祝秀侠提出了两

---

① 周行：《再论抗战文艺创作活动》，《文艺阵地》1938年第一卷第5期。
② 茅盾：《编后记》，《文艺阵地》1938年第一卷第5期。
③ 祝秀侠：《现实主义的抗战文学论》，《文艺阵地》1938年第一卷第4期。
④ 祝秀侠：《现实主义的抗战文学论》，《文艺阵地》1938年第一卷第4期。
⑤ 祝秀侠：《现实主义的抗战文学论》，《文艺阵地》1938年第一卷第4期。

点,"现实主义的抗战文学,第一,是不能不有'艺术性'的",第二,现实主义的抗战文学须有'典型性'"①。这里,祝秀侠实际上提出了抗战文艺现实主义的另一个重要问题——创作中的典型问题。

祝秀侠的文章,代表着《文艺阵地》关于现实主义的讨论开始转移,"典型"成为《文艺阵地》现实主义讨论的另一个兴奋点。第六期上,李南桌发表《论"差不多"和"差得多"》,把抗战文艺"平面化"问题的讨论引向深入。在李南桌看来,"现实间的这个'同'(差不多)和'异'(差得多),正是决定作品的两个前提"②,如何追求同中之异,才是作家们要思考的地方。接着,李南桌又在第十二期《论典型》中对典型问题进行分析。他以个性、类型、人性三个要素作为典型塑造的基本点,"将他们统一起来之后,还须要加入时间的因素,能动的人物才配称做'典型'"③。茅盾在第九期上发表的《八月的感想——抗战文艺一年的回顾》,也以典型问题作为行文线索。在茅盾眼里,抗战文艺中的典型是有的,《文艺阵地》上发表的《华威先生》和《差半车麦秸》即是。但无疑很不够,而"那一时期的作品之绝少令人满意,症结在于作家之不深入生活者尚少,而在于描写壮烈事件之成为风气者实多"④。此后,茅盾又专门写了《公式主义的克服》一文,对典型问题提出新的思路,"我以为要避免公式主义就只要遵守作品产生的顺序:材料丰富了,成熟了,确有所见了,然后写"⑤。茅盾、李南桌等人对于抗战文艺典型问题的思索,在当时是不多见的。从上述诸人的观点来看,可以说对于典型的缺失都有自己的心得,也多中问题的病灶。尤其在讨论的同时,配合着《华威先生》等现实主义抗战文艺力作的发表,《文艺阵地》在抗战文艺现实主义理论建构中的意义,得到了很好的诠释。

现实主义之外,《文艺阵地》关注的另一个问题是文艺大众化。《文艺阵地》对文艺大众化的关注,不比现实主义晚。第一期《我们需要展开一个抗战文艺运动》中,周行提出的第一条即是"大众的文艺

---

① 祝秀侠:《现实主义的抗战文学论》,《文艺阵地》1938年第一卷第4期。
② 李南桌:《论"差不多"和"差得多"》,《文艺阵地》1938年第一卷第6期。
③ 李南桌:《论典型》,《文艺阵地》1938年第一卷第12期。
④ 茅盾:《八月的感想》,《文艺阵地》1938年第一卷第9期。
⑤ 茅盾:《公式主义的克服》,《文艺阵地》1939年第二卷第7期。

抗战的创造"①。第二期上又发表《旧形式运用问题》《旧形式利用之实验》等文章，直接切入大众化的操作手段。在讨论抗战文艺现实主义的同时，目光也投向文艺大众化，是《文艺阵地》抗战文艺理论建设的一个特点。建设完整的抗战文艺，现实主义和文艺大众化二者并不是对立的，而是一个可以合二为一的东西。正如李南桌所言，"'文艺大众化'是更进一步，更深一层的现实主义"②。当抗战为现实主义提供前提的时候，也同样为文艺大众化提供了前提。"'抗战'给'大众化'预备下了最有利的条件：反过来，'抗战'又需要'大众化'的支持才能迅速完成它的任务。"③ 因此，高举着"拥护抗战到底，巩固抗战的统一战线"大旗的《文艺阵地》，甫一创刊即把目光投向文艺大众化也就不难理解了。

对文艺大众化的讨论，没有像现实主义那样众说纷纭。正如茅盾所言，"文艺要大众化，没有人反对，尤其在此抗战时期，从前反对任何大众化的，现在也不再反对"④。"当前的文艺问题，主要还是文艺大众化的问题"⑤，成为各方一致的意见。统一的立场，使《文艺阵地》对大众化的探讨不再有纷争，直接聚焦于建设上来。总的来看，论述文艺大众化的众多文章中，对于如何大众化的设想，基本集中于旧形式的利用问题。

关于旧形式运用的讨论，是《文艺阵地》上关于文艺大众化讨论中的焦点。"所谓'旧形式'，其实是民间的形式，'旧形式'这字眼并不是表示完全陈旧，却是新文学家用来别于欧化形式的。"⑥ 对旧形式运用的考虑，在20世纪30年代初期上海第一次进行文艺大众化讨论的时候，就已经有人提出来了。在当时新文学的中心上海，欧风美雨的现代气息兴盛，在流行着新感觉派的海上文坛，并没有旧形式存在的空间。因此对于旧形式利用的讨论仅仅在纸面上出现了几次，就无声而逝。抗战的爆发，使大众化再次成为新文学的一个热点，旧形式的利用

---

① 周行：《我们需要开展一个抗战文艺运动》，《文艺阵地》1938年第一卷第1期。
② 南桌：《关于文艺大众化》，《文艺阵地》1938年第一卷第3期。
③ 南桌：《关于文艺大众化》，《文艺阵地》1938年第一卷第3期。
④ 茅盾：《大众化与利用旧形式》，《文艺阵地》1938年第一卷第4期。
⑤ 黄绳：《关于文艺大众化的二三意见》，《文艺阵地》1939年第二卷第11期。
⑥ 齐同：《文艺大众化提纲》，《文艺阵地》1938年第二卷第3期。

也顺势再次进入新文人们的视野。

一提到旧形式,很多人有一种误解,认为旧形式是被新文学所否定的东西。即在抗战初期对旧形式利用进行探讨的时候,依然有很多新文人持着怀疑的态度。面对这个问题,茅盾率先发表了自己的看法,"事实是,二十年来旧形式只被新文学作者所否定,还没有被新文学所否定,更其没有被大众所否定"①。作为新文学与鸳蝴文学论争中的主流人物,茅盾对旧形式的论断可谓来得及时。尤其在《文艺阵地》上面,旧形式并没有被新文学所否定的话语,使这个问题避免了再次陷入名词之争,也使对旧形式问题的探讨直接进入建设层面。由于茅盾的身份,他对于旧形式的论断很快溢出了《文艺阵地》的圈子,开始具有全国性影响。较早提出运用旧形式的向林冰,对茅盾的开明态度很是感激,"抗战以还,文艺界对于所谓'旧形式运用'作风,多持否定及怀疑态度,惟先生则独能肯定这一运动,本社同人,无形得到甚大之兴奋与启示。"②

茅盾毕竟有着超群的文艺素养,他并未止步于简单的肯定,而是进一步针对旧形式的运用,提出了鲜明的建议。"既说是'利用',当然不是无条件的接受。此时切要之务,应该是研究旧形式究竟可以被利用到如何程度,应该是研究并实验如何翻旧出新,应该是站在赞成的立场上来批评那些实验的成绩。"③茅盾对于旧形式运用的意见,是针对当时存在的两种观点。"一种是说旧形式根本不能适合新内容。一种是说旧形式能够完全容纳新内容。"④ 这两种看法,是当时学术界的主流。杜埃的《旧形式运用问题》也对此专门进行剖析,杜埃提出必须要辩证来看的观点,其实正是茅盾所列的原则。此后,《文艺阵地》上关于旧形式运用问题,也很少出现是否可用的争论,大都围绕着具体的措施展开。李南桌率先把旧形式问题与戏剧联系起来,他看到了旧式戏剧在宣传抗战中的作用。除了经济条件之外,"旧剧还有一个优于新剧的长处就是演技是纯中国式的——虽然多少有点写意的倾向,但究竟比外来

---

① 茅盾:《大众化与利用旧形式》,《文艺阵地》1938 年第一卷第 4 期。
② 向林冰:《关于"旧形式运用"的一封信》,《文艺阵地》1938 年第二卷第 3 期。
③ 茅盾:《大众化与利用旧形式》,《文艺阵地》1938 年第一卷第 4 期。
④ 杜埃:《旧形式运用问题》,《文艺阵地》1938 年第一卷第 2 期。

的要容易理解得多"①。丁玲在第二卷第四期发表《略谈改良平剧》,也是同样的看法。至此,李南桌与丁玲开始涉及旧形式运用中的另一个问题,即中国化与西洋化谁才是文艺主导问题。

对此问题,巴人的文章最为值得注意。《民族形式与大众文学》《中国气派与中国作风》两篇文章,都超越了具体的实践问题,开始对文艺大众化中旧形式运用的原则进行思考。巴人提出应该建立中国自己的民族形式,然而,"提倡民族形式的建立,决不能仅仅作为旧形式的利用来看的",这无疑是一种更高意义上的旧形式。第一,"我们的民族形式,是必须从学习中国之历史文学中生长";第二,"依然应该以五四以后的新文学——这代表中国革命势力之一侧面的新文学形式的依归"②。在此基础上,巴人吸收了毛泽东《新民主主义论》的观点,提出了"现实主义的大众文学"③ 概念,从"中国作风与中国气派"的新高度,重新完成了现实主义与文学大众化的统一,也使《文艺阵地》上关于文艺大众化的讨论,开始进入新民主主义文化的领域。

对现实主义和文艺大众化的关注,是《文艺阵地》抗战文艺理论建设中最值得注意的部分。但这毕竟只是一种原则性的理论研究,用于设定文艺方向则可,用于指导具体的文艺创作,则略为玄远了一些。正如《文艺阵地》上的一篇文章所言,"现在一般文艺理论家似乎都放过了作品批评的任务。他们没有从作品批评分析入手,所以他们的理论,只能做到原则的提供"④。为了纠正不切实际的弊端,包括艾青、何其芳、蒋锡金等批评家在内,《文艺阵地》上展开了一系列的作品批评,构成了抗战文艺理论建构中的个案分析。此外,《文艺阵地》还注重抗战文艺运动的开展。第一期首篇文章,周行即发表《我们需要展开一个抗战文艺运动》,此后,《关于抗战文艺活动》《文艺领域的宪政运动》《当前文艺运动的一个考察》等文章,都提示在理论探讨之外文学实践的重要性。不但要以统一的抗战文艺观来写作,还要用统一的抗战文艺运动来保障,使得《文艺阵地》中抗战文艺理论的建构具有鲜明的

---

① 李南桌:《抗战与戏剧》,《文艺阵地》1938 年第一卷第 8 期。
② 巴人:《民族形式与大众文学》,《文艺阵地》1940 年第四卷第 6 期。
③ 巴人:《中国气派与中国作风》,《文艺阵地》1939 年第三卷第 10 期。
④ 黄绳:《关于作品的批评》,《文艺阵地》1939 年第三卷第 2 期。

"左翼"文学和党派特征。

作为抗战时期"左翼"文艺最为突出的一份刊物,《文艺阵地》的文学创作也是可圈可点的。《华威先生》《差半车麦秸》《泥土的歌》《霜叶红似二月花》等等作品,都是现代文学史上的精品之作。但对于《文艺阵地》来说,其区别于《抗战文艺》或《七月》等刊物的最大特征,笔者以为还在于系统化地对抗战文艺理论的建构。这份努力,使得现实主义与战争背景的结合,达到了较为完满的境地。换言之,如果说《华威先生》在《抗战文艺》上也会出现的话,那么,抗战文艺理论的建构则只有在茅盾主导、楼适夷继之的《文艺阵地》上才能出现。毕竟,并非所有的主编都具有沈雁冰这样的批评家背景和理论意识。因此,《文艺阵地》之于抗战文艺理论的"建设"意义,正可以用楼适夷的话来概括,"这一年的理论活动,已经看不见术语的贩运,口号的杜撰,而是从脚踏着实地的,经验中实践中的一切切要的问题上出发,而且共同一致的趋向于战斗的现实主义理论的确立"①。

第二节 《宇宙风乙刊》：论语派的文学活动及其意义

作为 20 世纪 30 年代上海文坛上的活跃力量,论语派在抗战开始以后,依然有着令人瞩目的文学实绩。尤其是在孤岛,论语派围绕《宇宙风乙刊》所进行的编辑创作活动,围绕《西风副刊》所进行的翻译活动,以及西风社、宇宙风社的出版活动,很大程度上影响了孤岛文坛,并对沦陷后的上海文坛产生了重要的影响。如果说《西风》和《西风副刊》对西洋杂志文的推动体现了论语派吸收欧美资源的外在改造观的话,那么《宇宙风乙刊》上的创作,就是论语派散文观的内在更新。

一 陶亢德的办刊实践

1939 年 3 月 1 日,散文半月刊《宇宙风乙刊》(以下简称《乙刊》)创于上海,1941 年 12 月 1 日终刊,共 56 期。《乙刊》的创办,起于论语派内部的一场人事纠葛。1935 年 9 月 16 日,林语堂和陶亢德

---

① 适夷:《一年的感想》,《文艺阵地》1939 年第三卷第 1 期。

个人出资并任编辑的《宇宙风》出版。林语堂 1936 年 8 月 10 日离沪赴美后,自同月 16 日出版的第 23 期开始,林憾庐加入编辑。林憾庐为林语堂的三兄,是一个无政府主义者和虔诚的基督徒,并无办刊的经验。林憾庐的加入,陶亢德心有不满,"他第一觉得《宇宙风》是初办的一个小机构,怎么可以安插闲人;第二觉得语堂也许对他不信任。所以没有多久,亢德的《宇宙风》就拆伙独立出来"①。《乙刊》的编辑周黎庵也说,林憾庐"这样的性格当然和陶亢德的精明干练格格不入,双方隐忍良久,只好协议分家"②。同样的记述还见于章克标等人的回忆,这是《乙刊》问世的一段因缘。

抗战开始以后,《宇宙风》先迁往广州,又迁至香港,最后定在桂林出版。《宇宙风》迁往桂林的时候,陶亢德没有同往。等到孤岛形势稳定,陶亢德即返沪创办《乙刊》,算是《宇宙风》的副牌。《宇宙风》正牌则归了林憾庐(以下简称《甲刊》),至此,《宇宙风》正式分为甲、乙两刊。两刊名义上仍是一家,实则完全独立。上海的《乙刊》初列编辑三人:林语堂、林憾庐和陶亢德,第 20 期后周黎庵加入,但起核心作用的是陶亢德。

陶亢德(1908~1983),字哲庵,浙江绍兴人,曾用徒然、哲庵、室暗等笔名在《生活》周刊和"论语派"的刊物上写些杂感散文。与隐而不彰的文学创作相比,办刊成就为陶亢德带来了盛名。陶亢德办刊起步很早,1929 年 11 月,还在苏州当学徒,陶亢德就与东吴大学的学生朱雯、邵宗汉一起,创办了一份新文艺旬刊《白华》。《白华》出了 8 期,每期寥寥几页,影响不大,但对于负责刊物印刷和销售事宜的陶亢德来说,却是其办刊生涯的啼声初试。1931 年,陶亢德进入《生活》周刊编辑部,从此直到抗战胜利,陶亢德一直活跃在办刊第一线,历时 14 年。整体来看,陶亢德的办刊实践可以分为三个阶段。

第一阶段,《生活》周刊时期。1931 年"9·18"事变后,在东北谋生的陶亢德来到上海,加入邹韬奋的《生活》周刊编辑部。《生活》是中华职业教育社的机关刊物,1926 年邹韬奋以职业教育社编辑股主

---

① 徐訏:《追思林语堂先生》,《幽默大师》,东方出版中心,1998,第 17 页。
② 周劭:《三十年代有过一个"杂志年"》,《向晚漫笔》,上海古籍出版社,2000,第 162 页。

任的身份接编。接手之后，邹韬奋锐意改革，几年之间，就使《生活》的发行量由2800份上升到近16万份，创造了期刊界的一个神话。陶亢德能进入如日中天的《生活》周刊编辑部，缘于邹韬奋制定的用人政策，"最大多数的同事都是经过考试手续的，一方面根据业务上的实际需要，一方面根据应考者的实际能力，加以公正的考虑。现在本店有许多得力的干部，其学识能力都能超过任何受过国内外大学教育的人，都是由考取本店练习生升起来的"①。正是这种"人才主义"，没上过大学的陶亢德顺利进入生活周刊社并一度担任编辑工作。陶亢德在《生活》周刊不到两年，但跟着邹韬奋耳濡目染，学会了从管理杂务到邀约稿件，从吸引读者到拉取广告等一整套办刊绝技。叶灵凤谈及对陶亢德的印象，说"陶为人精明干练，很有点办事才干，正是一个当时那种典型的'生活'小伙计"②，可为此作一注脚。此后陶在"论语派"刊物中施展的办刊策略，颇有韬奋先生的《生活》风范。坊间关于韬奋先生的传记中，对此都隐讳甚深，似乎也是大可不必的。

第二阶段，从《论语》到《宇宙风》。1932年9月，林语堂在上海创办《论语》，提倡"幽默"，颇合当时上海已经形成的中产市民口味。问世之后，一纸风行，很快成为当时文艺类刊物的销量冠军。但出于多种原因，林语堂萌生退意。1933年10月，由邹韬奋向邵洵美推荐，陶亢德接替林语堂成为《论语》主编，自1933年10月16日第27期，至1936年2月16日第82期，历时两年四个月。主编《论语》，是陶亢德第一次主持大型刊物，但其接手之后毫无生涩之感，《论语》的销路也继续保持。这一方面是依靠着他在生活周刊社学来的办刊本领，处理出版事务游刃有余；另一方面则是《生活》的办刊方针与"论语派"刊物颇为相似。韬奋先生说及《生活》的办刊态度，"如有人喜欢听教堂里装作正经面孔的牧师讲道，或课堂上板着面孔的严师讲学，我们这里没有"③，而林语堂为《宇宙风》所写的发刊词中也重申，"若有新旧八股先生戴方巾阔步高谈而来，必先以冷猪肉招而诱之，而后痛打之"④，

---

① 邹韬奋：《事业管理与职业修养 生活史话》，生活·读书·新知三联书店，1998，第153页。
② 叶灵凤：《读书随笔二集》，生活·读书·新知三联书店，1988，第68页。
③ 邹韬奋：《我的出版主张》，广西教育出版社，1999，第23页。
④ 语堂：《且说本刊》，《宇宙风》1935年第1期。

几乎如出一辙。正是这份相似之处，使《生活》周刊出身的陶亢德在接手之后，对《论语》的办刊方针只是进行了微调，大部分还是萧规曹随。因为办刊方针上的相似体认，林、陶二人一见如故，开始了此后几年的联袂办刊岁月。1934年4月，林语堂创办《人间世》，提倡袁中郎式的小品文，陶亢德又兼任《人间世》的编辑，与徐訏一起成为林语堂的左膀右臂。同时担任《论语》和《人间世》的编辑，陶亢德在30年代的期刊界声名鹊起，也借此在文坛上结下了宽广的人脉。譬如鲁迅，1934年对陶亢德传授日语学习心得，"但我想，与其个人教授，不如进学校好。这是我年青时候的经验……四川路有夜校，今附上章程，这样的学校，大约别处还不少"①，已经是颇为熟识的口气了。其余如周作人、老舍、郁达夫、丰子恺、朱自清、郭沫若、冯沅君、巴金、毕树棠等一大批成名作家，都是在此时与他建立了联系。

　　1935年9月16日，林语堂与陶亢德合资创办《宇宙风》。《论语》与《人间世》分别由邵洵美的时代图书公司和良友图书公司出版发行，林、陶二人只是负责编辑，在办刊方针上与老板不免会有很多分歧。于是林语堂提议单独创办一个刊物，自己当家作主。正如林太乙所言，"等到忍无可忍的时候，他脱离旧刊而另出新刊。《宇宙风》即是为此产生的"②。《宇宙风》创刊的时候，陶亢德27岁，对于这份自家产业，陶亢德分外卖力，创刊不久，以贴近生活为主导思想的《宇宙风》便达到45000份的销量。在20世纪30年代的全国杂志界，仅次于《生活》周刊和商务印书馆的《东方杂志》，位居第三。《宇宙风》创办约半年之后，1936年8月10日，林语堂举家赴美。"论语派"主将的去国，对现代文坛来说是一件大事，但对《宇宙风》来说，却似乎影响不大，除了林氏保持通信联系并且经常赐稿之外，主要是刊物的大部分事务工作，早已由陶亢德负责了。一年之后，抗战军兴，《宇宙风》不得不辗转于香港、广州、桂林等地出版，陶亢德也在抗战初期来到了香港。一路流离中，陶亢德还参与了《宇宙风·逸经·西风非常时期联合旬刊》和《大风》等刊物的出版。从《论语》到《人间世》，再到《宇宙风》，是陶亢德办刊生涯中最重要的一个阶段。随着"论语派"

---

① 鲁迅：《鲁迅全集》，人民文学出版社，2005，第139页。
② 林太乙：《林语堂传》，北岳文艺出版社，1994，第105页。

三大刊物的发展,陶亢德从无名小卒成为上海杂志界响当当的人物,而其长期以来被视为"论语派"的大将,原因也正在于此。

第三阶段,自《宇宙风乙刊》到抗战结束。1939年初,陶亢德从香港返回"孤岛",另办《宇宙风乙刊》。《乙刊》延续了《宇宙风》的办刊思想,陶氏数年经营的文坛资源也让他拥有大批作家队伍,甫一创办,便销路激增,存书均告售罄,真是耀眼得很。《乙刊》历时两年九个月,是"孤岛"期间历时最久的一份纯文学刊物。就作家层次、读者数量、刊物影响等方面而言,《乙刊》在"孤岛"文坛也堪称独步。经营《乙刊》的同时,陶亢德又在"孤岛"开办了亢德书房,出版文学、翻译、时事等图书。"孤岛"时期,陶亢德是想在出版界大干一场的,可惜天不遂人愿,上海的全面沦陷,彻底打破了陶亢德的计划。一方面是《乙刊》停刊,亢德书房关闭,另一方面也把他推上了一个必须抉择的十字路口。与好友徐訏绕道香港进入重庆相反,陶亢德选择了留下,并和他的北平导师周作人一样,成了落水文人。

上海沦陷时期,陶亢德第一个与办刊相关的举动,是从第9期开始,担任朱朴创办的散文杂志《古今》的编辑,与曾担任过《乙刊》编辑的周黎庵一起,把《古今》办成了上海沦陷时期的"宇宙风乙刊"。落水之后,陶亢德越陷越深,接着主持古今出版社,创办了类似《西风》的刊物《东西》和《天下事》。1942年初春,陶亢德创办了太平出版印刷公司。1943年4月,公司出版了文史类刊物《风雨谈》,同年6月,公司改名为具有日资背景的太平书局,陶亢德担任总经理。沦陷时期的陶亢德甚为活跃,虽然"落水"仍是为了办刊,但到了主持太平书局的时候,其办刊的正当性便荡然无存了。及至东渡扶桑出席东亚文学者大会,更彻底陷入了汉奸的深渊。因此,尽管其主持的太平书局"出版物以文学读物为主,表面上看来还并不十分可憎",但此时的种种出版活动,已与其最初的办刊理想渐行渐远,最终走入歧途,陶亢德也终于不能得到大家的谅解。抗战胜利后,太平书局被定为敌产,陶亢德被定为"文化汉奸",锒铛入狱,一个出版奇才的梦想像流星一样,倏忽坠落。

二 自由文人的交流平台

《论语》创办时,林语堂表达了这样的办刊愿望,"不拿别人的钱,不说他人的话"①，这种独立的思想，是"论语派"刊物的共有特征，也是陶亢德办刊的理念核心。陶亢德曾经说过，"办杂志则只能办杂志，取之于作者读者还之于作者读者"②，心无旁骛的办刊原则，其实是回归出版"独立性"的核心价值。《宇宙风乙刊》的创办，是陶亢德个人办刊的起点。因此"独立性"的姿态，在《乙刊》中表现得尤为突出。

创刊伊始，《乙刊》就公开宣告：本刊向来不提倡任何主义。对于当时的期刊一窝蜂涌向"抗战""救亡"的做法，《乙刊》也持着冷眼的态度，一反当时大多数期刊满纸提倡或打倒某某的做法。这种态度鲜明地体现在创刊初期对周作人的处理上。《乙刊》出版时，周作人的暧昧行径已经有了较为清晰的表现，也成为不少期刊攻击与谩骂的对象。但在集体性的声讨中，《乙刊》对于一些文人落井下石式的攻击以自抬身价的做法很是鄙夷。重庆曾有一家报纸以"文人无行"的断语写道，"现代中国的著名文人周作人——中国文坛大师鲁迅的尊兄——在北平遇刺"。余下则有"落伍者"，"不配替歌德黑格尔做奴隶"等断语。对这种让周作人成为鲁迅哥哥的做法，《乙刊》很疑惑，"是兄是弟，无关宏旨，然而连这点都不清楚，对于周作人的为人，恐亦未必了然，便来大张挞伐，似乎难免随声附和之嫌"③。之所以提出质疑，并非对周作人的袒护。如同文中引用的张自忠的话，作者的意思是在一个人刚刚附逆的时候，需要的是尽力拉回，而不是痛骂之下使之越陷越深。在作者看来，最为不齿的就是连周作人是兄是弟都不了然的"随声附和"者。《乙刊》没有加入集体性的声讨，同时抱着不以人废文的态度，在1939年7月16日第10期上，依然刊载了知堂的《野草的俗名》。但在周作人彻底落水之后，《乙刊》不再刊登知堂美文，也对他的行径甚感痛惜。

"抗战无关论"的论争，也是其独立性的体现之一。陶亢德自从表示对梁实秋"应予赞成，毋庸异议"④之后，遭到了不少攻击。巴人认为"亢德先生和梁实秋教授犯了同一的错误"⑤，曾迭预言闲适的《宇

---

① 《论语社同人戒条》，《论语》1932年第1期。
② 陶亢德：《本刊一年》，《宇宙风》1939年第25期。
③ 绪君：《口诛笔伐之类》，《宇宙风乙刊》1939年第3期。
④ 亢德：《关于"无关抗战的文学"》，《鲁迅风》1939年第7期。
⑤ 苗埒：《从"无关抗战的文学"说起》，《鲁迅风》1939年第12期。

宙风》定发国难财等等，不一而足。面对如此攻击，陶亢德不为所动，"我觉得不但曾迭先生的大文不必再说，就是文章之有关抗战无关抗战云云也无须讨论不已；要紧是我做我的事，所作有益于民族国家，分所应尔，无足为奇；所做如只为衣食，无大贡献于民族国家，也不必借笔与纸来将功折罪"①。这种态度所要维持的正是一份坚决的独立诉求。

可以说，陶亢德的办刊理念与孤岛时期《乙刊》的出版相得益彰。孤岛的文坛正是一个突然失去中心的文学场域，百家争鸣的环境为《乙刊》实现陶亢德的办刊理念提供了极好的氛围。独立的姿态与平和的文学观，获得了大多数文人尤其是意识形态色彩较为淡薄的自由主义文人的共鸣。陶亢德主持的《乙刊》，也成为孤岛文坛上的一颗明星。

《乙刊》的主要意义，在于为抗战时期的自由主义文人提供了一个交流的平台。战争爆发以前，以京派和海派为代表的自由主义文人与烜赫一时的"左翼"文人一起构成了文坛的三鼎足，拥有较大的话语空间。但随着抗战开始，"左翼"文人秉持的"革命文学"理念逐步成为文坛的霸权话语，尤其在解放区和国统区，更是占有绝对的优势。战争中南下和西迁的京、沪自由主义文人，有不少开始放下自由文人的姿态，加入"文协"，开始抗战文学的大合唱。面对文学的独立性逐步被挤入逼仄的局面，一些自由主义文人如梁实秋、沈从文、施蛰存等为文学的独立都有过呼声。但在抗战文学的环境中，这些呼声如梁实秋的"与抗战无关论"、沈从文的《一般与特殊》等，都遭到了超出文学论争之外的围剿。对梁实秋和沈从文这样的围剿，一方面是战前"左翼"作家与自由主义文人文学论争的持续，另一方面也是战时自由主义文学空间急剧缩小的写照。

在如此背景下，借助孤岛的文化环境始终坚持独立文学姿态的《乙刊》，就成为抗战时期自由主义文人少有的可供发声的文学场域。作为《宇宙风》的副牌，《乙刊》没有发刊词，也不设立明确的用稿原则。《乙刊》的编者自陈，"《宇宙风乙刊》编辑方针是译作并重，雅俗共赏……内容或论时事，或谈人生，或记风土，或写社会，均无不可。译文切勿死板或弄得中文像了洋文"②。宽泛的要求把众多作家都纳入潜

---

① 亢德：《从抄古碑说起编者按》，《宇宙风乙刊》1939 年第 7 期。
② 《编辑后记》，《宇宙风乙刊》1939 年第 11 期。

在的作者队伍，版面也对所有不带政治偏见的作家敞开。

在陶亢德的操作下，《乙刊》作者群体之强大，无论在孤岛，乃至整个抗战文坛，都是比较少见的。周作人、郁达夫、丰子恺、老舍、巴金、林语堂、冯沅君、徐訏、赵景深、许钦文、苏青、柳存仁、钱歌川、谢冰莹、予且、老向、毕树棠、李宗吾等自由主义文人为主要力量，同时唐弢、列车、孔另境、阿英、周木斋等"左翼"类型的作家和朱朴之类的右翼文人，也都能在《乙刊》上觅得相应位置。仅从这个很不完整的作家名单，我们就可以看出囿于孤岛的《乙刊》在抗战时期全国文坛的影响力。

强大的作家队伍，保证了《乙刊》较高的文学水准。郁达夫的《回忆鲁迅》、丰子恺的《教师日记》、许寿裳的《鲁迅年谱》等长文，知堂的《野草的名称》、冯和仪的《论女子交友》等精致短章，赵景深的《小说琐话》、吴经熊的《唐诗四季》以及吕思勉的读史随笔等学术篇什，都已成为现代文学史和学术史上的有数之作，使《乙刊》在当时的散文领域独树一帜。同时，强大的作家队伍，也使《乙刊》为各派文人提供交流平台的意义得到彰显。孤岛时期，以文学独立性自命的期刊不只《乙刊》一个，其中有不少在发刊词中都有很大的雄心。比如，刘龙光、俞亢咏主编的《小说月刊》，仅在创刊号上就有《发刊词》《发行人弁言》《编辑人言》《刘龙光、俞亢咏敬向全国文学家进一言》等四篇鸿文，"我们的究极目的，在于改革甚至粉碎国内的'不看书'的风气"①之类的豪言壮语屡屡出现。可惜，九期的刊物上除了拉到周楞伽、罗洪、钱今昔等孤岛作家写稿外，无一当时的名手，于是编辑们的冲天志向也只能停留在纸面上，而无从实现。与这些心有余而力不足的期刊相比，《乙刊》则得心应手得多。依靠散布于国内各个政治区域的名家，《乙刊》一方面实现了使读者"或可藉本刊稍得精神食粮，丰富精神活力"②的初衷，另一方面也实现了为战时文人提供交流平台的终极愿望。

《乙刊》的内容多为散文小品，也有小部分的诗歌、剧本等其他文类。设置了感想、山水、人物、社会、家庭、学校、读书、文艺等八个

---

① 林鹤钦：《发行人弁言》，《小说月报》1939年第1期。
② 《编辑后记》，《宇宙风乙刊》1939年第12期。

主要栏目,提倡一种生活化的写作。众多自由主义文人在《乙刊》上挥洒着自我在战时的各种思索。自然,作为一个敞开的平台,《乙刊》上也有不少关于抗战的文字,而从这些抗战文字中,我们也可以发现《乙刊》与主流抗战文艺的不同。《乙刊》第一篇文章,是巴金的《公式主义者》。这篇文章来自巴金自己的一个体会:买了七八种内地的刊物,把上边的抗战文章读完以后,感觉就像只读了一篇文章。因为这些文章大都首先讲日本如何侵略中国,国人如何忍辱偷生,接着讲国人如何觉醒,并开始得到世界的支持和尊敬,然后煞有介事地预测战争的几个阶段和日本此后政治经济的发展,最后得出结论中国必胜。文章中浓厚的八股气息反映了当时抗战文章的一个通病,巴金对之进行批判,正是出于对当时文坛的一种焦虑。但巴金的重点并不在此,而是把眼光投向了文坛之外,指出我们必须在政治、经济上有所改革,有所行动,一步一步地前进,才能获得最后的胜利。若是仅仅用八股的思想写公式文章,"一味地空谈最后胜利,简直是在睁起眼睛做梦"①。对于抗战,巴金的关注点显然与多数正面鼓吹的做法并不相类,对公式主义者的批判,采取的是一种反思的态度。《乙刊》把巴金反思抗战的文章列为首篇,显然不是一种无意的行为。从此后诸多关于抗战的篇什来看,对这场战争投以冷静审视,正是《乙刊》对于抗战一以贯之的态度。例如,冯沅君的《告内地的宣传者》、丰子恺的《中国就像棵大树》、何容的《空说与实干》、万灵的《抗战文学摘要》等文章,都是自由主义文人们对于抗战问题的个人思索,与"左翼"文人的热情鼓吹大异其趣。相反,一些叙说古事的文章如周黎庵的《明末浙东的对外抗争》、南史的《江左少年夏完淳传》等散文,以隐晦的方式为抗战进行鼓与呼,古今错位的有趣现象反证出《乙刊》的自我特质。

《乙刊》多样化的创作,为抗战时期文坛开创了别样的文学空间。同为散文类的杂志,《乙刊》缺少《鲁迅风》式的剑拔弩张,呈现出散淡的风味,一定程度上对当时文坛的主调进行了不动声色的消解。《乙刊》尽管也有关于抗战的文字,但陶亢德等明白自己的阵地并不在此,而选择了一种边缘价值取向。徐訏曾以鲁迅为例子来论证这种选择的合理性,"当鲁迅先生站在战士的地位在应战的时候,曾致书给林语堂先

---

① 巴金:《"公式主义者"》,《宇宙风乙刊》1939年第1期。

生劝他译点西洋名著，他的意思，就在依各人的性质才能来分配岗位一样道理"①。陶亢德的心态正是如此，对于站在抗战主流之外的选择，他并没有心理上的愧疚与压力，而认为这正是"我做我的事"。

陶亢德之所以如此自信，一方面缘于《乙刊》作为一个没有政治色彩的刊物，在尽可能的情况下为各派文人提供交流平台；另一方面，也是因为《乙刊》是对 20 世纪 30 年代中期论语派文学理念的一个延续。这样的意义，要在和林憾庐编辑的《甲刊》进行比照以后，才能看得更为明白。

《乙刊》创办两个半月以后，《甲刊》在桂林复刊。复刊词中，林憾庐特意强调，"我们的复刊正与我国军事发动反攻同时"②，这种比附里隐含关系抗战的意思不言自明。林憾庐认为要争取抗战的胜利，每个人都有自己的责任和应当做的事情，"从这一点言之，本刊于此时复刊，恰好是适当其时了"③。基于这样的认识，《宇宙风》的编辑旨趣，遂被《甲刊》改弦更张，"内容着重于抗战文字，和时代社会的缩影"，主旨是"纪述目睹耳闻身受事实，传写非常时代民族精神"④。这种主旨是林憾庐为抗战后创办的《见闻》所定。林语堂看到了《乙刊》的风貌，有用《甲刊》来为论语派获取政治优势的一个考虑，觉得以《见闻》代《宇宙风》亦无不可。由此，《甲刊》顺理成章地变成了"《宇宙风》和《见闻》的集合体"⑤，在搬到抗战大后方桂林出版的同时，《甲刊》把自己的座位从自由主义的论语派搬到了国防抗战文学的阵营。《甲刊》复办以后，缪崇群、叶广良、林翊重等先后参与编辑，主要创作群体换成了师山、易风、侠文、马文珍、缪崇群等人，刊物内容也以《卢沟曲》《争取沦陷区的民众》等篇什为主导。总的来说，无论是编辑队伍的能力，还是创作群体的水准，抑或刊物内容的文学质量，《甲刊》都距离《乙刊》甚远。加之刊物方针的转移，抗战时期的《甲刊》已不能撑起《宇宙风》这个论语派文学期刊的名头。

而《乙刊》则在孤岛继续实行着论语派的文学理念。当林语堂与

---

① 徐訏：《论"空话与实干"》，《宇宙风乙刊》1939 年第 6 期。
② 林憾庐：《我们复刊了》，《宇宙风》1939 年第 78 期。
③ 林憾庐：《我们复刊了》，《宇宙风》1939 年第 78 期。
④ 林憾庐：《我们复刊了》，《宇宙风》1939 年第 78 期。
⑤ 林憾庐：《我们复刊了》，《宇宙风》1939 年第 78 期。

陶亢德独立创办《宇宙风》时，林语堂即指出，"文学不必革命，也不必不革命，只求教我认识人生而已"，"所以不专谈救国，也不是我们不愿救国，只是不愿纸上谈兵"①。这里的"文学不必革命"，就是陶亢德所说的"无关抗战的文字"；"纸上谈兵"，就是陶亢德认为的让研究"莎士比亚的专家"去写关于抗战的经济政治文章。编辑的办刊理念直接决定着刊物的价值取向，陶亢德对刊物诉求的坚守，就决定了《乙刊》的编辑旨趣必然是《宇宙风》的一个延续。无论是"征稿启事"中"译作并重，雅俗共赏"的自陈，还是"编辑后记"中"此后拟侧重学术思想知识修养介绍批评方面"②的主导，乃至"本刊内容宇宙之大苍蝇之微，拟无所不容"③的旧话重提，以及《书评》《特写》等栏目的设置，都给身在孤岛的《乙刊》深深打上了论语派的烙印。

同时，作为论语派的兄弟刊物，《乙刊》对《西风》两刊推动的西洋杂志文也是鼎力相助。《乙刊》创办不久就设立了《西洋杂志文》栏目，并且很快就把介绍的重心由翻译转移到了创作实践。林语堂曾认为，"中国杂志是文人在亭子间制造出来的玩意，是读书人互相慰藉无聊的消遣品"④，为了纠正此弊，《乙刊》第20期发起了一个征文：关于妇女应否就业还是宜于持家，希望国人就我国现状加以讨论，能凭自身经验立论尤佳。一个散文期刊发起国人关于妇女就业的讨论，这在以前的刊物中是不可想象的。推崇凭借自身经验来理论，正是为亭子间创作之患而开出的药方。这次征文数十人参加，《乙刊》分几期刊发了数篇征文，在社会上引起了很大反响，冯和仪（苏青）的一些创作更使这个问题具有现实意义。《乙刊》的西洋杂志文创作尽管声势不大，却从一个侧面对《西风》形成了呼应，为中国散文增添了新的元素。

"正牌的刊风跟着林憾庐完全变了，《乙刊》却继承战前的风格和拥有过去的作者"⑤，一位当事人的看法，表达了《乙刊》作为战时自由文人交流平台的文学地位，也见证着孤岛时期论语派的文学活动及其

---

① 林语堂：《且说本刊》，《宇宙风》1935年第1期。
② 《编辑后记》，《宇宙风乙刊》1939年第12期。
③ 《征稿启事》，《宇宙风乙刊》1939年第6期。
④ 林语堂：《关于本刊》，《人间世》1934年第14期。
⑤ 周劭：《三十年代有过一个"杂志年"》，《向晚漫笔》，上海古籍出版社，2000，第162页。

意义。

在出版业繁盛的上海，资金与办刊理念的独立是一份刊物存在的首要前提，这一点陶亢德很清楚。但唯有独立，并不能使一份杂志成功延续，还必须要有众多的读者群与良好的编辑手段。对于大多数文学期刊来说，往往仅有几期，"只如夏夜之蚊蚋，秋风一起，不扑自灭"的现象，陶亢德很不理解，"至于市面萧条，自属事实，但若说因此而使杂志没落，在我实难置信。君不见各城各市之舞台歌榭，茶寮酒肆，无不门庭若市，座客常满乎？此繁荣故是畸形的繁荣，但有此畸形繁荣的时候而杂志竟会没落者，岂不是更畸形的没落"？① 为什么人们愿意去唱歌跳舞而不愿意翻翻杂志？陶亢德觉得主要有两大原因：一是没有这种习惯，二是杂志内容唱高调不近人情。尤其是第二点，他以面世多年的妇女刊物为例，"譬如今之妇女刊物除了打倒拥护之外，还有什么贴近人生的有趣味有意思的议论记述"？② 基于这样的反思，"贴近人生的有趣味有意思的议论记述"就成为陶亢德办刊的内容标准。

作为一位新文人，陶亢德天然有着以刊物指引读者的考虑。《乙刊》同样如此，"俾孤岛数百万居民，或可藉本刊稍得精神食粮"③。但与众多新文学刊物作为读者导师的姿态不同，陶亢德自觉抛弃了启蒙者的心态，抛弃了传道者的身份，而仅仅把读者当作一个倾谈的对象。论语派的文学观中，"杂志之意义，在能使专门知识用通俗体裁贯入普通读者，使专门知识与人生相衔接，而后人生愈丰富"④，也即帮助读者认识人生，更好地生活。因此，作为文学载体的文学期刊，在陶亢德眼里"办杂志则只能办杂志，取之于作者读者还之于作者读者"⑤，而不能把文学刊物当作编者个人思想的跑马场。奉行读者至上的理念，陶亢德十分反对文学期刊成为某些空洞口号的载体，尤其是成为某些文人叫骂的场所。实斋曾经回忆他与陶亢德的第一次见面："他转过身来蓦地发言道：'你是否主张骂人？'，我说，'只要骂得好，像鲁迅那样，那

---

① 《编辑后记》，《宇宙风》1935年第1期。
② 《编辑后记》，《宇宙风》1935年第1期。
③ 《编辑后记》，《宇宙风乙刊》1939年第12期。
④ 林语堂：《且说本刊》，《宇宙风》1935年第1期。
⑤ 陶亢德：《本刊一年》，《宇宙风》1936年第25期。

么似也未使不可'。他说道：'我是不赞成骂的'，言下很是直接坚决。"① 对骂人的坚决反对，对骂我者的"作揖主义"，陶亢德的目的就是把杂志本身变为读者的园地，而非某些文人的私田。

要维持高水平的内容，对读者加以适当引导，就必须要有高水平的作家。陶亢德中立的态度以及与人为善的立场，为《乙刊》联络文坛各派文人打下了基础。而最终赢得这些文人支持的因素，是陶亢德优厚的稿费政策。对于作家的稿费，陶亢德一是给得高，当时报刊的稿酬大都每千字二三元，陶亢德则基本上是每千字五元，即使参加征文的读者，也执行每面四元的标准，若是约稿的名家，稿费就提高到了每千字十元。现代出版业的兴盛，使不少作家在商业出版大潮下变成了自由撰稿人，战争的流离，也使稿费成为作家贴补生活的一个主要来源。陶亢德在稿费上的优势，使之在联系稿件上左右逢源。陶亢德的稿费不但定得高，而且给得及时。现代文学史上有不少因为稿费而使作家和编辑关系破裂的例子，如鲁迅和李小峰，张爱玲和平襟亚等。陶亢德则"根据清样开出的，比付印的日子还要早一些"②，即使碰上刊物停刊等情况，也都能提前支付。因此，"虽然郭沫若和《宇宙风》门庭各异，却直至他离日回国每期为《宇宙风》撰稿不辍"③。而许钦文则热情地把陶亢德的稿费制度称为"宇宙之风"④。此外，陶亢德尽量按期出刊，其降低定价、增加篇幅等出版措施，都是为了《乙刊》在读者和作者市场占据主动。

三 形塑沦陷后的上海文坛

太平洋战争爆发后，《乙刊》结束了两年九个月的生命；为了避免被人利用，西风社的《西风》《西风副刊》《西书精华》（季刊）三刊也同时宣布停刊。至此，孤岛时期论语派的文学活动告一段落，但其对沦陷后上海文坛的影响却延续到抗战胜利。这种影响主要表现在以下三

---

① 实斋：《闲话陶亢德》，《天地》1944 年第 4 期。
② 周劭：《三十年代有一个"杂志年"》，《向晚漫笔》，上海古籍出版社，2000，第 160 页。
③ 周劭：《三十年代有一个"杂志年"》，《向晚漫笔》，上海古籍出版社，2000，第 160 页。
④ 许钦文：《宇宙之风》，《宇宙风》1940 年第 100 期。

个方面。

首先，复苏沦陷后的上海文坛。1941年12月8日，太平洋战争爆发以后，除了《小说月报》《乐观》《万象》等几种消闲杂志，孤岛上的文学期刊几乎全部停刊。出版过二百余种文学期刊的上海文坛，陷入了冷清肃杀的局面，直到文史类杂志《古今》的问世，这个局面才被打破。

《古今》，1942年3月创刊，1944年10月终刊，共出57期，初为月刊，第九期后改为半月刊。尽管《古今》因为社长朱朴是汪伪集团的宣传骨干而打上了汉奸刊物的印记，但仔细翻阅杂志后就会发现，虽然许多作者与汪伪集团有染，杂志上却极少鼓吹"大东亚共荣"之类的卖国文章。除了周佛海的《往矣集》、陈公博的《我与共产党》以及汪精卫、梁鸿志等人的一些回忆篇什，其余大都是谈文论史的散文小品。本来，它的发刊词就写得明白：除了自古至今的英雄豪杰名士佳人的故事，"天文地理，禽兽草木，金石书画，诗词歌赋"均可发表，"本刊是包罗万象，无所不容的"①。虽自诩"无所不容"，但还是空缺了政治和军事，这种有意无意的选择，客观上成就了《古今》的文学史地位。

沦陷初期的上海文坛，散文小品一枝独秀，这种局面的出现，不能不说有《古今》的首倡之功。抛却政治评判的眼光，这也正是论语派两位大将周黎庵和陶亢德的作用。《古今》第三期后周黎庵接编，第九期后陶亢德加入，《乙刊》的两大编辑借《古今》杂志正式重现文坛。孤岛后两年的《乙刊》，随着国事日非，编辑方针转向躲入文史，一时间，杂志上面大掉书袋，翻检故纸成风。这样的景象随着两位编辑加盟《古今》，在沦陷后的上海文坛重现，《乙刊》的价值取向也得以重新复活。周黎庵"中外并列"的内在编辑思路，陶亢德改为半月刊的外在办刊构想，使《古今》从实质上来说，只是换了名字的《乙刊》。与此同时，陶亢德又创办了与《西风副刊》类似的《东西》杂志，进行对西方社会文化的翻译介绍工作。不可否认，陶亢德与周黎庵此时的文学活动有"落水"之嫌，但《乙刊》的杂志理念，却通过他们二人的复出主导了沦陷初期海上文学杂志的风貌。

---

① 朱朴：《发刊词》，《古今》1942年第3期。

其次,新的作家与杂志的培育。中国现代文学史上有影响的文学流派及文学杂志,都在发展过程中培育出了新的作家,论语派也不例外。"你知道实斋与你,我常说是从论语至宇宙风这一时期中的新人双璧。"① 这里的你,指的是苏青,早年以冯和仪的本名在论语派的刊物上发文章,到了《乙刊》,她更是创作主力之一,奠定了在文坛上的初步地位。但让她获得更大名声的,还是凭借孤岛沦陷以后《天地》月刊的创办和《结婚十年》的发表。

1943 年 10 月 10 日,苏青创办了文学月刊《天地》,以"天地之大,固无物不可谈者,只要谈的有味道耳"② 为旨。但苏青对于办杂志丝毫没有经验,如何集稿选稿和编排技巧,都由别人指点,她坦承"告诉我这两个道理的朋友是一位老资格编辑"③。这位"老资格编辑"就是陶亢德。由此,苏青创办的《天地》月刊,一开始就走与《乙刊》同样的路子。比如,"本刊向以畅谈社会人生为目的"④ 的自许,"编者以为一个理想的刊物,一定要有广大的作者群"⑤ 的编辑观,都是《乙刊》的名片之一。而对于"书评"和西洋杂志文的强调,以"最……的事"这类近乎无题的征文活动,孪生刊物《小天地》的创办,又使《天地》与《西风》的文学实践如出一辙。

与《天地》的旨趣相近并同样受到陶亢德、周黎庵帮助的刊物,还有柳雨生编辑的《风雨谈》,文载道主编的《文史》等。再加上前述的《古今》,散发着孤岛时期论语派风味的文学杂志,在沦陷后的上海文学杂志界数量众多。通过对苏青、实斋、柳雨生的培养,以及《天地》《文史》《风雨谈》的扶植,孤岛时期论语派的文学风貌得以重现且发扬光大,即说明了《乙刊》正是孤岛沦陷后义史类杂志的不祧之祖。

再次,《乙刊》作家群的移植。孤岛沦陷以后,限于政治环境,具有战斗色彩的"左翼"作家全面隐退,刊物的数量也大为减少。而作家和杂志的联系更为紧密,不少杂志呈现同人特征。以杂志为中心,形

---

① 陶亢德:《东篱寄语》,《天地》1944 年第 4 期。
② 苏青:《发刊词》,《天地》1943 年第 1 期。
③ 苏青:《作编辑的滋味》,《苏青文集·下》,上海书店,1994,第 393 页。
④ 苏青:《编辑后记》,《天地》1945 年第 20 期。
⑤ 苏青:《编者的话》,《天地》1944 年第 5 期。

成了一个个作家群，是沦陷后上海文坛的另一个特点。这些作家群大致分化为三个类型：以《小说月报》《紫罗兰》等为阵地的通俗文学作家群，以地下党员袁殊主办的《杂志》和柯灵主编的后期《万象》等为阵地的新文学作家和爱国作家群，以《古今》《风雨谈》等为阵地的自由派和落水文人作家群。

现在仅就第三种作家群作一些梳理。这一派的作家主要有周作人、陶亢德、谢兴尧、谢国桢、纪果庵、文载道、周黎庵、瞿兑之、周越然、徐一士、黄裳、柳雨生、龙榆生、苏青、谭正璧等数人，他们的阵地，除了《古今》和《风雨谈》，尚有《天地》《小天地》《文史》《文协》等同类型杂志。这个作家群不仅有地处上海的作家，还包括北京的周作人、谢国桢，南京的龙榆生、纪果庵等，地域涵盖了除伪满以外的整个沦陷区。他们中有落水的汉奸文人，也有谭正璧、苏青、谢兴尧这样的自由派作家。但是地不分南北，人是否落水，这个作家群体无一例外全部与论语派杂志尤其是《乙刊》有着极深的渊源。从名单可以看出，沦陷时期这些谈天说地纵论古今的作家，也正是《乙刊》创作群体的重要部分。随着具有《乙刊》风味的《古今》《风雨谈》等杂志的创办，这些作家重又汇集，成为沦陷后上海文坛的一支主要创作力量。《乙刊》作家群在沦陷后的移植，改变了当时文坛创作资源的构成，也是孤岛时期论语派对沦陷后上海文学杂志产生巨大影响的一大原因。而抗战胜利以后，这些作家风流云散，论语派的风味在文坛也就几乎无存了。

第三节 《小说月报》：抗战时期上海通俗文学中心的形成

一 上海：战时的通俗文学中心

抗战的兴起，使国统区的重庆、桂林乃至解放区延安等地，取代上海成为中国新文学的中心所在，是抗战时期文学地图上不争的事实。但抗战时期通俗文学的中心，却并没有随着战争的转移而转移，依然是在孤岛以及沦陷后的上海。战事西移之后，上海的通俗文学能够迅速崛起，成为抗战时期与内地新文学相对的另一个文学中心，原因主要有下面几个。

第一，上海是通俗文学的发源地，有着悠久的通俗文学传统。从1872年《申报》上具有通俗期刊倾向的《谈瀛小录》开始，到抗战时期沦陷区通俗文学的勃兴为止，上海的通俗文学市场已经有了70年的历史，这样的资本，是国内其他地域所不具备的。悠久的通俗文学历史，为上海造就大批成熟的读者群体，形成了得天独厚的文学环境。正因为此，上海的通俗文学虽然因为抗战的炮火有了短暂的中断，但一遇到合适的环境，便很快勃兴，并重新成为通俗文学的中心。

第二，抗战时期上海经济的繁荣，为通俗文学提供了基础。通俗文学，作为一种用来消遣的文学种类，它的发展一开始就与市民化的社会密不可分。对于任何媒介来说，其娱乐功能的体现，主要在于通俗性作品的风行。文学期刊也是如此，在教育、启蒙等功能之外的娱乐功能，是由通俗文学期刊来承担的。但这种娱乐功能的形成，需要读者有娱乐的资本和心情，这些都与经济环境密不可分。孤岛乃至沦陷后上海经济的繁荣，为通俗文学期刊的发展提供了合适的环境。同样是政治高压下的沦陷区，无论是东北沦陷区的长春、沈阳，还是华北沦陷区的北平、天津，都不具备上海这样的经济优势。

第三，是通俗文学在上海有着强大的出版资源。新文学中心在20世纪20年代后期成功南移上海，重要的一个因素，即是上海拥有包括商务印书馆等全国一流书局在内的出版机构，并且获得了它们对于新文学发展上的支持[①]。但值得注意的是，商务印书馆等出版机构在支持新文学的同时，并没有放弃通俗文学市场。当《小说月报》改版为新文学刊物之后，商务印书馆很快又出版了《小说世界》，重新打造了通俗文学的阵地。而此后创办《红玫瑰》等十几种通俗期刊的世界书局，以及创办《紫罗兰》等期刊的大东书局，都对于通俗文学有着别样的兴趣。这些具有雄厚实力的出版机构的参与，使上海的通俗文学市场在国内一直处于绝对领先的地位。战争爆发后，这些书局大都遭受了重大打击，但四马路上的出版架构还在，上海的出版资源仍有不少的存留。无论是报刊或者书籍的出版，此时的实力都不可小视。即使到了孤岛行将结束的时候，"我国的出版业中心，因了设备上的关系，至今还是依

[①] 参见杨扬《商务印书馆与20年代中国新文学中心的南移》，《月光下的追忆》，山东友谊出版社，1997。

靠着上海"①。尤其是孤岛后期,出现了商业公司参与通俗文学出版的新方式,解决了出版的资金难题,使抗战时期上海通俗文学的发展如虎添翼。有学者统计,整个抗战时期沦陷区的通俗文学期刊约有 25 种②,其中近 20 种都在上海出版,无论在数量上还是影响上都遥遥领先。

第四,老作家的重聚与新作家的推出。文学中心的定义,不仅是拥有良好的文学环境和出版机构,更为重要的是要有引领文学潮流的作家队伍。抗战爆发,大批的新文学作家内迁。当时往来于南北沦陷区的日本作家林房雄,曾经作过一个统计,《中国新文学大系》史料卷涉及的五四文学革命时期的作家共 142 名,到了抗战时期,除鲁迅等 17 人去世外,剩余的 125 名新文学作家,在沦陷区的仅有周作人、俞平伯、徐祖正、周毓英、张资平、陈大悲、陶晶孙、傅东华、樊仲云等 9 人③。而反观通俗文学作家队伍,除了张恨水奔赴内地参加了文协以外,其他作家大都选择留在了原地,特别是上海。老牌的通俗文学作家如郑逸梅、顾明道、包天笑、严独鹤、秦瘦鸥、徐卓呆等都在上海,周瘦鹃、程小青等虽在苏州,却一直参与孤岛上的通俗文学建设。由此可见,战争的爆发并未使上海的通俗文学队伍损失多少,新文学作家的集体西撤,反而为他们留下更为广阔的文学空间。老作家们重整旗鼓的同时,上海的通俗文学创作中也增加了不少新面孔。予且、谭惟翰、丁谛以及施济美等"东吴系女作家",乃至张爱玲、苏青等新生力量的出现,是抗战时期上海对通俗文学最重要的贡献。

当然,抗战时期上海通俗文学的繁荣,还有与其他文学地域的交流、外国文学资源的利用、伪政权的文化政策等其他方面的原因。但这些因素,都只能算是战时上海通俗文学中心形成的充分条件,而把这些因素综合起来的必要条件,是战时上海第一份大型通俗文学期刊《小说月报》。

二 《小说月报》与战时上海通俗文学中心的形成

《小说月报》,1940 年 10 月 1 日创刊。版权页上标注发行人:陆守

---

① 吴梦蝶:《从出版界走到读书界》,《上海周报》1941 年第三卷第 25 期。
② 据《鸳鸯蝴蝶派文艺期刊目录简编》,《鸳鸯蝴蝶派文学资料》,芮和师、范伯群等编《鸳鸯蝴蝶派文学资料·下》;《中国近现代通俗文学史·通俗期刊编》,汤哲声撰。据汤哲声的研究,抗战八年间北京出版的通俗文学期刊有 5 种。
③ 张泉:《沦陷时期北京文学八年》,中国和平出版社,1994,第 38 页。

第四章 名刊：孤岛文学生产的枢纽

伦；名誉顾问：严独鹤；编辑：顾冷观；发行：联华广告公司出版部。在此之前，联华广告公司已经创办了《上海生活》。陆守伦是一个广告商人，顾冷观则是联华的职员，新中国成立后在上海的中学担任教师，两人都非通俗文学人物，所以拉了严独鹤做招牌。对于联华公司创办《小说月报》①，创刊人陆守伦和顾冷观有这样的说辞：

> 上海自成为"孤岛"以来，文化中心内移，报摊上虽有着不少的东西；但是正当适合胃口的，似乎还嫌得不够。所谓精神食粮，当然是同日常所需的面包有同等的重要性，内地出版界尽管热闹，上海却无缘接触。这个无缘接触的原因，不是一句两句可以简单说明白的！在这迫切需要条件下，我们为要提供一种新鲜的食粮，所以出版了这本月刊②。

这一段话里，有三点值得注意。一是明确地告诉读者，《小说月报》的创办，是"在这迫切需要条件下，我们为要提供一种新鲜的食粮"；二是对当时孤岛上的文艺有一个判断，"报摊上虽有着不少的东西；但是正当适合胃口的，似乎还嫌得不够"；三是重新界定了文艺的意义，"所谓精神食粮，当然是同日常所需的面包有同等的重要性"。从这里可以看出，作为创办人，陆守伦和顾冷观对于当时的文坛，尤其是"孤岛"前期占据主要地位的"左翼"文艺，有着委婉的批评。当两人提出文艺相当于日常所需的面包时，其箭头所指之处，便是"左翼"文艺与日常生活的脱离。毕竟，在相对平和的孤岛上，"一般人士"需要的文艺不能都是较为高远的战斗与呐喊，是要"同日常所需的面包有同等的重要性"的。

《小说月报》1944年11月终刊，凡45期。创办者与编辑人基本维持着创刊时的架构，就内容来说，整体的《小说月报》实现了创刊时的设想。这样的刊物和内容，在"左翼"作家看来，"是几乎找不到火

---

① 曾在《小说月报》后期担任助理编辑的丁景唐先生，在笔者访问时谈及《小说月报》的创刊原因，说是联华公司为了有地方刊登广告。此说应为其原始设想，但后期的发展，证明陆守伦两人的设想有较为切实的感受。
② 陆守伦、顾冷观：《创刊的话》，《小说月报》1940年第1期。

药气和血腥味的，在他们，世界依然是一个太平的世界。即使有些微的战争，那战争也是飘渺的过去，并不是正在进行的争生存和自由的搏斗"①。在相对平和的孤岛上，敢于担当的"左翼"作家仍然认为，"在文艺者的领域里，如果他的工作不是灭恶的工作，那么，必然就是罪恶的工作"②，因此《小说月报》创刊不久，就遭到了严厉的批驳③。

"左翼"作家的指责在当时的环境下有其正当的理由，无可厚非。但在痛斥的同时，他们也承认，大部分的通俗文学作家："都可敬的保守着国民的贞洁"④。《小说月报》也可当得上这样的评语，"这杂志没有政治上的背景，完全以广告和发行的收入为其经济来源"⑤，到1944年11月终刊时45期中，整份杂志都贯彻了独立办刊的初衷。因此，《小说月报》对于丰富孤岛文坛多样性的努力，尤其在上海形成抗战时期通俗文学中心中的作用，在以下三个方面更应值得重视。

（一）"礼拜六派的重振"

《小说月报》的第一个功劳，就是促成了通俗文学作家的重聚，或者楼适夷所说的"礼拜六派的重振"。抗战爆发之后，大批的新文学作家内迁。当时往来于南北沦陷区的一位日本作家林房雄曾统计过一个数字，《中国新文学大系》史料卷涉及的五四时期的新文学作家共142名，到了抗战时期，除鲁迅等17人去世外，剩余的125名新文学作家，在沦陷区的仅有周作人、俞平伯、徐祖正、周毓英、张资平、陈大悲、陶晶孙、傅东华、樊仲云等9人⑥。但当我们来看通俗文学作家队伍，就发现情况与之相反，除了张恨水奔赴内地参加了文协以外，其他作家大都选择了留守，尤其是上海。例如，郑逸梅、顾明道、包天笑、严独鹤、徐卓呆等老牌通俗作家都在上海，周瘦鹃、程小青等虽在苏州，却一直参与着上海的通俗文学活动。由此可见，抗战的爆发，不但没有使

---

① 叶素：《礼拜六派的重振》，《上海周报》1940年第二卷第26期。
② 叶素：《礼拜六派的重振》，《上海周报》1940年第二卷第26期。
③ 如《小说月报》仅出了两期，叶素（楼适夷）的《礼拜六派的重振》就从色情、神怪、无聊等三方面对《小说月报》进行痛斥；紧接着，佐思（王元化）在《礼拜六派新旧小说家的比较》中认为，其中的某些作家是"正在蔓延的脓疮"；琦佩的《反对旧小说》也指出，《小说月报》"实无文学价值可言"。
④ 叶素：《礼拜六派的重振》，《上海周报》1940年第26期。
⑤ 胡山源：《顾冷观》，《文坛管窥》，上海古籍出版社，2000，第75页。
⑥ 张泉：《沦陷时期北京文学八年》，中国和平出版社，1994，第38页。

第四章 名刊：孤岛文学生产的枢纽

上海的通俗文学队伍损失力量，反而因为新文学作家的大批内迁，为他们在文学场域留下了更为广阔的空间。

但是，为何这批通俗作家的重聚，是由《小说月报》来完成呢？这要从通俗文学期刊的兴衰说起。新文学运动之后，通俗文学期刊出现过两次高峰，第一次通俗文学期刊出版热潮出现在 1914、1915 年，两年间共出版了 30 种，其中 1914 年创刊了 22 种，1915 年创刊了 8 种。第二次通俗期刊热潮出现在 1921 年到 1923 年，其中 1921 年出版了 9 种，1922 年出版了 11 种，1923 年出版了 10 种。然而进入 20 世纪 30 年代之后，新文学的发展与日益严重的社会危机，使抱持游戏消遣文学观的通俗文学风光不再，从 1930 年到 1937 年抗战爆发，八年时间创办的通俗文学期刊仅有 10 种①。随着通俗文学期刊的衰落，旧派通俗作家也进入了集体消沉的境地。尤其是"八一三"事变之后，上海的通俗文学期刊全军覆没，在文学期刊的阵地上，通俗作家已经无处容身。《小说月报》创刊之前，"孤岛"也曾有过几家通俗文学刊物，但要么如《橄榄》《玫瑰》那样很快倒闭，要么如《上海生活》《永安月刊》那样文学篇幅甚少，从而使广大作家难以参与。

期刊之外，通俗作家的另一阵地是大报副刊与为数众多的小报。孤岛时期，通俗文学作家在"大报"上的阵地主要是《申报·春秋》和《新闻报》的两个副刊《茶话》与《夜声》。《春秋》是《自由谈》改为新文学版面之后，《申报》另辟的一个副刊，由周瘦鹃主持。1938 年 10 月 10 日，《春秋》随着《申报》一起复刊，但周瘦鹃已经不再主持笔政，曾经的通俗文学园地中，除了包天笑有《雨过天青》《断指女郎》两个连载外，其他通俗作家杳无音迹，吕白华、瘦鹃的名字也只能偶尔一见。倒是《长沙是日本的滑铁卢》（1938 年 11 月 16 日）、《记第五十团童子军》（1939 年 3 月 6 日）、《欧战声中商人投机牟利》（1939 年 9 月 13 日）之类充满现实主义战斗色彩的文章不少。1938 年 5 月 16 日，《新闻报》的两个副刊《茶话》与《夜声》分别随日、夜两报复刊。"这两个副刊态度平和，为旧式文艺工作者提供一个发表作品的园

---

① 本段数字见芮和师、范伯群等编《鸳鸯蝴蝶派文学资料·下》，福建人民出版社，1984，第 627~635 页。

地"①，相较《申报·春秋》而言，稍显旧派趣味，但也无复往日荣光。本来，通俗文学在《新闻报》的副刊阵地是严独鹤主持的《快活林》及改名之后的《新园林》，为了在《新园林》的趣味之外增加一些新文艺色彩，《新闻报》遂创办了《茶话》副刊。但到了孤岛时期，《新闻报》复刊时舍《新园林》于不顾，仅复活《茶话》，遂使战时上海的通俗文学作家在大报副刊的阵地风流云散。

再看小报。"八一三"事变之后，大批的海派小报停刊。1937年10月5日，十家已停办的"海派小报"（《上海报》《大晶报》《小日报》《正气报》《世界晨报》《金刚钻》《东方日报》《明星日报》《福尔摩斯》《铁报》）联合起来办了《战时日报》，副刊名为《后方》，一改趣味主义，反映了当时通俗小报的一种趋向。《战时日报》由冯梦云、龚之方主编，办至同年12月11日终刊。"孤岛"形成以后，小报有所复兴，产生了《力报》《上海日报》《小说日报》，《吉报》等20余种。在这些小报上，一些通俗文学作家也时有露面。但无论在社会地位上，还是文坛影响上，小报都处于劣势地位。更为重要的是，不管大报还是小报，在其上露面的通俗作家，都是零星活动，再无整体的阵容。

从简单的叙述可以看出，虽然战时上海周围留存了通俗文学创作的主力，但能够进行集体创作的阵地却不容乐观。直到1940年10月《小说月报》创刊的时候，通俗文学作家才找到集体复出的平台，重新占据文坛的重要地位。《小说月报》能有如此效力，得力于刊物所聘请的名誉顾问严独鹤。严独鹤长期担任《新闻报》通俗文学副刊《快活林》《新园林》的编辑，又是《新闻夜报》的主笔，并负责《夜声》复刊，与通俗文学作家有着广泛的接触。而联华公司的主要业务，就是《新闻报》和《新闻夜报》的发行和广告。通过这种盘根错节的利益，加之严独鹤的从中联络，陆守伦和顾冷观得以约请到几乎所有的通俗文坛老将出面。

《小说月报》推动"礼拜六派的重振"，有两个特点。一是阵容整齐，几乎所有的老派通俗作家，都被《小说月报》约请为捉刀之人。仅以前三期来说，我们就能看到这些名字：包天笑、刘春华、陈蝶衣、周鸡晨、徐卓呆、王小逸、张恂子、徐碧波、周瘦鹃、陈灵犀、郑逸

---

① 贾树玫主编《上海新闻志》，上海社会科学院出版社，2000，第712页。

梅、李薰风、郑过宜、程小青、张恨水、顾明道、范烟桥、顾醉萸、周天籁、冯若梅等等，每一个都是通俗文学史上有数的人物。《小说月报》容量很大，16 开的篇幅每期都有一百七八十面，能容纳 30 篇左右的文章，因此这些老派通俗作家，也即所谓的"礼拜六派"作家在前 20 多期上每期都有十几位集体亮相，一起登场的架势卓然可观。二是区域广大。战后留守的通俗作家中，不少居住于上海、苏州等地，邀约他们登台献艺，《小说月报》自有近水楼台之便。但《小说月报》并不止于此，他们的目光同时投向了其他文学地域。从第一期开始，身处华北沦陷区北平的李薰风便开始连载长篇小说《风尘三女子》，而到了国统区的张恨水，连载描写京剧演员赵玉玲多角恋爱的长篇《赵玉玲本纪》，彰显了《小说月报》对其他地域的辐射力。尤其是已加入文协的张恨水，"他近来绝对不动笔，只有本刊是例外。《赵玉玲本纪》稿每期由重庆寄来"①，《小说月报》自豪的语气显示着其复活旧派通俗作家群的能量。

《小说月报》"重振"的"礼拜六派"作家中，包天笑是需要重点提出的。散文、短篇和长篇是《小说月报》最主要的三个栏目。从第一期开始，包天笑就几乎每期一个短篇，一个长篇连载《换巢鸾凤》。从第 13 期开始，又以"钏影"的笔名开写《钏影楼笔记》，自此之后，每期刊物上包天笑经常一人同时出入于散文、短篇、长篇多个栏目。第 29 期的时候，包天笑开始介入《小说月报》的编辑活动，他以《小说月报》的名义刊登了一个启事——"征求未刊笔记"，征求"当世硕彦，如有未刊笔记，关于掌故，考证，诗话，杂著等等……再如有先德、遗老、文家、学士之日记稿，亦所欢迎"②。对《小说月报》来说，包天笑充当主要作者，提供编辑帮助，这还都是次要的意义。更重要的是，包天笑为《小说月报》带来了道义上的支撑。旧派的通俗文学作家，一向被认为是落后于时代的人物，《小说月报》在战时为他们提供集体复出的平台，有着很大压力。但旧派通俗作家之中，有两位因为与时俱进的勇气获得了包括"左翼"文人在内的认同，这就是包天笑和张恨水。加入"文协"的张恨水自不必说，留在孤岛的包天笑也因为

---

① 编者：《编辑室谈话》，《小说月报》1941 年第 11 期。
② 《征求未刊笔记》，《小说月报》1943 年第 29 期。

对于时代的关注，被称为"老英雄"，其在《小说月报》上发表的《小说家的审判》《无婴之村》等小说，带有强烈的现实主义色彩。王元化如此评价，"这个'至死不休，不怕入地狱，还是写小说'的正义老人，正是包先生自己的写照"，'他愈老愈勇，毫没有一点衰败的气色"①。尽管这些称赞不无保留，却使包天笑成为旧派作家进步的象征。因此，包天笑在《小说月报》上的频频露面，为《小说月报》带来了道义上的无形支持，其意义实在众多创作之上。

其他作家中，周瘦鹃在《小说月报》上主要写作散文，他从创刊就开始连载《苏州杂札》，谈苏州的人情世貌，文章淡然可喜。郑逸梅本身就是一个散文名家，《小说月报》上的《谪余散记》《袯愁散记》等，或谈故人的逸事，或谈文本掌故，体现出一贯的萧然出尘之貌。周、郑之外，散文创作还有秦瘦鸥的《荷芬兰馨室随笔》或谈作品，或忆人物，娓娓道来；顾醉萸的《读书偶记》述夜读的心得，都体现出通俗作家散淡的文风。短篇小说作家主要有陈蝶衣、徐卓呆、徐碧波、秦瘦鸥、王小逸、张恂子、范烟桥等人。长篇小说创作除了包天笑、张恨水等人，主要有郑过宜的《梨园新记》，顾明道的《剑气箫声》、《小桃红》，程小青的《鹦鹉声》（翻译）、《赌窟奇案》等，专能以情动人。此外，第二期开始由吕剑吾主持的《今人诗文录》，收录胡朴安、白蕉、张寿镛、夏敬观、钱萼荪等遗老名流们的古体诗词，显得古色斑斓。

不可否认，上述通俗作家的创作中，也有不尽如人意的篇什。但旧派通俗作家群体借助《小说月报》整体复出，却是通俗文学发展史上的一件幸事，也是上海得以成为抗战时期通俗文学中心的一个前提。《小说月报》刚刚出版两期，就为"左翼"作家所注意，叶素（楼适夷）认为落后的旧派作家已经集体复出，并提醒"可从以堂堂的阵容，显出重振的气势的《小说月报》的创刊中得到证明"②。叶素的担忧，正为《小说月报》对于通俗文学队伍复出起着根本作用的一个注脚。

（二）"新"作家的引入与培植

陆守伦与顾冷观在《小说月报》发刊词中强调，"我们没有门户之

---

① 佐思：《礼拜六派新旧小说家的比较》，《奔流新集·二》，二集《横眉》，1941 年 12 月 5 日。
② 叶素：《礼拜六派的重振》，《上海周报》1940 年第 26 期。

见，新的旧的，各种体裁都是欢迎的"①。此处所指的"新的"，在《小说月报》眼里，就是受五四文学影响的新文学作家，是与周瘦鹃、郑逸梅等旧派通俗作家相对的一个群体。《小说月报》强调新旧的融合，已是 20 世纪 40 年代初期通俗小说的一个趋势。经过 20 余年的互动，新旧两派文学之间已有不少融合，对于已经占据文坛中心地位的新文学，通俗作家们也不再一味加以排斥，而采取了更为理性的接受方式。因此，到了抗战时期的通俗文学期刊上，新旧文学并存已经成了一个普遍的现象。"新的旧的，各种体裁都是欢迎的"，《小说月报》这样说的，也是这样做的。在第一期和第二期上，就已有了陈汝惠、赵景深的名字，到了第五期之后，胡山源、周楞伽、丁谛、谭惟翰、文宗山、予且、钱今昔、陈伯吹等已经成了作者群体里的常客。对于新文学作家的加入，《小说月报》十分客气，"这里得感谢几个新的作家给我们的帮忙"②。恭敬的口气背后，是旧派通俗作家对于新文学地位的豁达体认。新文学作家在《小说月报》上主要以小说创作和文学批评为主。小说创作集中在短篇，如胡山源的《明季义民别传》，丁谛的《屋檐下》《失去了阳光的孩子》，予且的《扇》《大枫的烦恼》等，都有不俗的表现。曾创办过《东南风》的周楞伽在《小说月报》上创作很多，周楞伽、苗埓、危月燕等本名与笔名频繁出现，并以一篇《花都蒙尘记》挤入一向被旧派占领的长篇阵地。钱今昔曾是《杂文丛刊》的主将，这位暨南大学的才子在《小说月报》上进行着小说创作，发表了《马戏班里的悲剧》《霜》《风》《耍蛇者的四季》等多篇小说。周楞伽与钱今昔都是孤岛上鲁迅风杂文热潮中的人物，尽管不是主将，却都参与了杂文期刊的创办和杂文写作。在孤岛杂文式微之后，进入一向为"左翼"文人不齿的通俗期刊写作，显示了当时雅俗之间互动的新高度。

新文学作家的引入是《小说月报》有意弥合新旧文学的举措，但若过分夸大这个意义，就显得有些脆弱。因为上述新文学作家尽管人数众多，却都是所谓的通俗海派作家。而同在孤岛上的"左翼"文人和论语派等自由主义作家无一入选，不免使这种新旧融合的广度和深度打了折扣。因此，与新文学作家的引入相比，《小说月报》在"新"上的

---

① 陆守伦、顾冷观：《创刊的话》，《小说月报》1940 年第 1 期。
② 《编后》，《小说月报》1941 年第 5 期。

举措，其更大的意义还在于新作家的培植。

《小说月报》对新作家的培植，采取了征文活动的模式。1940年11月1日，《小说月报》第二期刊出"小说月报举办大中学生文艺奖金"启事：

> 当然，因了孤岛生活的窒息，希望写好一点的文艺是很难的，而这个文艺的责任偏重过平时。曹植说："辩时俗之得失"，又说："定仁义之衷"。可以知道在每一个时代的无可聊奈的当儿，文艺家应该把握着怎样之笔！……斜阳半帘，微言在野，汇集各家之笔，直衬的，或抽象的，也许给有心的读者，在烟清茶淡边，漾起一幅非常的波涛……①

从字面来看，《小说月报》的征文目标十分含糊。作为一个独立的商业性文学杂志，《小说月报》呈现的是以市民口味为指南的中间办刊姿态，编辑宣称"并没有其他高明的见解，只是在纯正的原则下，提起我们的笔来"②，说明《小说月报》本身并没有明确的文学归依，所以征文可以文言白话不拘。但有趣的是，体裁宽泛的征文简章却规定了严格的"应征手续"："应征文稿需粘贴'文艺奖金投稿印花'，（是项印花每期附印于小说月报内）。"这意味着每位应征者至少要购买一期杂志才有资格。征文的同时不忘推销杂志，将《小说月报》的商业特征展现得淋漓尽致。

《小说月报》的征文活动，一共开展了三次。"大中学生"征文举办的同时，《小说月报》于1942年6月第21期又设立了《职业青年征文》栏目。后来感到"学生"与"职青"还是脱不了一个界限，遂在1942年11月第26期设立了《文艺新地》栏目，所有人均可投稿。1944年11月第45期，《小说月报》重定"学生文艺奖金条例"，可惜本期成了终刊号，这次征文未能得以在刊物上展现。

《小说月报》总45期中，共刊登征文170余篇，除去翻译，创作有130篇左右，其中小说占了大部分。这些篇章要么描述"我"的经历和

---

① 《小说月报举办大中学生文艺奖金》，《小说月报》1940年第2期。
② 陆守伦、顾冷观：《创刊的话》，《小说月报》1940年第1期。

感受，如《我的住所》等，要么以第三人称描述他人的遭遇和感情纠葛，如《阿霞小姐》《胖子》等。它们的整体面貌，就是"鸳蝴派"的两大题材男女爱情与日常生活的重新再现。这些征文虽有着旧的题材，但无疑属于新文学，它们的价值取向、叙述方式等与"鸳蝴派"并不相同，所联结的是一种新型的都市文化资源。也就是说，以《小说月报》的新作家予且、谭惟翰、周楞伽等为代表，描写市民生活新旧结合的"新海派小说"，是《小说月报》征文所寻求的"各家之笔"。

《小说月报》具有商业性的征文活动，对战时上海通俗文学的最大影响，是成功推出了成为"新海派小说"重要力量的"东吴系女作家"群体。"东吴系女作家"主要包括施济美、俞昭明、程育真等人，她们都是当时迁到上海的东吴大学学生。《小说月报》征文活动第一阶段"学生文艺"刊文40余篇，来自东吴大学的就有十篇。其中第12期刊登施济美的《晚霞的余韵》，第15期刊登俞昭明的《东流水》，第17期刊登程育真的《圣母曲》。三篇文章异曲同工地描述了一段凄恻失败的男女感情，这样的情节无疑正合《小说月报》征文的宗旨。后来因了胡山源、程小青等《小说月报》主要作家的介绍，施济美、俞昭明、程育真、杨绣珍、汤雪华等人开始为《小说月报》定期写稿。胡山源回忆说，"我介绍去的稿子……绝大多数是东吴大学女同学的稿子，他也都登载出来。由一个广告公司出版的《小说月报》的主编顾冷观也是这样，以致形成了'东吴系女作家'这个名称"[①]。她们在《小说月报》以及稍后的《万象》《乐观》等刊物上进行着同样风格的创作，声势浩大，在沦陷后的上海文坛自有其文学史上的意义。

作为一个商业性的文学杂志，《小说月报》没有在文坛上攻城略地的想法，但通过把征文活动中的优秀作者，进一步培养为刊物乃至文坛上的成名作家，既储备了一个稳固的作家队伍，同时也扩大了刊物以及这些作家的影响。并通过这些年轻作家的同声相和，把《小说月报》的文学趣味广为传布，影响着广大读者的阅读和选择。

1944年11月《小说月报》第45期刊发了编者重定学生文艺奖金而作的《文艺奖金的启端与希望》一文。文中，作者强调了诺贝尔奖金、龚古尔奖金等西方驰名文学奖金对于文学的促进作用，认为此次重

---

① 胡山源：《陈蝶衣》，《文坛管窥——和我有过往来的文人》，上海古籍出版社，2000。

设的《小说月报》文艺奖金"虽不能说是中国创设文艺奖金的先例，但在爱护后进，鼓励青年学生写作这一点上看，无疑是社会人士关心文化的启端"。"并且希望能鼓舞激励起许多中国未来文坛复兴的新人，共同来奠定新文坛的始基！"① 仅从一开始就把征文活动与新文坛兴衰联系起来的口气，就迥异于《小说月报》此前无为而治的三次征文，似乎预告这次征文将脱胎换骨。事实也正是如此。这篇文章的作者丁英，就是进入《小说月报》担任编辑不久的丁景唐，重新恢复《小说月报》的征文活动，也是他在"学委"领导下团结青年学生的一个举措。也就是说，这次征文其实是"左翼"文学力量在沦陷时期借助通俗文学杂志进行的空间开创活动。尽管这次征文并未在《小说月报》上真正举行，但"左翼"文人借助通俗文学期刊培植新人的设想，却是《小说月报》推出新作家方面的另一功绩。

(三) 文学批评对读者的引导

《小说月报》刊登了不少文学理论和批评文字。第一期秦瘦鸥的《关于侦探小说》、第二期郑逸梅的《谈谈民初之长篇小说》等，拉开了文学批评的序幕。到了后期，这个倾向更加明显。比如第37期，一期之上就有徐明的《记夏衍》、胡山源的《我与弥洒社》、沈子成的《中国新文艺中之地方色彩描述》、吴祖光的《记〈风雪夜归人〉》、顾挹云的《关于马嵬诗与阿蛮》等九篇批评文字，若再加上《新轩渠录》《雉尾集》等一些笔记中的批评，要占一半以上的篇幅。可以说，到了《小说月报》后期，文学批评和笔记散文已经取代短篇小说，成为整个杂志的重心。如果说《小说月报》的小说创作主要是为了愉悦读者的话，那么，随着刊物的发展，数量越来越多、范围越来越广的文学批评，就明显具有了引领读者的倾向。

《小说月报》的文学批评，最引人注目的是关于新文学的文字。总45期的《小说月报》上，关于新文学的有30篇之多，居文学各领域之冠。这些批评基本集中在杂志的中后期阶段，第26期汝惠的《诗人华铃》，是《小说月报》上新文学批评文章的一个标志。在此之前，虽有不少文字如河鱼的《文艺欣赏》、胡山源的《论小说的情节》等多以新文学作品作为立论的根据，但论述重点并不在此，且在整个文学批评中

---

① 丁英：《学生文艺奖金的启端与希望》，《小说月报》1944年第45期。

分量甚小。而在陈汝惠的《诗人华铃》之后，有关新文学的专篇论述开始源源不断。批评所涉及的作家多为自由主义文人，如施蛰存、曹禺、胡山源、于赓虞、吴祖光、王独清，以及一部分"左翼"文人，如冯乃超、夏衍等，显示出《小说月报》的一种开放姿态。其中沈子成和高穆的创作尤为值得一提。沈子成从第 31 期发表《中国新文艺中之性欲描写》之后，一发不可收，此后又写了《关于施蛰存及其创作》《记弥洒社及其社员》《中国新文艺中之地方色彩描述》《记水沫社》《记早年上海戏剧社团及其公演》等近十篇文章。高穆则从第 40 期开始发表"中国现代诗人评述"系列，分别对王独清、戴望舒、于赓虞、冯乃超等作了介绍。

总体上来看，除了胡山源的《我与弥洒社》、吴祖光的《记〈风雪夜归人〉》等具有一些史料价值和高穆的诗论尚算深刻之外，这些批评文字大都具有一种综述的特征，似乎不太追求深切的见解和学术价值。这既与《小说月报》的读者群体相关，也可以说是编者的有意追求。《小说月报》创办之初，陆守伦与顾冷观就认识到，通俗的文学作品和文学批评，"浅近的说是消遣，然而在消遣中，它会无形养成我们正确的习惯，而有一种良好的发展"①。基于这样的认识，《小说月报》的文学批评并未走一条精深之路。譬如沈子成的文字，如果说其不深刻是因为作者水准问题的话，何以一试之下屡被约稿呢？由此可见，是否精深，并非《小说月报》文学批评的第一追求，而是否通俗和有趣，在无形中养成读者正确的阅读习惯，则成为重点考虑的对象。因此，从理论水准来说，这些评论是通俗的，但从阅读导向来看，却十分明晰，毫不含糊，如第 37 期的《记夏衍》的开头：

> 用戏剧的夸张的笔法来写今日上海戏剧界的现状，是空虚、浮华、奢侈、幼稚、无聊……不通是他们的特产，没有主张，是他们的标帜。今天东，明天西。管他妈的主子是谁？演出第一，锋头至上！说是情况热烈，毋宁说是金钱的虚掷……！好吧，或许我说得似乎太过分！可是，请恕我！这是在我想起了从前一群严肃的戏剧工作者之后的一点愤慨的话。

---

① 陆守伦、顾冷观：《创刊的话》，《小说月报》1940 年第 1 期。

想起一群严肃的戏剧工作者,我忘不了夏衍。

这样的评述文字,与其说是浅近的文学批评,不如说只是一种文学时评。这些篇什的追求目标,是根据时事的变化,选择合适的对象,用日常口语般的评述,告诉读者什么文艺应该接受,什么文艺应该抛弃。至于从理论层面上对论述对象进行学理化的分析,似乎不是作者和编者的本意。或许正因为此,《小说月报》编者才敢于大声说,他们的刊物能使读者正确的习惯"有一种良好的发展"。

在通俗化的作家作品论对读者进行潜移默化之外,《小说月报》还直接向读者指明文学的方向,集中体现在三篇《文艺欣赏》的篇章中。

第三期的《小说月报》上,发表了署名河鱼的《文艺欣赏座谈》,文章分析了大众为何需要文艺之后,把大量笔墨放在对色情文学的讨论上。文学批评的第一炮对准色情文学,可以说有的放矢。旧派通俗小说屡被诟病的一个缺陷就是色情,而且《小说月报》创办两期,"左翼"作家就毫不客气地批评刊物的内容"是礼拜六派的鸳鸯蝴蝶的色情特征之一,这里并没有新鲜的东西"[1]。因此《文艺欣赏座谈》的发表,可说是对这种攻击的一次回应。文章在对新文学乃至古典文学如《红楼梦》中的色情描写简单梳理之后,提出了自己的看法:"不在色情文化之是否害人,而在'色情文化'之如何界说。再彻底一点,不在色情之应否绝缘,而在色情之如何欣赏。"客观地说,这种观点不无道理,通俗文学为何不能描写色情呢?而且,文章同时提出要求,"不过写的人要有严正立场,读的人要有谨慎态度,尤其要留心作者的原意"[2]。这就为通俗文学中的色情描写争取了一种合法化的解释,同时也为读者的接受方法指出新的欣赏方向。

第五期的《小说月报》上,发表了署名田凡的《文艺欣赏座谈之二》,涉及了两个问题:文学的意义与目的、我们对于文学的观点。令人遗憾的是,"田凡"的笔力较弱,论述文学意义与目的时,逻辑混乱,屡有病句,以致被称为"连文法都没有弄懂,句子都没有写通的理

---

[1] 叶素:《礼拜六派的重振》,《上海周报》1940年第26期。
[2] 河鱼:《文艺欣赏座谈》,《小说月报》1940年第3期。

论家"①。但令人欣慰的是，在论述第二个问题——对于文学的观点时却言之有物："所以只要意识清楚，技巧高明，我也不反对章回小说，甚至以其它形式出现的鼓词小调。他们似乎更接近了中国社会的生活而控制着大众的兴趣。所谓'新酒旧瓶'，是可以斟酌的。同时好的文艺作品，也总离不了大众的要求与时代的色彩，即所谓'生活的烙印'。"②

对文学的意义等问题分两期谈过以后，第六期的《小说月报》上又发表了署名百均的《文艺的研究与欣赏》，对读者提出总的要求：

> 我们阅读文艺作品，虽然说是欣赏，但却不是消遣，这一点是该预先辨别清楚的。因为消遣是有闲者的勾当，有为的青年，是不会把阅读文艺作品作为消遣的，我们阅读文艺作品，主要的目的，是要在文艺作品中体验生活，获得对于人生，对于社会的正确认识，我们要从作品中，找到生活的同感，学到生活的路向，因此，在阅读文艺作品时，开始就应该加以选择，譬如七剑十三侠之类的东西吧，我们读了之后，究竟能得到些什么样的益处呢？这是我们应该先加以抉择的③。

七剑十三侠之类的东西，是北派武侠的代表，也是通俗文学作品的一个主要内容。作为一份通俗文学期刊，《小说月报》敢于对自己提出异议，并鼓励读者尽量不读通俗文学，其中的拳拳之心，是如何也不能遮盖的。

如上所述，《小说月报》推动了通俗文学旧派作家的集体复出，通过新的作家引入和新作家培植而促进了新旧文学的融合，并通过文艺评论有意识地引导读者的阅读倾向，培养了潜在的阅读群体。在孤岛特殊的形势下，《小说月报》用三大举措为通俗文学准备了作家队伍和读者市场，也为上海成为抗战时期的通俗文学中心提供了动力，彰示着《小

---

① 佐思：《礼拜六派新旧小说家的比较》，《奔流新集》二集《横眉》，1941年12月5日。
② 田凡：《文艺欣赏座谈之二》，《小说月报》1941年第5期。
③ 百均：《文艺的研究与欣赏》，《小说月报》1941年第6期。

说月报》在抗战时期通俗文学发展中的重要作用。但令人遗憾的是，自从王元化和楼适夷定调之后，《小说月报》一直背着"色情""恶俗""鸳蝴刊物"等恶名，处于被遮蔽的状态，到今天也没有多少改观。比如有学者在看到河鱼的《文艺欣赏》中有关色情文学的观点之后，认为"这样的观点就把色情文学的社会影响推向了读者，而为作者创作色情文学打开了理论上的大门"[①]，令人感觉不无武断之风。如果说叶素的论断是仅看两期之后的意气用词，佐思的评论是缘于战斗需要的话，那么，在新时期的今天，如果不加细辨，仅仅凭借几篇作品即说《小说月报》为"色情文学打开了大门"，"给人一种空虚的、无聊的感觉"[②]，对《小说月报》是不公允的。

---

① 汤哲声著《通俗期刊编》，《中国近现代通俗文学史·下》，江苏教育出版社，2000，第697页。

② 汤哲声著《通俗期刊编》，《中国近现代通俗文学史·下》，江苏教育出版社，2000，第555页。令人疑惑的是，汤先生在同一本书里对早期《万象》中的小说推崇备至。而事实上，《万象》与《小说月报》的作家群体可以说并无二致，但同一批作家的创作却因所载刊物的不同而差异巨大。如果当时作家们并无仅供《万象》优稿而供《小说月报》劣稿的做法，那么评判的标准是否统一就值得探究。

附 录

附录一 孤岛文学报刊目录

1937 年

1. 12 月 9 日,《译报》在上海创刊,编辑人夏衍、梅益、林淡秋、姜椿芳、胡仲持翻译。至 12 月 20 日停刊,出 12 期。

2. 12 月 11 日,《集纳》周刊创刊,每周六出版。编辑人宜闲(胡仲持),第 3 期起编辑人为邵冢寒(邵宗汉),发行人金人,集纳周报社出版发行,五洲书报社总经销。1938 年 2 月 19 日停刊,出 9 期。

3. 12 月 20 日,文史学术刊物《离骚》半月刊出版,编辑人刘西渭,实为阿英,五洲书报社主办。出 1 期。

4.《团结》周报出版,主编潘芳,上海各界救亡协会创刊。1938 年 11 月被迫停刊。

5. 12 月 22 日,《译丛周刊》出版,主编为梅汝和等,学协主办。1939 年 8 月 27 日终刊,出 80 期。

6. 12 月 24 日,《大晚报·街头》创刊。1938 年 11 月 20 日停刊,次日起改名为《剪影》,至 1940 年 4 月 30 日停刊。

1938 年

1. 1 月 1 日,《戏》周刊出版,电影戏剧综合刊物,戏杂志社编辑、主办。同年 1 月 29 日终刊,出 5 期。

2. 1 月 17 日,《闲花》旬刊出版,商业出版社编辑、发行。出 1 期。

3. 1 月 21 日,《每日译报》创刊,主笔恽逸群,发行人鲍斯(英)。5 月起,编辑部由梅益、王任叔、韦悫负责,姜椿芳、林淡秋、胡仲持等翻译。后改为大型报,创办《大家谈》(1938.6.28~1939.5.18,王任叔、阿英、于伶编);《前哨》(1938.6.8~1938.10.9,恽逸群编);《儿童周刊》（1938.7.3～1938.10.24，钟望阳主编）；《爝火》（1938.5.1～1938.6.27，王任叔主编）以及《科学知识》《语文周刊》（陈望道主编）等副刊。1939 年 5 月停刊。

4. 1 月 25 日，严宝礼创办《文汇报》，主笔徐铸成，发行人克明（英）。

5. 1 月 31 日，《千字文》出版，顾问编辑张宛青，编辑人孙樟、赵车等，该社主办。1939 年 8 月 1 日复刊号终刊，出 6 期。

6. 1 月，《导报》出版，编辑人梅益、杨潮、林淡秋。

7. 1 月，《文风》周刊出版，该社编辑部编辑、发行。刊期不详。

8. 1 月，《人生》旬刊出版，艾影编，人生出版社发行，出 1 期。

9. 1 月，《大众剧选》出版，杂志评论社编，同年 2 月终刊，出 2 期。

10. 2 月 11 日，《文汇报》创刊《世纪风》副刊，主编柯灵。1939 年 5 月 18 停刊。

11. 2 月 25 日，《一般》半月刊出版，编辑人陈伟达、周一萍，发行人玛霭丁（美），一般出版社主办。同年 5 月 1 日终刊，出 5 期。

12. 3 月 1 日，《银花集》月刊出版，该社编辑部编辑、发行。1939 年 8 月终刊，出 17 期。

13. 3 月 15 日，《纯文艺》旬刊创刊，主编徐迟，发行人杜君谋。同年 4 月 5 日终刊，出 3 期。主要发表文学翻译。

14. 3 月 20 日，《世风》半月刊出版，主编曾尼维，发行人张逸周，洪流文艺学社出版。同年 8 月 10 日终刊，出 7 期。

15. 3 月 20 日，《戏言》半月刊出版，周作人题写刊名。主编徐刍尼，戏言社发行，发行人张尔淦。同年 4 月 20 日终刊，出 3 期。

16. 3 月，《隽味集》半月刊出版，编辑人顾宗沂、张贤佐，民益荧记印刷公司发行。同年 5 月 16 日终刊，出 4 期。

17. 3 月，《艺星》周刊出版，编辑人陈平、丁宁，大中国出版社出版。同月终刊，出 2 期。为电影、戏剧、歌舞综合性期刊。

18. 3 月，《上海儿童》周刊出版，编辑人徐达之、陈际云，发行人钱远。同年 9 月终刊，出 19 期。

19. 3 月，《孤岛》创刊，同年 8 月终刊，出 2 卷 9 期。

20. 《自修》周刊出版，1942 年 8 月终刊，出 233 期。

21. 4月1日，《艺花》半月刊出版，总编辑何家榴，艺花半月刊社主办。同年7月终刊，出6期。

22. 4月1日，《大地图文旬刊》出版，出版兼发行人顾大文。封面语：书报精华选粹于此，大地在手胜读百卷。第2期后封面语为：包罗万有的综合杂志，业余课暇的辅助读物。1938年7月21日终刊，出12期。

23. 4月13日，《导报·文艺》创刊，同年6月17日终刊。

24. 4月16日，《文艺阵地》出版，编辑人茅盾，该社主办。2卷8期以后楼适夷主编。1940年4月16日终刊，出至4卷12期，共48期。1940年7月出版《文阵丛刊》，1940年8月终刊，出2辑，分别名为《水火之间》《论鲁迅》。

25. 4月20日，《上海妇女》出版，编辑人许广平、蒋逸霄，该社主办。1940年6月终刊，出至第4卷第4期。

26. 4月23日，《华美周刊》出版，主编梅益、王任叔，华美出版公司出版，发行人宓尔士。1939年7月终刊，出至第2卷第11期，每卷52期。公司出版物有《华报》《华美晨报》《华美晚报》。

27. 4月23日，《文会》周刊创刊，每逢周六出版，编辑人王苏迅，文会出版社出版，发行人鹿仲祥。出1期。

28. 4月，《文美》周刊出版，编辑人王苏迅，文美出版社发行。5月终刊，出2期。亦题名《文美周报》。

29. 4月，《大地月刊》创刊。5月终刊，出2期。

30. 4月，《国文讲座》出版，陈冠宇编辑，该社出版，同年8月终刊，出4期。

31. 4月，《新语》周刊出版，叶蒂编辑，同年6月终刊，出7期。

32. 4月，《十字街头》创刊，半月刊，同年7月终刊，出6期。

33. 5月1日，《译报·爝火》副刊创刊，主编王任叔。同年6月27日终刊。

34. 5月2日，《读物》月刊出版，主编徐訏、冯宾符，该社主办。出1期。

35. 5月3日，《文集》旬刊出版，编辑人章玉卿、吴雨霁，文集社发行，发行人顾觉民。同年6月终刊，出5期。

36. 5月5日，《大众文化》创刊，主编曾哲，发行人张栩。同月

12 日终刊，出 2 期。

37. 5 月 7 日，《现世报》创刊，主编徐卓呆，37 期后署主办人汤志杰，40 期后署编辑者现世报社。1940 年 4 月 27 日终刊，出 102 期。

38. 5 月 9 日，《书评专刊》（周刊）出版，《文汇报·世纪风》副刊创办，编辑人郑振铎。出 9 期。

39. 5 月，《杂志》大型半月刊创刊，编辑人吕怀成等，杂志社发行。1945 年 8 月终刊。其中 1941 年 5 月～1942 年 7 月停刊。编辑还包括吴诚之。

40. 5 月，《新生》周刊出版，编辑人胡镜明，发行人杨步贤。同月终刊，出 2 期。

41. 5 月，《旬报》出版，编辑人周游，上海旬报社主办。出 1 期。

42. 5 月，《大美画报》出版，高尔特编辑，大美晚报馆发行，1939 年 8 月终刊，出 3 卷 9 期。

43. 5 月，《众生》出版，马彬和编辑，该社出版，1939 年 2 月终刊，出 2 卷 6 期。

44. 5 月，《孤岛生活》出版，周丽德主编，出 3 期。

45. 5 月，《滑稽世界》出版，周刊，1941 年 3 月终刊，出 146 期。

46. 6 月 5 日，《文艺》半月刊创刊，主编周一萍，该社发行。1939 年 6 月终刊，出 16 期。

47. 6 月 12 日，《学生时代》半月刊出版，编辑人钱圣秩，该社主办。1939 年 4 月 5 日终刊，出 10 期。

48. 6 月 16 日，《红茶》半月刊创刊，主编胡山源，红茶文艺社主办。1939 年 2 月终刊，出 17 期。

49. 6 月 15 日，《大时代》半月刊创刊，主编叶明、萧翼，大时代出版社发行，发行人徐筱云。同年 7 月 16 日终刊，出 3 期。

50. 6 月，《苦笑》周刊出版，编辑人沈沦，该社主办。同月终刊，出 4 期。

51. 6 月，《戏世界画报》周刊出版，编辑人童晓翠，该社发行。同年 8 月停刊，出 9 期。

52. 6 月，《学生时代》出版，月刊，1939 年 4 月终刊，出 10 期。

53. 6 月，《小刊物》出版，翁如新编辑，该社出版，同年 7 月终刊，出 4 期。

54. 6月,《小杂志》出版,该社编辑,出 2 期。

55. 6月,《苦笑》出版,周刊,沈渝编,出 4 期。

56. 6月,《文汇周刊》出版,英商文汇有限公司出版,出 1 期。

57. 7月1日,《译报·大家谈》副刊出版,主编先后为王任叔、阿英、于伶。1939 年 5 月 18 日终刊。

58. 7月1日,《译报·前哨》副刊出版,同年 10 月 9 日终刊。

59. 7月2日,《涛声》月刊复刊,主编汪匡时、郭谷尼。1939 年 6 月终刊,出 9 期。《涛声》1937 年 1 月创刊,同年 8 月终刊;1938 年 7 月复刊,1939 年 6 月终刊;1946 年 12 月复刊,1948 年 1 月终刊。其他题名:《涛声文艺月刊》。

60. 7月3日,《译报·儿童周刊》副刊出版,主编钟望阳。同年 10 月 24 日终刊。

61. 7月4日,《大英夜报》文艺副刊《星火》出版,六天后改名《七月》,主编王统照。同年 8 月 31 日终刊。

62. 7月8日,《华美晨报》创办《镀金城》文艺副刊,1939 年 2 月 1 日改名为《浪花》。1939 年 5 月 31 日终刊。

63. 7月,《好友》月刊出版,好友编辑股编辑,好友广告出版社发行。同年 8 月终刊,出 2 期。

64. 7月,《青年作者》半月刊出版,该社编辑,发行人翁如新。同年 10 月终刊,出 5 期。

65. 7月,《学报》出版,陈小萍、陆小青编辑,同年 8 月终刊,出 3 期。

66. 7月,《寓言》出版,该社编辑,出 1 期。

67. 8月7日,《文汇报·儿童园》周刊出版,逢每周日出版。1939 年 5 月 14 日终刊,出 40 期。

68. 8月20日,《自学旬刊》出版,编辑人来复,2 卷 1 期以后石灵加入编辑,该社主办。1939 年 2 月 12 日终刊,出至第 2 卷第 4 期,共 18 期。

69. 8月,《每周戏剧》周刊出版,该社编辑、发行。同月终刊,出 2 期。

70. 8月,《山海经》出版,同年 9 月终刊,出 5 期。

71. 9月1日,《少年读物》半月刊出版,编辑人署少年读物社,实为陆圣泉（陆蠡）主编，发行人吴文林，上海文化生活出版社主办。同年 11 月 16 号停刊，出 6 期。1946 年 1 月复刊。

72. 9 月 1 日，《自由谭》月刊出版，主编项美丽，上海英文大美晚报馆主办。1939 年 3 月 1 日终刊，出 7 期。

73. 9 月 10 日，《公论丛书》月刊出版，主编王任叔，译报图书部主办。1939 年 7 月终刊，出 10 期。

74. 9 月 10 日，《戏剧杂志》月刊出版，编辑人柳木森、屈元，1939 年 1 月 1 日 2 卷 1 期后，陆沉、柳木森编辑，该社出版。1941 年 9 月 20 日终刊，出至第 5 卷第 3 期，每卷 6 期。

75. 9 月 16 日，《西风副刊》月刊出版，编辑人黄嘉德、黄嘉音，西风社发行。1942 年 1 月终刊，出 41 期。

76. 9 月，《戏迷传》旬刊出版，编辑人张剑花等，该社发行。1940 年 2 月终刊，出至第 3 卷第 1 期。

77. 9 月，《众目杂志》月刊出版，主编冯宽，发行人该社陈浩如。出 1 期。

78. 9 月，《侦探》月刊出版，该社编辑、发行。1941 年 8 月终刊，出 57 期。1938 年 11 月后改为半月刊。

79. 9 月，《黎明》月刊出版，主编黄梨政、孔谲治。同年 10 月终刊，出 2 期。

80. 9 月，《海风》月刊出版，华萼主编，同年 10 月终刊，出 2 期。

81. 9 月，《西风精华》出版，西风月刊社编辑，1940 年 4 月终刊，出 3 期。

82. 9 月，《电影》周刊出版，该社编辑，友利公司出版部发行。1940 年 11 月终刊，出 109 期。

83. 10 月 10 日，《译报周刊》创刊，编辑人梅益、王任叔、林淡秋、冯宾符，译报社主办。1939 年 6 月 22 日停刊，出 37 期。

84. 10 月 10 日，《红醪》出版，编辑人储裔光、顾一之，发行人孙恒伟，出 1 期。

85. 10 月 10 日，《申报》复刊，创办文艺副刊《自由谈》，主编先后为王任叔、胡山源、黄嘉音。1941 年 12 月 6 日终刊。

86. 10 月 10 日，《文汇报·春秋》副刊出版。1941 年 12 月 8 日终刊。

87. 10 月 10 日，《新诗刊》季刊出版，该社编辑、发行。1939 年 1

月10日终刊，出2期。

88. 10月16日，《文艺新潮》月刊创刊，主编宇文节（钱君匋）、林之材（李楚材），第1卷第7期至第2卷第4期，蒋锡金接编，第2卷第5期至第8期钱君匋主编。1940年9月终刊，出20期。

89. 10月，《文献》月刊出版，主编阿英，中华大学图书有限公司发行。1939年5月终刊，出8期。

90. 10月，《文画》周刊出版，主编范一帆、范一发。同年11月终刊，出7期。

91. 10月，《未名》半月刊出版，该社编辑、发行。同年11月终刊，出3期。

92. 10月，《橄榄》出版，不定期，编辑人程小青、徐碧波，发行人何怀远。1939年4月6日终刊，出5期。

93. 10月，《上海经》出版，半月刊，同年11月终刊，出4期。

94. 10月，《光华》月刊出版，周志游编辑，光华出版公司出版，1939年4月终刊，出6期。

95. 10月，《青年大众》出版，半月刊，1939年8月终刊，出2卷1期。

96. 10月，《乌鸦》半月刊出版，该社编辑、发行。同年11月终刊，出2期。

97. 10月，《小世界》出版，经仲贤、陶慕侠编，新友社出版部出版，出1期。

98. 10月，《中国文化》出版，该社编辑、发行，出1期。

99. 11月1日，《文心》月刊出版，主办人张智中，出版人郑垦，10期后改王一民，主编冯仲会，文心出版社发行。1941年9月5日终刊，出至第3卷第9期，共33期。

100. 11月20日，《剧场艺术》创刊，主编李松青（李伯龙），该社发行。1941年10月停刊，出3卷6期，每卷12期。

101. 11月21日，《大晚报·剪影》副刊出版。1940年4月30日终刊。

102. 11月25日，《蜜蜂》半月刊出版，主编王韬、丁宁，该社发行。同年12月10日终刊，出2期。

103. 11月，《绿豆》创刊，主编唐海桢、泾洛，该社发行。出1期。

104. 11月，《好莱坞：电影副刊》周刊出版，电影周刊社编辑，第38期起由好莱坞周刊社编辑，第66期起由今文编译社编辑，初由友利公司出版，第2期起由电影周刊社出版。1941年6月终刊，出130期。主刊于同年9月出版《电影》。

105. 11月，《中华》半月刊，周振沧主编，该社发行，同年12月终刊，出4期。

106. 11月，《剧场》月刊出版，1939年6月终刊，出8期。

107. 11月，《学余周刊》出版，沈新我编辑，同年12月终刊，出6期。

108. 11月，《剧场艺术》出版，松青编辑，1941年10月终刊，出3卷6期。

109. 12月1日，《文汇报晚刊》创办，《文汇晚报·灯塔》副刊出版。1939年5月17日终刊。

110. 12月，《儿童》半月刊出版，编辑人姚英，儿童出版社主办。出1期。

111. 12月，《大风画报》创刊，该社编，出1期。

112. 12月，《艺府》创刊，黄一飞编辑，1939年4月终刊，出7期。

113. 《长春》月刊，出版日不详，该社编辑。1941年7月终刊，出3卷7期。

114. 《儿童滑稽》月刊，出版日不详，1940年10月终刊，出129期。

1939年

1. 1月1日，《绿洲》月刊创刊，主编沈伟、拓荒。同年7月终刊，出6期。中英文合刊。

2. 1月11日，《鲁迅风》创刊，编辑人冯梦云，实际由金性尧、石灵先后编辑，发行人来小雍，中国文化服务社发行。第1期到第13期为周刊，第14期到第19期为半月刊。1939年9月5日停刊，出19期。

3. 1月，《萌芽》月刊出版，该社编辑、发行。出1期。

4. 1月，《迈进》月刊出版，该社编辑、发行。同年6月终刊，出6期。

5. 1月，《戏剧画报》出版，不定期，戏剧出版社编辑委员会编辑，该社主办。出11期。

6. 1月,《时代》出版,半月刊,余以文编辑,该社出版,同年3月终刊,出6期。

7. 1月,《文哲》出版,光华大学文哲研究组编,1941年6月终刊,出2卷4期。

8. 1月,《罗汉菜》出版,三乐农产社办。1945年5月终刊,出50期。

9. 1月,《浔声》出版,周子美编辑,同年2月终刊,出2期。

10. 2月1日,《华美晨报·浪花》副刊出版。同年5月31日终刊。

11. 2月,《大众》月刊出版,凯钟主编,同年11月终刊,出7期。

12. 2月,《大路》月刊出版,楼适夷等编辑,出1期。

13. 2月,《说文月刊》出版,卫聚贤主编,1941年12月终刊;1942年8月重庆复刊,1947年1月终刊,出5卷6期。

14. 2月,《学与生月刊》出版,该社编,1941年4月终刊,出2卷2期。

15. 3月1日,《宇宙风乙刊》半月刊出版,编辑人林憾庐、林语堂、陶亢德、周黎庵,西风社发行。1941年12月1日终刊,出56期。

16. 3月25日,《中学生活》半月刊创刊,编辑人田冲(田仲严)、俞荻。出7期。

17. 3月,《五云日升楼》月刊创刊,总编辑兼发行人顾怀冰。1942年1月终刊,共出35期。多人题写书名。

18. 3月,《人道》旬刊出版,编辑人姚明然,该社主办。同年4月终刊,出6期。

19. 3月,《蓓蕾》周刊出版,该社编辑、发行。出1期。

20. 3月,《先锋》月刊出版,同年8月终刊,出5期。

21. 3月,《时代文选》出版,该社编辑,1940年2月终刊,出2卷1期。

22. 3月,《火花》月刊出版,该社编辑、发行。出1期。

23. 3月,《世界大侦探》半月刊出版,侦探译文刊物,编辑人罗小廷,新时代出版公司主办。同年4月终刊,出2期。

24. 3月,《电影新闻》周刊出版,电影新闻图画周刊社编辑,友利公司发行。同年7月终刊,出18期。

25. 3月，《中学生活》创刊，田仲严主编，中学生活出版股份有限公司发行，1941年11月终刊，出4卷12期。

26. 4月26日，《译报·文艺通讯》副刊出版。1939年5月17日终刊。

27. 4月，《文艺长城》创刊，不定期，该社编辑，华侨文艺刊物。1940年3月终刊，出8期。

28. 4月，《世界滑稽》半月刊出版，世界出版公司编辑，出2期。

29. 4月，《导报增刊》出版，同年6月终刊，出13期。

30. 4月，《滑稽》周刊出版，1940年12月终刊，出78期。

31. 4月，《一零集》月刊出版，主编朱家骏、孙志勤，一零集文艺月刊社出版，发行人朱家骏。同年6月终刊，出3期。

32. 4月，《综合》半月刊出版，同年6月终刊，出4期。

33. 4月，《青春》半月刊出版，同年5月终刊，出3期。

34. 4月，《时论丛刊》出版，该社编辑，同年9月终刊，出6期。

35. 4月，《名著选译月刊》，刘龙光编辑，艺文书局发行，1948年3月终刊，出35期。

36. 4月，《十字街头》半月刊出版，该社编辑、主办。同年7月终刊，出6期。

37. 4月，《中流》半月刊出版，五洲书报社主编，同年7月终刊，出7期。

38. 4月，《名著选译》月刊出版，主编刘龙光等，该社发行。1940年9月终刊，出18期。1946年1月复刊，至1948年3月，出第19~35期。

39. 4月，《选萃》出版，同年6月终刊，出3期。

40. 4月，《更生》出版，陈天石、陈文正编辑，该社发行，1942年7月终刊，出147期。

41. 5月1日，《永安月刊》出版，主编郑留，编辑：麦友云、梁燕、郑逸梅、刘鲁文、吴康、刘家彦、宋德其。上海永安有限公司发行，第100期后署发行人郭琳爽。1949年3月1日终刊，出118期。

42. 5月，《南风》月刊出版，编辑人林徽音，商务印书馆发行。1940年2月终刊，出10期。第7期起由吴尚志编辑。

43. 5月，《文友》月刊出版，编辑人刘守筠，该社发行。出1期。

44. 5月，《北辰》旬刊出版，陈季平编辑，同年6月终刊，出3期。

45. 5月，《电影世界》出版，1941年11月终刊，出24期。

46. 5月，《科学与文艺》半月刊出版，该社编辑、发行。出1期。

47. 5月，《朝霞》半月刊出版，该社编辑、发行。同年6月终刊，出2期。

48. 5月，《北斗》月刊出版，主编列御寇（陆象贤），上海北社主办。同年6月终刊，出2期。

49. 5月，《蒲公英》半月刊出版，编辑人吕海澜、丁念千，发行人丰子由。同年7月终刊，出4期。

50. 5月，《新中国文艺》丛刊出版，双月刊，该社编辑。1940年2月终刊，出4期。四期分题"钟""高尔基与中国""鲁迅纪念特辑""鹰"。

51. 5月，《大美画报》半月刊创办，编辑人高而特，实际为伍联德，共编9期。第2卷第1期由赵家璧接编，共编6期。第3卷第1期由丁某接编，共编9期。1939年9月终刊，出3卷9期。

52. 5月，《青年生活》旬刊出版，主编许革夫（钱念文），上海学生界救亡协会主办。同年6月终刊，出6期。

53. 5月，《电影世界》月刊出版，该社编辑，大效公司出版部发行。1941年11月终刊，出24期。

54. 5月，《青年文会》出版，该社编及，1941年1月终刊，出2卷10期。

55. 5月，《大成曲刊》出版，出1期。

56. 5月，《兼明》月刊出版，沈延国、童书业编辑，同年7月终刊，出2期。

57. 5月，《弹性画报》出版，玫瑰刊行社编，出2期。

58. 5月，《新知十日刊》出版，1940年5月终刊，出4卷6期。

59. 5月，《科学与文艺》出版，出1期。

60. 5月，《上海日报画刊》出版，同年6月终刊，出15期。

61. 6月4日，《文笔》周刊出版，主编王玉，文笔社发行。1940年1月终刊，出14期。

62. 6月，《幽默风》月刊出版，该社编辑、发行。同年9月终刊，出4期。

63. 6月15日，《海啸》三周刊出版，该社编辑。同年8月10日停刊，出3期。

64. 6月，《诗人》丛刊出版，编辑人朱维基等，该社主办。出1期，名为"我歌唱"。

65. 6月，《小评论》出版，出1期。

66. 7月1日，《东南风》半月刊出版，编辑人周楞伽，选萃出版社发行。同年9月终刊，出4期。

67. 7月25日，《现实》出版，现实出版社主办、发行。1940年5月终刊，出12期。

68. 7月，《论衡》半月刊出版，该社编辑、发行。出1期。

69. 7月，《岛风》月刊出版，主编严正，该社主办。同年8月终刊，出2期。

70. 7月，《玫瑰》半月刊出版，编辑人顾明道、赵苕狂，图画编辑胡亚光、沈涤凡，发行人武于铭，玫瑰社办。同年8月31日终刊，出4期。

71. 7月，《新歌》半月刊出版，主编蔡冰白，该社主办。出1期。

72. 7月，《骆驼》季刊出版，协中编委会编辑，协中联谊社出版。出1期。

73. 8月5日，《人世间》月刊创刊，主编陶亢德、徐訏，良友出版公司出版，丁君匋发行。1939年9月20日，第4期停刊。1940年3月1日第5期复刊，丁君匋主编，1941年10月终刊，出至第2卷第12期。1942年10月迁至桂林出版，1944年5月终刊，出2卷1期。1947年3月迁回上海出版，1949年1月终刊，出13期。

74. 8月13日，《职业生活》周刊以英商《国际日报》增刊形式出版，编辑人张承宗、石志昂、陆志仁。1940年4月停刊。

75. 8月20日，《野火》月刊出版，野火文艺出版社编辑、主办。1940年1月15日终刊，出5期。

76. 8月，《中兴文艺医药》月刊出版，该社发行。编辑人郑奋庸、许惠昭。1940年7月终刊，出12期。亦题"中兴"。

77. 8月，《三民周刊》出版，1940年3月终刊，出2卷8期。

78. 8月，《社会科学》月刊出版，社会科学研究会编辑，1940年3月终刊，出2卷1期。

79. 8月,《国风》出版,该社编辑,1940年5月终刊,出2卷6期。

80. 8月,《中国艺人集》出版,天真出版社主编,出1期。

81. 8月,《舞声电》周刊出版,总编辑萧鸣,米高梅出版公司出版。出1期。

82. 8月,《剧艺》月刊出版,主编鲍志超、英和,该社发行。出1期。

83. 8月,《国光艺刊》出版,该社编辑,同年11月终刊,出2期。

84. 8月,《艳秘》月刊出版,总编辑尼馥,企鹅出版社发行。出1期。

85. 9月1日,《旋风》月刊出版,主编洪燕初、郭谷尼,该社主办,出1期。

86. 9月10日,《摩登》半月刊出版,该社编辑、发行。同年12月10日终刊,出6期。副题：文化的、趣味的大众读物。出版专号：第2期《欧战特辑》、第3期《西南现况特辑》、第5期《欧洲弱小民族特辑》。

87. 9月15日,《上海评论》出版,每月15日出版,虞洽卿题写刊名,发行人兼编辑人丁丁,编委会成员：胡山源、干城、高峰、张季平。1940年4月1日终刊,出7期。

88. 9月16日,《学习》半月刊创刊,主编张钢（韩述之）。1941年12月停刊,出5卷5期。

89. 9月,《中行》月刊创刊,主编王彦存、庄智源,该社发行。1940年4月终刊,出7期。

90. 9月23日,《中美周刊》出版,《中美日报》社主办,美商罗斯福出版公司出版,1941年12月终刊,出3卷12期。

91. 9月,《长风英文》半月刊出版,该社编,1940年4月终刊,出2卷8期。

92. 9月,《火焰》出版,袁拜里、沈宇编辑,出1期。

93. 9月,《海声》半月刊出版,张象编辑,同年12月终刊,出6期。

94. 9月,《世风》出版,中国图书编译馆编辑,同年11月终刊,出3期。

95. 10月1日，《上海周报》创刊，张宗麟主持，总编吴景崧，助编邹云涛，发行人丁一之。1941年12月停刊，出102期。

96. 10月1日，《文艺新闻》半月刊创刊，编辑人蒋策（锡金），后由戴平万、黄峰（邱韵铎）编辑，发行人蒋策。1940年2月25日终刊，共出11号。第6期副题：团结全国作家力量，反映世界文艺动态，专号：《高尔基童年特辑》。

97. 10月28日，《语风》月刊出版，编辑人熊睿、汤戈人，该社发行。1940年2月终刊，出4期。

98. 10月，《文学研究》月刊出版，该社编辑，发行人徐闻海。1940年5月终刊，出8期。

99. 10月，《史地论丛》出版，文史社编辑，出1期。

100. 10月，《兴建月刊》出版，1940年12月终刊，出3卷3期。

101. 10月，《艺海》周刊出版，该社编辑、发行。1940年6月终刊，出34期。

102. 11月1日，《上海周报》出版，特聘英国人弗利特挂名编辑人，发行人为英商独立出版公司。1941年9月6日，从第4卷第11期始，发行人署弗利特。该刊实际负责人是张宗麟，总编辑吴景崧，助理编辑邹云涛，发行负责人丁一之（丁裕）。主要撰稿人有梅益、王任叔、唐守愚、冯宾符、姚溱、方行、张钢、钟望阳等，主要栏目分政治经济和文学两大类。1941年12月6日出至第4卷第24期被迫停刊，共出版102期。

103. 11月3日，《中美日报》创文艺副刊《集纳文艺》，编辑人范泉。1940年4月28日终刊。

104. 11月6日，汪伪报纸副刊《中华日报·文艺周刊》创办。1940年10月28日终刊。

105. 11月15日，《小说月刊》创刊。编辑人刘龙光、俞亢咏，发行人林鹤钦，艺文印刷局主办。1940年7月15日终刊，出9期。为艺文印刷局四种刊物之一，其他三种为《名著选译月刊》《艺文印刷月刊》《儿童》。

106. 11月15日，《新文苑》月刊出版，该社编辑，文理图书有限公司出版，发行人傅立鱼。同年12月15日终刊，出2期。

107. 11月，《文学集林》月刊出版，主编郑振铎、徐调孚，开明书店主办。1941年6月终刊，出5辑，后两辑不定期出版。该刊在上海编辑，发送桂林印刷发行。

108. 11月，《中国语文》出版，该社主编，1941年2月终刊，出2卷4期。

109. 11月，《新青年》出版，1940年12月终刊，出2卷12期。

110. 12月，《良友》半月刊出版，该社编辑、主办。1942年3月终刊，出55期。同时期另有《良友》月刊，良友图书印刷公司主办；编辑人梁得所、马国亮。

111. 12月1日，《大美报·浅草》副刊出版，主编柯灵。1940年4月26日终刊。

112. 12月，《贝壳》出版，贝壳社编辑，1940年1月终刊，出2期。

113. 12月，《破晓》出版，学术丛刊社编辑，美商华盛顿出版印刷公司出版，1期。

114. 12月，《锻炼》半月刊出版，贺基主编，1940年1月终刊，出2期。

115. 12月，《民生》出版，周刊，1940年2月终刊，出5期。

116. 12月，《知识与趣味》出版，1940年2月终刊，出3期。

1940年

1. 1月15日，《现代公论》出版，编辑人邵松如，发行人孙铮。1943年2月终刊，出至第5卷第7期。

2. 1月25日，《戏剧与文学》月刊创刊，编辑人于伶、林淡秋，上海国民书店主办。同年6月终刊，出4期。

3. 1月27日，《行列》诗歌半月刊出版，编辑人朱维基、沈孟天，金星书店主办，发行人朱雪萍。同年4月终刊，出5、6合期。

4. 1月，《文艺新潮副刊》出版，主编宇文节等，不定期刊物，文艺新潮社主办。1940年1月至1941年5月，出至第2卷第4期。

5. 1月，《小说杂志》月刊出版，总编辑巴雷，发行人朱良钺。同年7月终刊，出5期。

6. 1月，《电影生活》半月刊出版，主编胡心灵，该社主办。1941年4月终刊，出20期。

7. 1月，《学生月刊》出版，主编陈白生。1941年11月终刊，出2卷11期。

8. 1月，《独幕剧创作月刊》出版，该社编辑，潮锋出版社主办，剧艺出版社发行。同年7月终刊，出5期。第1辑《风波厅》，舒湮等著。

9. 1月，《长风》月刊出版，王季深等主编，1940年8月终刊，出2卷2期。

10. 1月，《世界文粹》月刊出版，段启圣编，同年4月终刊，出4期。

11. 1月，《翻译月刊》出版，言行社编辑，同年6月终刊，出6期。

12. 1月，《枫叶》出版，同年3月终刊，出3期。

13. 1月，《文哲周刊》出版，同年2月终刊，出6期。

14. 1月，《世界杰作精华》出版，世界文化出版社主办，同年12月终刊，出12期。

15. 2月14日，《中美日报·堡垒》文艺副刊出版，主编范泉。1941年3月28日终刊，出167期。

16. 2月，《每月侦探》月刊出版，精华出版社编辑，该社发行。出1期。

17. 2月，《学术》出版，汪馥泉编辑，同年5月终刊，出4期。

18. 3月，《中国影讯》周刊出版，该社编辑、发行。1942年4月终刊，出至第2卷第52期。

19. 3月，《西书精华》季刊出版，编辑人黄嘉德、黄嘉音，西风社发行。1941年9月终刊，出7期。

20. 3月，《讲坛》出版，该社编辑，同年6月终刊，出3期。

21. 3月，《时代》出版，叶夏芳编辑，时代译刊社出版，出1期。

22. 4月，《大学季刊》出版，主编田正川，该社发行。1941年10月终刊，出2卷3期，每卷4期。

23. 4月，《影艺》半月刊出版，编辑人庄严等，大效公司出版部主办。1940年7月终刊，出7期。

24. 4月，《复报》出版，吴烈编辑，出1期。

25. 4月，《西流》丛刊出版，上海学术丛刊社编辑，美商华盛顿出版印刷公司出版，1期。

26. 4月，《群雅》月刊出版，2卷1期后改名《群雅季刊》，1941

年4月终刊，出2卷2期。

27. 5月5日，《译林》月刊出版，该社编辑、发行。出1期。

28. 5月，《英汉译丛》出版，半月刊，之江主编，1941年1月终刊，出3卷1期。

29. 5月，《艺风》月刊出版，主编李莪（蒙）伽，上海艺风社主办。1941年3月10日终刊，出10期。2期后副题：是精华中的精华，是文库中的文库。

30. 5月，《儿童》月刊出版，编辑人王人路，艺文印刷局发行。同年6月终刊，出2期。

31. 5月，《世界文化》出版，1946年2月终刊，出4卷2期。

32. 5月，《每月丛刊》出版，五洲出版社编辑，同年7月终刊，出3期。

33. 6月，《海外文艺》出版，该社编辑、发行。刊期不详。

34. 6月，《大华影讯》周刊出版，远东影院公司编辑、发行。1942年4月终刊，出至第3卷第12期，每卷52期。

35. 6月，《银色》旬刊出版，编辑人吴镛子，中国图书编译馆发行。1940年9月终刊，出9期。

36. 《飞燕丛刊》出版，西风社编辑，同年8月终刊，出3期。

37. 6月，《影谜世界》周刊出版，主编杜鳌，影谜服务社主办。1941年10月终刊，出至第2卷第2期。

38. 7月1日，《天地间》月刊创刊，该社编辑，文华出版社出版，发行人曹家祥。1941年3月20日终刊，出9期。其中8、9合期。

39. 7月1日，《大地女儿》月刊出版，编辑人王丹，大地女儿社出版。1940年12月1日终刊，出6期。

40. 7月15日，《文艺世界》月刊出版，编辑人穆长，该社主办。1941年1月1日终刊，出6期。

41. 7月15日，《现代》半月刊出版，编辑人吴哲明、刘季舟、沈蕴夫，中国现代公司出版部主办。同年8月16日终刊，出3期。

42. 7月，《侦探》半周刊出版，今文编译社编辑，文友出版社主办。同月终刊，出6期。

43. 7月，《观众》周刊出版，编辑人李之华，观众出版社发行。同年9月终刊，出7期。

44. 7月，《燎原文艺丛刊》出版，出1期。

45. 7月，《剧场新闻》出版，1941年3月终刊，出2卷1期。

46. 8月5日，《求知文丛》旬刊出版，该社编辑、主办。1941年11月25日终刊，出31期。

47. 8月，《现代艺术》创刊，主编钱力行，中国现代公司出版部主办。刊物宗旨：能使爱国文学、非常时期的艺术，源源不绝地进行，并尽力扩充出去。同年9月终刊，出2期。

48. 8月，《十日谈》半月刊出版，大学出版公司主编，同年9月终刊，出4期。

49. 8月，《古谈》出版，上海大众出版公司编辑，出3期。

50. 8月，《华光》月刊出版，出1期。

51. 9月1日，《西洋文学》月刊出版，该社编辑、发行。1941年6月终刊，出10期。

52. 9月1日，敌伪报刊《平报·平明》创刊。1941年7月31日终刊。

53. 9月20日，《大陆》月刊出版，王任叔主持，编辑人裘重（裘柱常），实为楼适夷，该社主办。1941年11月终刊，出12期。

54. 9月20日，《正言报·草原》副刊出版，主编先后为柯灵、师陀、文宗山。1941年12月5日停刊。

55. 9月，《铁流》月刊出版，编辑人杨克萍，五洲书报社发行。同年10月终刊，出2期。

56. 9月，《半月剧选》出版，编辑人夏风，该社发行。出1期。

57. 9月，《青年戏剧》出版，不定期，主编陈明望，该社主办。1941年1月终刊，出3期。

58. 9月，《金星特刊》出版，不定期，金星影业股份有限公司编辑、主办。1941年6月终刊，出4期。

59. 10月15日，《大众文艺》月刊出版，大众文艺社编辑、发行。1941年7月终刊，出至第2卷第1期。集结为《文艺小丛刊》。

60. 10月30日，《小剧场》半月丛刊出版，海风出版社编辑、主办。1941年1月16日终刊，出5期。

61. 10月，《海沫》半月刊出版，该社编辑、发行。1941年11月终刊，出22期。

62. 10月,《新文艺》月刊出版,编辑人林智石,该社发行。1941年1月终刊,出3期。

63. 10月,《小说月报》出版,编辑人顾冷观等,联华广告公司出版部发行。1944年11月终刊,出45期。

64. 10月,《影迷周报》出版,主编姜星谷,大同图书杂志公司发行。1941年11月终刊,出6期。

65. 10月,《学林》出版,学林社编辑,1941年8月终刊,出10期。

66. 10月,《知识文摘》出版,知识文摘月刊社编辑,1941年7月终刊,出10期。

67. 11月3日,《中美日报·集纳文艺》副刊出版。1941年4月28日终刊,出25期。

68. 11月7日,《新中国报·学艺》创刊。1941年12月7日终刊,出315期。

69. 11月20日,《文艺界丛刊》创刊,编辑人郑子先(唐弢),天一书店发行。出1期,创刊号名《丽芒湖上》。

70. 11月,《世界电影月刊》出版,编辑人黄寄萍、吴承达,大东广告公司发行部发行。出1期。

71. 11月,《中国文艺思潮》,学林社编辑,出1期。

72. 11月,《半壁》出版,石涵泽编,同年12月终刊,出2期。

73. 11月,《哲学月刊》出版,1941年7月终刊,出2卷3期。

74. 12月,《吼声》文艺小丛刊出版,月刊,吼声读书会编辑、发行。1941年8月终刊,出7期。

75. 12月,《浙东公报》周刊出版,编辑人陈德珍、丁亚妹,浙东报馆办。同月终刊,出2期。

76. 12月,《中国电影画报》月刊出版,编辑人李嵩寿,大同图书杂志公司发行。1941年11月终刊,出11期。

77. 12月,《国学通讯》出版,中华国学院院刊编辑委员会编辑,1941年2月终刊,出7期。

78. 12月,《晨钟》半月刊出版,晨钟广告社主办,出2期。

79. 12月,《狼烟文艺丛刊》出版,主编李冰炉。1941年12月终刊,出4期。

80. 同年,《大众习作》出版,大众读物社编辑,1940年11月终刊，出 3 期。

1941 年

1. 1月1日，《作风》出版，文学翻译刊物，上海作风社编辑、发行。出 1 期。

2. 1月15日，《奔流文艺丛刊》出版，编辑人楼适夷、满涛，上海国文服务社主办。同年 7 月 30 日终刊，出 6 辑。题名分别为"决""阔""渊""汛""沸""激"，此后改名"奔流新集"，同年 11 月出版。

3. 1月，《文综》月刊出版，编辑人方培性、沈天鹤，竞进学艺社出版部发行，联美出版公司出版。1941年11月终刊，出 7 期。

4. 1月，《中国电影》月刊出版，中国电影出版社编辑，该社发行。同年3月终刊，出 3 期。

5. 1月，《乐文社文会刊》，李炳珍等编辑，上海江海关俱乐部乐文社文会出版，出 1 期。

6. 1月，《小说杂志》出版，巴雷编辑，幸福书局出版，出 5 期。

7. 1月，《战国策》月刊出版，同年 3 月终刊，出 3 期。

8. 1月，《南方杂志》出版，该社编，同年 3 月终刊，出 3 期。

9. 1月，《说林》出版，商务印书馆编译所编辑，同年 9 月终刊，出 14 期。

10. 2月15日，《海藻文艺丛刊》出版，该社编辑、发行。出 1 期。

11. 2月，《上海电影》月刊创刊，编辑人陈忠豪，发行人屠诗聘。出 1 期。

12. 2月，《学风》出版，学风月刊社编，1941 年 11 月终刊，出 2 卷 4 期。

13. 3月10日，《生活与实践丛刊》出版，主编范泉。出 4 辑。

14. 3月，《知识与生活》半月刊出版，主编吴汉生，该社主办。1941 年 12 月终刊，出 15 期。

15. 3月，《破浪》月刊出版，总编辑张仲荣，业余出版社主办。同年 5 月终刊，出 2 期。

16. 3月，《苗园》半月刊出版，编辑人拾荒、瘦牛。出 1 期。

17. 3月，《海燕文艺丛刊》出版，该社编辑、发行。同年 4 月终刊，出 2 期。专号名为"拓荒"。

18. 3月，《正言·文艺》月刊出版，文艺月刊社编辑，美商联邦出版公司主办。同年11月终刊，出9期。

19. 4月15日，《杂文丛刊》创办，该社编辑、发行。同年9月终刊，出6期。列车、风子为主要作者。后改名复刊，第7~9期名为"棘林蔓草"，约1941年10月开始出版。

20. 4月，《生命之火》月刊出版，总编辑吴国增，该社发行。同年7月终刊，出4期。

21. 4月，《青年文艺》半月刊出版，该社编辑、发行。同年5月终刊，出3期。

22. 4月，《萌芽文艺丛刊》第3辑出版，题名"活地狱"。共3辑，出版日不详。

23. 4月，《海风集》月刊出版，编辑人魏上吼，海风出版社主办。出1期。

24. 4月，《译文丛刊》月刊出版，该社编辑、主办。同年7月终刊，出4期。

25. 4月，《电影艺术》出版，月刊，同年8月终刊，出5期。

26. 4月，《青草》月刊出版，青草文艺社编辑、发行。同年7月终刊，出4期。

27. 5月15日，《文林月刊》出版，该刊编委会编辑，联美出版公司出版，发行人丁攸梅。同年11月25日终刊，出6期。

28. 5月，《乐观》月刊出版，主编周瘦鹃，乐观杂志社发行，九福制药公司投资。1942年4月终刊，出12期。

29. 5月，《朝花丛刊》出版，该社编辑、发行。第1辑《炼》。

30. 5月，《凡言》出版，1942年1月终刊，出2卷3期。

31. 《市声》出版，半月刊，该社编，1942年4月终刊，出4卷6期。

32. 6月1日，《述林》文艺丛刊出版，述林社编辑，7月7日终刊，出2期。一集名"晨"，二集名"春雷"。

33. 6月5日，《每月诗丛》月刊出版，该社编辑、发行。同年7月7日终刊，出2期。

34. 6月15日，《新文丛》出版，上海新文丛社编辑、出版。同年8月终刊，出3期。分别名为"兽宴""破晓""割弃"。

35. 6月15日,《野玫瑰》月刊出版,编辑人石顽,该社发行。同年11月25日终刊,出6期。

36. 6月,《铁火文艺》丛刊出版,该社编辑。同年10月终刊,出2期。

37. 6月,《南洋文化》出版,南洋文化学会编辑,出1期。

38. 6月,《每月诗丛》出版,该社编,同年7月终刊,出2期。

39. 7月1日,《万象》月刊出版,主编陈蝶衣,中央书店出版,1943年7月第3卷第1期由柯灵主编。1945年7月停刊。

40. 7月1日,《舞台艺术》半月刊出版,该社编辑、发行。同年8月终刊,出2期。出版专号"女性的呐喊"。

41. 7月,《青年写作丛刊》出版,季刊,主编陈爱甫。同年10月终刊,出2期。

42. 7月,《笔丛》出版,该社主编、发行。出1期。刊期不详。

43. 7月,《电影圈》周刊出版,该社编辑、发行。同年12月终刊,出11期。

44. 7月,《西洋杂志文观止》,亢德书局编辑、发行,同年8月终刊,出2期。

45. 8月20日,《时代》中文周刊出版,总编辑姜椿芳,苏联塔斯社主办。次年改半月刊,并创办《苏联文艺》月刊,编辑人罗果夫。1944年2月停刊。

46. 8月,《东方影讯》周刊出版,编辑人欧阳英杰、于飞,该社发行。同月终刊,出2期。

47. 9月10日,《文苑》月刊出版,编辑人张扬等,文苑出版社发行。1941年12月1日终刊,出3期。马公愚题写刊名。

48. 9月,《新流文丛》出版,该社编辑、发行。同年11月终刊,出2期,分别名为"信号塔""好男儿"。

49. 9月,《人生》月刊创刊,刘龙光主编,艺文印刷局出版部出版,同年12月终刊,出4期。

50. 9月,《新流文丛》出版,1941年11月终刊,出2期。

51. 9月,《读者文摘》出版,同年10月终刊,出2期。

52. 10月1日,《文艺春秋》月刊创刊,洪荒文艺社编辑、发行。同年11月1日终刊,出2期。

53. 10月，《山林文艺丛刊》出版，编辑：敏。出1期，名为"新生"。

54. 10月，《圣池》影剧半月刊出版，编辑人晓星，圣池剧社发行。出1期。

55. 10月，《刀笔社》出版，出1期。

56. 10月，《新生活》出版，同年12月终刊，出3期。

57. 10月，《天人集》小说文艺月刊出版，同年12月终刊，出3期。

58. 11月1日，《萧萧》半月刊出版，编辑人金性尧，长城书局发行。同年12月终刊，出3期。

59. 11月16日，《万人小说》月刊出版，编辑人樊康（徐仁民），该社主办。出1期。

60. 11月19日，《奔流新集》出版，主编楼适夷，该社主办。同年12月8日终刊，出2辑，分别名为"直入""横眉"。

61. 11月20日，《文艺界》丛刊出版，主编唐弢。

62. 11月，《扫愁》月刊出版，编辑人江泣群，光华编辑社发行，题名：文艺珊瑚网。出1期。

63. 11月，《作风》出版，出1期。

64. 12月，《文学与戏剧丛刊》出版，该社编辑，泰山书店发行，题名：前奏曲。刊期不详。

65. 12月1日，《大地》月刊出版，该社编辑、发行。李浩然题写刊名。出1期。

说明：

1. 所列期刊以在孤岛创办为标准，孤岛之前创办并延入孤岛的少数文学刊物如《西风》《上海生活》等未列入。

2. 本附录内容的选择，在文学期刊之外，略为放宽。一是加入主要的报纸副刊；二是列入了含有文学创作的时政刊物和综合期刊；三是选择了若干电影期刊，以期更能反映孤岛当时的文艺动态。

附录二 孤岛文学出版大事记

1937 年

11 月 12 日，国军西撤，"孤岛"形成。

11 月 27 日，郭沫若乘法国邮船离开上海赴香港，次月初抵港，住六国饭店。

12 月 9 日，《译报》在上海创刊，编辑人夏衍、梅益。戴平万主编本埠消息，梅益主编国内消息，杨帆主编国外消息，王任叔主编副刊，林淡秋、姜椿芳、胡仲持等翻译。同月 20 日发行至第 12 期后停刊。

12 月 19 日，《集纳》周刊创刊，编辑人宜闲（胡仲持），第 3 期起编辑人为邵冢寒（邵宗汉）。1938 年 2 月 19 日停刊，出 9 期。

12 月 20 日，《离骚》半月刊出版，编辑人刘西渭，实为阿英，五洲书报社主办。

12 月 22 日，《译丛周刊》出版，主编梅汝和等，学协主办。1939 年 8 月 27 日终刊，出 80 期。

12 月 24 日，《大晚报·街头》创刊，1938 年 11 月 20 日停刊。次日起改名为《剪影》，至 1940 年 4 月 30 日停刊。

12 月 25 日，日军在上海成立新闻检查所，强迫各报接受检查。《申报》《大公报》《时事新报》《国闻周报》等自行停刊。其中，《申报》《大公报》《时事新报》相继在汉口、重庆、香港等地复刊。

12 月，胡愈之、胡仲持、郑振铎、王任叔、许广平、周建人、傅东华、林淡秋等人秘密组建"复社"。

12 月，于伶、欧阳予倩、阿英等发起并成立"青鸟剧社"，成为中国共产党在孤岛组织戏剧工作者的一个基地。

12 月，司马文森的《战时文艺通讯运动》由上海黑白丛书社出版。

12 月，集体创作、洪深执笔的戏剧《飞将军》由上海杂志公司出版。

12 月 31 日，茅盾由上海秘密抵达香港。

1938 年

1 月 18 日，胡怀琛在上海去世。

1 月 19 日，张恨水长篇小说《征途》在上海《晶报》连载，至本年9月23日止。

1月21日,《每日译报》创刊,主笔恽逸群,发行人为英人鲍斯。

1月25日,严宝礼创办《文汇报》,主笔徐铸成,发行人为英人克明。

1月,郭沫若的《沫若抗战文存》由上海明明书局出版,《创造十年续编》《甘愿当炮灰》(戏剧集)由上海北新书局出版。谢冰莹散文集《军中随笔》由上海抗战出版部出版。

2月11日,《文汇报》副刊《世纪风》创办,柯灵主编。1939年5月18日停刊。

3月,巴金"激流"三部曲之二《春》由上海开明书店出版。

4月13日,《导报·文艺》创刊,同年6月17日终刊。

4月16日,《文艺阵地》出版,茅盾编辑,实际出版发行均由生活书店负责。同年6月1日第1卷第4期起改在上海排印。1939年1月,第2卷第7期以后由楼适夷主编。1940年4月16日终刊,出至第4卷第12期,共48期。1940年7月出版《文阵丛刊》,主编楼适夷,1940年8月终刊,出2辑,名为"水火之间""论鲁迅"。

4月23日,《华美周刊》出版,主编梅益、王任叔,华美出版公司出版,发行人宓尔士。1939年7月终刊,出2卷11期,每卷52期。

4月26日,王统照以"炼狱中的火花"为题,在《文汇报·世纪风》连载小品杂感。至6月10日,共发32则,后收《繁辞集》。

4月,夏丏尊、叶圣陶合著散文集《文章讲话》与《阅读与写作》,均由上海开明书店出版。王统照诗集《横吹集》由上海文化生活出版社出版。

5月,《杂志》半月刊创刊,编辑人吕怀成、吴诚之等。1945年8月终刊,其中1941年5月~1942年7月停刊。

5月,于伶、阿英、李健吾、许幸之等戏剧界人士组建上海艺术剧院。

6月15日,《鲁迅全集》20卷在上海出版,鲁迅先生纪念委员会编,上海复社出版。胡愈之、张宗麟总负责,许广平、王任叔负责编校。柳亚子、谢澹如、阿英、郑振铎、周建人等也参与其事。第1~10卷为鲁迅创作,第11~20卷为鲁迅译著。最后一卷附录收《鲁迅的自传》、《鲁迅先生年谱》(许寿裳著)、《鲁迅译著书目续编》、《鲁迅先生名、号、笔名录》、《编校后记》(许广平)等。

6月24日，王统照复以《繁辞》为总题，在《文汇报·世纪风》连载小品杂感，至同年9月26日，后也收入《繁辞集》。

7月1日，《译报·大家谈》副刊出版，主编先后为王任叔、阿英、于伶，1939年5月18日终刊。同日，《译报·前哨》副刊出版，同年10月9日终刊。

7月2日，《涛声》月刊复刊，主编汪匡时、郭谷尼，1939年6月停刊，出9期。《涛声》创办于1937年1月，同年8月停刊；后于1946年12月复刊，1948年1月终刊。其他题名"涛声文艺月刊"。

7月17日，于伶发起组织的上海剧艺社成立。孤岛戏剧界的于伶、阿英、李健吾、顾仲彝、李伯龙、朱端钧、陈西禾、许幸之、吴天等参加。在孤岛演出三年多，太平洋战争爆发后停演。该社自编剧本或采用内地戏剧界的夏衍、曹禺等人剧作，演出过《夜上海》《明末遗恨》《李秀成之死》《上海屋檐下》等剧。1945年冬恢复活动。

7月23日，《华美周刊》刊登："华美周报为出版《上海一日》征稿启事：本书定名为'上海一日'，各界人士如在此一年来任择一日，将自身对于是日之回忆或印象等，构成任何文艺形式（包括报告文学、速写、通讯、日记、书信或木刻漫画等）投寄来者，皆所欢迎。"同年9月24日《华美周刊》广告称《上海一日》："中国抗战史上血泪记录，中国文学史上空前杰构"，"报告文学范本，集体创作丰碑"。《上海一日》全书于同年12月由华美出版公司出版。

8月14日，郁达夫在《宇宙风乙刊》开始连载《回忆鲁迅》。

8月，芦焚短篇小说集《野鸟集》由上海文化生活出版社出版。

8月，于伶剧作《女子公寓》由上海剧艺社出版。

9月10日，《戏剧杂志》月刊出版，编辑人柳木森、屈元，1939年1月1日第2卷第1期后，由陆沉、柳木森编辑，该社出版。1941年9月20日终刊，每卷6期，出5卷3期。

9月16日，《西风副刊》月刊出版，编辑人黄嘉德、黄嘉音，西风社发行。1942年1月终刊，出41期。

9月，巴金散文集《梦与醉》由上海开明书店出版。

9月，上海西风社出版《西风丛书》，至1941年5月，共出7种。

10月10日，《译报周刊》在上海创刊，编辑人梅益、王任叔、林淡秋、冯宾符，译报社主办。1939年6月22日停刊，出37期。

10月10日，《申报》复刊，文艺副刊《自由谈》续办，王任叔、胡山源、黄嘉音先后主编，1941年12月6日终刊。同日，《春秋》副刊续办，1941年12月8日终刊。

10月10日，《文献》月刊出版，主编阿英，中华大学图书有限公司发行。1939年5月终刊，出8期。《文献》是抗战文摘式的资料性刊物，另出版副册：《艺术文献》《妇女文献》《论持久战》等，编有《西行漫画》等。同期，阿英创办风雨书屋。

10月16日，《文艺新潮》月刊创刊，主编宇文节（钱君匋）和林之材（李楚材），第1卷第7期至第2卷第4期，蒋锡金接编，第2卷第5期至第8期钱君匋主编，1940年9月终刊，出20期。

10月19日，阿英（署名鹰隼）在《译报·大家谈》"纪念鲁迅先生逝世二周年特辑"发表《守成与发展》。文章对孤岛风行的"鲁迅风"杂感提出质疑："我们的后继者，是只会守成，不求发展，只知模仿，忘却创造。"引起孤岛关于"鲁迅风"的论争。20日，巴人在《申报·自由谈》发表《"有人"在这里》，对阿英进行反驳，认为阿英的攻击完全"出于他私人的嫌隙"。21日，阿英（署名鹰隼）在《译报·大家谈》作《题外的文章——答巴人先生》，提议抛却意气之争，并认为问题的中心为："1. 目前文坛上模仿鲁迅风气是不是甚盛？2. 这样倾向的增长对发展前途是不是有害？3. 如果有害，我们是不是应该表示抗议？以及更基本的，4. 如果鲁迅还在，是不是依旧写这样的杂文？"22日，巴人在《申报·自由谈》作《题内话》，坚持认为阿英为个人恶意之争。阿英没有再回答，两人的争论结束。

10月，何其芳散文集《刻意集》由上海文化生活出版社出版。

10月，赵景深鼓词集《五十七勇士》由上海北新书局出版。

11月20日，《剧场艺术》创刊，主编李松青（李伯龙），该社发行。1941年10月停刊，出3卷6期，每卷12期。

11月，《好莱坞：电影副刊》周刊出版，电影周刊社编辑，第38期起由好莱坞周刊社编辑，第66期起由今文编译社编辑。初由友利公司出版，第2期起由电影周刊社出版。1941年6月终刊，出130期。主刊于同年9月出版《电影》。

11月21日、25日，庞朴随感《风雨杂奏》之四《论"鲁迅"风》

上、下刊载于《华美晨报·镀金城》，对孤岛"左翼"杂文作家提出批评，认为他们"结成帮口，霸持'走了样'的今日的'孤岛文坛'，发扬'鲁迅'风"。11月22日，杨晋豪在《译报·大家谈》发表《写给谁看？》，批评"鲁迅风"的一些作家，写给大众看的文章故作高深，大众看不懂，知识分子感觉味同嚼蜡。这两篇文章拉开了孤岛"鲁迅风"论争第二阶段的序幕。

11月，芦焚散文集《江湖集》由上海开明书店出版。

11月，文载道、金性尧等六人杂文集《边鼓集》由上海英商文汇有限公司出版。

12月1日，《文汇报晚刊》创办，《文汇晚报·灯塔》副刊出版，1939年5月17日终刊。

12月4日，《译报》主笔钱纳水邀集"孤岛"文艺工作者郑振铎、巴人、阿英、梅益、王元化、孔另境等四五十人在福州路开明书店召开座谈会，讨论关于"鲁迅风"的论争。

12月4日~18日，庞朴在《华美晨报·镀金城》刊载《围剿的总答复》，对巴人、辨微、马前卒、枳敌、列车等进行分别答复。

12月8日，郑振铎、阿英、王任叔等37人签署《我们对于"鲁迅风"杂文问题的意见》，载《译报·大家谈》，呼吁立刻停止争论，希望上海文艺界联合起来，负起文艺战线上的作战任务。《我们对于"鲁迅风"杂文问题的意见》此后分别转载于《文汇报》《大英夜报》《译报周刊》《导报》《华美晨报》等报刊。

12月，陈衡哲《衡哲散文集》由上海开明书店出版。

同年，王统照先后应上海音专、暨南大学聘，任中国文学教授。1941年暨南大学内迁，改任开明书店编辑。

1939年

1月1日，《绿洲》月刊创刊，主编沈伟、拓荒。同年7月终刊，出6期。中英文合刊，黎烈文、钟望阳、孔另境、周黎庵等为主要撰稿人。

1月11日，《鲁迅风》创刊，编辑人冯梦云，实为金性尧、石灵先后编辑，中国文化服务社发行。第1期到第13期为周刊，第14期到第19期为半月刊。1939年9月5日停刊，出19期。该刊为孤岛关于"鲁迅风"杂文论争的产物，以发表杂文为主。主要作者有景宋、巴人、巴金、柯灵、吉力、锡金、唐弢等。

1月18日,《每日译报·大家谈》发表唐韦的《文艺通讯运动》一文,指出文艺通讯运动乃是一场抗战文艺的大众化运动。拉开了孤岛持续一年的"文艺通讯运动"序幕。

1月,徐訏剧作《月亮》由上海珠林书店出版。

2月1日,《华美晨报·浪花》副刊出版,同年5月31日终刊。

2月,沈从文小说集《入伍后》由上海北新书局出版。王统照散文集《游痕》、李健吾散文集《希伯先生》,均由上海文化生活出版社出版。

3月1日,散文杂志《宇宙风乙刊》半月刊出版,编辑人林憾庐、林语堂、陶亢德、周黎庵等,西风社发行。1941年12月1日终刊,出56期。

3月1日,陶亢德《关于〈无关抗战的文字〉》载《鲁迅风》第七期。文章认同梁实秋的观点,遭到巴人、苗埒等人批驳,引起孤岛关于"抗战无关论"的论争。

3月,《五云日升楼》月刊创刊,顾怀冰为总编辑兼发行人。1942年1月终刊,出35期。多人题写书名。

3月,鹰隼散文集《剑腥集》由上海风雨书屋出版。舒湮散文集《战斗中的陕北》由上海每日译报图书馆出版。邹荻帆诗集《尘土集》由上海文化生活出版社出版。

4月21日,《文汇报》发表短评《文化精神动员》,号召孤岛文化工作者肃清一切动摇思想和言论,在黑暗环境中燃起光明火炬。

4月,《名著选译》月刊出版,主编刘龙光等,1940年9月终刊,出18期。1946年1月复刊,至1948年3月,出版第19~35期。

4月,刘白羽小说集《蓝河上》由上海文化生活出版社出版。杨刚散文集《沸腾的梦》由上海美商好华公司出版。李健吾戏剧《十三年》由上海文化生活出版社出版。

4月,唐弢《文章修养》由上海文化生活出版社出版。

5月,《新中国文艺》丛刊出版,双月刊,该社编辑,主编陈望道。1940年2月终刊,出4期。四册分题"钟""高尔基与中国""鲁迅纪念特辑""鹰"。主要撰稿人有齐明(陈望道)、巴人、应服群(林淡秋)、洛蚀文(王元化)、景宋(许广平)、锡金、许幸之、柯灵、石灵、魏金枝等。

5月，上海三通书局出版《三通小丛书》，至1941年，共出版56种。

5月，周楞伽小说《净火》由上海洪流出版社出版。萧乾小说集《灰烬》、朱雯小说集《逾越节》、艾芜等小说集《海岛上》，由上海文化生活出版社出版。臧克家散文集《乱莠集》由上海良友复兴图书印刷公司出版。王统照诗文集《欧游散记》由上海开明书店出版。

5月，巴金译克鲁泡特金《我底自传》，由上海开明书店出版。译者前言：“它温暖我的心，它也会温暖无数青年的心。它帮助过我的知识的发展，它也会帮助无数的青年的知识的发展。”

5月，戴望舒全家与叶灵凤一起由上海至香港。同年8月，戴望舒担任《星岛日报·星座》主编。

6月，王任叔《文艺短论》由上海珠林书店出版。朱维之《中国文艺思潮史略》由上海合作出版社出版。

7月10日，汪伪《中华日报》在上海创刊，林柏生为社长。

7月，《大时代文艺丛书》第一辑十一册由上海世界书局出版。主编郑振铎、王任叔、孔另境。分别为：陈望道译卢那察尔斯基《实践美学的基础》，茅盾（署名冯夷）译苏联微尔塔长篇小说《孤独》，王任叔（署名屈轶）译德国格莱塞长篇小说《和平》，王统照（署名容庐）的小品杂感《繁辞集》，巴人的《扪虱谈》（文艺论文集），王任叔、孔另境、凤子、柯灵、周木斋等合集《横眉集》，白曙、石灵散文与诗集《松涛集》，王统照（署名韦佩）、郑振铎（署名郭源新）等的《十人集》，高季琳（柯灵）的小说集《掠影集》，王行岩的长篇小说《突围》，孙大珂（石灵）的戏剧《当我们梦醒的时候》。

7月，柯灵散文集《望春草》由上海珠林书店出版。蔡元培等散文集《自传之一章》由上海宇宙风社出版。魏金枝的《怎样写作》由上海珠林书店出版。

8月4日，上海文艺、教育界人士和学生二百余人集会，纪念鲁迅六十周年诞辰。

8月，《人世间》月刊创刊，主编陶亢德、徐訏，旋由丁君匋接编。1941年10月终刊，出2卷12期。1942年10月迁至桂林出版，1944年5月终刊，出2卷1期；1947年3月迁回上海出版，1949年1月终刊，出 13 期。

8 月，艾芜小说集《逃荒》、缪崇群散文集《废墟集》、李健吾三幕戏剧《撒谎世家》由上海文化生活出版社出版。何其芳散文集《还乡日记》由上海良友复兴图书印刷公司出版。徐訏戏剧集《青春》由上海宇宙风社出版。许幸之根据鲁迅小说改编的戏剧《阿Q正传》，由上海中法戏剧社出版。欧阳予倩根据列夫·托尔斯泰《黑暗之势力》改编的五幕戏剧《欲魔》，由上海现代戏剧出版社出版。

9 月，《摩登》半月刊出版，该社编辑、发行。同年 12 月终刊，出 6 期。副题：文化的、趣味的大众读物。出版专号《欧战特辑》《西南现况特辑》《欧洲弱小民族特辑》。

9 月 27 日，巴金三哥李尧林从天津到上海，与巴金同住周索非家近十个月。巴金创作《秋》，尧林翻译冈察洛夫的《悬崖》。巴金说"我同他谈的很多，可是很少接触到他的内心深处"。

9 月，罗淑小说集《地上的一角》、沈从文散文集《昆明冬景》由上海文化生活出版社出版。周黎庵散文集《清明集》由上海宇宙风社出版。徐訏散文集《春韭集》由夜窗书屋出版。于伶戏剧《夜上海》由上海剧艺社出版。章泯戏剧《黑暗的笑声》由上海杂志公司出版。易乔戏剧《恋爱问题》由上海剧艺社出版。顾仲彝戏剧《人之初》由上海新青年书店出版。黄旭戏剧《夜莺曲》由上海玫瑰刊行社出版。

9 月，屠格涅夫著、丽尼译的《前夜》，由上海文化生活出版社出版。

10 月 1 日，《上海周报》创刊，张宗麟主持。总编吴景崧，助编邹云涛，发行人丁一之。1941 年 12 月停刊，出 102 期。这是中共上海地下党组织领导的综合性刊物，主要撰稿人梅益、王任叔、钟望阳、冯宾符等，柳亚子、茅盾、胡愈之、邹韬奋、王造时等亦有文字。

10 月 1 日，《文艺新闻》半月刊创刊，编辑人蒋策（锡金），后由戴平万、黄峰（邱韵铎）编辑。发行人蒋策。1940 年 2 月 25 日终刊，出 11 号。第六期副题"团结全国作家力量，反映世界文艺动态"，专号：《高尔基童年特辑》。该刊主要报导文艺消息，主要撰稿人有楼适夷、锡金、景宋、萧军、石灵、应服群、袁水拍、姚雪垠、钟望阳、田汉、老舍、端木蕻良等。

10 月 1 日，《文艺阵地》出版《鲁迅先生逝世三周年纪念特辑》，发表景宋、穆木天、萧红、关露等文七篇。

10月，芦焚散文集《看人集》由上海开明书店出版。巴金散文集《黑土》由上海文化生活出版社出版。

10月底，穆时英由香港返回上海，出任汪伪政府《国民新闻》总编辑。次年春被国民党在沪特工暗杀。

11月6日，汪伪报纸副刊《中华日报·文艺周刊》创办，1940年10月28日终刊。

11月，《文学集林》月刊出版，主编郑振铎、徐调孚，开明书店主办，1941年6月终刊，共出5辑，后两辑不定期出版。该刊在上海编辑，发送桂林印刷发行。

11月，吴天戏剧集《孤岛三重奏》由上海现代戏剧出版社出版。许幸之戏剧集《小英雄》由上海光明书局出版。

12月，《良友》半月刊出版，该社编辑主办。1942年3月终刊，出55期。同时期另有《良友》画报月刊，编辑人梁得所、马国亮，良友图书印刷公司主办。

12月1日，《大美报·浅草》副刊出版，主编柯灵，1940年4月26终刊。

12月，胡寄尘小说集《恋爱之神》由上海广益书局出版。徐訏戏剧《生与死》由上海夜窗书屋出版。孔麟戏剧《文天祥》由上海中华戏剧研究会出版。

1940年

1月25日，《戏剧与文学》月刊创刊。编辑人于伶、林淡秋，上海国民书店主办。同年6月终刊，出4期。创刊号刊登岳昭的《一年来上海文艺界》、杨金的《一年来的诗歌回顾》、于伶的《一年读剧记》、黄峰的《一年来的翻译界》、李宗绍的《一年来孤岛剧运的回顾》、黎光的《谈街头剧》等篇什，对过去一年孤岛文坛进行了整体回顾。

1月，孔另境在上海创办华光戏剧专科学校。

1月，于伶戏剧集《江南三唱》由上海珠林书店出版。于伶戏剧《花溅泪》由上海现代戏剧出版社出版。徐訏散文集《西流记》由上海夜窗书屋出版。王统照的《去来今》（综合集）由上海文化生活出版社出版。赵景深的《民族文学小史》由上海世界书局出版。

2月11日，张恨水小说《水浒新传》在上海《新闻报》连载，至

1941年12月27日止。因受到欢迎和好评，章士钊特写七律一首祝贺张恨水。

2月14日，《中美日报·堡垒》文艺副刊出版，主编范泉。1941年3月28日终刊，出167期。

2月，周作人散文集《秉烛谈》由上海北新书局出版。魏如晦（阿英）的戏剧《碧血花》由上海国民书店出版。

3月，《西书精华》季刊出版，编辑人黄嘉德、黄嘉音，西风社发行。1941年9月终刊，出7期。

3月，田涛小说集《荒》、李健吾小说集《使命》、靳以散文集《雾及其它》，均由上海文化生活出版社出版。

4月16日，《西风》"三周纪念征文"揭晓，张爱玲《我的天才梦》荣获名誉奖第三名。次年，获奖征文第一辑以《天才梦》为名出版。

4月，顾明道小说《荒江女侠》由文业书局出版。唐弢散文集《投影集》、王统照诗集《江南曲》由上海文化生活出版社出版。林淡秋小说集《黑暗与光明》与舒湮戏剧《精忠报国》，均由上海光明书局出版。

5月，巴人小说集《皮包和烟斗》由上海光明书局出版。姚雪垠小说集《红灯笼》由上海大路出版公司出版。老向小说《全家村》由上海宇宙风社出版。魏如晦戏剧《五姊妹》《桃花源》由上海亚星书店出版。白薇等戏剧集《街灯下》由上海新地书店出版。于伶戏剧《女儿国》与蒋旂戏剧集《上海小景》，由上海国民书店出版。

6月，贺宜小说集《真实的故事》由上海东方出版社出版。罗洪散文集《流浪的一年》由上海宇宙风社出版。钟敬文诗集《未来底春》由上海言行社出版。

7月1日，《天地间》月刊创刊，该社编辑，文华出版社发行。1941年3月20日终刊，出9期。其中8、9合期。

7月，巴金"激流"三部曲第三部《秋》，由上海开明书店出版。

7月，关露小说《新旧时代》由上海光明书局出版。《新旧时代》为作者自传体小说三部曲第一部。第二部《黎明》因刊物停刊没有完成，第三部《潮》未及发表。

7月，何为散文集《青弋江》由上海万叶书店出版。缪崇群散文集

《夏虫集》由上海文化生活出版社出版。朱雯散文集《百花洲畔》由上海宇宙风社出版。

8月1日，《文艺阵地》第五卷第二期出版"鲁迅先生六十诞辰纪念专号"，发表了景宋的《民元前的鲁迅先生》、冯雪峰的《鲁迅与中国民族及文学上的鲁迅主义》、唐弢的《鲁迅思想与鲁迅精神》等文章十余篇。

8月5日，《求知文丛》旬刊出版，该社编辑、主办。1941年11月25日终刊，出31期。

8月，陆蠡散文集《囚绿记》与邹荻帆诗集《木厂》，由上海文化生活出版社出版。

9月1日，《西洋文学》月刊出版，张芝联编辑，该社发行。1941年6月终刊，出10期。

9月1日，《平报·平明》创刊，1941年7月31日终刊。

9月20日，《大陆》月刊出版。王任叔主持，编辑人袭重（袭柱常），实为楼适夷，该社主办。1941年11月终刊，出12期。

9月20日，《正言报·草原》副刊出版，主编先后为柯灵、师陀、文宗山，1941年12月5日停刊。

9月，端木蕻良小说《新都花絮》由上海知识出版社出版。柯灵散文集《晦明》由上海文化生活出版社出版。

10月，《小说月报》出版，顾问严独鹤，主编顾冷观，发行人陆守伦，联华广告公司出版部发行。1944年11月终刊，出45期。

10月，夏丏尊散文集《平屋随笔》由上海三通书局出版。周木斋散文集《消长集》由上海北社出版。蒋牧良小说《早》由上海良友复兴图书公司出版。周贻白戏剧《李香君》由上海国民书店出版。

10月，莫泊桑著、李青崖译的《羊脂球》，由上海三通书局出版。

10月，巴人的《论鲁迅的杂文》由上海远东书店出版。内容分为序说、鲁迅思想发展的三个时期、鲁迅杂文的形式与风格、鲁迅的思想方法、战斗文学的提倡以及附录。

11月3日，《中美日报·集纳文艺》副刊复刊，1941年4月28日终刊，出25期。

11月7日，《新中国报·学艺》创刊，1941年12月7日终刊，出315期。

11月，张恨水小说《秦淮世家》由上海三友书社出版。沙汀散文《随军散记》由上海知识出版社出版。叶圣陶散文集《圣陶随笔》由上海三通书局出版。

12月，巴金小说《火》由上海开明书店出版。《火》分三部，第二部又名《冯文淑》，1941年1月由上海开明书店出版。第三部《田惠世》，1945年7月由重庆开明书店出版。

12月，徐訏散文集《海外的鳞爪》由上海夜窗书屋出版。唐弢散文集《短长书》由上海北社出版。

本年，陀思妥耶夫斯基著、耿济之译的《卡拉马佐夫兄弟》，由上海良友图书印刷公司出版。米歇尔著、傅东华译的《飘》，由上海龙门书局出版。

本年，师陀到苏联办的上海广播电台任文学编辑，至1947年文学节目取消方罢。

本年，中共上海地下组织在上海"孤岛"创办北社。北社由中共江苏省委委员刘宁一领导，地下党员陈公琪（笔名丁宗恩、北辰）、朱善均（方耀）、陆象贤（列车）三人负责，出版《北平》杂志并主编"杂文丛书"。

1941年

1月15日，《奔流文艺丛刊》出版，编辑人楼适夷、满涛，上海国文服务社主办。同年7月30日终刊，出6辑。题名分别为"决""阔""渊""汛""沸""激"。此后改名"奔流新集"，同年11月出版。

1月20日，唐弢（署名仇重）作《暗夜棘路下的里程碑》，评述1940年"孤岛"的杂文和散文。

1月，汪伪集团为控制上海戏剧界，利用剧艺形式宣传"和平反共"，成立"远东剧团"。

1月，沈从文小说集《如蕤》、巴金小说集《春雨》、老舍小说集《歪毛儿》，由上海艺流书店出版。周作人散文集《自己的文章》由上海三通书局出版。徐訏小说《一家》由上海夜窗书屋出版。

1月，刘大杰的《中国文学发展史》（上册）由上海中华书局出版。朱湘的《现代诗家评》由上海三通书局出版。以群的《文学底基础知识》由上海生活书店出版。

2月，程小青的小说《珠项圈》《恐怖的活剧》由上海世界书局出版。魏如晦的戏剧《海国英雄》由上海国民书店出版。巴人的戏剧《两代的爱》由上海海燕书店出版。徐訏的戏剧《月光曲》由上海夜窗书屋出版。

2月，莫泊桑著、李青崖译的小说集《项链》，由上海三通书局出版。

2月，程小青编《霍桑探案袖珍丛刊》，由世界书局出版。至1947年4月，共出版系列小说集30种。

3月16日，皖南事变后，于伶接到秘密通知，去巨波莱斯路口三友浴室与刘晓、潘汉年会面。上级取消他去苏北的计划，改去南洋办报。是日，于伶抵达香港。

3月，王任叔离沪，赴新加坡协助胡愈之开展华侨抗日工作。

3月，《知识与生活》半月刊出版，主编吴汉生，该社主办。1941年12月终刊，出15期。

3月，《谢冰心代表作》由上海三通书局出版。

4月15日，《杂文丛刊》创办，该社编辑、发行。该刊是孤岛时期最后一本杂文刊物，由暨南大学文学院部分学生主办，主要有钱今昔、王兴华、吴弘远等九人。同年9月终刊，出6期。列车、唐弢、柯灵、孔另境、金性尧等为主要作者。后改名复刊，第7～9期名为"棘林蔓草"，约1941年10月开始出版。

4月，魏如晦编《现代名剧辑选》由上海剧艺出版社出版。

5月，欧阳山小说集《长子》由上海华新图书公司出版。周贻白戏剧《花木兰》由上海开明书店出版。徐訏小说《海外的情调》由上海夜窗书屋出版。吴伯箫散文集《羽书》与芦焚《上海手札》，均由上海文化生活出版社出版。

6月，王统照小说集《华亭鹤》由上海文化生活出版社出版。张恨水小说《夜深沉》由上海三友书社出版。徐訏戏剧集《孤岛的狂笑》由上海夜窗书屋出版。林语堂散文集《进行集》由上海雨风社出版。林语堂散文集《语堂文存》由上海林氏出版社出版。《郁达夫代表作》（小说集）由上海三通书局出版。

7月1日，《万象》月刊出版，主编陈蝶衣，中央书店出版。1943年6月第3卷第1期起，由柯灵主编，1945年7月停刊。

7月23日晚9时，周木斋因肝癌病逝，时年31岁。

7月，季孟（师陀）的《无望村的馆主》由上海开明书店出版。舒湮的戏剧《董小宛》由上海光明书局出版。

1941年暑假，钱钟书辞去国立蓝田师范学院教职，回到上海。孤岛沦陷后，进入震旦女子文理学院教书。

7月，《当代创作文库》由上海新象书店出版。收王统照、庐隐等创作选集共20部。

8月20日，《时代》中文周刊出版，总编辑姜椿芳，苏联塔斯社主办。次年改半月刊，并创办《苏联文艺》月刊，编辑罗果夫。1944年2月停刊。

8月，《丁玲代表作》（小说集）、《巴金代表作》（综合集）、《田汉代表作》（综合集）、《叶绍钧代表作》（综合集）由上海三通书局出版。胡山源散文集《打鬼》由世界书局出版。魏如晦戏剧《洪宣娇》由上海国民书店出版。袁俊戏剧《边城故事》由上海文化生活出版社出版。

9月，黄佐临、吴仞之、英子、张伐、韩非、黄宗江、史原、胡导、石挥、丹尼、严峻等12人脱离上海剧艺社，组成"上海职业剧团"。

9月，顾明道小说《花萼恨》由上海春明书局出版。王尘无散文集《浮世杂拾》由上海长城书局出版。

9月，《开明文史丛刊》由开明书店陆续出版，共收朱维之《中国文艺思潮史略》、钱钟书《谈艺录》等29部。

10月，《鲁迅三十年集》（散文集）由上海鲁迅全集出版社出版。列车散文集《两极集》由上海北社出版。徐訏戏剧《母亲的肖像》由上海夜窗书屋出版。林语堂散文集《雅人雅事》由上海一流书店出版。

10月，鲁迅《汉文学史纲要》由上海鲁迅全集出版社出版。

10月，上海商务、中华、世界、开明、大东五大书局被驻上海日军查封。

11月19日，《奔流新集》出版，主编楼适夷，该社主办。同年12月8日终刊，出2辑。名为"直入""横眉"。

11月，林语堂、老舍等著散文集《欧美印象》，由上海雨风社出版。

12月5日，佐思（王元化）的《礼拜六派新旧小说家的比较》载

《奔流新集》三集。文章就礼拜六派新旧小说家的创作态度、小说思想内容和技巧等方面作了分析比较。

12月，阿英离开上海，转赴苏北抗日根据地，主编《新知识》《江淮文化》等。

12月，钱钟书散文集《写在人生边上》由上海开明书店出版。

12月7日，珍珠港事件爆发。8日，日军接管英美公共租界，并在实际上控制了法租界，孤岛结束。

参考文献

文学期刊

此处仅列论文中引用过的期刊目录。

《西风》《上海生活》《离骚》《译报周刊》《千字文》《一般》《戏言》《纯文艺》《世风》《艺花》《大地图文旬刊》《文艺阵地》《华美周刊》《文会》《大众文化》《杂志》《文艺》《红茶》《自学旬刊》《文集旬刊》《文艺新潮》《西风副刊》《大时代》《少年读物》《自由谭》《戏剧杂志》《红醪》《橄榄》《文心》《剧场艺术》《玫瑰》《宇宙风乙刊》《鲁迅风》《罗汉菜》《文艺长城》《永安月刊》《新中国文艺丛刊》《文笔》《东南风》《人世间》《野火》《上海评论》《中美周刊》《上海周报》《文艺新闻》《文学研究》《小说月刊》《文学集林》《戏剧与文学》《行列》《艺风》《天地间》《文艺世界》《西洋文学》《大陆》《小说月报》《奔流文艺丛刊》《文林月刊》《乐观》《杂文丛刊》《朝华丛刊》《野玫瑰》《万象》《万人小说》等。

出版史料

《中国近现代出版史料》，张静庐辑注，上海书店出版社，2003。

宋原放主编《中国出版史料》，山东教育出版社、湖北教育出版社，2001。

方汉奇：《中国近代报刊史》，山西人民出版社，1981。

秦绍德：《上海近代报刊史论》，复旦大学出版社，1993。

胡远杰主编《福州路文化街》，文汇出版社，2001。

汪耀华编《上海书业名录》，上海书店出版社，2011。

肖东发：《中国图书出版印刷史论》，北京大学出版社，2001。

宋原放、孙颙主编《上海出版志》，上海社会科学院出版社，2000。

宋应离等编《20世纪中国著名编辑出版家研究资料汇辑》，河南大学出版社，2005。

徐铸成：《报海旧闻》，上海人民出版社，1981。
赵家璧：《编辑忆旧》，三联书店，2008。
赵家璧：《文坛故旧录》，中华书局，2008。
赵家璧：《书比人长寿》，中华书局，2008。
胡愈之：《胡愈之出版文集》，中国书籍出版社，1998。
朱联保：《近现代上海出版业印象记》，学林出版社，1993。
张静庐：《在出版界二十年》，江苏教育出版社，2005。
宋原放：《出版纵横》，上海人民出版社，1999。
马国亮：《良友忆旧》，三联书店，2002。
杨扬：《商务印书馆：民间出版业的兴衰》，上海教育出版社，2000。
邹振环：《20世纪上海翻译出版与文化变迁》，广西教育出版社，2000。
汪家熔：《近代出版人的文化追求》，广西教育出版社，2003。
周葱秀、涂明：《中国近现代文化期刊史》，山西教育出版社，1999。
俞子林主编《百年书业》，上海书店出版社，2008。
范泉：《范泉编辑手记》，中国文联出版社，2004。
中国出版工作者协会编《我与开明》，中国青年出版社，1985。
商务印书馆编《商务印书馆一百年》，商务印书馆，1998。
中华书局编《我与中华书局》，中华书局，2002。
仲秋元主编《三联书店文献史料集》，三联书店，2004。
生活书店编委会：《生活书店史稿》，三联书店，1995。

文学史、上海史等相关研究著作

王瑶：《中国新文学史稿》，上海新文艺出版社，1953。
刘绶松：《中国新文学史初稿》，作家出版社，1956。
唐弢、严家炎主编《中国现代文学史》第3卷，人民文学出版社，1980。
钱理群、温儒敏、吴福辉：《中国现代文学三十年》，北京大学出版社，1998。
范伯群主编《中国近现代通俗文学史》，江苏教育出版社，2000。
袁进、王文英、朱文华：《上海现代文学史》，上海人民出版社，2001。
邱明正：《上海文学通史》，复旦大学出版社，2005。
陈青生：《抗战时期的上海文学》，上海人民出版社，1995。
陈青生：《年轮：四十年代后半期的上海文学》，上海人民出版社，2002。

杨幼生、陈青生：《上海"孤岛"文学》，上海书店，1994。

唐振常主编《上海史》，上海人民出版社，1989。

刘惠吾主编《上海近代史》，华东师范大学出版社，1987。

张仲礼主编《近代上海城市研究》，上海人民出版社，1990。

忻平：《从上海发现历史》，上海人民出版社，1996。

陈存仁：《抗战时代生活史》，上海人民出版社，2001。

邹依仁：《旧上海人口变迁的研究》，上海人民出版社，1980。

中共上海市委党史资料征集委员会主编《抗日战争时期上海学生运动史》，上海翻译出版公司，1991。

上海社科院文学所编《孤岛文学回忆录·上》，中国社会科学出版社，1984。

上海社科院文学所编《孤岛文学回忆录·下》，中国社会科学出版社，1985。

上海社科院文学所编《上海"孤岛"文学作品选》（上、中、下），上海社会科学院出版社，1986。

上海社科院文学所编《上海"孤岛"时期文学报刊编目》，上海社会科学院出版社，1986。

芮和师、范伯群等编《鸳鸯蝴蝶派文学资料》（上、下），福建人民出版社，1984。

魏绍昌编《鸳鸯蝴蝶派研究资料》，上海文艺出版社，1984。

钱理群主编、封世辉选编《中国沦陷区文学大系·评论卷》，广西教育出版社，1998。

钱理群主编、封世辉选编《中国沦陷区文学大系·史料卷》，广西教育出版社，1998。

任建树主编《现代上海大事记》，上海辞书出版社，1996。

上海通社编《上海研究资料续集》，上海书店影印，1984。

陈鸣树：《20世纪中国文学大典 1930～1965》，上海教育出版社，1994。

苏智良主编《上海：近代新文明的形态》，上海辞书出版社，2004。

罗苏文：《沪滨闲影》，上海辞书出版社，2004。

陶菊隐：《孤岛见闻——抗战时期的上海》，上海人民出版社，1979。

周瘦鹃：《紫兰忆语》，古吴轩出版社，1999。

郑振铎：《郑振铎全集》，花山文艺出版社，1998。
郑振铎：《蛰居散记》，福建人民出版社，1982。
郑振铎：《西谛三记》，上海文艺出版社，2001。
孔另境、王任叔等：《横眉集》，上海书店影印，1985。
文载道等：《边鼓集》，上海书店影印，1986。
柯灵：《煮字人语》，上海远东出版社，1996。
柯灵：《往事随想·柯灵》，四川人民出版社，2000。
巴人：《遵命集》，北京出版社，1957。
巴人：《巴人文艺论集》，人民文学出版社，1984。
巴人：《巴人杂文选》，人民文学出版社，1985。
王欣荣：《巴人年谱》，全国巴人研究学会刊行（内部发行），1990。
周劭：《向晚漫笔》，上海古籍出版社，2000。
周劭：《清明集》，辽宁教育出版社，1996。
周劭：《一管集》，山西古籍出版社、山西教育出版社，1998。
金性尧：《一盏录》，山西古籍出版社、山西教育出版社，1998。
金性尧：《伸脚录》，辽宁教育出版社，1995。
唐弢：《回忆·书简·散记》，上海文艺出版社，1979。
唐弢：《鸿爪集》，海峡文艺出版社，1985。
周木斋：《消长新集》，海峡文艺出版社，1985。
刘增杰主编《师陀全集》，河南大学出版社，2004。
施蛰存：《北山散文集》，华东师范大学出版社，2001。
徐訏：《徐訏代表作》，华夏出版社，1999。
徐訏：《徐訏集：文学家的脸孔》，汉语大词典出版社，1993。
苏青：《苏青文集》（上、下），上海书店，1994。
丁景唐：《犹怜风流纸墨香：六十年文集》，上海文艺出版社，2004。
熊月之等编《透视老上海》，上海社会科学院出版社，2004。
张泉：《沦陷时期北京文学八年》，中国和平出版社，1994。
孔庆东：《超越雅俗：抗战时期的通俗小说》，北京大学出版社，1998。
李正西编《梁实秋文坛浮沉录》，黄山书社，1999。
吴福辉：《都市漩流中的海派小说》，湖南教育出版社，1995。
许道明：《海派文学论》，复旦大学出版社，1999。
李楠：《晚清、民国时期上海小报研究》，人民文学出版社，2005。

胡山源：《文坛管窥》，上海古籍出版社，2000。

凌宇：《沈从文传》，北京十月文艺出版社，1988。

朱雯、罗洪：《往事如烟》，上海古籍出版社，1999。

李泽厚：《中国现代思想史论》，安徽文艺出版社，1999。

静思编《张爱玲与苏青》，安徽文艺出版社，1994。

旷新年：《1928：革命文学》，山东教育出版社，1998。

程光炜主编《大众媒介与中国现当代文学》，人民文学出版社，2005。

刘淑玲：《大公报与中国现代文学》，河北教育出版社，2004。

施建伟编《幽默大师》，东方出版中心，1998。

茅盾：《我走过的道路·下》，人民文学出版社，1997。

上海鲁迅纪念馆、人民文学出版社编《楼适夷纪念集》，人民文学出版社，2005。

李今：《海派小说与现代都市文化》，安徽教育出版社，2000。

李欧梵著《上海摩登》，毛尖译，北京大学出版社，2002。

〔法〕白吉尔著《上海史——走向现代之路》，上海社会科学院出版社，2005。

〔美〕魏斐德著《上海歹土：战时恐怖活动与城市犯罪1937~1941》，上海古籍出版社，2003。

〔德〕齐奥尔格·西美尔：《时尚的哲学》，文化艺术出版社，2001。

〔美〕刘易斯·科塞：《理念人》，中央编译出版社，2001。

〔美〕哈罗德·布鲁姆：《影响的焦虑》，江苏教育出版社，2006。

〔美〕戴安娜·克兰：《文化生产：媒体与都市艺术》，译林出版社，2001。

〔美〕马泰·卡林内斯库：《现代性的五副面孔》，商务印书馆，2004。

〔美〕韩南：《中国近代小说的兴起》，上海教育出版社，2004。

〔美〕丹尼尔·贝尔：《资本主义文化矛盾》，三联书店，1989。

〔法〕皮埃尔·布迪厄：《艺术的法则》，中央编译出版社，2001。

Mike Savage and Alan Warde. *Urban Sociology, Capitalism and Modernity*, The Macmillan Press LTD. 1993.

Poshek Fu. *Passivity, Resistance and Collaboration-Intellectual Choices in Occupied Shanghai, 1937–1945*, Stanford University Press, 1993.

后 记

看一本书，我最喜欢看的就是后记。对于后记，我有一种期待，那就是看看作者的师承或者周围的人群。这种癖好使我在看某一本书的时候，总想知道作者的来路和出身。要是作者的信息什么也没有得到，只是一个光秃秃的名字的话，那我大半不会看下去的。即使内容不错，看的时候也觉得缺了一些什么，好像我在听一个外星人讲话，我在明处，他反而在暗处，这可不妙。从读书到任教，在高校的时间长了，对学科圈子也逐步较为熟稔。当看到作者在后记中感谢某某先生的时候，经常会发现：这是某同学的老师，这是我的校友，这是导师的同学或者朋友等等，总觉得自己与作者之间并不遥远。我知道，这是一种碰见熟人的感觉，看他说些什么，无论是好是坏，都会让人浮起一片温暖，就像听到一个在别处的老朋友的消息。

喜欢看后记，还有另一个原因，那就是看作者的生活态度。理论是灰色的，生活之树常青。在后记中，满面严肃的学者们也往往要放下深邃的思考，谈一些写作中的故事。若是作者的第一本书的话，还能看到一位初出茅庐的人怯生生的语言，更让我感同身受。无论谈些什么，只要不是学术，都是好的啊！有些人喜欢谈生活的苦难，写本书好像走了一趟长征；有些人龙门高峻，三言两语，颇有宗师风范；有些人喜欢感谢别人，把自己认识的人统统写上，仿佛一个点名册，让我发出"我的朋友胡适之"的微笑。总之，无论是说说师门，还是谈谈朋友，乃至回望家庭，都让我觉得亲切，我知道我是在听一个热情的人在说话。因此，我很不喜欢那种把一篇学术论文代为后记的做法，更不用说没有后记了。当用了两三百页的篇幅之后，还要占据仅有的后记来论证学术，那他的论述水平也应该是可疑的吧？生活的领域是广阔的，在学术之外，还有很大的空间，如果连后记都要被学术挤占，那该多么可怕。当然，后记也并不是一定要写学术之外的事情，但在约定俗成的今天，我

后 记

便怀着一种期望。

现在自己也有机会写一个后记了,便想起了上边的话。至于自己,却突然没有话了。一路走来,从小学开始,上了22年的学,毕业后又教了七年书。遗憾的是,上学缺乏霸气,上课也未能惊世骇俗,一直处于不高不低的状态,温吞水或许是最适合的一个形容词。既然如此,那就不形容了吧,还是按照惯例,感谢那些帮助过我的人。

感谢我的硕士导师刘增杰先生。当时我半路出家由经济学跑到文学,刘先生是我遇到的第一位老师。在他的指导下,我逐渐进入了学术研究的领域。毕业以后,刘先生一直关注着我的学习,虽然取得的成绩比起那些已成为博导的师兄们相差甚远,但老师的这份关爱我会永远记着,也祝刘老师和潘师母安康。

感谢博士导师杨扬先生,和毕业时指导我们的殷国明先生。杨老师与殷老师同为钱门弟子,但两位老师的授业风格却截然不同。杨扬老师出之以峻厉,对于我们的学习,杨老师大多感觉到不满意,他觉得我们应该做得好一些。为什么不能那样呢?每次上课他都会问我们。面对着他个人的勤奋和督促,我们总有一种惭愧的感觉。但每当我们有了一点点成绩,杨老师又会很开心,带着欣赏的口气:这篇文章写得还不错。这个时候,他回到了生活中的样子,脸上会漾出发自心底的笑。殷老师则出之于宽容。他告诉我们生活应该更加美好,不要老紧皱眉头嘛!他会和我们在网上聊天,谈他在博客里新写的诗;他也会在和我们小酌之后,陪我们去KTV欢唱。而每次和殷老师谈学术,或者给他看一点东西,他总是会很肯定地告诉你:很好,不错。让我们感觉自己的火柴头竟然也会发出火把的光亮。但他接着会慢慢说,你如果这样的话,就更好了,你如果那样的话,会更不错。在他的分析之下,我们会一步步缩小咧开的大嘴,直到最后额头上渗出汗珠。两位老师尽管解惑的步骤不同,但在生活中都给以热忱关心,使我的丽娃河岁月温润如春。

丁景唐老人,他是我亲身接触的唯一一位孤岛时期的文人,他中学时创办的《蜜蜂》和参与编辑的《小说月报》也在本书的研究视野之内。自从在一次研讨会上见面之后,丁先生多次接受我的访谈,并赠我书籍和资料。当他在扉页上称我学棣并再三嘱我一定要搞好资料时,我能体会到老人的心。永嘉路上丁氏父女爽朗的笑声,也将永远在我的心头萦绕。

南京大学的张志强先生，在仅见过两面的情况下，他热心地为我联系去英国进行博士后访学的高校。现在有机会随着他进行出版学的博士后研究，不但会使我的学术视野变得阔大，也将成为我人生路上新的美好记忆。

其他在我求学之路的关节点上给予无私帮助的河南大学王文金教授、孙先科教授，南京大学沈卫威教授，上海大学陈犀禾教授，牛津国际出版研究中心的安格斯·菲利普（Angus Phillips）教授，我也会永远铭记。后记该要结束了，而没有提到的人——我的父母、爱人，还有刚会走就想跑的孩子，都让我用心挂怀。但这只是一本小书，实在当不得多次赠送，我会把他们放在心灵的最深处，一起分享生活的美好。

最后要感谢本书的编辑曹长香老师，为我修改了不少的错讹和瑕疵，使我见识到一位编辑的学养和职业精神。也因为她的催促，让这本小书得以从我这个重度拖延症患者手中早一点问世。

时已深秋，天凉如水，愿小书如柴薪，得以温暖即将到来的冬天。

2013 年 10 月 28 日夜改于金明池畔

图书在版编目(CIP)数据

"孤岛"文学期刊研究/王鹏飞著.—北京：社会科学文献出版社，2013.12
（明伦出版学研究书系）
ISBN 978-7-5097-5319-4

Ⅰ.①孤… Ⅱ.①王… Ⅲ.①文学-期刊-研究-上海市-民国 Ⅳ.①I209.951

中国版本图书馆 CIP 数据核字（2013）第 278699 号

・明伦出版学研究书系・

"孤岛"文学期刊研究

著　　者／王鹏飞

出 版 人／谢寿光
出 版 者／社会科学文献出版社
地　　　址／北京市西城区北三环中路甲29号院3号楼华龙大厦
邮政编码／100029

责任部门／社会政法分社　(010) 59367156　　责任编辑／曹长香
电子信箱／shekebu@ssap.cn　　　　　　　　责任校对／白桂和　吴云飞
项目统筹／王　绯　　　　　　　　　　　　　责任印制／岳　阳
经　　销／社会科学文献出版社市场营销中心　(010) 59367081　59367089
读者服务／读者服务中心　(010) 59367028

印　　装／北京季蜂印刷有限公司
开　　本／787mm×1092mm　1/16　　　　印　张／16.25
版　　次／2013年12月第1版　　　　　　　字　数／267千字
印　　次／2013年12月第1次印刷
书　　号／ISBN 978-7-5097-5319-4
定　　价／58.00元

本书如有破损、缺页、装订错误，请与本社读者服务中心联系更换

版权所有　翻印必究